L'ART de SÉDUIRE

la sœur de mon meilleur ami

L'art de séduire la sœur de mon meilleur ami
Traduit de l'anglais par Jennifer Spinninger
Photographe : Ashraf El Bahrawi, @byashrafb
Conception de la couverture : Sommer Stein, Perfect Pear Creative

VI KEELAND
PENELOPE WARD

HAPITRE 1

Holden

Mais qu'est-ce que c'est ?

Je récupérai le courrier que mes parents m'avaient envoyé et observai de nouveau la plus petite enveloppe qui se trouvait à l'intérieur. C'était bien ma mère qui avait écrit sur la grande, mais l'écriture sur la seconde ressemblait beaucoup à la mienne, mais en moins soignée. Cependant, je ne m'étais rien envoyé, et encore moins à l'adresse de chez mes parents à Philadelphie. Et pourquoi quelqu'un m'aurait-il fait parvenir quelque chose chez eux, en inscrivant également mon nom comme adresse de retour ?

Puis je compris.

Bon sang !

Impossible !

C'était moi qui avais écrit ça, il y avait bien longtemps !

Quand j'étais en seconde, mon prof de littérature, monsieur Wolf, nous avait tous fait rédiger une lettre adressée à nous-même, lorsque nous aurions trente ans, pour raconter ce qui était important à nos yeux à l'époque. Tout le monde avait rendu sa lettre, fermée et timbrée, et il avait promis de nous les envoyer au cours de l'année de nos trente ans. Évidemment, je vivais chez mes parents à ce moment-là, alors c'était cette adresse que j'avais inscrite sur l'enveloppe.

Mince. Je ne me rappelais pas du tout ce que j'avais écrit, mais j'étais curieux de le découvrir. Mon moi de quinze ans ne se comportait pas vraiment bien. Alors j'ouvris la missive et dépliai un vieux morceau de feuille volante.

Mec,

Au cas où tu aurais oublié – parce que lorsque tu recevras ce courrier, tu seras vieux –, monsieur Wolf nous a fait écrire des lettres adressées à nous-même. On est censés parler de ce qui est important pour nous, parce qu'il pense que nos priorités seront bien différentes quand on aura trente ans. Ça doit être le seul devoir à la maison que j'ai apprécié cette année, principalement parce que ça parle de moi et que je suis plutôt génial. Alors c'est parti...

Qu'est-ce qui est important pour Holden Catalano aujourd'hui ? Eh bien, c'est une question très facile. LA FELLATION. C'est carrément génial. Laurie Rexler m'a fait découvrir ça le mois dernier, et je n'arrête pas d'y penser depuis. Elle est en première et elle a dit que c'était la première fois qu'elle le faisait, mais je pense qu'elle raconte des conneries parce qu'elle n'a même pas eu de haut-le-cœur. Bref, la fellation, c'est merveilleux. C'est sûrement pour ça qu'il existe tant d'expressions différentes : tailler une pipe, jouer du trombone, sucer, faire une gâterie, pomper le dard, et j'en passe... Tu remarqueras qu'il n'y a qu'une seule façon de désigner les devoirs à la maison. Pourquoi ? Parce que les devoirs, ça craint, et les fellations, c'est le PARADIS.

Petite parenthèse : monsieur Wolf, vous avez dit que vous n'alliez pas ouvrir ces lettres, mais si vous le faites, j'espère que vous avez droit à des tas de fellations. Surtout venant de mademoiselle Damarco au bout du couloir, parce qu'elle est canon et que j'ai l'impression qu'elle est douée dans ce domaine. Je parie même qu'elle avale. Laurie Rexler ne le fait pas... encore. Mais j'y travaille. Si on doit s'écrire une autre lettre, je vous tiendrai au courant.

Bref... revenons-en à moi et à ce qui est important, ces derniers temps... La batterie est aussi en haut de la liste. Je ne pourrais pas vivre sans musique. Et évidemment, mes potes – Colby, Ryan, Owen et Brayden – sont en haut de la liste également. Même si je ne le leur dirai pas, parce qu'ils risquent de me saouler pendant des semaines s'ils apprennent qu'ils sont importants pour moi. D'autres choses...

La liberté

Mes cheveux (que j'espère encore avoir à trente ans)

Mes parents

Et pour finir, la batterie (je sais que je l'ai déjà dit, mais tout commence et finit par la batterie. Note à moi-même : jouer de la batterie tout en recevant une fellation vient d'atterrir tout en haut de ma liste de choses à faire. Pourquoi j'ai mis si longtemps à y penser ?)

Quoi d'autre est important ? J'ai presque peur d'écrire ça au cas où je ferais tomber ma feuille et que Ryan tomberait dessus, mais monsieur Wolf a dit que si on ne pouvait pas être honnête avec nous-même dans une lettre, on ne le serait jamais. Alors je suis obligé de parler de Lala, alias Laney Ellison, la petite sœur de mon meilleur ami Ryan. Elle est la seule fille avec qui je peux discuter de la vie. Elle me plaît depuis toujours, mais elle a dix mois de moins que moi, et Ryan me TUERAIT si je l'approchais. Je ne peux pas non plus dire que je lui en voudrais, parce que Lala Ellison peut trouver bien mieux que moi. C'est une intello, un vrai génie. Un jour, elle finira probablement par guérir le cancer. Mais même si elle est hors limites, elle se trouve quand même dans la liste de ce qui est important pour moi. En fait, je l'apprécie tellement que si on devait faire les choses correctement, Lala Ellison passerait avant la fellation. Ça veut dire quelque chose, hein?

Je crois que c'est tout. Il n'y a pas grand-chose d'autre qui m'intéresse. En plus, ça commence à m'ennuyer. J'ai plus écrit dans cette lettre que ces deux dernières années.

À plus,

Holden

P.S. Si tu n'as pas encore fait la couverture de Rolling Stone, fais-moi le plaisir de te botter le cul.

P.P.S. Si Lala est célibataire quand tu lis ça et que tu n'as pas encore tenté ta chance, tu es vraiment une mauviette.

— Il était temps, déclara Colby en secouant la tête. On allait commencer la réunion sans toi. Tu sais que depuis que j'ai la corde au cou, je ne peux sortir qu'une fois par mois, alors il faut que j'en profite et que je commence à boire dès qu'on aura fini.

Je secouai la tête. Ce type racontait des conneries. *La corde au cou*, c'est ça, ouais… C'était l'homme marié le plus heureux que je connaissais, et il avait épousé la femme la plus cool que j'aie jamais rencontrée. Mais puisqu'il était tard, je ne relevai pas ses propos et me contentai de serrer la main à Owen et Brayden, avant de m'asseoir à table. Mes trois meilleurs amis et moi étions propriétaires d'un immeuble. Une fois par mois, nous nous retrouvions au bar du coin pour parler affaires. En général, nos réunions ne duraient qu'environ une demi-heure, puis nous passions le reste de la soirée à boire.

— Désolé d'être en retard, m'excusai-je. Le van du groupe est encore tombé en panne.

L'une des serveuses habituelles passa m'apporter une bière sans même que j'aie besoin de commander, alors je lui fis un clin d'œil.

— Merci, ma belle.

Je tendis ma bouteille pour que nous puissions tous trinquer – notre version du maillet appelant à l'ordre.

— Avant de commencer, est-ce que vous avez reçu les lettres que monsieur Wolf nous a fait rédiger en seconde ? demanda Owen.

Colby acquiesça en riant.

— Vous avez eu les vôtres ? J'ai reçu la mienne l'année dernière, puisque j'ai un an de plus que vous, les minus. Mais j'ai *beaucoup* écrit à propos de mes cheveux et de l'importance d'un *bang* propre.

Tout le monde rit.

— Je ne devrais pas vous dire ça parce que je sais que vous allez vous foutre de moi, mais j'ai écrit que mes résultats aux examens d'entrée à l'université étaient importants pour moi, révéla Owen. Ensuite, j'ai consacré une demi-page aux seins de madame Wagner. J'avais oublié que j'en pinçais pour elle.

— Madame Wagner ? répétai-je en fronçant le nez. La prof de maths ? Elle devait avoir cinquante ans, mec.

Owen froissa la serviette sous sa bière et me la lança.

— Elle n'avait pas cinquante ans, idiot. Elle devait en avoir trente et elle avait une super poitrine.

— Désolé, répondis-je en haussant les épaules. Il faut croire que j'étais plus occupé à observer les filles de notre âge. Tu sais, parce que je sortais *vraiment* avec des filles, contrairement à toi.

Owen avala la moitié de sa bière et me désigna d'un signe de tête.

— Va te faire voir. Qu'est-ce que disait la tienne ? Que ton rêve était d'avoir une voiture en état de marche ? plaisanta-t-il en donnant un coup de coude à Brayden, qui était assis à côté de lui. Certaines choses ne changent jamais.

Il était hors de question que je parle de ce que j'avais rédigé à propos de Lala, la petite sœur de notre pote Ryan, sinon, j'allais me faire frapper ou sermonner, voire sûrement les deux. Et je n'allais surtout pas leur dire que j'avais un peu trop bu hier soir et que je l'avais appelée. *Heureusement, elle n'a pas répondu.* Qu'est-ce que je lui aurais dit, de toute façon, à l'appeler comme ça sans prévenir ?

— La mienne parlait des choses vraiment importantes dans la vie, messieurs, répliquai-je. Apparemment, j'étais mature pour mon âge parce que mes priorités n'ont pas changé.

Brayden hocha la tête en arborant un grand sourire.

— Tu as parlé de masturbation, c'est ça ?

— Non, crétin. J'ai parlé de jouer de la batterie et de me faire sucer.

— Ça ne m'étonne pas, répondit Owen, alors qu'ils riaient tous.

— Que disait la tienne ? interrogeai-je Brayden en le pointant du doigt.

Il sourit.

— J'ai écrit deux phrases. *Il est important pour moi de faire moins de devoirs. Par conséquent, ceci est la fin de ma lettre.*

— J'en étais sûr, lançai-je en secouant la tête.

Nous commandâmes une autre tournée de bières en nous mettant au travail. Colby parla de remplacer certains des vieux climatiseurs de l'immeuble par de nouveaux, plus économes en énergie. Il pensait que nous pourrions rentabiliser cet achat en deux ans grâce aux factures d'électricité réduites. Owen nous parla ensuite d'un immeuble à quelques pas d'ici qui s'était vendu bien plus cher que la valeur à laquelle nous l'estimions, et j'abordai les devis que j'avais reçus pour le nouveau toit dont nous avions désespérément besoin.

Nous venions juste de commencer à discuter des renouvellements de bail et de l'augmentation des loyers, quand mon téléphone se mit à vibrer dans ma poche. Je le sortis, et mon cœur fit un bond. Le nom de Lala s'affichait à l'écran. Mon premier réflexe fut de penser à la laisser tomber sur ma messagerie, mais je savais que j'allais rester éveillé toute la nuit à me demander si elle allait bien. C'était déjà assez grave d'avoir été obligé de me saouler hier soir pour arrêter de penser à elle suffisamment longtemps afin de pouvoir m'endormir. Alors je m'excusai et sortis du bar pour décrocher.

— Allô ?

— Holden ?

— Oui ?

— C'est Laney... Lala.

Je tentai de garder mon calme.

— Oh, salut, Lala. Ça fait longtemps. Quoi de neuf ?

— Je viens de voir que tu avais essayé de m'appeler

hier soir. Je voulais m'assurer que tout allait bien.

Merde.

— Euh… désolé. J'ai dû faire une fausse manipulation, mentis-je effrontément. Je ne savais même pas que je t'avais appelée.

— Oh, c'est drôle, parce que je comptais t'appeler ce week-end.

— Ah bon ?

— Oui, je viens passer une nuit en ville la semaine prochaine. J'ai un entretien pour une subvention de recherche que j'essaie d'obtenir. J'ai pensé que je pourrais passer à l'immeuble que vous avez acheté pour y jeter un coup d'œil et pour dire bonjour à tout le monde tant que je serai sur place. Vous y vivez tous, c'est ça ?

— Oui. Tu viens quel jour ?

— Mercredi. Mon entretien a lieu tôt jeudi matin.

— Tu loges où ?

— Je n'ai pas encore réservé d'hôtel. On m'a appelée hier après-midi pour l'entretien.

— Viens chez moi, proposai-je, avant de secouer la tête. Enfin, viens chez nous. On se sert d'un des logements de l'immeuble pour les courts séjours. On teste la location Airbnb. Les tarifs sont plus élevés, et pour l'instant, il semble y avoir de la demande.

— Oh, waouh. Tu penses qu'il sera disponible pour la nuit de mercredi ?

Si ce n'est pas le cas, j'annulerai la réservation.

— Je suis presque sûr que oui.

— Super, ce serait génial. Comme ça, je pourrais vous voir et je n'aurais pas à me dépêcher pour trouver un hôtel. Je me perds facilement à Manhattan.

— Tu viens en voiture ou en train ?

— Je pense que je vais prendre ma voiture.

— Je t'enverrai par message l'adresse d'un endroit pas très cher où tu pourras te garer près de l'immeuble.

— Parfait. Merci beaucoup, Holden. J'ai hâte de tous vous voir.

Après avoir raccroché, je fixai mon téléphone pendant un moment. Quand j'étais petit, ma mère disait toujours « les coïncidences, ça n'existe pas ». Je n'y avais jamais vraiment prêté attention, mais à ce moment-là, j'espérais qu'elle avait raison...

Je ne m'étais pas connecté à Facebook depuis probablement deux ans, mais je m'y retrouvai après être rentré du bar à minuit, ivre, et après avoir relu trois fois la lettre que je m'étais écrite. Je relisais encore et encore une phrase en particulier :

Si Lala est célibataire quand tu lis ça et que tu n'as pas encore tenté ta chance, tu es vraiment une mauviette.

Je tapai *Laney Ellison* dans la barre de recherche, et je fronçai les sourcils en voyant la photo de profil qui apparut. C'était elle en compagnie du docteur Crétin, alors je me servis une autre bière. Le cliché avait dû être pris le jour où elle s'était fiancée, car le scientifique vêtu d'un cardigan avait son bras autour d'elle, pendant qu'elle tendait sa main devant l'appareil pour montrer une bague. Je fis un gros plan sur son doigt en avalant la moitié de ma boisson. *C'est une pierre minuscule. Lala mérite un diamant.*

Le fait qu'il ne lui ait même pas acheté une bague décente me fit détester le docteur Crétin encore plus qu'avant.

— Radin, marmonnai-je en cliquant sur le reste de ses photos.

La suivante la montrait lors de la remise des diplômes à la fac de Brown, avec son doctorat. Ses parents se tenaient fièrement à ses côtés. Je zoomai et aperçus une petite croix autour de son cou. Elle avait appartenu à Ryan. C'était un cadeau de ses parents lors de sa première communion, le même jour que moi. Il la portait tout le temps. Après son décès, Lala l'avait portée, mais je ne m'étais pas rendu compte que c'était toujours le cas. Je n'étais pas surpris. Ces deux-là n'étaient pas comme la plupart des frères et sœurs. Ryan et Lala s'étaient toujours bien entendu, même quand ils étaient petits, avant l'annonce de sa maladie. Il avait été super protecteur envers elle. Ce qui expliquait que lorsqu'il avait senti la fin arriver, il m'avait demandé de garder un œil sur elle... mais « juste un œil ». Mon pote était probablement en train de me regarder et de m'insulter juste parce que je l'espionnais.

Je cliquai sur le cliché suivant et écarquillai les yeux. *Bon sang.* Bully était encore en vie ! Ryan avait adopté ce gros bulldog quand nous étions au lycée, alors il devait avoir au moins quinze ans à présent. Je n'arrivais pas à croire qu'il était encore en vie. La photo montrait Lala à genoux devant le sapin, un bras autour de Bully, qui portait un pull de Noël. Si Ryan n'était pas déjà en colère que j'espionne sa petite sœur, cette image de son chien vêtu d'un pull allait certainement l'énerver. Je levai ma bière en l'air.

— Désolé, mon pote, je ne savais pas.

Je passai les quinze minutes suivantes à faire défiler les autres photos de Lala, même si j'étais resté bloqué sur une image en particulier pendant une bonne partie de ce temps. Il y avait un cliché d'elle en bikini. Elle avait toujours été belle, avec un joli visage, mais les années qui s'étaient écoulées, depuis le temps où je jetais des coups d'œil furtifs dans sa direction quand elle était en maillot de bain dans le jardin de Ryan, avaient transformé la fille mince en une femme avec des courbes dangereuses. Des courbes qui allaient *définitivement* m'attirer des ennuis si je m'en approchais trop.

Lorsque je cliquai sur la dernière photo, j'eus l'impression d'avoir le souffle coupé. On y voyait Ryan et Lala assis sur du bois flotté sur la plage, et c'était moi qui l'avais prise. Ryan n'avait plus de cheveux à cause de son troisième cycle de traitement. Je me rappelle qu'il ne devait pas sortir de l'hôpital avant encore quelques jours, mais il avait réussi à convaincre tout le monde de le laisser partir plus tôt pour pouvoir passer son vingt-deuxième anniversaire avec ses proches. Owen, Brayden, Colby, Ryan, Lala et moi étions allés à Ocean City, l'endroit où nous étions venus après la remise des diplômes et qui nous rappelait tant de bons souvenirs. Nous avions passé toute la journée à la plage, puis nous avions fait un feu qui ne s'était pas éteint avant le lever du soleil. C'était un jour que je n'oublierais jamais, surtout parce que c'était la dernière bonne journée que nous avions passée ensemble, puisque Ryan était décédé le lendemain soir.

Là-dessus, je fermai mon ordinateur. Le bon côté de revoir cette photo, c'était que ça m'avait empêché de continuer à espionner Lala. Si le cliché d'elle en bikini m'avait donné chaud, le dernier m'avait fait l'effet d'un seau d'eau glacé. Ce qui était exactement ce dont j'avais besoin. Lala Ellison était hors limites, la seule femme au monde que je n'étais pas censé approcher. Enfin, du moins jusqu'à ce qu'elle arrive la semaine prochaine... et qu'elle passe la nuit dans l'appartement qui s'avérait être voisin du mien.

♥

Toc, toc, toc.

Bon sang, mes paumes étaient déjà moites. J'avais douze ans ou quoi ?

Lala m'avait envoyé un message quelques heures plus tôt pour me dire qu'elle allait probablement arriver aux alentours de dix-sept heures, et le micro-ondes affichait dix-sept heures une. La dernière fois que j'avais été aussi nerveux, c'était quand mon groupe avait joué à un festival devant dix mille personnes. Je dus m'essuyer les mains sur mon jean.

— Salut.

Je souris en ouvrant la porte, mais mon sourire s'évanouit quand je me rendis compte que Lala n'était pas seule. Quelqu'un se tenait à côté d'elle.

— On a pris l'ascenseur ensemble et on est descendues au même étage. Il s'avère qu'on allait au même endroit, m'apprit-elle en regardant la rousse plantureuse avec un sourire hésitant.

Fiona, la femme que j'avais rencontrée au bar le week-end dernier, haussa les épaules.

— Désolée de venir sans avoir appelé, mais j'étais dans le coin et je me suis dit que j'allais passer voir si tu étais chez toi. J'ai oublié quelque chose ici la dernière fois.

— Ah bon ?

Elle me fit un clin d'œil en pointant du doigt l'intérieur de mon appartement.

— Je pense qu'elles sont peut-être encore attachées au niveau de la tête de lit.

Fiona jeta un coup d'œil à Lala, avant de revenir vers moi.

— Est-ce que je peux aller les chercher et après, je vous laisse tranquilles ?

Sans savoir quoi faire d'autre, je m'écartai pour laisser Fiona entrer. Pendant ce temps, Lala resta devant ma porte avec sa valise. Je secouai la tête et posai la main sur la poignée.

— Désolé pour ça. Entre.

Avant que je puisse récupérer le bagage de Lala pour fermer la porte derrière nous, Fiona revint de ma chambre en trottinant, tout en levant une paire de menottes.

— Je les ai trouvées.

Je fermai les yeux. *Génial. Vraiment génial.*

CHAPITRE 2

La porte se referma derrière la rousse. Quand je tournai les yeux vers Holden, on aurait pu entendre une mouche voler.

— Je peux t'expliquer… finit-il par prononcer.

Je levai les mains en riant.

— J'en suis certaine, mais je ne suis pas sûre d'avoir envie de l'entendre.

Holden passa une main dans sa masse de cheveux épais en broussaille.

— Tu n'as pas tort.

Puis il rougit. Il avait l'air embarrassé. Ce n'était pas comme si son passé avec les femmes était un secret pour nous, alors ça me surprit.

— Eh bien, c'était une façon bien gênante de t'accueillir ici, reprit-il en ouvrant ses bras. Bref, bienvenue dans l'immeuble, Lala.

J'acceptai son étreinte chaleureuse.

— Merci. Je suis ravie d'être là.

Mon corps vibra au contact de son torse contre ma poitrine.

Je pouvais sentir son cœur battre la chamade, ce qui était intéressant. Il avait cette odeur délicieuse de celui qui venait de sortir de la douche, un mélange de savon et de parfum, ainsi que d'une senteur enivrante qui n'appartenait qu'à lui. Je me la rappelais car je l'avais sentie la dernière fois que nous avions été si près l'un de l'autre, quand nous avions dansé ensemble au mariage de Colby et Billie.

Je regardai autour de moi.

— Ton appartement est exactement comme je l'avais imaginé, Catalano.

— Comment ça ? demanda-t-il en arquant un sourcil.

— Une batterie dans le coin de la pièce, des meubles noirs...

— S'il te plaît, n'ajoute pas des menottes sur la tête de lit.

Je soupirai.

— Ça aussi.

Il ferma de nouveau les yeux, visiblement gêné, puis il m'adressa le plus beau des sourires.

J'avais toujours eu un faible pour Holden, mais croyez-le ou non, ce n'était pas purement physique. Quand nous étions plus jeunes, nous discutions beaucoup. Ryan n'avait jamais été au courant de ces discussions privées. J'avais sûrement dû craquer pour tous les amis de Ryan à un moment ou à un autre, mais rien n'était comparable à ce que j'avais ressenti pour Holden, et ce n'était jamais parti. Ceci dit, de tous les amis de mon frère, Holden était le dernier que Ryan aurait approuvé en tant que petit ami pour moi. Cet homme n'avait pas le potentiel d'un bon partenaire, même si les femmes, moi y compris, ne pouvaient pas le quitter des yeux. En réalité, Ryan avait remarqué mon admiration pour Holden une fois. Il m'avait surprise un été en train de le fixer quand il était sorti de notre piscine et qu'il avait séché son corps à moitié nu, alors que nous étions adolescents. Mon frère m'avait avertie de « ne même pas y penser ». Ryan adorait Holden, mais l'idée que je puisse être en couple avec lui l'aurait certainement tué – s'il n'était pas déjà mort.

— Alors... est-ce qu'on va à côté ? proposa Holden en tapant dans ses mains.

— Oui, je suis impatiente de voir l'appartement. Merci encore de me laisser dormir ici.

— Avec plaisir. Je ferais tout pour la petite sœur de Ryan.

— Merci. Même si je ne suis plus vraiment *petite*.

— J'ai remarqué, répondit-il en souriant.

J'eus un frisson en le suivant dans le couloir pour qu'il m'ouvre l'appartement voisin.

Je jetai un coup d'œil à l'intérieur. *Waouh*. Cet endroit était magnifique.

Les meubles en cuir couleur crème du salon avaient l'air neufs. Les deux plaids en grosse maille sur le canapé et le fauteuil donnaient une ambiance chaleureuse et tendance à l'endroit. Tout sentait le neuf. La cuisine était ouverte sur le salon, et le comptoir clair en granite complétait les tons plus sombres du reste de l'appartement.

— Vous avez fait du beau travail, c'est magnifique.

— Oui, merci. Comme je te l'ai dit, on tente de le louer en tant que Airbnb. Tu as eu de la chance qu'il soit disponible.

— Ça, c'est sûr ! Oh, Dieu merci, il y a une cafetière et des dosettes, ajoutai-je en me rendant à la cuisine. Je me demandais si j'aurais le temps d'aller me chercher un café le matin.

— Si tu as besoin de quoi que ce soit, je suis juste à côté, me rappela-t-il.

Comment pourrais-je l'oublier ?

— Merci.

Le fait que cet appartement se trouve juste à côté de celui de Holden me stressait autant que ça me réconfortait.

— Alors, raconte-moi les aventures de geeks qui t'amènent ici.

— Tu veux parler de l'entretien pour le projet de recherche, rectifiai-je en croisant les bras.

— Je te taquine. Mais tu es *vraiment* bien trop intelligente. À côté de toi, on passait toujours pour des idiots, soupira-t-il. Bref, plus sérieusement, raconte-moi.

— C'est un entretien pour une subvention de recherche sur les effets de la dopamine en relation avec la maladie d'Alzheimer.

— Intéressant, observa-t-il en grattant son menton. La dopamine, c'est une hormone sexuelle, non ?

Évidemment, il fallait qu'il pense tout de suite à ça.

— C'est un neurotransmetteur produit par le corps. Ça impacte notre façon de ressentir du plaisir. Une dose trop grande ou trop faible peut avoir un effet négatif. Mais oui, il est produit en réponse à une stimulation sexuelle, entre autres.

— Alors attends, trop de dopamine peut être mauvais ? Ça peut faire perdre la tête à quelqu'un ?

— Comme tout ce qui est excessif, non ? Mais cette étude spécifique se concentre plus sur des taux bas de dopamine et un risque accru de développer la maladie d'Alzheimer.

Il hocha la tête.

— Ah. Donc plus quelqu'un est actif sexuellement... moins il a de risques d'avoir cette maladie ?

Je me raclai la gorge.

— La recherche semble aller dans ce sens, oui.

— Bon sang, tout va bien pour moi alors. Mon cerveau ne craint rien, affirma-t-il en me faisant un clin d'œil.

Je levai les yeux au ciel.

— Le sexe a de nombreux bienfaits, et très peu d'inconvénients – tant que tu es prudent.

— Je le suis toujours, m'assura-t-il d'un air sincère.

— Très bien.

— Surtout en ayant Colby comme exemple, ajouta-t-il.

Celui-ci avait mis enceinte la mère de sa fille lors d'une histoire sans lendemain, environ cinq ans avant de rencontrer sa femme, Billie. Saylor était une perle, mais sa naissance avait été une leçon difficile pour tous les garçons : une seule erreur de jugement pouvait changer toute une vie.

Il inclina la tête.

— Dis-m'en plus sur les bienfaits du sexe.

— Sérieusement ?

— Plus ou moins. J'aime surtout te voir rougir.

— Je rougis ? m'enquis-je en touchant ma joue.

— Un peu. Mais ça m'intrigue vraiment. Je ne pense jamais aux hormones et à tous ces trucs qui peuvent impacter quelqu'un sur le long terme. C'est bon à savoir que le sexe a des bienfaits sur la santé.

— L'augmentation de l'ocytocine et de la dopamine pendant l'orgasme fait diminuer le cortisol, qui est l'hormone du stress.

— C'est pour ça qu'on se sent si détendu après, acquiesça-t-il.

— Exact.

— Mais je n'ai jamais su que ces hormones pouvaient protéger le cerveau. C'est énorme.

— Presque toutes les décisions qu'on prend – ce qu'on met dans notre corps, que ce soit de la nourriture ou *autre chose* – ont un impact sur notre santé en général, l'informai-je en souriant. Tu sais ce qui augmente aussi le taux de dopamine ?

— Quoi donc ?

— La musique.

— Ah, parfait. Encore un bon point pour moi.

— Tu vois les frissons que tu peux avoir au milieu d'une super représentation ? Ça fait beaucoup de dopamine.

— Mais comme tu l'as dit, en avoir trop peut aussi avoir un impact négatif, non ?

— Il y a en effet quelques effets négatifs dus à l'excès de dopamine, comme l'anxiété, les insomnies, une libido débordante.

— Alors ma mémoire sera parfaite, mais je continuerai d'être un chaud lapin qui fait parfois des crises d'angoisse. Compris. Ça me va, concéda-t-il.

Je ris.

— Merci pour cette leçon, Lala. Tu es tellement intelligente, ajouta-t-il en souriant. Ça fait plaisir de te voir. J'ai l'impression que ça fait une éternité.

Est-ce que j'ose en parler ?

— Oui, je crois que la dernière fois remonte au mariage de Colby, non ?

Il hocha lentement la tête.

— Si. Ça fait un an. Bien trop longtemps.

Ses yeux croisèrent les miens, et je repensai aussitôt à la danse que nous avions partagée à cette occasion. Warren s'était rendu aux toilettes. Quand j'avais levé la tête, Holden était soudain apparu à sa place. Je me rappelle avoir prié pour que Warren ne revienne pas pendant que je dansais avec lui. C'était un slow qui passait à ce moment-là, et je ne voulais pas qu'il pense qu'il se passait quelque chose d'inapproprié. Mais peut-être que c'était parce que c'était *moi* qui avais des pensées déplacées. Par chance, la chanson s'était terminée et Holden avait quitté la piste de danse juste avant que Warren me rejoigne. Ainsi, mon fiancé ne s'était pas douté que je venais de danser avec mon béguin d'enfance.

C'était comme si ça n'était jamais arrivé, sauf que j'avais continué à y penser toute la soirée. J'avais jeté des coups d'œil furtifs à Holden en me sentant coupable, parce qu'il y avait eu quelque chose de spécial dans cette danse, même si je n'arrivais pas à mettre le doigt dessus. Est-ce que je pensais que Holden m'appréciait *comme ça* ? Non. Mais le voir arriver au moment où Warren était parti avait semblé vraiment intentionnel. Peut-être que l'ambiance sentimentale du mariage avait eu raison de lui. Ces cérémonies étaient une grande étape. Ils nous faisaient prendre conscience que la vie défilait, et je me demandais si la chanson ne lui avait pas rappelé le décès de Ryan. Étant donné que j'étais la personne la plus proche de son ami, c'était peut-être pour ça qu'il s'était accroché à moi à ce moment-là.

— Bref... reprit Holden, en interrompant le fil de mes pensées. Je sais que d'autres personnes sont impatientes de te voir ce soir. Colby et Billie ont préparé le dîner. Ils voulaient que je t'accompagne chez eux une fois que tu aurais fini de t'installer. D'ailleurs, je pense qu'on est déjà en retard.

Je frottai mon ventre.

— Oh, mon Dieu, j'adorerais ça. Je meurs de faim. Accorde-moi juste une seconde.

Je passai aux toilettes, puis je retrouvai Holden dans le salon et nous nous rendîmes chez Colby.

Saylor, la fille de ce dernier, ouvrit la porte et sauta sur place.

— Lala !

— Salut, ma chérie ! Je suis contente que tu te souviennes de moi, déclarai-je en me penchant pour l'enlacer. Tu deviens si grande. Je n'en reviens pas.

Nous ne nous étions vues que quelques fois, mais nous avions passé du temps ensemble au mariage. La mère de Saylor n'avait jamais fait partie de sa vie. Quand Colby s'était marié, sa femme, Billie, avait endossé ce rôle, et tout semblait très bien se passer.

— Tes cheveux ont plein de boucles ! s'exclama la petite en les touchant.

Je recoiffai ma crinière blonde.

— Je sais ! Elles sont en fouillis.

— J'adore tes cheveux rebelles, intervint Holden derrière moi.

— Merci.

Je me sentis rougir un peu.

— On pensait que tu ne viendrais jamais, Lala ! lança Billie en venant me prendre dans ses bras. Qu'est-ce qui t'a pris si longtemps ?

Billie était une personne géniale que j'avais hâte d'apprendre à connaître. Elle possédait le salon de tatouage en bas de l'immeuble, et c'était comme ça qu'elle avait rencontré Colby.

— Je suis désolée, m'excusai-je. La circulation était dense, et Holden a pris le temps de me faire visiter l'appartement.

— Je l'ai occupée un moment, c'est ma faute.

Quoi ? L'image qui apparut dans mon esprit était très nette. Je me raclai la gorge.

— L'appartement est magnifique. Merci énormément de me laisser dormir ici, les garçons.

— Tu plaisantes ? Cet immeuble appartient à Ryan, tu seras toujours la bienvenue ici, même si on doit mettre

Holden dehors pour faire de la place, affirma Owen en s'approchant afin de me prendre dans ses bras, toujours vêtu de son costume trois pièces.

— Je me porte volontaire pour le virer moi-même, compléta Brayden en ouvrant ses bras, pour être le prochain à m'enlacer.

Être avec eux m'avait vraiment manqué. Ils me rappelaient tant mon frère. Et je pouvais aussi sentir la présence de Ryan ici.

Colby fut le dernier à apparaître. Il venait de la cuisine et apportait un plat qu'il déposa sur la table.

— Salut, Lala !

Il essuya ses mains et vint me serrer contre lui.

Peu de temps après, nous nous installâmes tous autour d'un plat de pâtes, de boulettes de viande, de salade et de pain à l'ail. Saylor proclama fièrement qu'elle avait fait la salade toute seule.

Pendant notre repas, Colby me fit passer un petit interrogatoire.

— Alors, Lala... commença-t-il. Étant donné que Ryan n'est pas là, j'espère que tu comprendras qu'on est obligés de jouer le rôle des grands frères protecteurs. Malheureusement, tu en as quatre pour le prix d'un.

— Quatre frères, hein ? Ça fait... beaucoup, répondis-je en riant.

— J'ai quatre oncles ! s'exclama Saylor. Trois ici et un au paradis.

Je souris.

— C'est vrai.

— Alors, j'ai quelques questions, poursuivit Colby. Pour commencer, je ne sais pas grand-chose sur Warren. Il avait l'air d'être quelqu'un de bien quand je l'ai rencontré au mariage, mais je ne le *connais* pas vraiment. Dis-m'en plus. Pourquoi c'est *lui* que tu as choisi parmi tous les hommes du monde ?

— Oh, laisse-la tranquille, répliqua Billie en tapant son bras. Elle n'a pas à expliquer ses sentiments à qui que ce soit. On ne peut pas toujours expliquer pourquoi on aime une personne. On le sait et c'est tout.

Elle me sourit.

— Désolé, mais je trouve que c'est une bonne question, insista Colby en haussant les épaules.

Je jetai un coup d'œil à Holden, qui était en train de me fixer. Lui, comme tous les autres, semblait attendre une réponse.

J'essuyai ma bouche et observai Billie.

— Ce n'est rien. Il a raison. Ryan n'aurait pas attendu si longtemps pour me demander ça. Il aurait insisté pour passer du temps avec Warren histoire d'enquêter sur lui.

— D'accord, alors pourquoi on devrait l'approuver ? me questionna Brayden en croisant les bras.

— Eh bien...

Je marquai une pause.

— Il est super intelligent. Il est drôle. Il tient vraiment à moi. Il me donne le sentiment d'être en sécurité. Il est honnête, ce qui est *très* important pour moi... indiquai-je en regardant autour de la table.

— C'est tout ? ricana Colby.

— Qu'est-ce que tu veux de plus ? rétorqua Billie en frappant de nouveau son bras.

— Il fait de la recherche contre le cancer, c'est ça ? s'enquit Owen.

— Il est chercheur en cancérologie, oui.

Holden jouait avec ses pâtes.

— Je ne veux pas paraître bête, mais qu'est-ce que fait un chercheur en cancérologie exactement ? Il va au travail et... il fait quoi ?

Je me redressai sur ma chaise.

— Eh bien, lors d'une journée typique, Warren étudie au microscope la façon dont des cellules cancéreuses interagissent avec un organisme particulier. Ça demande beaucoup d'heures de travail, des essais et des erreurs, pour faire de petites avancées sur ce qui fonctionne ou pas pour faire diminuer la croissance des cellules et ainsi réduire la charge de morbidité.

— C'est un travail très honorable, indiqua Billie.

— C'est un intello honorable, oui, confirma Holden.

J'arquai un sourcil.

— Il faut croire qu'on est faits l'un pour l'autre, alors, étant donné que c'est comme ça que tu m'appelais – l'intello.

— Oui, mais tu sais que je disais ça avec amour, précisa-t-il en me faisant un clin d'œil.

Colby nous observa tour à tour. J'espérais qu'il ne captait pas mes sentiments étranges pour Holden. Je me souvenais de l'avoir vu me regarder danser avec lui au mariage. Il avait eu l'air d'être le seul à nous remarquer.

Je me levai de table après le dessert.

— Bon, je suis sûre que vous devez mettre Saylor au lit et il faut que je me prépare pour mon entretien de demain, alors je vais vous laisser.

Billie se leva.

— Il faudra qu'on fasse ça souvent si tu obtiens le poste. Peut-être une fois par semaine.

— J'adorerais ça, acceptai-je.

Holden se leva et m'accompagna jusqu'à la porte.

Lorsqu'il l'ouvrit et sortit, je levai les yeux vers lui.

— Tu pars aussi ?

— Oui. Le repas est fini, non ?

Je dis rapidement au revoir à tout le monde, puis je

suivis Holden dans le couloir, et nous revînmes ensemble aux appartements voisins.

Il s'arrêta devant ma porte, me tendit la clé, et nos doigts se frôlèrent lorsque je les récupérai.

— Est-ce que tu veux venir boire un verre chez moi? proposa-t-il soudain, après être resté planté là un moment.

J'eus des papillons dans le ventre. Pourquoi une simple question me faisait réagir ainsi? Ce n'était qu'un verre, mais bizarrement, tout ce qui concernait Holden me semblait... dangereux. Ce n'était pas que je ne lui faisais pas confiance – ou que je ne *me* faisais pas confiance. Je pensais simplement que ce n'était pas une bonne idée d'attiser les braises de ce qui se passait dans ma tête depuis que j'étais arrivée.

— Il ne vaut mieux pas, refusai-je. J'ai pas mal de choses à déballer, et il faut que je sois au top de ma forme demain matin.

Il baissa les yeux en soupirant.

— Bien sûr. Une autre fois, alors. Quand tu auras décroché le poste. Tu *vas* l'avoir, parce que tu es Lala.

— J'aimerais être aussi confiante.

— Tu vas assurer.

Il sourit, ses yeux s'attardant sur les miens un instant.

Oui. Il y avait vraiment une tension bizarre entre nous. C'était la même que j'avais ressentie au mariage de Colby et par intermittence au fil des années. C'était juste que je ne savais pas s'il ressentait la même chose.

— Eh bien... bonne nuit, ajoutai-je en levant la main.

— Bonne nuit, Lala.

Holden attendit que j'entre dans l'appartement. Une fois la porte fermée derrière moi, je pris une grande inspiration et tentai de prendre mes marques. Le soulagement m'envahit.

Je suis enfin seule.

Je pris une douche chaude, dont j'avais terriblement besoin, avant de sécher mes cheveux. J'aurais probablement dû aller directement au lit après ça, mais j'étais tendue. J'allai ouvrir le frigo en pensant le trouver vide, mais je fus choquée d'y trouver du lait pour mon café ainsi qu'une boîte. Mon cœur se serra quand je l'ouvris et que je découvris une dizaine de donuts fourrés à la crème pâtissière. Les préférés de Ryan. Un Post-it était collé sur le dessus.

Ryan a dit : « Tu vas y arriver, petite sœur. Épate-les demain. »

Les larmes me montèrent aux yeux. Je récupérai mon téléphone.

Lala : Les donuts, c'est toi ?

Holden : Je me suis dit que tu aurais besoin d'un petit déjeuner.

Lala : Tu m'as fait pleurer. Merci. C'est très gentil de ta part.

Holden : Avec plaisir, trésor.

Sa réponse me fit frissonner. Je pleurais comme une madeleine. *Bon sang.* J'avais un fiancé. Il fallait que j'arrête de réagir à Holden de cette manière. Peut-être que c'était juste l'excitation d'être ici. Si j'obtenais la subvention et que je venais vivre dans cette ville, mes émotions s'apaiseraient. Et de toute façon, même si je n'étais pas fiancée, être en couple avec Holden Catalano ne serait pas envisageable. Il était un casse-tête dont je n'avais pas besoin dans ma vie. Visiblement, le moment que nous avions partagé au mariage m'embrouillait encore les idées.

Après avoir dévoré l'un des donuts, je me brossai les dents et me mis au lit, encore une fois impressionnée par la qualité de cet endroit en sentant le matelas à mémoire de forme confortable sous moi. Je testai rapidement le son de mon réveil sur mon téléphone pour m'assurer qu'il se déclenche bien le lendemain matin.

Juste au moment de poser ma tête sur l'oreiller, j'entendis un coup contre le mur de la chambre. Au départ, je pensais que c'était mon imagination, mais ça recommença.

Je repris mon portable.

Lala : C'est toi ?

Les points de suspension s'agitèrent lorsqu'il écrivit sa réponse.

Holden : De quoi tu parles ?

Encore un coup.

Lala : Le coup sur le mur !

Holden : Quel coup ?

Ça se reproduisit.

Lala : Tu as entendu ?

Holden : Bien sûr, c'est moi qui l'ai fait.

Lala : Holden ! LOL

Holden : Tu savais que nos chambres étaient collées l'une à l'autre ?

Lala : Maintenant, je suis au courant.

Holden : LOL

Lala : Oh, bon sang. Je ne vais pas être obligée de t'écouter «divertir» des filles, n'est-ce pas ?

Holden : J'essaierai de garder à l'esprit que tu es juste à côté.

Lala : Merci d'avance de bien vouloir faire moins de bruit.

Holden : La seule fois où c'est bruyant, c'est pendant les orgies. Mais ça n'arrive qu'une fois par mois.

Lala : Les orgies ?

Holden : Des fouets. Des chaînes. (Des menottes.) La totale. Une SURCHARGE de dopamine.

Il est sérieux ?

Holden : LOL. Je plaisante. Pas d'orgies.

Lala : On ne sait jamais avec toi.

Holden : J'ai gâché cette blague parce que je n'ai pas pu te voir rougir.

Lala : *Soupir* Il faut que je dorme.

Holden : D'accord. Je ne t'embêterai plus.

Lala : Bonne nuit, Holden.

Holden : Bonne nuit, Lala.

Je me forçai à fermer les yeux. J'aurais dû répéter mes réponses à l'entretien en m'endormant, mais au lieu de ça, je m'imaginai enchaînée au lit de Holden pendant une orgie.

CHAPITRE 3

Holden

Snif. Snif.

Comment un drap pouvait encore sentir l'odeur d'une personne alors qu'elle était partie quatre jours plus tôt?

Bref. Il fallait que j'ignore ça car je devais préparer cet appartement pour l'arrivée du prochain client Airbnb prévue demain. Je fis le tour du lit, retirai le dernier coin du drap-housse et le roulai en boule.

Mais lorsque je le pris dans mes bras, je sentis de nouveau cette odeur.

Je jetai un coup d'œil dans l'appartement vide, comme si quelqu'un d'autre que moi pouvait être là, puis je portai le drap à mon nez.

Grande inspiration. Grande expiration. Bon sang. Est-ce qu'elle était obligée de sentir aussi bon en plus d'être magnifique? *Fichue Lala Ellison.*

Cette femme me rendait dingue. Je ne pensais qu'à elle depuis que j'avais reçu ma lettre, et je n'avais pas passé une seule bonne nuit de sommeil depuis qu'elle avait dormi ici. Au même instant, je me mis à bâiller.

J'aurais vraiment besoin d'une petite sieste. J'observai le drap dans ma main. *Non. Ne fais pas ça.*

Et pourquoi pas ? demanda une autre partie de ma conscience. C'était juste un lit. Et celui-ci était neuf et confortable – contrairement au mien, que j'avais dû réparer plusieurs fois ces derniers mois. Il me fallait juste quelques heures de sommeil décent.

Oui, voilà. Mens-toi à toi-même. Vas-y, mon grand.

Mais c'était logique, non ? J'étais fatigué, je me trouvais devant un super lit neuf, et j'avais un drap presque propre à la main. Je pouvais simplement le remettre. Je n'aurais même pas besoin d'ajuster les quatre coins – deux suffiraient. J'avais déjà dormi comme ça un nombre incalculable de fois dans le passé. Personne ne saurait que j'avais fait une sieste.

Sauf toi, petit voyou renifleur de draps.

— Ferme-la.

Non seulement je n'arrêtais pas de réfléchir, mais en plus, je me parlais aussi à voix haute. *Super, vraiment génial.* Il fallait *vraiment* que je dorme. Alors je repoussai mes pensées ridicules, réinstallai le drap-housse, puis grimpai sur le lit.

Je pris une grande et profonde inspiration…

Parce que c'était ce qu'on faisait quand on était fatigué et qu'on essayait de dormir, et non pas parce que ça sentait comme Lala Ellison.

Pour information, le sourire qui resta sur mon visage pendant ma sieste de trois heures et demie n'avait rien à voir *non plus* avec Lala Ellison.

— Quoi de neuf, les gars ? lançai-je en entrant chez Owen pour notre partie de cartes mensuelle.

Ils étaient déjà assis à leurs places habituelles. Je posai un pack de douze bières sur la table et m'en sortis une.

Owen avait les cartes en main, prêt à miser.

— Tu es sacrément en retard, voilà ce qui est neuf.

— Désolé, m'excusai-je en retirant la capsule pour la jeter au centre du pot en guise de mise de départ. Je viens juste de me réveiller d'une sieste radieuse. Ce qui veut aussi dire que je n'ai pas eu le temps de passer retirer de l'argent, alors je vais devoir utiliser des capsules de bière en guise de dollars.

Brayden secoua la tête.

— C'est du racket, mec. Tu n'as jamais de monnaie sur toi, et tu fais des siestes.

— J'avais besoin de sommeil réparateur pour prendre soin de ce joli visage, répliquai-je avec un sourire, tout en me pointant du doigt. Sinon, comment je ferais pour que les femmes me paient un verre alors que je n'ai pas de liquide ?

Colby se mit à rire.

— Passe-moi une bière, imbécile.

J'en sortis une du pack et la posai sur mon bras tel un maître d'hôtel avec une bouteille de champagne.

— J'espère que ce millésime sera à votre goût.

— Tu es de bien bonne humeur, observa Owen en distribuant les cartes. J'en déduis que tu n'étais pas seul dans ce lit cet après-midi, je me trompe ?

J'avalai quelques gorgées et m'adossai à ma chaise en poussant un grand « aaah ».

— J'étais seul, mon pote. Je suis juste heureux d'être là avec mes chers amis.

Colby fit sauter sa capsule avec son pouce et son majeur. Celle-ci vola dans les airs, rebondit sur mon front, et atterrit au milieu de la table.

— Il faut croire que j'ai misé deux dollars, déclarai-je en souriant.

Owen finit de nous distribuer cinq cartes chacun, puis il posa le paquet.

— Est-ce que quelqu'un sait jusqu'à quand est réservé le Airbnb ? s'enquit-il.

— Il me semble qu'on a quelqu'un à la fin du mois, mais c'est tout. On a ouvert le calendrier de réservations seulement pour six mois.

— Est-ce qu'on peut l'annuler ?

Je haussai les épaules.

— Le client ne va sûrement pas être ravi, mais oui, on a la possibilité de le faire. Pourquoi ?

Owen nous regarda tous.

— Parce que Lala a obtenu la subvention qu'elle a demandée.

Je me figeai.

— Comment tu le sais ?

— Elle m'a appelé tout à l'heure. Ils veulent qu'elle commence lundi. C'est une subvention gouvernementale, alors s'ils ne commencent pas à dépenser l'argent avant la fin du mois, ils perdront leur budget pour l'année prochaine. Elle voulait savoir si on pouvait lui louer l'appartement, alors je lui ai dit que je la recontacterais après avoir vérifié s'il était libre, mais je voulais voir avec vous ce que vous pensiez de la laisser loger ici gratuitement. Cette subvention dure six mois, alors ça nous ferait renoncer à un loyer pendant une demi-année. Mais on n'aurait pas cet immeuble si Ryan n'avait pas fait de nous les bénéficiaires de son assurance vie. Ça me semble être la bonne chose à faire.

Tout le monde hocha la tête.

— Absolument, ajouta quelqu'un.

Toutefois, j'étais toujours bloqué sur la première phrase d'Owen.

— Pourquoi elle t'a appelé toi et pas moi ?

— Sûrement parce que je suis plus gentil et plus beau, répondit-il en haussant les épaules. Oh, et aussi parce que je suis un adulte qui *ne fait pas de siestes*.

J'étais vexé que Lala ait choisi d'appeler Owen, mais lorsque Colby posa un regard entendu sur moi, je masquai ma réaction autant que possible.

— D'accord, ce n'est rien.

— Alors on est tous partants pour le lui laisser gratuitement ? demanda Owen.

Tout le monde hocha la tête.

— Très bien, alors, ajouta-t-il. Je l'appellerai plus tard pour la prévenir qu'elle a un endroit où loger aussi longtemps qu'elle en aura besoin.

— Salut, je suis content que tu sois chez toi.

J'ouvris la porte de mon appartement et me retrouvai face à Owen.

— Qu'est-ce qui se passe ?

— Lala est censée arriver vers quatorze heures aujourd'hui, et je viens juste de recevoir un appel d'un client qui veut que je lui fasse visiter un appartement tout de suite car il est très intéressé, en sachant que j'ai déjà une offre venant d'une autre agence. J'étais censé donner un coup de main à Warren et Lala pour son emménagement. À tout hasard, est-ce que tu pourrais les aider à ma place ?

Je me sentais coupable de refuser, mais le docteur Crétin devrait être capable de porter les cartons lui-même. L'appartement était totalement meublé, alors ce n'était pas comme s'il allait devoir soulever des choses lourdes.

— Désolé, j'ai déjà prévu autre chose, refusai-je en haussant les épaules.

— Mince, d'accord. Je vais demander à Brayden et Colby.

— Ça marche. Bonne chance pour aujourd'hui.

— Merci, mec.

Owen s'apprêta à s'éloigner, mais il fit demi-tour.

— Au fait, j'ai encore surpris Tic et Tac, les ados terribles du 410, sur le toit hier soir. Ils avaient des seaux d'eau et essayaient de les renverser sur les piétons cette fois-ci.

— Sérieusement ? Madame Martin du 408 m'a appelé pour se plaindre il y a deux jours parce qu'ils ont écouté de la musique à fond toute la soirée. Quand je suis monté pour leur dire d'éteindre, ils étaient seuls chez eux. Je pensais leur avoir fait un peu peur. Apparemment pas. Tu as vu leur mère ces derniers temps ?

— Non, et on n'a pas eu le loyer de ce mois-ci non plus.

Je secouai la tête.

— Ils sont assez grands pour pouvoir se passer de baby-sitter, mais pas assez pour vivre seuls. Je verrai si la mère revient plus tard et je lui parlerai.

— Merci.

Je fermai la porte en me sentant comme une merde d'avoir refusé d'aider Lala. Cependant, la dernière chose dont j'avais envie, c'était de passer du temps avec son fiancé et elle. Étant donné qu'elle s'installait juste à côté de chez moi, j'étais voué à les entendre arriver, et me cacher chez moi allait me donner encore plus l'impression d'être un enfoiré. Il fallait que je m'éclipse, alors je parcourus mes contacts pour trouver quelqu'un avec qui organiser quelque chose. Je n'eus pas à chercher longtemps.

J'étais sorti plusieurs fois avec Anna, et je l'avais encore croisée la semaine dernière dans le métro. Elle m'avait dit de lui envoyer un message, alors je le fis. Je lui proposai un cinéma en pleine journée, même si ça ne me tentait pas du tout. Elle me répondit rapidement en ayant l'air ravie de pouvoir me voir, et je me sentis mal encore une fois.

Je voulais être parti avant que Lala arrive. Alors après avoir pris une douche, je me dis que j'allais me rendre au cinéma à pied en prenant mon temps, puisque j'avais donné rendez-vous là-bas à Anna une heure plus tard. Mais lorsque je sortis de l'immeuble, il y avait de l'agitation. Un type hurlait en agitant les bras, en se tenant à côté d'une voiture à moitié engagée par l'avant sur une place de parking, tandis qu'un autre véhicule s'y était inséré par l'arrière. Ce ne fut que lorsqu'une femme sortit de l'autre véhicule en claquant la portière que je me rendis compte que l'homme était en train de crier sur Lala. *Merde*. J'approchai en courant, juste au moment où l'autre conducteur se mit à avancer vers elle.

— Hé, calme-toi un peu, mon pote, lançai-je en levant les mains et en m'interposant entre eux. Qu'est-ce qui se passe ici ?

— J'essayais de me garer en marche arrière, et il a surgi de nulle part pour essayer de me prendre la place, m'expliqua Lala en pointant le type du doigt. Il n'était pas derrière moi quand j'ai reculé pour faire mon créneau.

J'observai l'homme. Il était chauve, avec un gros ventre et un visage rouge.

— Écoute, mec, cette femme emménage dans cet immeuble juste ici aujourd'hui.

— Je me fous de ce qu'elle fait, cracha-t-il. J'ai vu la place en premier.

Lala posa ses mains sur ses hanches.

— Pas du tout !

— Allez, mon pote. Même si tu étais là le premier, tu ne peux pas simplement être un gentleman et la laisser prendre la place ? proposai-je en pointant du doigt la banquette arrière de Lala, qui était pleine de cartons. Elle a beaucoup de choses à transporter.

— Va te faire foutre.

— Charmant, remarquai-je en secouant la tête. Tu es une vraie perle, à ce que je vois.

Lala ouvrit la portière arrière de sa voiture.

— Tant pis. Si vous ne bougez pas, je vais rester garée comme ça et je vais monter mes cartons. J'en ai beaucoup, alors si vous voulez attendre que j'aie fini, ça va prendre un moment.

— Euh, Lala, murmurai-je en me penchant vers elle. Je ne suis pas sûr que tu devrais laisser ta voiture ici.

Elle pinça ses lèvres, mais récupéra quand même un carton.

— Tant pis.

— Tu as entendu la dame, repris-je en regardant le type et en haussant les épaules.

Puis je m'emparai de cartons à mon tour, et je me dirigeai vers l'entrée de l'immeuble en compagnie de Lala. L'homme hurla quelque chose à propos d'appeler la fourrière.

— Va te faire cuire un œuf, tête d'œuf ! s'écria Lala en s'arrêtant devant la porte.

Je souris dans l'ascenseur.

— C'était dément.

Elle posa son carton et me montra sa main flageolante.

— Il faut croire que c'était l'adrénaline qui parlait, parce que je tremble maintenant. Je suis une vraie poule mouillée.

— Tu as failli m'avoir, avouai-je en riant.

L'ascenseur sonna en arrivant à notre étage, et je fis un signe de tête à Lala pour l'inviter à passer la première. En plein milieu du couloir, le dernier des trois cartons que je portais craqua, et tout son contenu tomba par terre.

— Merde.

Nous posâmes le reste, puis je tentai de refermer le carton dont le scotch avait lâché.

— Ça ne va pas tenir, déclarai-je en secouant la tête. Il faut que je mette celui-ci au milieu des deux autres pour qu'il y ait une base solide, ensuite on pourra tout remettre dedans et aller jusqu'à l'appartement.

— Bonne idée.

Nous rangeâmes tout dans la boîte, avant de la mettre en haut de la pile. Lala reprit celle qu'elle portait, et nous parvînmes à faire cinq ou six pas... avant que son carton lâche à son tour et que son contenu s'étale au sol.

— Oh non ! Est-ce que le scotch, ça périme ? demanda-t-elle en se baissant.

— S'il est vieux, peut-être. Il devient moins collant. Pourquoi ? Quel âge avait celui que tu as utilisé ?

Elle fit une grimace.

— Je l'ai trouvé dans le placard de Ryan. Je suis presque sûre qu'il date de la fois où on a fait le tri dans ses affaires pour pouvoir les donner, quelques mois après sa mort.

Oh, mince.

— Tu t'en es servi pour *tous* les cartons ?

Elle hocha la tête en mordillant sa lèvre inférieure, et ça me fit rire.

— J'ai du ruban adhésif chez moi. On le rapportera avec nous et on renforcera le reste des cartons avant de les monter.

Ensemble, nous réparâmes le deuxième contenant cassé, et nous parvînmes à déposer la première tournée dans l'appartement avant qu'il y ait plus de dégâts. Je passai à côté pour récupérer un rouleau neuf, et je revins une minute plus tard.

— Je croyais que Warren devait venir pour t'aider à emménager.

— Il est occupé sur un projet qui arrive à échéance, et j'ai pensé que je pourrais me débrouiller toute seule.

C'est la troisième charge que je retiens contre le docteur Crétin. La deuxième était ce caillou de pacotille qu'il lui avait offert en guise de bague de fiançailles, et la première... eh bien, c'était le fait qu'il existe.

— On ferait mieux de redescendre, déclarai-je en fronçant les sourcils.

— Ça te dérange si je passe d'abord aux toilettes ?

— Vas-y, je t'en prie, répondis-je en lui faisant signe d'avancer.

Pendant qu'elle était occupée, j'en profitai pour aller nous chercher deux bouteilles d'eau chez moi. Je lui en offris une lorsqu'elle me rejoignit.

— Oh, merci. En plus, j'ai super soif. Je n'ai rien bu avant de partir parce que je ne voulais pas laisser mes affaires sans surveillance si je devais m'arrêter en route.

— Bonne idée, observai-je en retirant le bouchon pour boire un peu. Tu es prête pour le prochain voyage ? Monsieur Joyeux en bas est probablement en train de taper du pied.

Mais lorsque nous sortîmes, monsieur Joyeux ne boudait pas. Cet enfoiré arborait un grand sourire. Sa soudaine bonne humeur était vraisemblablement due au *camion de remorquage* qui soulevait l'avant de la voiture de Lala. Je courus vers le type qui était aux commandes.

— Hé, arrêtez. La propriétaire de la voiture est juste ici. Cet homme a tenté de lui voler sa place de parking, expliquai-je en pointant du doigt le gars en question. On est seulement partis dix minutes maximum. Elle emménage dans l'immeuble juste à côté et elle doit monter tous ces cartons. Est-ce que vous pouvez être indulgent avec elle, s'il vous plaît ? On déplacera la voiture dès que vous l'aurez détachée, je vous le promets.

Le chauffeur de la remorque posa un pied sur le pare-chocs de son véhicule, puis s'adressa à l'autre chauffeur.

— Je ne sais pas, officier Agostino, vous en pensez quoi ? Est-ce que je devrais laisser cette femme tranquille ?

Cet imbécile afficha un sourire diabolique.

— Absolument pas. Fais-moi dégager cette ordure, Johnny.

Oh, putain. Je baissai la tête. *Cet abruti est un flic…*

Je poussai un soupir de défaite et m'adressai à Johnny.

— Si on paie les frais maintenant, est-ce que vous pouvez la décrocher ici pour qu'on puisse déplacer la voiture ? Évitez-nous au moins de devoir aller à la fourrière pour la récupérer.

Le chauffeur de la remorque regarda de nouveau le policier, et ce connard secoua la tête avec un sourire si large que je me dis qu'il ne s'était pas autant amusé depuis longtemps.

L'homme finit d'installer la voiture de Lala, puis il me tendit une carte.

— Je vais sûrement aller déjeuner, alors ça pourrait prendre un peu de temps.

— Est-ce qu'on peut au moins prendre les cartons avant que vous partiez ? Tout risque d'être secoué à cause des nids-de-poule et de l'avant surélevé.

— Désolé, ce n'est pas possible, refusa-t-il en remontant dans son véhicule.

— Je suis navré, ajoutai-je en regardant Lala.

— Ce n'est pas ta faute, c'est la sienne, déclara-t-elle en pointant le policier du doigt.

L'officier arbora un dernier sourire arrogant, avant de rejoindre sa voiture.

— Je vous souhaite à tous les deux de passer *une putain de bonne journée.*

Les choses n'allèrent pas en s'améliorant après ça. Lala et moi payâmes une somme énorme pour nous rendre à Brooklyn en Uber afin de pouvoir récupérer sa voiture à la fourrière. Mais une fois sur place, elle n'était pas encore arrivée. Ce fichu chauffeur se pointa tranquillement une heure plus tard. Ensuite, au moment de payer, nous découvrîmes qu'ils ne prenaient pas la carte bancaire et aucun de nous n'avait assez de liquide, alors nous fûmes obligés de nous rendre six pâtés de maisons plus loin pour retirer de l'argent au distributeur le plus proche. Après être revenus avec les trois cent cinquante dollars qu'ils avaient le culot de facturer, l'employé de la fourrière refusa de rendre sa voiture à Lala, car elle n'avait pas la carte grise sur elle. Après avoir enfin réussi à le convaincre que Lala n'était pas une voleuse de voiture qui essayait de dérober son tas de ferraille de onze ans à la fourrière, celui-ci refusa de démarrer.

— Ils ont abîmé ta voiture. Je vais tuer ce chauffeur.

Je m'apprêtai à sortir, mais Lala me retint.

— Non, je pense qu'ils n'ont rien fait, Holden, me raisonna-t-elle en secouant la tête. J'ai dû faire venir mon voisin pour qu'il me donne un coup de main avant de partir ce matin. Il a dit que c'était sûrement l'alternateur.

— Oh, d'accord.

Je jetai un coup d'œil autour de nous, mais il n'y avait rien d'autre que des voitures.

— Laisse-moi retourner à l'accueil histoire de voir si l'employé peut envoyer quelqu'un pour nous aider. Je reviens tout de suite.

Mais notre malchance ne s'arrêta pas là. La voiture ne voulut pas démarrer, même après une demi-heure de tentatives infructueuses et après avoir essayé de laisser la batterie charger.

Je finis par refermer le capot de Lala et j'essuyai mes mains sur mon pantalon, avant de tendre la main à la femme qui nous avait aidés.

— Merci beaucoup d'avoir essayé. Est-ce qu'il y a un garage dans le coin qui ne tentera pas de l'escroquer si vous la remorquez là-bas pour changer l'alternateur ?

Elle hocha la tête.

— Banner Auto Repair se trouve à environ un kilomètre et demi sur la droite. Il est honnête.

— Est-ce que vous pouvez y remorquer la voiture ?

Elle regarda l'heure sur son téléphone.

— Il est presque dix-huit heures un dimanche. Il est fermé pour aujourd'hui. Je pourrai la faire remorquer à la première heure demain matin, mais je vais devoir vous facturer ce service.

Je poussai un grand soupir, avant de jeter un coup d'œil à Lala, qui haussa les épaules.

— Est-ce qu'on a vraiment le choix ? Mais qu'est-ce qu'on fait de tous mes cartons ? Sans eux, je n'ai même pas de brosse à dents ni de vêtements pour le travail demain.

— Je vais appeler Dylan, mon bassiste, pour voir s'il peut venir nous chercher avec tes affaires. Il habite à Brooklyn et gare le van du groupe dans son allée.

Dylan put nous aider, mais le temps de revenir à l'appartement et de tout décharger, il était presque vingt heures trente.

Lala observa le salon rempli de cartons.

— Est-ce que tu peux m'appeler, s'il te plaît ? Je ne sais pas où j'ai posé mon téléphone. J'espère vraiment que je ne l'ai pas fait tomber dans le van, étant donné que Dylan vient juste de partir.

— J'aimerais bien, mais ma batterie a lâché il y a plusieurs heures, répondis-je en levant mon portable.

Lala se mit à rire en couvrant sa bouche.

— Oh, mon Dieu, Holden. Si je ne ris pas après la journée qu'on vient de passer, je crois que je vais me mettre à pleurer.

Je souris.

— C'était un vrai merdier, hein ?

— J'ai dit à un policier d'aller *se faire cuire un œuf* et je l'ai appelé tête d'œuf !

J'éclatai de rire avec elle, et je désignai la porte d'un signe de tête.

— Viens, allons chez moi. Je vais prendre un chargeur pour qu'on puisse trouver ton téléphone, et je récupèrerai des bières fraîches dans le frigo.

— Ça m'a l'air divin. Merci.

Toutefois, dès que nous sortîmes dans le couloir, je me rendis compte que nous allions encore devoir affronter un obstacle avant ce programme *divin*. Une femme se tenait devant ma porte. Une femme que j'avais *complètement oublié* de rejoindre au cinéma quelques heures plus tôt.

Anna me regarda, puis observa Lala, et elle pinça ses lèvres.

Merde. Ça n'allait pas être beau à voir.

— Tu es vraiment un connard. Je n'en reviens pas d'être venue jusqu'ici parce que j'étais inquiète qu'il te soit arrivé quelque chose, puisque tu m'as posé un lapin et que tu n'as pas répondu au téléphone de toute la journée.

Elle tourna les yeux vers Lala.

— Profite bien de ta super soirée, parce que c'est tout ce que tu auras, conclut-elle en s'éloignant précipitamment.

— Anna, attends! Je suis désolé! J'ai eu un contretemps, mon téléphone s'est éteint et ensuite...

Elle se contenta de me faire un doigt d'honneur par-dessus son épaule sans arrêter de marcher.

— Je suis vraiment désolée, s'excusa Lala. Je ne me suis pas rendu compte que tu avais quelque chose de prévu.

Je secouai la tête.

— C'est ma faute. J'ai complètement oublié que je devais la retrouver au cinéma.

— Je te trouve gentil. Est-ce que tu veux bien que je t'offre à dîner? C'est le moins que je puisse faire après avoir gâché ta journée et ton rencard.

— Seulement si tu me laisses apporter la bière et le vin.

— Marché conclu, accepta-t-elle en souriant.

Nous commandâmes des plats chinois, et nous mangeâmes directement dans les contenants, pendant qu'elle vidait les cartons et que je les pliais. Malgré tous ces tracas, cette journée m'avait donné l'impression d'être de nouveau proche d'elle, comme toutes ces années auparavant.

— Je peux te demander quelque chose? l'interrogeai-je.

— Bien sûr. Si je peux te poser une question moi aussi, répondit-elle en me tendant sa boîte de poulet aux brocolis. Tu veux le reste? Je suis pleine.

Je plissai les yeux.

— Tu as craché dedans?

— Quoi ? Non ! s'exclama-t-elle d'un air choqué.

Je ris en lui prenant la nourriture des mains.

— Je plaisante.

Lala leva les yeux au ciel, mais elle sourit en se servant d'un cutter pour ouvrir le dernier carton.

— Tu voulais me demander quoi ?

— Pourquoi tu as appelé Owen et pas moi pour savoir si l'appartement était disponible ?

Elle se figea.

— Euuuh... je ne sais pas vraiment. Je pense qu'il est juste apparu en premier dans mes contacts.

Ça n'avait aucun sens puisque mon prénom et mon nom de famille arrivaient en premier dans l'ordre alphabétique. Cependant, elle évita soudain mon regard, et je ne voulais pas que les choses deviennent bizarres entre nous, alors je laissai tomber.

— À ton tour... indiquai-je.

— Hmmm ? Mon tour de quoi ? répliqua-t-elle en fronçant le nez.

— Tu as dit que je pouvais te poser une question si tu pouvais en faire autant. C'est à ton tour.

— Oh.

Elle sortit quelques serviettes de toilette de son carton et se rendit à la salle de bain.

— D'accord, je serais curieuse de savoir une chose, avoua-t-elle à son retour.

— Je t'écoute.

Je mis un morceau de poulet dans ma bouche.

— Tu couches avec combien de filles par mois ? Parce que c'est déjà la deuxième que je vois chez toi.

Je m'étouffai avec ma nourriture.

Lala écarquilla les yeux, puis elle courut me chercher ma bouteille d'eau et la tendit devant mon visage.

— Bois. Est-ce que tu veux que je te fasse la manœuvre de Heimlich ?

Je toussai encore quelques fois, mais je parvins à avaler le morceau de poulet, les larmes aux yeux.

— J'ai avalé de travers, expliquai-je en acceptant la bouteille.

— Heureusement ! Je n'ai pas fait cette manœuvre depuis le cours de sport en quatrième. Je ne suis même pas sûre de me rappeler comment m'y prendre, me confia-t-elle en me regardant boire.

Il me fallut encore une minute pour que ma gorge cesse de me brûler, mais au moins, j'arrivais à respirer.

— Je suis désolée, poursuivit-elle. Je n'aurais pas dû te poser une question aussi personnelle.

— Non, ce n'est rien. Je ne veux pas que tu puisses un jour avoir l'impression de ne pas pouvoir me demander quelque chose.

Même si j'ignorais la réponse à sa question. Avec combien de femmes je couchais par mois ? Ce n'était pas comme si je comptais, mais peu importait le nombre que j'allais lui donner, elle allait me prendre pour un gigolo.

— Je pense que ça varie. Parfois aucune, et parfois je sors de temps en temps.

— Est-ce que tu... ramènes quelqu'un chez toi *chaque fois* que tu sors ?

Putain. J'empirais les choses.

— Pas toujours, non.

Parce qu'il y a quatre mois de ça, je suis rentré une fois tôt du bar tout seul parce que je ne me sentais pas bien.

Elle secoua la tête en levant les mains.

— Je ne voulais pas m'immiscer dans ta vie privée ou t'offenser en te posant cette question.

— Tout va bien, lui assurai-je en haussant les épaules.

Elle me fixa pendant quelques secondes.

— Je parie que tu es doué pour ça...

J'arquai brusquement les sourcils, tandis que Lala couvrit sa bouche en rougissant.

— Oh, mon Dieu. Je n'arrive pas à croire que je viens de dire ça. C'est juste que... tu sais, c'est en forgeant qu'on devient forgeron.

Je souris.

— J'adore que tu rougisses encore quand tu es mal à l'aise, comme tu le faisais quand tu étais petite. Tu n'as pas perdu cette habitude.

— Oui, eh bien visiblement, je n'ai pas non plus perdu l'habitude de dire des trucs gênants. Je suis désolée d'avoir été si indiscrète. Je ne sais pas ce qui m'a pris.

— Ce n'est rien.

Lala finit de vider le dernier carton, et je le pliai. Nous avions désormais terminé, mais je n'étais pas prêt à voir cette soirée toucher à sa fin.

— Tu veux un verre de vin ? J'ai du blanc et du rouge juste à côté.

Elle hésita, avant de sourire.

— Bien sûr. Avec plaisir.

— Du rouge ou du blanc ?

— Du blanc.

Je hochai la tête.

— Je vais juste descendre ces cartons à la poubelle et je reviens.

— D'accord.

Après être descendu, je retournai chez moi pour récupérer une bouteille de pinot gris et deux verres. Mais plutôt que d'aller dans l'appartement voisin, j'ouvris la fenêtre de ma cuisine et passai par l'escalier de secours.

— Hé, Lala ! m'écriai-je en me penchant vers sa fenêtre à quelques pas de là.

En voyant qu'elle ne venait pas, je recommençai en mettant mes mains autour de ma bouche.

— *Hé, Ellison ! Ouvre la fenêtre !*

Quelques secondes plus tard, elle releva la fenêtre de son appartement et sortit sa tête.

— Je n'arrivais pas à savoir d'où venait ta voix.

— Descends sur ton escalier de secours, l'invitai-je en lui faisant signe de me rejoindre.

— On ne risque rien ? s'enquit-elle en regardant vers le bas.

— C'est plus sûr que de s'asseoir sur le toit de la maison de tes parents quand tout le monde dort, comme on le faisait quand on était petits.

Lala sourit et sortit. Il n'y avait qu'environ trente centimètres entre son escalier de secours et le mien. Je nous servis deux verres et lui en glissai un entre les barreaux en métal, qu'elle accepta avant de lever les yeux vers le ciel.

— Bon sang, je montais tout le temps sur ce toit pour observer les étoiles.

— Je sais. Je te rejoignais à chaque fois quand je passais la nuit chez toi et que Ryan s'endormait avant moi. Tu apportais toujours ton livre d'astronomie et des crayons de couleur.

Elle sirota son vin.

— J'aimais dessiner les étoiles que je pouvais identifier en utilisant un code couleur selon les constellations auxquelles elles appartenaient.

— La Grande Ourse, Cassiopée, Orion, le Grand Chien, le Centaure et la Carène, récitai-je. La dernière était ta préférée. À un moment donné, tu voulais même changer ton prénom pour t'appeler Carène.

— Je n'en reviens pas que tu te souviennes de ça, lança-t-elle en tournant les yeux vers moi.

— Je me souviens de beaucoup de choses au sujet des soirées qu'on passait à discuter...

J'aurais sûrement dû m'arrêter là, étant donné que j'avais déjà poussé cette conversation beaucoup trop loin, mais j'avais toujours eu des soucis avec les limites.

— Tu sais, tu étais la première fille avec qui j'avais l'impression de pouvoir être moi-même quand on était sur ce toit. Je pouvais te parler de tous les trucs bêtes que je rêvais de faire un jour sans me faire passer pour un idiot. Tu m'écoutais à chaque fois et tu me donnais l'impression que rien n'était impossible.

Lala acquiesça.

— Tu penses que Ryan savait qu'on se rejoignait en douce comme ça pour discuter ?

— Pas du tout, affirmai-je. Il me l'aurait fait payer.

— Pourquoi ? On parlait juste entre amis.

— Pour commencer, je laissais sa sœur s'asseoir sur le toit alors que j'aurais dû te traîner en sécurité à l'intérieur. Et ensuite, Ryan me connaissait bien. J'avais toujours de bonnes intentions au début avec les jolies filles, mais ça ne finissait pas toujours bien.

— Tu me trouvais... belle ?

— Évidemment. Comme tous les garçons qui ont des yeux.

Lala regarda dans son verre de vin avec un sourire timide.

— Je te trouvais plutôt canon aussi, avoua-t-elle.

Je souris.

— Je sais.

— Comment ça, tu sais ? m'interrogea-t-elle en écarquillant les yeux.

— Je voyais la façon dont tu m'observais quand je sortais de ta piscine, par exemple. Parfois, tu le faisais depuis la fenêtre de ta chambre quand tu pensais que personne ne pouvait te voir.

Lala couvrit son visage avec ses mains, avant de rire.

— Oh, mon Dieu. Et moi qui pensais être discrète.

Je m'approchai un peu plus de la rambarde de mon escalier.

— Je vais te dire un petit secret.

— Lequel ?

— Tu te rappelles comme Ryan et moi avions l'habitude d'aller dans le garage pour soulever les poids de ton père avant d'aller dans la piscine ?

— Oui. Vous vous baigniez pour vous rafraîchir après l'effort.

Je secouai doucement la tête.

— Faux. Je faisais faire de la muscu à Ryan avant qu'on se baigne pour avoir l'air plus musclé en me déshabillant, juste au cas où tu regarderais.

— Oh, waouh, lâcha-t-elle en avalant le reste de son vin. Je l'ignorais.

— Tu en veux encore ? proposai-je en levant la bouteille.

Elle mordilla sa lèvre comme si elle réfléchissait à sa réponse, du moins, jusqu'à ce que son téléphone sonne. Elle baissa les yeux et son joli visage s'assombrit.

— Merci de proposer, mais je devrais prendre cet appel. C'est Warren, et de toute façon, je dois travailler tôt demain matin.

Mon cœur se serra, cependant, je me forçai à sourire.

— Oui, pas de souci.

Elle se leva et j'en fis autant.

— Encore merci pour tout ce que tu as fait pour moi

aujourd'hui, ajouta-t-elle. Et merci aussi pour le vin et la discussion.

Elle me tendit son verre vide au-dessus de la rambarde.

— Bonne nuit, Holden.

— Bonne nuit, Lala.

De retour chez moi, je posai la bouteille sur le comptoir de la cuisine et mon verre dans l'évier. Mais en posant celui de Lala à côté du mien, je remarquai des marques de rouge à lèvres sur le bord.

Ne fais pas ça, crétin.

Et pourquoi pas ? J'avais déjà dormi dans ses draps.

Je serrai les dents et tentai de m'éloigner. Vraiment. Toutefois, j'allais assurément m'en vouloir demain d'avoir dit toutes ces choses déplacées à Lala, alors qu'est-ce qu'un peu de mépris envers moi-même allait changer ? Je récupérai donc la bouteille de vin et remplis le verre de Lala, puis je plaçai ma bouche à l'endroit où s'était posée la sienne pour boire.

Après avoir terminé, je commençai déjà à me sermonner.

Qu'est-ce que tu fous, Holden ? C'est quoi la prochaine étape, lui voler ses culottes pour les renifler ?

CHAPITRE 4

Lala

À la fin de ma première semaine à New York, je déjeunai avec ma nouvelle assistante, Tia, devant le siège du ministère de la Santé, où j'allais mener mes recherches ces prochains mois. Je venais juste de lui parler du fait que j'étais logée à titre gracieux.

— Je n'en reviens pas qu'ils te laissent habiter là gratuitement. C'est très gentil de leur part.

— Oui. Ils sont comme des frères pour moi.

Enfin, sauf un. Holden était peut-être plus comme un vilain demi-frère canon, mais il n'y avait rien de fraternel dans la façon dont mon corps réagissait face à cet homme.

— Alors… ils sont *comme* des frères, mais trois d'entre eux sont célibataires ?

Je me raclai la gorge.

— Oui.

— Tu n'es jamais sortie avec aucun d'entre eux ?

— Je suis fiancée, lui rappelai-je en plissant les yeux.

Elle était au courant pour Warren, alors je ne savais pas vraiment pourquoi elle me posait cette question.

— Je sais, mais dans le passé ?

— Non, avouai-je en secouant la tête.

— Est-ce que l'un d'entre eux est beau ?

— En fait, ils le sont tous.

— Ah bon ?

Elle essuya de la mayonnaise au coin de sa bouche.

— Je devrais passer te voir un week-end pour boire un verre alors, proposa-t-elle en me faisant un clin d'œil.

Tandis que le vent soufflait dans mes cheveux, je lui rendis son sourire, même si je n'aimais pas la direction que prenaient mes pensées. Ça ne me dérangerait pas de présenter Tia à Brayden et Owen, mais j'avais envie de garder Holden pour moi. Et c'était ridicule. Holden Catalano ne pouvait pas être contrôlé. Il appartenait au monde entier. Il sortait avec une femme différente chaque semaine, bon sang.

L'après-midi passa très vite après le déjeuner. Heureusement que nous étions vendredi, parce que ma première semaine sur le nouveau projet avait été plutôt épuisante. Après un début un peu confus concernant l'endroit que le ministère de la Santé allait m'attribuer pour effectuer mon travail, j'avais fini par m'installer dans un coin du bâtiment. Et on m'avait promis plus d'une assistante, mais pour l'instant, je n'avais que Tia. Donc les choses démarraient lentement.

Cet après-midi-là, je rentrai du travail vers seize heures. J'avais hâte de me détendre et de me servir un verre de vin pour commencer le week-end. Ou peut-être que j'allais ouvrir un pot de glace et manger mon dessert avant le repas. De qui je me moquais ? Du vin *et* de la glace avant des sushis à emporter me semblait être un programme parfait.

Toutefois, après avoir pris une douche, le début de soirée relaxant que j'avais prévu fut mis à mal par un bip sonore venant de quelque part dans l'appartement. J'en fis le tour jusqu'à découvrir qu'il venait d'un détecteur accroché au plafond du couloir. J'approchai une chaise pour pouvoir y jeter un coup d'œil, mais il n'y avait rien sur quoi appuyer pour arrêter ce bruit. Les piles avaient sûrement besoin d'être changées, cependant, je n'avais pas de tournevis pour le démonter.

Je n'avais vraiment pas envie d'être obligée de déranger Holden. Bizarrement, j'avais réussi à éviter de le contacter toute la semaine. Ça me surprenait de ne pas l'avoir croisé par hasard étant donné qu'il vivait juste à côté, ou qu'il ne soit pas passé me voir. Après notre conversation sur l'escalier de secours – celle où nous nous étions avoué avoir été attirés l'un par l'autre dans le passé –, je ne voulais pas le contacter sans avoir une bonne raison de le faire. Et peut-être que c'était la même chose pour lui. Je me sentais coupable après presque chacun des moments que nous passions ensemble, même s'il ne se passait rien. C'était surtout de la culpabilité envers mes pensées, que je semblais incapable de contrôler.

Après avoir passé presque une heure à supporter ce bip, je cédai et récupérai mon téléphone.

Holden répondit à la troisième sonnerie.

— Lala Ellison… Quoi de neuf?

— Salut.

— Je pensais à toi. Comment s'est passée ta première semaine?

Je poussai un grand soupir.

— En fait, c'était compliqué. Certaines choses ne se sont pas déroulées comme prévu. Mais avec un peu de chance, ça ira mieux la semaine prochaine.

— Mince. D'accord, eh bien, heureusement qu'on est vendredi alors.

— Oui, totalement. J'espérais pouvoir me détendre ce soir, mais l'un des détecteurs émet un bip sonore qui me rend dingue. Je ne peux pas l'ouvrir sans tournevis, et je n'en ai pas. J'espérais que tu pourrais...

— Ah. Alors tu ne m'as pas simplement appelé pour me dire bonjour, me taquina-t-il.

Je me sentis un peu mal.

— Pas vraiment.

— Holden le bricoleur à la rescousse, plaisanta-t-il. Je serai là dans cinq minutes.

Il ne s'en écoula que trois avant qu'il frappe en rythme à ma porte.

J'eus la chair de poule en ouvrant.

— Je suis surprise que tu n'aies pas utilisé ta clé.

Je savais qu'il possédait un passe-partout qui ouvrait tous les appartements de cet immeuble.

— Tu veux que je vienne ici sans frapper ? Ça peut s'arranger, mais je me suis dit que j'allais être respectueux.

— En y réfléchissant, je préfère que tu frappes.

— Je m'en doutais, plaisanta-t-il en me faisant un clin d'œil. Mais pas sur le mur de ta chambre à une heure du matin, c'est ça ?

Je secouai la tête. Holden portait un bonnet gris sur ses cheveux châtains ébouriffés. J'avais toujours aimé ce look sur lui. Peut-être un peu trop d'ailleurs.

Bip. Bip. Bip.

— Le voilà ! lançai-je en regardant ailleurs. Tu ne trouves pas ça agaçant ?

— Je n'ai rien entendu, répondit-il d'un air impassible.

— Ah bon ?

Il secoua la tête.

Puis le bruit reprit. *Bip. Bip. Bip.* Les signaux sonores semblaient devenir plus fréquents.

— Tu as entendu ça, hein ? l'interrogeai-je en levant mon index.

Holden se mit à rire.

— Sincèrement ? Je n'ai rien entendu.

Je me grattai la tête, et il éclata de rire.

— Je te taquine. Il faut changer les piles.

— Merci beaucoup, répliquai-je en frappant son bras. J'ai cru que j'étais devenue folle.

— Gâcher ton intelligence serait une grande perte pour ce monde, Lala.

Il se tourna vers la porte.

— Je reviens, je vais chercher ce qu'il faut dans la réserve.

Holden revint peu de temps après avec une pile 9 volts. J'aperçus ses abdos lorsqu'il leva les bras pour s'occuper du détecteur de monoxyde de carbone, ainsi qu'un tatouage très bas sur son ventre, sans pouvoir distinguer ce qu'il représentait. Quelque chose me disait que des tas de femmes avaient pu le voir de très près en étant à genoux devant lui. Je grimaçai.

Le détecteur bipa bruyamment quand il le testa.

— Il fonctionne parfaitement maintenant. Tu n'entendras plus ce signal sonore.

— Merci.

Nos regards se croisèrent un instant.

— Alors, tu as dit que ta semaine a été dingue. Il s'est passé quoi ?

Je soupirai.

— Eh bien… j'étais censée avoir plusieurs assistantes, et pour l'instant, je n'en ai qu'une. Elle s'appelle Tia.

— Qu'est-ce qui ne va pas avec elle ? demanda-t-il en s'appuyant contre le comptoir.

— Rien, mis à part le fait qu'elle n'a pas de clone. C'est juste que les choses avancent moins vite que je l'espérais.

J'ai besoin d'aide pour établir une base de données, pour passer en revue des dossiers médicaux à la recherche de potentiels participants à l'étude, et pour organiser des entretiens. Puisqu'on n'est que toutes les deux pour l'instant, j'ai été bloquée par le travail administratif au lieu de lancer concrètement l'étude.

Il acquiesça.

— Ça doit être frustrant de ne pas pouvoir faire avancer les choses.

— C'est le cas, oui, parce que je suis impatiente.

Holden inclina la tête en souriant.

— Tu aimes vraiment ce que tu fais, hein ?

— Je n'y peux rien, répondis-je en haussant les épaules. Il n'y a rien de plus exaltant que de découvrir quelque chose, de contribuer à notre évolution en tant qu'humains en faisant appel à des connaissances qui n'ont pas été exploitées avant.

— Bon sang. Je n'exploite pas les bonnes choses, plaisanta-t-il en souriant malicieusement.

J'arquai un sourcil.

— La batterie et les femmes ?

Il se mit à rire.

— C'est quelque chose que j'ai toujours admiré chez toi, Lala. Ta quête de savoir. C'est comme si tu n'en avais jamais assez, soupira-t-il. La plupart du temps, j'ai l'impression d'être un chat qui court après sa queue. Toujours la même chose, jour après jour. Rien de nouveau.

— Eh bien, on est tous différents. Je serais incapable d'enchaîner deux battements avec tes baguettes. On est faits pour avoir différents talents et objectifs dans la vie. Peut-être que le mien, c'est la recherche, et que le tien, c'est de divertir.

— Ce matin, mon objectif était de manger des Hot Cheetos et de reboucher ce qui ressemblait beaucoup à un *glory hole* dans l'un des appartements qu'un locataire vient juste de libérer.

— Il faut bien que quelqu'un le fasse, répliquai-je en riant.

— C'est sûr.

Le silence se fit pendant quelques secondes.

— Toi aussi tu as dû avoir une semaine chargée.

— Ça peut aller. Pourquoi tu dis ça ?

— Je ne t'ai pas vu et je n'ai pas eu de nouvelles. Non pas que j'attendais quoi que ce soit, mais...

Argh, j'aurais dû me taire.

— Je me suis dit que tu m'avais assez vu quand tu as emménagé. J'essayais de te laisser un peu d'espace. Je ne veux pas que tu aies l'impression que je te prends pour une petite fille qui ne peut pas se débrouiller seule dans cette ville.

— Oh, c'est intéressant. Je n'aurais jamais pensé que tu voulais me laisser de l'espace.

— Alors tu pensais quoi ?

— Comme je te l'ai dit, que tu étais occupé.

— Occupé à faire quoi ?

Je haussai les épaules.

— Occupé à faire... ce que fait Holden habituellement.

— M'amuser avec des femmes quand je ne suis pas le bricoleur de service ? C'est ça que tu voulais dire ? m'interrogea-t-il en arquant un sourcil.

— C'est toi qui dis ça, pas moi.

— Eh bien, figure-toi que je n'ai vu aucune femme cette semaine.

— Rien cette semaine ? Une vraie traversée du désert, le taquinai-je.

— Tu peux te moquer, mais c'est le cas.

Il renifla.

— Je suis sûre que ça va s'arranger ce soir.

— Pourquoi ce soir ?

— On est vendredi. Tu dois avoir quelque chose de prévu.

Il passa sa langue sur sa lèvre inférieure.

— En fait, j'ai une représentation dans le Connecticut.

— Oh, waouh, sérieusement ? demandai-je en écarquillant les yeux.

— Oui, dans un club à Danbury. On fait la première partie d'un autre groupe. Tu devrais venir, proposa-t-il en croisant mon regard.

Mon ventre fit un petit bond. L'idée d'aller le voir jouer m'excitait, mais ça me rendait aussi nerveuse, même si je ne savais pas vraiment pourquoi.

— On dirait que je viens de te proposer d'aller à un enterrement.

— Ce n'est pas que je n'ai pas envie de venir.

Traduction : j'ai un fiancé à Philadelphie et sortir avec toi le soir me paraît dangereux.

— C'est juste que je ne sais pas si je devrais le faire. Je dois encore ranger toutes les affaires qu'on a sorties des cartons.

Bon sang, c'était l'excuse la plus nulle du monde.

— Oh, c'est vrai, se moqua-t-il. Parce que tous ces trucs ne seront plus là demain.

Son sourire s'évanouit.

— Je plaisante. Ce n'est pas grave si tu n'as pas la tête à ça. Ce n'était qu'une proposition, ajouta-t-il d'un air déçu.

Est-ce qu'il s'était senti insulté ? Ce n'était pas mon intention. J'avais *vraiment* envie d'y aller. Je me sentais juste... coupable ? Nerveuse ? Hors de mon élément ? Je n'arrivais pas à mettre le doigt dessus. Toutefois, je voulais le voir jouer. *Et puis mince.*

— Tu sais quoi ? D'accord. Ce serait génial, soufflai-je. Mais comment je m'y rendrais ?

— Une voiture vient me chercher à vingt heures, avant de récupérer un voire deux des garçons. Il devrait y avoir bien assez de place. Si ce n'est pas le cas, j'en ferai.

Mon pouls s'accéléra.

— D'accord... Je devrais commencer à me préparer, alors. Quel est le dress code ?

— Le dress code, c'est porte ce que tu veux. Ce sera un jean troué, un bonnet et un T-shirt noir propre pour moi.

Holden serait toujours canon même en portant un sac poubelle.

— Tu m'aides beaucoup, indiquai-je.

— À ma connaissance, il n'y a pas de dress code, mais n'hésite pas à porter une tenue sexy pour que je puisse arracher la tête de celui qui viendra t'embêter. Je suis d'humeur bagarreuse. Ça fait longtemps.

Un frisson me parcourut lorsque je me rappelai ce que Holden avait avoué lors de notre conversation sur l'escalier de secours. Cependant, j'étais bête de voir ça comme une sorte de compliment spécial qui m'était uniquement réservé. Il devait souvent dire à des tas de femmes qu'elles étaient belles.

Holden rentra chez lui et me laissa seule pour que je puisse me préparer. J'optai pour une jupe noire courte et un T-shirt Blondie qui dévoilait une épaule. Le visage de Debbie Harry était volontairement patiné à l'avant. Des bottines en cuir complétaient ce look. J'avais en quelque sorte l'impression de revenir dans les années 80. Étant donné qu'il pleuvait un peu dehors, je ne pris pas la peine de trop dompter mes boucles blondes. Mes cheveux ressemblaient peut-être à ceux de Carrie Bradshaw dans *Sex and the City*, mais à la fin de la soirée, je finirais par avoir l'air d'avoir enfoncé mes doigts dans une prise électrique.

Holden frappa à ma porte un peu avant vingt heures, et il m'observa des pieds à la tête lorsque je lui ouvris.

— Bon sang, j'adore ton look branché, *Blondie*.

— Merci, mais je ne suis pas sûre que mes cheveux résistent à ce temps.

— Ne le prends pas mal, Lala, mais quand ont-ils déjà été domptés ? Ils sont rebelles, ils ont leur propre personnalité.

— C'est vrai, et ils sont aussi plutôt doués pour prédire la météo, plaisantai-je.

— Tu te rappelles quand tu as dû les couper ? demanda-t-il en souriant.

Je lui lançai un regard noir. Comment osait-il parler de ça ?

— Oui, comment je pourrais oublier ? Ryan et toi étiez en plein concours de celui qui pourrait mettre le plus de chewing-gums dans sa bouche. Je me suis assise pour regarder *Jon & Kate Plus 8* dans le salon, et quand j'ai essayé de me lever pour aller chercher de quoi grignoter, mes cheveux étaient englués dans un énorme chewing-gum que Ryan avait collé au dos de ma chaise. J'ai dû dire adieu à plus de dix centimètres de cheveux avec les ciseaux de cuisine de ma mère, après avoir tenté en vain de retirer le chewing-gum, me remémorai-je en secouant la tête.

Holden ricana.

— Tu étais tellement énervée. Je crois que c'était la première fois que je te voyais perdre ton calme face à Ryan.

Je détournai le regard en sentant les larmes me monter aux yeux sans que je m'y attende. Le deuil était étrange. Je pouvais passer six mois sans pleurer pour mon frère, et puis un seul fichu souvenir à propos de chewing-gums pouvait me faire craquer en quelques secondes.

Le visage de Holden s'assombrit.

— Je suis désolé, je ne voulais pas...

— Non, ce n'est pas ta faute. Ça vient par vagues, expliquai-je en reniflant.

— Je comprends, Lala, murmura-t-il. Vraiment.

— Allons-y.

J'essuyai mes yeux et me dirigeai rapidement vers la porte.

Nous gardâmes le silence dans l'ascenseur et jusqu'au SUV noir qui nous attendait à l'extérieur.

Un homme se trouvait déjà sur la banquette arrière. Même s'il s'agissait d'un gros véhicule, l'espace à l'arrière était un peu restreint, et nous devions apparemment encore aller chercher un autre membre du groupe.

Holden fit tout de suite les présentations.

— Voici Monroe, notre chanteur.

— Enchanté, lança celui-ci en me tendant sa main, sur laquelle se trouvaient des bagues en argent et des tatouages au niveau des doigts.

J'en aperçus également un sur son cou, près de ses longs cheveux noirs.

— Avant que tu dises n'importe quoi, je te présente Lala, intervint Holden.

— Oh, la sœur de ton ami, répondit Monroe en souriant. Merci de m'avoir prévenu.

— Fais attention à ce que tu dis et ne t'avise pas de poser les mains sur elle, l'avertit Holden.

Monroe resta indifférent.

— Tu es fiancée, c'est ça ?

— Oui.

— Quel veinard.

Holden le fusilla du regard, mais Monroe n'ajouta rien.

Nous traversâmes les rues de New York en direction de l'autoroute, et le trajet fut mouvementé, avec de nombreux arrêts. Mon genou n'arrêtait pas de taper celui de Holden, et son odeur était la seule chose que je sentais. Ça me contrariait d'éprouver tant de choses en étant assise près de lui. Mis à part notre danse au mariage de Colby et nos brèves accolades amicales, je n'avais jamais vraiment été collée à lui aussi longtemps. C'était une chose de contrôler mes pensées, mais comment contrôler la réaction de son corps face à quelqu'un qui nous attirait? Il fallait croire que la réponse était... que c'était impossible. On ne pouvait que faire avec et prétendre qu'il ne se passait rien.

Nous arrivâmes probablement pile à l'heure à la salle de Danbury, car Holden s'excusa de devoir partir précipitamment. Il restait à peine cinq minutes aux garçons avant de monter sur scène. L'ambiance était chargée, saturée par l'odeur de l'alcool et des différents parfums de tout le monde. Je venais de me placer dans un coin quand le groupe, After Friday, se mit à jouer.

Rien n'était comparable au fait de voir Holden dans son élément. L'adrénaline monta en moi en voyant la vitesse à laquelle il jouait de la batterie, l'intensité de sa concentration, la façon dont il jetait parfois ses baguettes avant de les rattraper. Monroe avait aussi une très jolie voix, mais je n'arrivais pas à quitter Holden des yeux.

À la fin de la chanson, plusieurs femmes s'approchèrent d'eux. Leur démarche sembla très méthodique et me donna l'impression qu'elles avaient attendu dans l'ombre, que c'étaient peut-être des groupies habituelles. L'une d'elles en particulier, avec de longs cheveux châtains lisses, courut après Holden avant même qu'il puisse sortir de scène. Je me demandai si j'allais devoir m'asseoir à côté d'elle sur le chemin du retour – ou si j'allais rentrer seule pendant que Holden irait chez elle.

Avant que je puisse y réfléchir davantage, mon téléphone vibra.

Mon cœur se serra en voyant que c'était Warren, mais je décrochai.

— Salut.

— Salut.

— Qu'est-ce que tu fais ? demandai-je en me bouchant l'autre oreille pour mieux entendre.

— On dirait que tu es dans un bar.

J'hésitai. Je ne pouvais pas lui mentir, tout comme je ne voulais pas avouer avec qui j'étais.

— Le groupe de Holden donne un concert, alors je suis passée voir leur représentation dans un club du Connecticut.

— Ah, je vois, répondit-il d'un air hésitant. Ils sont doués ?

— Oui, soufflai-je. C'est vraiment sympa, en fait. Enfin, sauf que je suis toute seule pour l'instant parce que je ne connais personne ici. Holden est toujours avec le groupe.

— Lala ! Qu'est-ce que tu veux boire ? s'écria-t-il soudain derrière moi, me faisant sursauter.

Je levai mon doigt pour lui demander de patienter, mais au lieu de se taire, il poursuivit :

— Un doigt de whisky, c'est ça ?

— C'est qui ? m'interrogea Warren.

— Holden. Il vient juste de passer pour savoir ce que je voulais boire.

— Eh bien, assure-toi de savoir d'où viennent tes verres, s'il te plaît. Ne laisse rien sans surveillance. La dernière chose dont j'ai besoin, c'est que tu te fasses droguer là-bas.

Je savais qu'il allait être inquiet, mais bon sang.

— C'est bizarre de dire ça... mais oui, je serai vigilante.

— Sois prudente, c'est tout. D'accord ?

Je me sentais mal que ma présence ici le stresse. Je ne pouvais pas dire que je lui en voulais. Je n'aurais pas été ravie d'apprendre qu'il était dans un bar avec un groupe de musiciennes. En fait, imaginer Warren avec ses lunettes et son cardigan dans ce scénario me fit rire. C'était quelqu'un de bien, mais ce n'était définitivement pas un endroit pour lui. En réalité, ce n'était pas non plus un endroit pour moi.

— Bon, amuse-toi bien, soupira-t-il.

— Merci. Je t'appellerai demain matin.

— D'accord, bonne nuit, ajouta-t-il, avant de marquer une pause. Je t'aime.

— Je t'aime aussi.

Des gouttes de sueur se formèrent sur mon front après avoir raccroché. Je regardai autour de moi et aperçus Holden approcher d'un air rayonnant en levant deux verres.

— Je me suis dit que tu ne voulais pas vraiment un doigt de whisky, alors je t'ai pris une vodka-cranberry, me souffla-t-il à l'oreille. Je me souviens que tu en avais commandé une au mariage de Colby.

La chaleur de son souffle sur ma peau me fit frissonner. C'était dingue de voir comment un si petit contact pouvait enflammer mon corps.

— Très observateur, répliquai-je en acceptant la boisson.

— J'en déduis que c'était Warren au téléphone, non ? Tu avais l'air un peu troublée.

— Oui, je ne voulais pas qu'il pense…

J'hésitai.

— Que tu t'amuses ? compléta Holden.

— Je crois que je culpabilise… de m'amuser ici sans lui, oui.

— Je te l'accorde, ça ne doit pas être facile de gérer une relation longue distance, concéda-t-il en sirotant son verre.

— Bref, vous avez assuré ce soir, continuai-je pour changer de sujet.

— Merci, j'ai beaucoup aimé, avoua-t-il en souriant fièrement. Et c'était chouette de pouvoir jouer pour toi.

Pour moi.

— Ryan adorait te regarder jouer, lui aussi.

Il hocha la tête.

— Je sens souvent sa présence avec moi quand je suis sur scène.

La brunette qui s'était jetée sur lui après sa prestation refit son apparition.

— Ah, te voilà ! s'exclama-t-elle avant de se tourner vers moi. Qui est cette femme ?

— C'est Lala, la petite sœur de mon meilleur ami.

— Oh... c'est mignon, répondit-elle en regardant Debbie Harry.

Holden se mit à rire, en se doutant sûrement que le *mignon* de cette fille m'agaçait.

— Lala, je te présente Carmen.

— Enchantée, prononçai-je en hochant la tête.

— Moi aussi.

Elle se tourna vers Holden.

— Tu veux passer chez moi ce soir ? C'est plus près que de rentrer chez toi.

Voilà, j'en étais sûre.

— En fait, je ne peux pas, refusa-t-il. Je vais rentrer avec Lala pour m'assurer qu'elle arrive bien chez elle.

Carmen fronça les sourcils, visiblement agacée que Debbie et moi soyons en train de lui casser son coup de ce soir.

Elle disparut peu de temps après, et je fêtai ça en avalant une bonne partie de ma boisson.

Puis les choses devinrent un peu floues. Holden retourna plusieurs fois au bar pour me chercher des vodka-cranberry. À un moment donné, la pièce se mit à tourner.

L'instant d'après, je me retrouvai de nouveau dans la voiture avec Holden, Monroe, et Kevin, le guitariste. Là encore, ma jambe était collée à celle de Holden, sauf que cette fois-ci, mon état d'ébriété amplifia mon excitation. Mes mamelons, ces traîtres, étaient dressés, et mon esprit embrumé s'aventura dans des endroits interdits. Il imaginait ce que ce serait d'être une groupie de Holden le temps d'un soir, à quoi aurait ressemblé la soirée qu'*elle* aurait passée avec lui. Les muscles de mon entrejambe se contractèrent, alors que je pensais au moment où j'allais rentrer chez moi pour me soulager sous la douche.

Holden semblait éméché, mais beaucoup moins que moi. Quand il s'approcha pour me parler à l'oreille, ma sonnette d'alarme intérieure se mit à résonner.

— Tu es peut-être fatiguée, mais je crois que tes cheveux ne sont pas prêts à arrêter de faire la fête.

— Ça s'appelle des frisottis.

— Ne les lisse jamais.

— De toute façon, je n'ai pas la patience, hoquetai-je.

Pour une raison quelconque, les garçons décidèrent de faire des blagues centrées sur Holden pendant la dernière moitié du trajet. Il m'expliqua que ses amis adoraient faire des « blagues de batteur », et que c'était une tradition habituelle après un concert.

— Comment on appelle un batteur sans petite amie ? demanda Kevin.

— Un sans-abri, répondit Monroe.

Ils se mirent à rire, tandis que Holden leva les yeux au ciel.

— Comment on appelle un batteur sans cerveau ? reprit Kevin, avant de marquer une pause et de me regarder en souriant. Un guitariste.

— J'en ai une autre ! s'écria Monroe. Qu'est-ce qu'un solo de batterie et un éternuement ont en commun ?

— Quoi donc ? s'enquit Holden en levant de nouveau les yeux au ciel.

— Tu sais que ça vient, mais tu ne peux pas l'éviter même si tu en as envie !

Kevin lui tapa dans la main.

— Elle est bonne celle-ci.

Je décidai de leur rendre la pareille.

— Comment on appelle un chanteur et un guitariste qui adorent faire des blagues débiles sur les batteurs ?

— Aucune idée, répondirent-ils en chœur.

— Des jaloux parce que toutes les filles ont l'air de vouloir se taper le batteur.

Je hoquetai, puis jetai un coup d'œil à Holden.

— Il fallait que je le fasse, ajoutai-je.

Le silence se fit.

Je n'aurais pas dit ça si j'avais été sobre, mais ça me faisait plaisir de clouer le bec de Kevin et Monroe, mais aussi de voir le sourire arrogant sur le visage de Holden.

HAPITRE 5

Holden

Holden : Comment va la fêtarde ce matin ?

Il était presque midi et je n'avais pas entendu un bruit dans l'appartement voisin. J'étais presque sûr que Lala ne buvait pas souvent, alors je soupçonnais les quatre verres de vodka-cranberry qu'elle avait bus hier soir de laisser des traces aujourd'hui. Il s'écoula environ dix minutes avant que mon téléphone finisse par vibrer en recevant sa réponse.

Lala : Au cas où j'aie oublié de le mentionner, j'apprécie grandement le fait que le sol de la salle de bain de cet appartement soit si propre. Et frais...

Oh oh. Ça n'avait pas l'air d'aller.

Holden : Matinée difficile ?

Lala : Les huit dernières heures ont été difficiles. Dès que je me suis mise au lit et que j'ai fermé les yeux, la pièce a commencé à tourner, alors je suis allée dans la salle de bain, juste au cas où je serais malade. Je suis restée par terre depuis.

Oh, bon sang. J'avais déjà vécu ça. Ça craignait.

Holden : Je sors me chercher un smoothie. Tu en veux un ?

Lala : S'il est accompagné d'ibuprofène, je veux bien.

Je ris.

Holden : Je serai là dans quinze minutes avec ton remède. Tiens bon.

Lala : D'accord. Est-ce que tu peux te débrouiller pour entrer ? Je ne pense pas avoir la force de lever ma tête ou de marcher pour aller ouvrir la porte.

Holden : Pas de souci.

Un peu plus tard, je me servis de ma clé passe-partout pour apporter à Lala ce que j'avais surnommé le smoothie *réparateur de foie*. Il n'y avait pas de bruit chez elle, alors je frappai à la porte de la salle de bain.

— Entre.

J'entrouvris la porte et trouvai Lala dans la position qu'elle avait décrite : allongée par terre. Elle s'était couverte d'une serviette en guise de couverture, et le maquillage de la veille autour de ses yeux maculait ses joues.

Je m'assis à côté d'elle, retirai l'emballage de la paille et la glissai dans son smoothie.

— Lève la tête, trésor, ça va aider, je te le promets. C'est plein de vitamine C, de jeunes pousses, de gingembre et d'échinacées, mais tu ne sentiras rien de tout ça parce que le beurre de cacahuètes et la banane masquent le reste.

Elle souleva sa tête en gémissant et se servit de ses deux mains pour se redresser.

Je souris.

— Tu ne tiens pas vraiment l'alcool, hein ?

Elle plissa les yeux et but à la paille.

— On m'a trop servie.

— Les deux derniers verres, ce n'était que du jus de cranberry et du citron vert. Tu n'en as avalé que deux avec de l'alcool.

— Visiblement, ça a suffi. Et je t'en supplie, dis-moi que je n'ai rien fait de gênant. La soirée d'hier est un peu floue.

— Non, ta voix n'est pas *si* mal que ça.

Elle s'étouffa avec le smoothie.

— Qu... Quoi ?

— Tu ne te rappelles pas être montée sur scène ?

Elle écarquilla les yeux. Elle avait l'air horrifiée, et je me sentis coupable de la taquiner alors qu'elle se sentait mal, pourtant, je ne lâchai pas l'affaire.

— Oh, mon Dieu, non. Qu'est-ce que j'ai chanté ?

— *Call Me* de Blondie. Tu tenais ton téléphone à l'oreille en chantant pour mimer le texte. C'était très drôle.

— *Holden, comment tu as pu me laisser faire ça ?* Je chante très mal !

Je hochai la tête.

— C'est ce que la brunette a dit, celle que tu as frappée dans les toilettes des filles.

— Oh, mon Dieu. *Dis-moi que tu plaisantes !*

— Je plaisante, confirmai-je avec un grand sourire.

— Vraiment ?

— Bien sûr, insistai-je en riant. Je ne t'aurais pas laissée monter sur scène. Je t'ai déjà entendue chanter. Le but d'un concert, c'est d'attirer des gens *dans* le club, pas de les faire fuir.

Elle frappa mon bras.

— Imbécile.

— Mais un imbécile canon que tu as envie de voir nu. C'est ce que tu m'as dit hier soir.

Lala s'empourpra.

— Tu es sérieux ?

— Non, avouai-je en riant, tout en la pointant du doigt. Mais bon sang, tu es rouge comme une tomate. Ça va bien avec les traces noires sur tes joues.

Lala posa sa main sur son visage.

— Je dois être horrible.

Ses cheveux bouclés étaient décoiffés, son maquillage avait coulé et elle avait dormi habillée, pourtant, je la trouvais toujours aussi jolie.

— Tu n'es jamais horrible, Laney Ellison, la rassurai-je en me levant et en lui tendant la main. Viens, sortons de cette salle de bain.

Vingt minutes plus tard, elle avala le reste de son smoothie avec sa paille.

— Tu te sens mieux ? lui demandai-je.

— En fait, oui, acquiesça-t-elle.

— On dirait que tu es prête pour la phase deux, alors.

— C'est quoi, la phase deux ?

Je lui pris le gobelet vide des mains et lui en donnai un petit coup sur la tête.

— Café. Pour nous deux.

Pendant que je nous en préparais deux tasses à la cuisine, Lala se rendit à la salle de bain. Lorsqu'elle revint, son visage était lavé, ses cheveux étaient attachés en un gros chignon négligé sur le haut de sa tête, et elle avait changé de vêtements.

— Regarde-toi, tu es comme neuve, déclarai-je en lui donnant sa tasse fumante.

Elle s'installa sur le canapé en glissant ses pieds sous ses fesses, puis elle sirota son café.

— Est-ce que je t'empêche de faire quelque chose ? On dirait que tu t'es préparé pour sortir.

— J'ai un rendez-vous avec Billie dans une demi-heure. Je sue pas mal en jouant de la batterie, alors je me suis dit qu'elle apprécierait que je prenne une douche après le show d'hier soir.

— Billie, la femme de Colby?

J'acquiesçai.

— La seule et l'unique. Je vais finir un tatouage. Les contours sont terminés. Aujourd'hui, elle va mettre la couleur.

— Ça représente quoi?

— Un hibou.

— Je peux le voir?

— Absolument, acceptai-je en me levant et en saisissant ma braguette. Il est sur mes fesses.

Lala écarquilla les yeux.

Je ris et m'assis de nouveau, avant de soulever mon T-shirt.

— Je plaisante. Pour une fille intelligente, je te trouve plutôt naïve. Il est sur mes côtes, juste ici.

Elle observa le dessin du hibou, mais ses yeux firent ensuite un petit détour. Ils descendirent sur mes abdos, et s'y attardèrent quelques secondes avant de revenir au tatouage. Trois secondes plus tard, elle refit la même chose, sauf que cette fois-ci, elle passa sa langue sur sa lèvre inférieure.

Putain, elle est en train de me reluquer.

Je savais que je devrais baisser mon T-shirt, mais je ne me lassais pas de sa façon de me regarder.

— Tu veux voir les autres?

Elle hocha la tête et déglutit.

Et parce que j'étais un vrai enfoiré, je retirai complètement mon haut.

— C'est mon premier, indiquai-je en pointant du

doigt deux baguettes. Je pense qu'il n'y a pas besoin d'explications.

Puis je lui montrai celui sur mon cœur, qui représentait des chiffres alignés.

— La veille de mon déménagement, ma mère était bouleversée. Elle pleurait et me disait que je ferais mieux de ne pas oublier où elle habite et de venir souvent lui rendre visite. Le lendemain, je me suis fait tatouer les coordonnées de l'endroit où vivent mes parents pour qu'elle sache que je ne pourrais jamais oublier comment rentrer à la maison.

— Ooh... c'est mignon.

Pendant les dix minutes suivantes, j'expliquai à Lala tous les tatouages sur mon corps. Lorsque j'arrivai à la croix avec la date inscrite dessous, je n'eus pas besoin de dire quoi que ce soit. C'était celle de la mort de Ryan. Lala dessina les contours de la croix, et j'eus la chair de poule.

— J'ai toujours voulu me faire tatouer quelque chose pour lui, mais je suis une vraie poule mouillée, me confia-t-elle. Est-ce que ça fait mal ?

— Un peu au début, mais après, on sent moins. Ce n'est plus vraiment douloureux.

— Est-ce que la peau est plus sensible quand elle est tatouée ?

— Juste après, oui, mais ça passe au bout de quelques semaines, si c'est ce que tu veux savoir.

— Alors ça ne fait pas plus mal que sur une peau non tatouée ? demanda-t-elle en passant son ongle sur le bord de la croix.

Mon esprit imagina aussitôt ce que ça ferait de sentir ses ongles dans mon dos.

— Je ne sais pas trop, répondis-je d'une voix rauque. Refais ça plus fort.

Elle enfonça un peu plus son ongle la deuxième fois, et mon sexe tressaillit.

Putain. Qu'est-ce que j'étais en train de faire? Il fallait que j'arrête ça avant de m'humilier. Je récupérai brusquement mon T-shirt, l'enfilai et me levai.

— Je devrais y aller. Je ne veux pas être en retard à mon rendez-vous avec Billie. Tu sais, au cas où elle serait prête plus tôt.

Super, Catalano. Vraiment génial.

— Oh, d'accord.

Lala posa son café et m'accompagna jusqu'à la porte.

— Si ça te dit, passe voir Billie travailler. Peut-être que ça t'aidera à te sentir plus à l'aise à l'idée de t'en faire un pour Ryan.

— Oui, peut-être. Merci encore pour le smoothie, Holden.

— À ton service, répliquai-je en lui faisant un clin d'œil.

Puisque l'heure de mon rendez-vous approchait vraiment, je me rendis directement au salon de tatouage de Billie. Après avoir attendu cinq minutes, j'étais allongé sur son fauteuil.

— Quoi de neuf, beau gosse? m'interrogea-t-elle. Tu n'es pas sorti hier soir? Tu as bonne mine pour un samedi, alors qu'il n'est pas si tard que ça.

Je secouai la tête.

— En fait, j'avais un concert.

— Hmmm... La dernière fois que tu es venu ici après un concert, j'ai dû t'asperger de parfum parce que je n'arrivais pas à supporter l'odeur d'alcool qui s'échappait de tes pores.

— Je n'ai bu qu'un verre hier soir. Je me suis dit que c'était une bonne idée de rester sobre.

— Tu conduisais ?

— Non.

— Alors pourquoi c'était une bonne idée de rester sobre ?

— Lala est venue avec nous pour voir le groupe.

— Et il y a une raison pour laquelle tu ne peux pas boire quand elle est là ?

Je ne pouvais vraiment pas boire en sa compagnie quand elle était aussi canon. J'avais trop peur de dire quelque chose – ou pire, de *faire* quelque chose – de stupide. Cependant, je n'allais pas expliquer ça à Billie, alors je haussai les épaules.

— Je pense que je n'avais simplement pas la tête à boire.

Elle plissa les yeux.

— Elle habite dans l'appartement voisin du tien, c'est ça ?

— Oui.

— Est-ce que tu y vas ?

— Parfois, avouai-je. Si elle a besoin d'aide.

— De quel genre d'aide elle a besoin ?

Bon sang, Billie était comme un chien qui poursuivait une odeur suspecte, alors je choisis de changer de sujet.

— Je ne sais pas, pour réparer des trucs dans l'appartement et ce genre de choses. D'ailleurs, en parlant de ça, comment va ton lave-vaisselle ? Colby a dit que la porte s'ouvre parfois en plein milieu du cycle.

— C'est vrai, et ça me rend dingue parce que je ne comprends pas pourquoi. Je l'ai démonté deux fois.

— J'essaierai de passer plus tard pour y jeter un coup d'œil, quand Colby rentrera.

— Ce serait super, merci.

Juste au moment où j'étais enfin parvenu à faire oublier Lala à Billie, voilà qu'elle entra dans la boutique.

La tatoueuse posa son aiguille pour la prendre dans ses bras.

— Salut, Lala, l'accueillit-elle. Ça fait plaisir de te voir !

— Moi aussi, Billie. J'espère que je ne te dérange pas. Holden a proposé que je passe étant donné que j'aimerais vaincre ma peur de me faire tatouer. Je n'ai jamais regardé quelqu'un en pleine séance.

— Tu ne me déranges pas du tout. Prends une chaise. Je vais m'assurer d'injecter la couleur bien profondément pour qu'on puisse voir ce beau gosse grimacer.

— Beau gosse ? répéta Lala en souriant.

Billie haussa les épaules.

— Ça lui va bien, non ?

Lala m'observa.

— J'imagine que oui.

— Alors, tu aimerais te faire tatouer ? Tu penses à quelque chose en particulier ?

— J'aimerais quelque chose en hommage à mon frère, acquiesça-t-elle.

— Tu as des idées ?

— Je pensais à quelque chose qui ressemble un peu à ce que Holden a fait pour Ryan, une croix, mais beaucoup plus petite et un peu plus féminine.

Billie croisa mon regard.

— Des tatouages assortis, hein ?

— Je crois que Lala voulait dire une croix, mais qui ne soit pas assortie à la mienne, rectifiai-je.

— Mmmh mmmh.

Billie sourit, puis elle reprit son aiguille et appuya sur la pédale avec son pied.

— Ton vrai prénom c'est Laney, c'est ça ?

Lala hocha la tête.

— Alors comment Lala est apparu ?

Celle-ci sourit et me pointa du doigt.

— C'est le beau gosse qui l'a inventé. Quand j'avais onze ans, mon frère et ses amis avaient treize et quatorze ans. Colby, Owen, Brayden et Holden vivaient pratiquement chez nous, et ils parlaient de filles sans arrêt. De les embrasser, de les tripoter... Ils n'avaient aucune honte. Ils se fichaient que je sois dans la pièce. Deux ans d'écart, c'est beaucoup si jeune, alors je trouvais ça dégoûtant. Quelquefois, quand ils se vantaient de leurs conquêtes, je me bouchais les oreilles. Évidemment, ça les poussait seulement à parler plus fort. Un après-midi, leurs histoires étaient particulièrement désagréables, alors j'ai fini par quitter la pièce en courant, les doigts dans mes oreilles, en criant *La La La La La*. Holden m'a appelée Lala le lendemain, et c'est resté.

Billie se mit à renifler tellement elle riait.

— C'est hilarant.

— Argh, ces cinq-là étaient de vrais chauds lapins. Ils ne parlaient que de *ça*.

— Et toi, tu ne parlais que de physique et d'astronomie, répliquai-je.

— Eh bien, ces sujets sont bien plus fascinants que les conversations que vous aviez, reprit-elle en regardant Billie. Pas étonnant que je n'aie pas eu beaucoup de rencards en grandissant. J'ai dû les écouter expliquer comment il leur arrivait de *péter* en pleine fellation.

— Oh, mon Dieu. S'il te plaît, dis-moi que ce n'est pas mon mari qui a fait ça.

— Non, c'était Owen, révéla Lala.

Durant l'heure qui suivit, Lala et moi racontâmes nos histoires d'enfance. Billie passa son temps à rire. À un moment donné, le téléphone de Laney se mit à vibrer. Elle ne répondit pas, et je ne pouvais pas voir qui l'appelait, mais son expression changea, alors j'avais une idée de l'identité de la personne. Juste après ça, elle se leva.

— Je devrais aller me mettre au travail. J'espère pouvoir passer quelques heures à rattraper mon retard aujourd'hui pendant que c'est calme, étant donné que je n'ai pas pu faire tout ce que je voulais cette semaine.

— Tu peux repasser quand tu veux, Lala, proposa Billie. Je suis toujours partante pour collecter des munitions contre les Quatre Fantastiques.

Lala se mit à rire.

— J'en ai plein, confia-t-elle, avant de me regarder. Merci encore pour ce matin, Holden.

Je lui fis un clin d'œil.

— Pas de souci. Bon après-midi.

Après son départ, Billie ne perdit pas une seconde.

— Crache le morceau, beau gosse. Qu'est-ce qui se passe entre vous ?

— De quoi tu parles ?

— L'ambiance était tellement électrique ici que j'aurais pu l'utiliser pour alimenter mon dermographe. Vous êtes déjà sortis ensemble ou quoi ?

Je soupirai.

— Pas vraiment.

— Comment ça ?

— Je craquais sur elle quand j'étais jeune.

— Et...

— Et c'est tout. C'est la petite sœur de Ryan. Et puis, elle est super intelligente et elle ne s'intéresse pas aux garçons comme moi.

— Qu'est-ce que ça veut dire, aux garçons comme toi ?

— Lala est chercheuse, et son fiancé tente de trouver un remède contre le cancer. Une femme comme elle ne veut pas sortir avec un musicien, surtout pas un musicien dont la conversation la plus intéressante des derniers jours a été de se demander s'il serait prêt à se couper un doigt pour un million de dollars. D'ailleurs, Brayden n'est pas du même avis que moi.

Billie reposa son aiguille sur son support.

— Même si je pense que c'est intelligent de ta part de garder tes distances parce qu'elle est fiancée et qu'il y a clairement quelque chose entre vous, tu ne devrais pas vous mettre, ni toi ni Lala, dans des cases. Regarde comme Colby et moi sommes différents. Il conçoit des bâtiments, et il fut un temps où je me faisais poursuivre par la police parce que je les taguais. Ce n'est pas parce que les gens sont différents que ça ne peut pas fonctionner. Pourquoi tu voudrais quelqu'un comme toi, d'ailleurs ? Tu n'apprendrais jamais rien de nouveau.

Elle n'avait pas tort, mais quand même...

Chez moi, plus tard ce soir-là, je repensais encore à la conversation que j'avais eue avec Billie. De toute façon, je ne pensais pas à grand-chose d'autre que Lala depuis qu'elle était venue en ville pour son entretien. Aussi dingue que ça puisse être, je posai mon oreille contre le mur de ma chambre pour voir si je pouvais entendre si elle était déjà rentrée du travail. Il fallait que je sache. Cependant, la seule chose que j'entendis fut le silence, alors je fus content que mon téléphone vibre pour me distraire.

Sienna : Salut, ça te dit qu'on passe du temps ensemble ce soir ?

J'avais déjà vu Sienna plusieurs fois. Elle était très sympa, mais également audacieuse au lit, et elle ne voulait pas s'engager. Quelques semaines plus tôt, j'aurais sauté sur l'occasion, mais je n'avais pas la tête à ça ce soir. Alors je mentis.

Holden : Désolé, j'ai déjà quelque chose de prévu avec les gars.

Sa réponse arriva rapidement.

Sienna : Si tu changes d'avis, je serai au bar où on s'est retrouvés la dernière fois, celui à l'angle près de chez toi. Et juste au cas où tu aurais besoin d'un petit encouragement...

Un selfie de son décolleté ultra sexy suivit son message. Je baissai la tête, en m'en voulant de n'avoir toujours pas envie d'y aller. Une aventure d'un soir ne me disait rien à cause d'une certaine Boucle d'or *fiancée* dans l'appartement d'à côté.

Je me retrouvai à zapper de chaîne en chaîne, allongé sur le canapé, mais je n'arrêtais pas de me réprimander d'être un enfoiré qui pensait à Lala.

Il y a quatre millions de femmes dans cette ville. Pourquoi tu es obsédé par la seule que tu ne peux pas avoir ?

Elle va se marier.

C'est la petite sœur de Ryan, bon sang.

Un peu plus tard, je traînai mes fesses hors du canapé et m'habillai pour me forcer à sortir. Mon intention avait été de retrouver Sienna, mais à seulement une rue de là, je fis un détour et entrai dans un bar du coin fréquenté par des vieux. J'avais besoin d'un instant pour me remettre les idées en place.

Il n'y avait que trois hommes assis seuls, et ils avaient tous l'air d'aller aussi mal que moi. Le serveur jeta un coup d'œil dans ma direction et pointa du doigt par-dessus son épaule.

— Les toilettes sont au fond à droite.

Je m'approchai d'un tabouret et m'y installai.

— Je n'ai pas besoin d'y aller. Je suis venu boire un verre.

— Oh, désolé. Vous ne ressemblez pas à mes clients habituels, déclara-t-il en jetant un dessous de verre sur le bar. Qu'est-ce que je vous sers ?

— Un whisky-Coca, s'il vous plaît.

— Ça arrive tout de suite, répondit-il en tapant sur le comptoir.

Lorsqu'il revint avec mon verre, il me tendit la main.

— Evan.

— Holden. Enchanté.

— Vous venez de loin ?

Je secouai la tête et sirotai ma boisson.

— Non, j'habite juste à côté.

— Vous devez retrouver une femme en cachette ?

— Non.

Evan posa son coude sur le bar.

— D'accord, j'abandonne. Pourquoi vous êtes venu dans ce trou à rats ?

— Vous voulez vraiment le savoir ? demandai-je en riant.

Il pointa du doigt les autres clients.

— Voici Fred, Ken et Walt. J'ai entendu leurs histoires cinq cents fois. Alors oui, pourquoi pas ? Ce n'est pas comme si j'avais mieux à faire.

— Pourquoi ne pas commencer par un shot ? Je vous en offre un aussi.

— OK. Qu'est-ce que vous voulez ?

— À vous de choisir.

Evan revint avec une bouteille de tequila et deux verres à shot, qu'il remplit à ras bord.

— On n'a pas de sel, de citron vert ou de trucs chics ici.

Je pris mon verre et l'avalai d'un trait.

— Ça me va.

L'alcool me brûla la gorge, mais ça faisait du bien.

— Alors, quelle est votre histoire ? On dirait que vous sortez tout droit d'une pub Abercrosley sur Times Square, alors ça ne peut pas être à propos d'une femme.

Je souris.

— C'est Abercrombie, et si, ça concerne une femme. Comme toujours, non ?

— Vous n'avez pas tort. Elle est mariée, c'est ça ?

— Fiancée.

— Oh, bon sang, lança-t-il en nous resservant. Celui-là est pour moi.

Il leva son verre pour trinquer, et nous avalâmes notre deuxième tequila.

Puis je racontai l'histoire de Lala à mon nouvel ami Evan, en commençant par mon béguin d'enfance et en finissant par son installation dans l'appartement voisin.

— Oh, et j'ai oublié de mentionner que je suis en train de me cacher ici au lieu d'aller rejoindre une femme dans un bar à une rue d'ici, une femme qui ne veut rien d'autre qu'un coup d'un soir.

Evan secoua la tête.

— Vous en pincez vraiment pour cette Lala, hein ?

— Qu'est-ce que je suis censé y faire ? demandai-je en avalant le reste de mon whisky-Coca.

— Il n'y a qu'une chose que vous puissiez faire, mon ami.

— Retrouver Sienna et oublier tout le reste pendant quelques heures ?

— Non, ça ne fonctionne jamais. Vous finirez juste par vous en vouloir après.

— M'asseoir ici et me saouler, alors ?

— Non. Il faut que vous essayiez de rompre ces fiançailles, Abercrosley.

Je secouai la tête, sans prendre la peine de le corriger, cette fois-ci.

— Je ne pense pas que ça arrivera.

— Croyez-moi, vous finirez par vous remettre de la culpabilité d'avoir volé la copine d'un autre type, mais vous ne vous remettrez jamais d'avoir laissé la femme que vous aimez vous filer entre les doigts.

Je n'étais pas amoureux de Lala, pas vrai? Là encore, comment pourrais-je savoir si c'était le cas? La seule personne envers qui j'avais été capable de m'engager, c'était moi-même.

— Laissez-moi vous raconter une petite histoire, ajouta le barman. Quand j'avais vingt ans, j'ai rencontré une femme. Elle s'appelait Elizabeth, et aussi bête que ça puisse paraître, j'ai su dès la première heure que c'était la femme que j'étais censé épouser. Il y avait juste un problème.

— Lequel?

— C'était la copine de mon meilleur ami.

— Oh, mince.

Evan acquiesça.

— Je venais de rejoindre l'armée. Mon pote Phil avait rencontré Elizabeth pendant que j'étais en camp d'entraînement. Ils allaient à la fac ensemble. Après environ un an, je suis allé rendre visite à Phil pendant une permission. Il travaillait et allait en cours, alors j'ai passé beaucoup de temps avec sa copine. Je suis tombé fou amoureux, et elle ressentait aussi quelque chose. Mais c'était la copine de mon ami, alors je n'allais rien faire. Quatre ans plus tard, j'ai épousé Catherine, et Phil et Elizabeth se sont mariés l'été suivant. Il m'a fallu cinq autres années coincé dans un mariage malheureux pour me rendre compte que j'avais épousé une femme dont je n'étais pas amoureux. Parce que quand notre cœur appartient à quelqu'un d'autre, on ne peut l'offrir à personne, même si on en a envie.

— Que s'est-il passé avec Phil et Elizabeth ?

— Il y avait aussi des soucis dans leur mariage, mais Phil et Liz ont déménagé à Long Island et on a perdu contact. Je ne les ai pas vus pendant plusieurs années. Pour faire court, ils ont divorcé, et six ans plus tard, je l'ai recroisée. L'alchimie était toujours présente, même après tout ce temps. On a fini par se mettre ensemble, et j'étais plus heureux que jamais. Et ma Lizzy aussi. Puis un jour, elle est allée à une visite de routine chez le médecin, et ils ont trouvé une masse dans son sein. Six mois plus tard, elle est partie. Un cancer du sein métastatique. Elle n'avait que trente-trois ans.

— Bon sang, je suis désolé.

— Moi aussi. Mais vous savez ce que je regrette le plus ?

— Quoi donc ?

— D'avoir perdu les dix années où on aurait pu être ensemble. La vie est plus courte que vous ne l'imaginez.

J'avalai deux autres whisky-Coca, puis en fin de compte, je décidai de ne pas rejoindre Sienna. Je rentrai chez moi légèrement ivre et avec de quoi réfléchir, grâce à mon nouvel ami le barman. Je ne savais plus quoi penser après ce qu'il m'avait raconté, mais ce dont j'étais sûr, c'était qu'il fallait que je reste loin des femmes pendant un moment. De *toutes* les femmes.

Cependant, quand j'entrai dans l'ascenseur et que je me tournai pour appuyer sur le bouton de mon étage, cette promesse s'envola plus vite que les vêtements de Sienna si j'étais allé la voir.

Lala.

Elle venait d'entrer dans l'immeuble. Je glissai ma main devant les portes de la cabine pour les empêcher de se fermer, tandis que mon cœur s'emballait.

— Rassure-moi, tu ne rentres pas du travail à cette heure-là ?

— Si, confirma-t-elle en hochant la tête. J'avais énormément de choses à faire et j'ai perdu la notion du temps.

Elle entra dans l'ascenseur.

— Et toi, tu viens d'où ?

— J'étais dans un bar pas très loin.

— Comment ça ? Tu rentres seul.

Elle m'adressa un sourire insolent, avant de regarder partout dans la cabine.

— Sympa, répliquai-je en appuyant sur le bouton de notre étage. Tu sais, je ne suis pas le coureur de jupons que tu imagines.

Du moins, pas ces derniers temps.

Lorsque les portes s'ouvrirent au troisième, je tendis ma main pour l'inviter à sortir la première. Puis je fis tout mon possible pour ne pas poser les yeux sur ses fesses, mais j'échouai lamentablement.

— Tu ne ressors pas ? m'interrogea-t-elle en sortant ses clés.

— Non, et toi ?

Elle secoua la tête.

— Une nuit de folie par week-end, ça me suffit.

Je souris.

— Tu veux venir boire un verre de vin chez moi ?

Lala mordilla sa lèvre pulpeuse. On aurait dit qu'elle s'apprêtait à refuser, alors je lui proposai une alternative qui paraissait moins suggestive que de la faire venir dans mon appartement.

— Que dirais-tu d'un dernier verre sur l'escalier de secours ? Chacun chez soi, comme la dernière fois ?

— D'accord, accepta-t-elle avec un sourire. Ça me va. Laisse-moi juste me changer.

Une fois à l'intérieur, j'ouvris une bouteille de blanc, puis je récupérai deux verres avant de sortir sur l'escalier. Lala me rejoignit quelques minutes plus tard, vêtue d'un T-shirt et d'un legging. Je nous servis et lui glissai son verre entre les barreaux.

— Alors, raconte-moi. À quoi ressemble une journée au bureau pour le docteur Lala Ellison ?

Elle sirota son vin.

— Eh bien, aujourd'hui, j'ai parcouru le reste des candidatures pour mon étude, et j'ai finalisé la liste des participants.

— Ils ont tous Alzheimer ?

Elle acquiesça.

— C'est une étude contrôlée, alors j'ai choisi des personnes vivant dans des maisons de retraite dans un rayon de quarante kilomètres. Et ils ont tous les mêmes scores sur l'échelle ADAS-Cog, qui évalue le niveau de dysfonctionnement cognitif.

— J'ai toujours su que tu ferais de grandes choses, déclarai-je en souriant.

— Merci. Même si je n'ai encore rien fait de grand.

Une brise se leva, et Lala frotta ses bras.

— Il fait plus frais que ce que je pensais, observa-t-elle.

— Début mai, il peut vite faire froid le soir. Je vais te chercher un pull.

— Ça ira.

Mais je me levai quand même et passai par ma fenêtre. Je revins avec un pull et le lui passai par-dessus la balustrade.

— Merci, souffla-t-elle en l'enfilant. Au fait, j'ai pensé toute la journée à me faire tatouer.

— Tu as pensé à ton futur tatouage ou à tous les miens ?

— Euh...

Je ris.

— Je te taquine. Alors tu vas vraiment en faire un ?

— J'en ai envie. Je pense que j'aimerais me faire une petite croix sur le poignet. Elle serait placée au milieu, et j'inscrirais la date du décès de Ryan à côté.

— Ce sera très beau. Tu devrais prendre rendez-vous avec Billie.

— Oui... peut-être. Je ne suis pas encore convaincue.

— Qu'est-ce qui te retient ? La douleur ?

— Ça, et aussi, j'en ai déjà parlé avec Warren dans le passé, mais il n'était pas vraiment pour.

Je serrai les dents.

— Il a un problème avec les tatouages ?

— Il pense que ce n'est pas une bonne idée de m'en faire un où tout le monde peut le voir. Il pense que ça ne fait pas professionnel et que ça nuira à ma crédibilité.

— Je trouve qu'il a un point de vue dépassé, Lala.

Elle soupira.

— Oui, c'est aussi ce que je lui ai dit.

— Est-ce qu'il va t'embêter si tu en fais un quand même ?

— Je ne sais pas. Je ne pense pas, mais...

Elle s'arrêta lorsque son téléphone vibra. Tout comme la dernière fois que nous étions ici, son visage s'assombrit.

Le docteur Crétin est un con plein de jugements, mais il a toujours le bon timing.

Seulement cette fois-ci, Lala ne me dit pas qu'elle devait y aller. Au lieu de ça, elle appuya sur le bouton situé sur le côté de son portable pour stopper les vibrations.

— En parlant du loup, c'est Warren, révéla-t-elle en souriant. Je le rappellerai plus tard.

Même si ça ne voulait rien dire, je pris ça comme une victoire. Lala avait le choix de parler à l'un d'entre nous, et ce soir, elle m'avait choisi moi. *C'est un progrès.*

Nous discutâmes encore une demi-heure, puis je fis l'erreur de lui demander si elle voulait que je la resserve.

— Je devrais aller me coucher. Je n'arrive même pas à croire que j'aie bu un verre vu l'état dans lequel j'étais ce matin.

J'aurais pu passer toute la nuit ici avec elle, mais je hochai la tête.

— Oui, je devrais aller me reposer aussi.

Lala se leva et me tendit son verre vide.

— Merci pour le vin. Bonne nuit, Holden.

— Bonne nuit, Lala.

Elle se pencha pour passer par sa fenêtre, mais elle s'arrêta et se redressa.

— Attends une seconde.

Elle saisit le bord du pull qu'elle portait et le retira.

— Merci de me l'avoir prêté.

— Pas de souci.

Ça ne m'aurait pas dérangé que tu le gardes.

Une fois de retour à l'intérieur, je posai les verres dans l'évier. J'étais plutôt fier de moi d'avoir posé celui avec les traces de rouge à lèvres si facilement ce soir. Mais ensuite, je posai les yeux sur ce que j'avais sur mon bras : *le pull.*

Non, tu ne vas pas faire ça.

Hors de question.

N'y pense même pas, Catalano.

Pour une fois, j'écoutai ma conscience et jetai ce fichu vêtement sur le canapé, avant de quitter précipitamment la pièce comme s'il était contagieux. Mais cinq minutes plus tard, je me retrouvai de nouveau dans le salon à fixer ce truc maudit.

Ça devient ridicule.

Il faut vraiment que je m'envoie en l'air.

Je récupérai le pull sur le canapé.

Ou que je me masturbe en portant ça...

CHAPITRE 6

Après une semaine supplémentaire à mon nouveau poste – une semaine un peu plus productive que la précédente –, je rentrai chez moi en Pennsylvanie pour le week-end, afin de rendre visite à mon fiancé. J'étais arrivée tard la veille, mais Warren m'avait cuisiné un délicieux repas à base de bœuf Stroganoff ce soir, et nous venions juste de finir nos assiettes lorsqu'il remarqua que j'avais l'air distraite.

— Tu vas bien ? demanda-t-il.

J'acquiesçai en prenant sur moi pour ne pas rougir ou avoir l'air coupable.

— Pourquoi cette question ?

— On dirait que tu es ailleurs.

Je déplaçai le reste de mes pâtes dans mon assiette.

— Je pense que c'est à cause du stress au travail. Et aussi que je suis un peu fatiguée du trajet d'hier.

Ou peut-être que c'était à cause de mes couchers tardifs de la semaine dernière dus à un certain voisin.

— D'accord, répondit Warren en remontant ses lunettes avec son index. Eh bien, j'espérais avoir droit à toute ton attention ce soir. J'ai besoin que tu aies les idées claires parce qu'il faut que je te parle de quelque chose d'important.

Je me redressai sur ma chaise.

— Il se passe quoi ?

Il se racla la gorge.

— J'ai entendu parler d'un poste de chercheur principal au centre de cancérologie de UCLA. J'aimerais déposer ma candidature. Je pense que j'ai ma chance parce que mon ancien patron de Penn travaille là-bas. Il pourra plaider en ma faveur.

La Californie ?

— Euh... waouh. D'accord. Tu sauras quand ?

— Je n'ai pas encore postulé. La place sera disponible dans six mois, car celui qui l'occupe actuellement est muté en Europe pour y mener une plus grande étude, mais ils acceptent déjà les candidatures. Je ne sais pas vraiment quand ils prendront leur décision, cela dit, tenter ma chance signifie que je dois me préparer à déménager si je suis pris.

— Ce qui veut dire que *je* dois aussi être prête à déménager, indiquai-je en buvant de l'eau.

Il acquiesça.

— Tu en penses quoi ?

Je secouai la tête en fixant mon assiette.

— Je ne sais pas, Warren. Ce n'est pas que je ne veux pas que tu saisisses cette opportunité, mais être si loin de ma famille ? Ce serait très difficile. Mes parents n'ont plus que moi. Au moins, à New York, je peux retourner les voir dès que j'en ai envie.

C'était peut-être égoïste, mais il fallait qu'il sache ce que je ressentais.

— Bien sûr que ce serait difficile, mon amour. Voilà

pourquoi je ne le ferai pas sans ton accord. Il faudrait que ce soit une décision d'équipe.

Il se leva et alla chercher un carnet.

— Faisons la liste des pour et des contre ensemble, tu veux bien ?

— D'accord, acceptai-je en me massant les tempes.

Warren adorait faire des listes et dessiner des diagrammes. Toutes les occasions étaient bonnes pour faire l'un ou l'autre.

Il se rassit.

— Un gros pour, dont je ne t'ai pas encore parlé, c'est mon salaire qui serait presque doublé, Laney.

Il inscrivit un nombre et le souligna, avant de tourner le papier vers moi, me présentant un montant plus qu'énorme. *Bordel de merde.*

— Oh, mon Dieu, commentai-je, bouche bée.

— Oui, c'est fou, hein ? Tu sais que ce n'est pas l'argent qui me motive à faire ce métier, mais *ce* genre de montant pourrait nous changer la vie.

Comment pourrais-je l'empêcher d'accepter ça ? Je poussai un soupir.

— Effectivement, c'est un gros pour.

— Et le centre de recherche est deux fois plus grand et moderne. Ils ont tout l'équipement que je rêve d'avoir là où je travaille actuellement.

— Je pense que c'est encore un plus gros pour que l'argent.

— C'est vrai, confirma-t-il en étudiant mon visage. Mais passons aux contre. Tu serais évidemment plus loin de ta famille. Et moi de la mienne.

Il inscrivit le mot *distance* sur le papier.

— Mais avec tout l'argent supplémentaire que je gagnerais, on pourrait s'offrir des billets d'avion dès qu'ils nous manqueront.

Il n'avait pas tort.

— D'accord…

Je regardai au loin, en m'imaginant stressée en train de courir dans les aéroports. C'était peut-être faisable, mais ça ne signifiait pas que je voulais être obligée de prendre l'avion dès que j'avais envie de voir ma mère. Bon sang, c'était nul.

— Il y a aussi beaucoup d'opportunités professionnelles pour toi sur la côte Ouest, ajouta-t-il. J'ai déjà parlé à quelques contacts. Une fois que tu auras terminé à New York, les choses seront en suspens pour toi de toute façon, non ? Tu n'as rien de prévu. Le timing pourrait être parfait, alors c'est un pour.

J'humectai mes lèvres en me sentant extrêmement perturbée.

— Peut-être.

— Si je compte correctement, il y a trois pour et un contre. Est-ce que tu en vois d'autres ? m'interrogea-t-il.

La seule chose qui me vint à l'esprit fut Holden. Mais qu'est-ce qu'*il* avait à voir avec ça ? Quoi qu'il en soit, je n'allais pas vivre à New York une fois que mon projet actuel serait terminé. Toutefois, j'appréciais sa compagnie, et être ici avec Warren me faisait prendre conscience que ça me faisait culpabiliser.

— Alors ? insista-t-il en me sortant de mes pensées.

Est-ce que j'ai le choix ?

— Je ne vois pas d'autre point négatif, concédai-je. Je pense que tu devrais te lancer, voir ce qui se passe, et on avisera si tu obtiens le poste.

Il poussa un grand soupir.

— Tu n'imagines pas comme ça me rend heureux. Je me doutais que tu approuverais une fois qu'on aurait fait la liste des pour et des contre, mais je ne voulais pas postuler sans en avoir parlé avec toi.

— Merci d'avoir attendu mon avis sur la question.

— Le temps est magnifique en Californie, Laney, indiqua-t-il d'un air rayonnant. On pourrait tellement s'amuser pendant les week-ends en explorant la côte Pacifique. Il y a tant de merveilles géologiques là-bas. Je sais que c'est ton truc.

Il me sourit.

— C'est vrai, marmonnai-je.

Si seulement la géologie était vraiment mon truc, ces derniers temps. Mon *truc* en ce moment était bien plus dangereux.

Puisque Warren et moi étions restés ensemble vendredi soir après mon arrivée et toute la journée d'aujourd'hui, je partis voir mes parents après avoir dîné avec lui. Ma mère avait fait un dessert spécial au citron pour moi, et puisque Warren avait dit qu'il était en retard dans son travail, j'avais prévu de passer la nuit ici, dans mon ancienne chambre, blottie contre Bully, le chien de Ryan. Mes parents étaient ravis de m'avoir rien que pour eux.

Ma mère versa de l'eau chaude dans ma tasse de thé Darjeeling.

— Ça me manque de t'avoir ici, Laney. Je sais que tu n'es pas si loin que ça, mais c'est dur de ne pas pouvoir passer chez toi pour une petite discussion autour d'un café. Je serai contente quand tu seras de retour dans quelques mois.

Le timing de cette conversation était intéressant.

— Je sais, soupirai-je.

Tout en mangeant mon dessert avec du thé, je leur appris la bombe que Warren avait lâchée pendant le repas.

Le front de ma mère se plissa de plus en plus en entendant ce que je lui racontais.

— Ce n'est pas une bonne nouvelle. Est-ce que je peux être égoïste et admettre que je ne veux pas qu'il emmène mon bébé aussi loin ?

Mon père se tourna vers elle.

— Jeanne, s'ils se marient, elle devra le suivre. Ça ne nous tuera pas d'aller lui rendre visite si elle doit déménager. Ne la fais pas culpabiliser.

Elle fronça les sourcils.

— Ta façon de penser est dépassée, Bill. Laney aussi a un travail important. Elle n'est pas obligée de le suivre. Pourquoi il ne peut pas rester dans la ville où elle travaille ?

— En fait... soupirai-je. Ma subvention dure seulement six mois pour la recherche initiale. Après ça, il faut que je trouve quoi faire ou que je fasse une nouvelle proposition, alors je ne suis pas vraiment bloquée là-bas. Et le timing n'est pas si mauvais que ça, puisque le nouveau poste de Warren ne serait pas disponible avant six mois.

— Bien sûr que c'est une décision qu'ils doivent prendre à deux, reprit mon père. Ce n'est pas ce que j'ai voulu dire. Tu contredis tout ce que je pourrais dire qui pourrait encourager Laney à déménager parce que tu n'as pas envie qu'elle le fasse.

— Je suis désolée. Peut-être que c'est le cas, mais je ne peux pas contrôler ce que je ressens. Je sais que Laney est une femme forte et indépendante. Elle a le droit de vivre où elle veut. Mais c'est ma meilleure amie. J'aime sa compagnie et je n'aimerais pas qu'elle soit loin de nous.

Je posai ma main sur la sienne.

— Je sais, maman. Je n'ai aucune envie de déménager si loin, mais je n'ai pas osé lui dire non. Warren travaille dur et il mérite cette opportunité.

— Eh bien, il faut croire qu'on doit parfois faire des sacrifices pour ceux qu'on aime, déclara-t-elle en souriant. Mais est-ce que j'ai le droit d'espérer secrètement qu'il n'obtienne pas le poste ?

— Tu en as parfaitement le droit. Je vais faire la même chose, avouai-je en remplissant ma bouche de dessert, alors même qu'il n'y aurait jamais assez de tarte au citron sur cette planète pour me remonter le moral ce soir.

La mélancolie continua à me hanter pendant notre moment ensemble. Peut-être que je brûlais les étapes, mais j'avais l'impression que Warren allait obtenir le poste. Son intelligence et son travail acharné ne connaissaient aucune limite. Et avec ses contacts, c'était dans la poche. Je me sentis mal.

Puis mon téléphone sonna, interrompant le fil de mes pensées.

Je baissai les yeux et aperçus un message de Holden, qui incluait une photo de lui tenant un verre dans un bar.

Holden : Je bois une vodka-cranberry en ton honneur. Ma petite ivrogne me manque.

Lala : Je suppose que c'est la vraie version alcoolisée, et pas la version pour enfant avec laquelle tu m'as arnaquée.

Holden : Il n'y a que toi que l'effet placebo peut enivrer tellement tu ne tiens pas l'alcool. Et ça s'appelle protéger, pas arnaquer. Mais pas de version enfant ce soir. C'est un vrai.

Lala : Tu es où ?

Holden : On va bientôt jouer dans un petit bar en ville. Ce n'est pas un aussi gros concert que celui que tu as vu.

Lala : Oh. Eh bien, j'aimerais pouvoir être là. Ça a quand même l'air sympa.

Les points de suspension s'agitèrent tandis qu'il répondait.

Holden : J'aimerais que tu sois là aussi.

Mon cœur s'emballa. *Stop.*

— Qu'est-ce qui te fait sourire comme ça ? demanda ma mère.

Je tressaillis, et le portable m'échappa, alors je le ramassai et le posai en cachant l'écran.

Bon sang. Je n'avais même pas conscience que je souriais.

— Rien.

— C'était Warren ?

Mince. Je n'avais jamais réussi à mentir à ma mère. Elle avait toujours pu lire en moi. Ce ne serait pas différent cette fois-ci.

Je déglutis.

— En fait, non. C'est… Holden.

— Holden Catalano ? s'étonna mon père en écarquillant les yeux.

— Oui, bien sûr.

— Pourquoi est-ce qu'il t'écrit ? m'interrogea ma mère.

— Il m'a juste envoyé une photo drôle.

— Une photo de quoi ?

— Juste un cocktail. Il est à l'une des représentations de son groupe à New York.

— Qu'est-ce qui est drôle à propos de ce cocktail ? insista mon père.

— Il sait que j'aime les vodka-cranberry.

Ma mère fronça les sourcils.

— Comment il le sait ?

— Je suis allée à l'un de ses concerts la dernière fois et j'en ai bu une.

Ou deux, voire trois. Je ne m'en souviens pas.

— Tu es sortie avec lui ? poursuivit ma mère en m'observant plus attentivement.

— Non, il m'a juste invitée une fois à venir voir son groupe jouer.

— Est-ce que Warren est au courant ? s'enquit-elle.

— Oui.

Je déglutis.

Ma mère continua son interrogatoire.

— Ça ne le dérange pas que tu passes du bon temps avec Holden Catalano ?

— Maman, ce n'est pas comme ça entre nous, me défendis-je en riant nerveusement. Il habite dans l'appartement voisin du mien, et c'est un bon ami, c'est tout.

— Fais un peu confiance à Laney, intervint mon père. C'est une fille intelligente. Même si on l'aime et que Ryan l'aimait aussi, on sait tous que Holden est synonyme d'ennuis. Mais je suis sûr qu'il est amusant. Laney ne ferait rien qui pourrait compromettre sa relation avec Warren.

Je hochai la tête en sentant ma gorge se nouer, et ma mère croisa ses bras.

— Les hommes comme Holden peuvent être très captivants, mais il n'a pas une bonne influence. Parfois, en présence de personnes comme lui – en particulier lorsqu'il y a de l'alcool –, notre jugement peut être compromis. Surtout quand on est loin de chez soi.

— J'aimerais qu'on arrête de parler de ça, répliquai-je, en ressentant une bouffée de chaleur. C'était un message amical, c'est tout.

Des gouttes de sueur se formèrent sur mon front. Si seulement je croyais à ce que je disais. Il fallait croire que ma mère me connaissait mieux que mon père.

Un peu plus tard, alors que je me sentais toujours très perturbée, je me retirai à l'étage pour la nuit.

Cependant, je m'arrêtai devant la chambre de Ryan au lieu de la mienne. Quand la maladie de mon frère avait empiré, il était revenu vivre chez mes parents. Ils n'avaient pas touché à sa chambre depuis. Dès que je me sentais triste ou tiraillée, je m'y faufilais et m'allongeais sur son lit pour me sentir plus proche de lui.

J'ouvris la porte, et la première chose que j'aperçus fut le montage de photos sur le pêle-mêle en face de son lit. Il y avait tellement de clichés des cinq garçons. Des souvenirs de tous leurs meilleurs moments ensemble, qui avaient donné de la force à mon frère à la fin.

Des parties de pêche sur le bateau du père d'Owen.

Holden et Ryan jouant au bière-pong.

Ryan et Colby à un match de football.

Brayden et Ryan déguisés pour Halloween.

Puisque mon frère n'avait pas trouvé l'amour avant sa mort, j'étais certaine que ces garçons étaient les personnes les plus importantes dans sa vie, avec sa famille. Mon cœur se serra. Ryan aurait été un mari parfait.

Il y avait aussi une photo de mon frère et moi quand nous étions petits. Je portais une longue robe et les talons bien trop grands de ma mère. À l'époque, je suppliais Ryan de jouer avec moi au bal de promo parce que j'avais été fascinée par notre voisine adolescente qui avait pris des photos à l'extérieur avant son grand soir. J'avais mis ma longue robe de princesse et j'avais demandé à mon frère de m'offrir des fleurs du jardin. J'avais fait semblant d'être une grande fille se rendant au bal de promo, et mon pauvre frère avait dû jouer le rôle de mon cavalier. C'était probablement la chose la plus *girly* que j'avais faite, avant d'arrêter d'être intéressée par tous ces trucs frivoles et de me transformer en « intello scientifique », comme Holden le disait.

En parlant de lui, lorsque je regardai mon téléphone, je remarquai qu'il m'avait envoyé un autre message tout à l'heure.

Holden : Soirée endiablée.

Il y avait une photo de lui, dans son lit, en train de manger des Hot Cheetos. Il était torse nu. Il était le seul à pouvoir rendre sexy le fait de manger ces trucs.

Lala : Déjà rentré ?

Il répondit quelques minutes plus tard.

Holden : Oui. Je n'avais pas la tête à faire la fête après le concert, alors je suis rentré, j'ai pris ma douche, et je suis déjà au lit.

Lala : Mais qui êtes-vous ?

Holden : Je me le demande aussi.

Lala : Tu as une réputation à tenir, Catalano. Rentrer seul chez toi est contraire à ça.

Holden : Je n'ai pas dit que j'étais seul. Il y a une fille avec moi.

Mon cœur se serra. *Comment répondre à ça ?*

Mes doigts s'attardèrent au-dessus des touches.

Puis il m'envoya une autre photo. Holden tenait un

cochon d'Inde sur son torse nu, et il était en train de lui faire manger des légumes.

Qu'est-ce que...

Lala : C'est qui ?

Holden : La fille de Colby va avoir une surprise demain.

Lala : OMG, quoi ?

Holden : Colby m'a énervé la dernière fois, alors Saylor va avoir un cadeau.

J'éclatai de rire.

Lala : Tu es diabolique.

Holden : Il lui a dit qu'elle ne pouvait pas avoir un chien pour le moment. Il n'a jamais rien dit à propos des cochons d'Inde. Elle va m'adorer. Je vais décrocher le prix du meilleur oncle.

Lala : Terriblement mignon.

Holden : Elle ou moi ? ;-)

Je levai les yeux au ciel en riant.

Lala : *Soupir* Merci de m'avoir remonté le moral.

Holden : Pourquoi ? Est-ce que tout va bien ?

Je ne cessais d'écrire et d'effacer ma réponse, sans savoir si je voulais aborder le sujet de la Californie avec lui.

Lala : Il s'est passé quelque chose aujourd'hui, mais je n'ai pas envie d'en reparler pour l'instant, si ça ne te dérange pas.

Holden : Parle-moi.

Lala : Je t'expliquerai bientôt. Ce n'est rien de grave... juste quelque chose qui pourrait compliquer un peu ma vie. Je suis trop fatiguée pour en dire plus ce soir.

Holden : Compris. Je n'insiste pas.

Je jetai un coup d'œil à une autre photo de Holden et Ryan.

Lala : D'ailleurs, je suis en train de te regarder.

Holden : Mince. Tu peux voir que je ne porte pas de pantalon ?

Lala : Non, sur le mur de la chambre de Ryan.

Holden : Attends… Tu es dans sa chambre ?

Lala : Oui. J'y viens parfois.

Holden : C'est bon de savoir que tes parents n'y ont pas touché.

Lala : C'est vrai. Cette pièce est restée la même quand il est parti à la fac et quand il en est revenu.

Holden : J'adorerais y passer un jour.

Lala : Tu devrais venir la prochaine fois que tu viendras rendre visite à tes parents.

Même si les miens risquent de te regarder de travers à présent.

Holden : J'y penserai.

Puis le nom de Warren s'afficha à l'écran.

Warren : Bonne nuit, mon amour. Je vais me coucher. On se voit demain avant que tu repartes.

Lala : Moi aussi. Bonne nuit, chéri. Bisous.

J'étais sur le point de poser mon téléphone quand un nouveau message arriva.

Holden : Ce fichu cochon d'Inde vient de voler l'un de mes Hot Cheetos. Est-ce qu'ils peuvent en manger ?

Holden est dingue.

Lala : Je pense que… non.

Holden : Elle ferait mieux de rester en vie.

Lala : Peut-être que tu devrais arrêter d'en manger.

Holden : Elle a le hoquet ! C'est quoi ce bordel ? Je n'ai pas signé pour ça.

Mes épaules remuèrent lorsque je me mis à rire.

Lala : LOL. Je suis désolée.

Presque une minute s'écoula avant que sa réponse arrive.

Holden : Je viens juste de faire une recherche Google, et un type a dit qu'il avait donné des Cheetos à son cochon d'Inde et qu'il était MORT. Bon sang !

Lala : Ne crois pas tout ce que tu lis. Elle n'en a mangé qu'un seul, c'est ça ?

Holden : Un HOT Cheetos. Mais oui.

Lala : Je pense qu'elle s'en sortira.

Holden : J'aurais dû sortir ce soir. Ça ne serait pas arrivé. Putain ! J'ai peur de dormir maintenant.

Ce n'était pas censé être drôle, mais je n'arrivais pas à arrêter de rire.

Lala : Tu veux que je reste éveillée avec toi ?

Sa réponse arriva deux minutes plus tard.

Holden : Non, elle a l'air d'aller bien.

Lala : Elle n'en a mangé qu'un.

Holden : Je pense qu'elle s'en remettra.

Lala : Je pense aussi.

Holden : Merci pour ton soutien pendant ce moment difficile.

J'essuyai une autre larme de rire.

Lala : Pas de souci.

Holden : Tu te moques de moi, hein ?

Lala : Oui.

Il m'envoya un message vocal, et lorsque je l'écoutai, c'était le bruit du cochon d'Inde qui avait le hoquet, alors j'éclatai de nouveau de rire. Holden avait réussi à me sortir de mon cafard de tout à l'heure.

Lala : Tu étais sérieux.

Holden : Oui. Même moi je ne peux pas inventer ce genre de truc.

Lala : Merci encore de m'avoir fait rire.

Holden : Avec plaisir, Lala.

Lala : Je ferais mieux d'aller dormir.

Holden : Fais de beaux rêves.

Lala : Bonne nuit, Holden.

Je m'endormis dans le lit de mon frère ce soir-là, en pensant à Warren, à la Californie, à Holden, et à des cochons d'Inde ayant le hoquet.

HAPITRE 7

Lala

C'est quoi ce bordel ?

J'avais appuyé sur l'accélérateur pour prendre de la vitesse avant de changer de voie, mais ma voiture avait ralenti au lieu d'aller plus vite. J'écrasais la pédale au maximum, pourtant, je ralentissais toujours. *Argh. C'est une blague.*

J'enclenchai les feux de détresse sur le tableau de bord tout en continuant à conduire, mais je restai sur la voie de droite et ne tentai plus de rejoindre celle de gauche. Moins d'une minute plus tard, la voiture avançait au ralenti, je n'eus donc d'autre choix que d'emprunter la première sortie. Par chance, une station-service se trouvait à la première intersection, alors je m'y garai. Toutefois, lorsque je sortis, je me rendis compte qu'il n'y avait pas de garage, seulement l'une de ces petites supérettes.

Mince. Qu'est-ce que je fais maintenant ? Mon premier instinct me disait d'appeler Holden, mais je n'avais roulé qu'une heure quinze sur les deux heures et demie que durait le trajet depuis Philadelphie, alors j'entrai dans la boutique pour voir si je pouvais trouver un endroit où faire remorquer mon véhicule.

— Bonjour, j'ai des soucis avec ma voiture. Je voulais savoir si vous pouviez me dire où se situe le garage le plus proche.

La fille derrière le Plexiglas n'avait même pas l'air assez âgée pour conduire.

— Désolée, je n'en ai aucune idée, répondit-elle en haussant les épaules. C'est mon père qui répare toutes les nôtres.

— Merci quand même.

De retour à l'extérieur, je m'appuyai contre mon tas de ferraille et sortis mon téléphone de ma poche. J'aurais pu appeler Warren, mais il n'avait même pas réussi à sortir du pain du grille-pain la dernière fois, quand un morceau était resté bloqué. J'avais dû l'empêcher d'utiliser une fourchette pour le récupérer, alors que l'appareil était encore branché. Je pris donc sur moi et contactai le seul homme de mon entourage, hormis mon père, capable de tout réparer. Je n'avais *pas du tout* envie d'appeler mon père là, tout de suite.

— Quoi de neuf, voisine ?

Je souris.

— Salut, Holden. Je suis désolée de te déranger, mais j'ai un petit problème avec ma voiture. Enfin, encore un.

— Tu es où ?

Je regardai autour de moi en soupirant.

— En fait, je n'en ai aucune idée. Je ne sais pas vraiment quelle sortie j'ai empruntée, mais je suis environ à la moitié du trajet retour depuis Philadelphie.

— Qu'est-ce qui se passe avec ta voiture ?

— Tout allait bien, mais ensuite, elle a commencé à ralentir alors que je n'avais pas levé le pied de l'accélérateur.

Même quand j'appuyais dessus, elle ralentissait. Quand j'ai pris la sortie, je devais rouler à trente kilomètres-heure.

— Ça pourrait être un filtre encrassé. Est-ce que tu as fait le plein dans un endroit que tu ne connaissais pas dernièrement ?

Je grimaçai.

— Effectivement, je suis allée dans un endroit louche hier. Je crois que ça s'appelait Joey D ou quelque chose comme ça. Le panneau au niveau de la route était une planche en bois sur laquelle le nom était peint de travers. Mais j'étais presque à sec et c'était la seule station dans les alentours.

— Je confirme, ça pourrait parfaitement être un filtre encrassé à cause de la mauvaise qualité du carburant. Envoie-moi ta localisation et j'arrive au plus vite.

— Je ne peux pas te demander de faire ça. Je vais juste appeler une dépanneuse. Je crois que j'espérais que tu connaisses un truc qui pourrait la faire refonctionner normalement.

— Premièrement, tu n'as rien demandé. C'est moi qui ai proposé. Et deuxièmement, tu ne devrais pas gaspiller de l'argent pour une dépanneuse qui va t'emmener dans un garage qu'on ne connaît pas, du moins pas tant que je n'aurai pas jeté un coup d'œil pour voir si je peux la réparer. Un filtre à essence coûte en général une vingtaine de dollars. Rien que la dépanneuse t'en coûtera au moins cent cinquante.

— Tu es certain que ça ne te dérange pas ? Je suis sûrement à plus d'une heure de route.

— Pas du tout, ma belle. Je suis là pour ça. Les garçons et moi, on est là pour toi.

Pour un petit malin blagueur, il arrivait vraiment à me faire fondre.

— Merci, Holden.

— Envoie-moi ta localisation. Et si tu attends dans la voiture, verrouille les portières. Les stations-service en bord de route ne sont pas les endroits les plus sûrs.

Après avoir raccroché, je lui envoyai ce qu'il m'avait demandé et décidai de retourner dans la supérette pour m'offrir des cochonneries à grignoter. J'aimais avaler quelque chose de sucré à la fin d'une journée stressante, et ce week-end en avait été rempli. Cependant, mon fiancé mangeait très sainement, alors je me sentais toujours mal d'ingérer devant lui les choses que j'adorais.

Holden n'arriverait pas avant un moment, alors je me fis une petite virée shopping et parcourus les rayons en choisissant des choses pleines de gluten, d'arachides, de lactose et de sucre. Lorsque j'arrivai à la caisse, la caissière fronça le nez.

— Vous voulez tout ça ?

— J'ai six enfants, mentis-je en plissant les yeux.

Elle me regarda comme si elle ne me croyait pas, mais elle se contenta de biper mes articles sans rien ajouter.

— Ça fera vingt-deux dollars quarante-neuf.

Je jetai un coup d'œil à la pile de bonbons. Peut-être que j'avais *vraiment* exagéré. Et alors ? Je passai ma carte bancaire et retournai rapidement à la voiture pour me régaler.

Holden arriva exactement une heure plus tard. Il se gara à côté de moi dans le van du groupe, et j'ouvris ma portière après l'avoir déverrouillée. Malheureusement, je ne m'étais pas débarrassée des restes de mon festin, et il posa les yeux sur les quatre emballages.

Oui, quatre... ne me jugez pas.

Il récupéra le paquet de Reese's.

— Ils ont tous été mangés aujourd'hui ?

Je ramassai les emballages des KitKat, SweeTARTS et des gâteaux apéritifs au fromage.

— Je mourais d'envie de manger des bonbons, mais Warren a une alimentation sans gluten, sans arachides, sans lactose et sans sucre, alors j'ai dû m'abstenir ce week-end parce qu'il était là.

Holden arqua les sourcils.

— Sans gluten, sans arachides, sans lactose et sans sucre ? On dirait surtout que c'est *sans plaisir*. Qu'est-ce que mange ce type ? De l'eau ?

— C'est à peu près ça...

Il fit un geste de la tête en riant.

— Ouvre le capot. Je te dirai quand démarrer.

— D'accord.

Quelques minutes plus tard, il passa la tête sur le côté.

— OK, démarre maintenant.

Je tournai la clé, mais rien ne se passa. Le moteur ne fit pas le moindre bruit.

— Tourne la clé ! insista Holden en mimant le geste.

J'ouvris la portière.

— C'est ce que je fais ! Ça ne démarre pas !

— Mince.

Il ferma le capot et frotta ses mains pour les nettoyer.

— Je pense toujours que c'est le filtre à essence, m'informa-t-il en sortant son téléphone pour regarder l'heure. Les magasins de pièces automobiles ferment à dix-sept heures les dimanches, donc il nous reste environ vingt-cinq minutes. Je pense qu'on devrait aller chercher un filtre avant qu'il soit trop tard. On pourra toujours le rapporter s'il s'avère que c'est autre chose.

— Est-ce que tu sais comment le changer si on arrive à en avoir un ?

Holden hocha la tête.

— Il faudra que j'aille sous la voiture pour atteindre la conduite de carburant, mais je l'ai déjà fait.

— D'accord, faisons ça.

Après avoir verrouillé ma voiture et être montée dans le van, je cherchai sur Google le magasin de pièces le plus proche d'ici.

— Il y en a deux, indiquai-je. Le premier se trouve à environ dix minutes au nord, et le deuxième est presque aussi loin, mais au sud.

— Choisis-en un et indique-moi la direction.

Malheureusement, celui que je choisis n'avait pas la pièce en stock, alors nous essayâmes de nous rendre à l'autre au plus vite avant qu'il ferme, mais lorsque nous arrivâmes sur place, le parking était vide et toutes les lumières étaient déjà éteintes.

— Mince. Qu'est-ce qu'on fait maintenant ?

Holden secoua la tête.

— On est dimanche, alors on ne trouvera sûrement pas d'autre magasin ouvert. Je pense qu'on peut toujours appeler une dépanneuse, rentrer à la maison, et revenir demain quand la voiture sera réparée. Mais on va devoir faire l'aller-retour quoi qu'il arrive, alors pourquoi ne pas s'arrêter en chemin pour acheter un filtre et tenter de la réparer moi-même, plutôt que de dépenser de l'argent pour une dépanneuse et un garagiste ?

— Il faut absolument que j'aille travailler demain après-midi. J'ai un rendez-vous avec le responsable d'une des maisons de retraite où vivent certains des participants à mon étude. Mais je peux venir tôt demain. Tu as prévu quelque chose dans la matinée ?

— Je vais m'arranger.

Je soupirai.

— Bon sang, Holden. Tu as déjà beaucoup fait pour moi. Je ne sais pas ce que j'aurais fait sans toi ces dernières semaines.

— Tu n'auras jamais à le découvrir, car je serai toujours là pour toi, ma belle, m'assura-t-il en me faisant un clin d'œil.

Il fallait que j'aille récupérer mes dossiers de travail dans ma voiture. Et puis j'allais sûrement devoir parler à l'employée de la station-service pour l'informer que j'allais laisser mon véhicule là pour la nuit. Toutefois, alors que nous avions repris la route depuis quelques minutes, une détonation se fit entendre dehors, suivie d'un sifflement.

— C'était quoi ?

Holden, qui conduisait tranquillement, agrippait désormais le volant des deux mains.

— C'était notre pneu. On vient de crever.

Par chance, nous n'étions pas sur l'autoroute, car le van se mit à dériver fortement sur la droite. Holden parvint à s'arrêter sur un parking vide, mais ce fut tout de même effrayant.

— Je n'en reviens pas qu'il nous arrive ça, lâchai-je en secouant la tête.

— Moi non plus.

Nous sortîmes du van et nous retrouvâmes à l'avant, côté passager. Effectivement, le pneu était déjà complètement à plat, même si nous entendions toujours un sifflement.

— Pourquoi on a autant de problèmes avec les voitures ? demandai-je.

— Je pense que ça a un lien avec le fait qu'on conduise tous les deux des tas de ferraille.

— D'abord, la fourrière qui enlève ma voiture parce que je me suis mal garée, et voilà que j'ai un filtre encrassé et toi un pneu à plat. J'ai eu plus de problèmes en quelques semaines que ces dernières années.

Holden ouvrit les portes arrière du van.

— C'est ce qui arrive avec les vieux véhicules. Les pièces lâchent les unes après les autres.

Il souleva une planche dissimulée au sol et inclina sa tête.

— C'est une blague.

Je le rejoignis pour voir ce qu'il regardait.

— Qu'est-ce qui ne va pas ?

— Le cric a disparu. La roue de secours aussi. Je crois qu'on les a retirés pour faire de la place pour nos nouveaux amplis la dernière fois, avant un concert. Il faut croire qu'on ne les a pas remis en place. Ils sont restés dans le garage de Dylan.

— Oh, bon sang. Qu'est-ce qu'on fait maintenant ?

Il posa ses mains sur ses hanches.

— Je suppose qu'on pourrait appeler deux foutues dépanneuses et payer deux cents dollars de Uber pour rentrer chez nous, puis repayer la même somme demain matin pour venir chercher nos voitures au garage. Ou alors... commença-t-il en pointant du doigt un bâtiment au bout de la rue que je n'avais pas remarqué. Il y a un Holiday Inn juste ici. On pourrait y passer la nuit, et j'irais chercher un nouveau filtre demain matin à la première heure pour réparer ta voiture, avant de m'occuper du van. C'est ce qui me paraît le plus logique. Sinon, entre les Uber et les dépanneuses, ça nous coûtera trois fois plus cher que de passer la nuit ici. Et puis, on pourrait se lever tôt sans avoir à subir la circulation pour revenir ici. Les magasins de pièces automobiles ouvrent en général à huit ou neuf heures, car les garages ouvrent tôt. Tu en penses quoi ?

Je mordillai ma lèvre.

— Je ne sais pas.

— À toi de voir. Je m'en tiendrai à ta décision.

Évidemment, il était plus pertinent de rester ici, que ce soit pour le côté financier ou pratique. Pourtant, l'idée de passer la nuit avec Holden me rendait nerveuse. Là encore, je ne *dormirais* pas avec lui. Nous aurions deux chambres. Même si elles étaient situées l'une à côté de l'autre, ça reviendrait au même que de vivre dans des appartements voisins. C'était juste que je réfléchissais trop.

— C'est plus logique de passer la nuit ici, acquiesçai-je. Mais j'insiste pour payer pour les deux chambres. Tu ne serais pas dans cette situation si je ne t'avais pas fait venir ici.

— Et si on allait s'assurer qu'il leur reste des chambres avant de se disputer pour savoir qui va payer ?

— D'accord, mais c'est moi qui paie.

Il arbora un sourire.

— On verra.

Nous verrouillâmes le van et nous dirigeâmes vers l'hôtel. Personne n'attendait au bureau d'accueil, et les yeux de la jolie femme qui y travaillait s'éclairèrent lorsqu'elle aperçut Holden.

— Est-ce que je peux vous aider ? demanda-t-elle en souriant.

— Oui, est-ce que vous auriez deux chambres disponibles pour ce soir ? l'interrogeai-je en ayant l'impression qu'elle ne m'avait pas encore remarquée.

— Pour une seule nuit ?

— Oui, s'il vous plaît, acquiesçai-je.

Elle se mit à taper sur son clavier.

— Il y a eu pas mal de réservations, car le salon nautique ouvre ses portes demain au bout de la rue, et on est l'hôtel sponsor, mais laissez-moi vérifier.

Elle releva les yeux une minute plus tard.

— On a bien une chambre disponible, mais pas deux.

Holden et moi nous observâmes.

— Est-ce qu'il y a des lits séparés ? l'interrogea-t-il.

La femme secoua la tête.

— Désolé, il n'y a qu'un lit double.

— Ce n'est rien, je dormirai dans le van, proposa Holden en pointant du doigt par-dessus son épaule.

— Hors de question que je te laisse faire ça.

— Je l'ai déjà fait. En fait, c'est même un luxe de l'avoir pour moi tout seul, parce qu'en général, je dois cohabiter avec les gars après certains concerts, quand on ne peut pas prendre de chambres d'hôtel pour une raison ou une autre.

— Je ne te laisserai pas dormir dans le van, Holden, insistai-je en tournant les yeux vers l'employée. Est-ce qu'il y a d'autres hôtels aux alentours ?

— Pas vraiment. C'est pour ça qu'on est presque complets. Il y a un Days Inn, mais il est à environ vingt minutes de route. Et il est peut-être complet aussi étant donné qu'en général, il est moins cher.

Je soupirai et regardai Holden.

— Je dormirai par terre, tu peux garder le lit.

— C'est *moi* qui dormirai par terre, et *toi* qui prendras le lit.

— Non, Holden. Tout ça, c'est ma faute.

La femme nous désigna tour à tour.

— J'en déduis que vous n'êtes pas en couple.

— On est de vieux amis, déclarai-je.

Elle sourit.

— Je termine à minuit si tu cherches un endroit où passer la nuit, et je ne te ferai pas dormir par terre, ajouta-t-elle en parlant à Holden.

Sérieusement ? J'avais envie de frapper cette fille gonflée. Je sortis ma carte bancaire de mon sac en lui adressant un grand sourire forcé.

— On va prendre la chambre et trouver une solution.

— Il y a un problème ?

— Non, répondis-je en fouillant dans mon sac de voyage.

Holden avait pris un Uber pour aller chercher les affaires dont j'avais besoin dans ma voiture et pour parler à l'employée de la station-service, puis il s'était arrêté au retour chez Wendy's afin de nous acheter à manger.

— Il manque quelque chose dans ton sac ? m'interrogea-t-il.

— Non. Je viens juste de me rendre compte que je n'ai pas de pyjama, indiquai-je en haussant les épaules. Ce n'est rien, je dormirai habillée.

— Tu n'as pas un T-shirt ou quelque chose comme ça ?

— Si, mais il ne couvrira pas mes fesses.

— Eh bien, je dors nu d'habitude, mais je vais t'épargner ça et je garderai mon boxer.

Il retira son T-shirt et me le lança.

— Tu peux porter ça, proposa-t-il. Je l'ai enfilé juste avant de quitter l'appartement. Tu es petite, ça te fera une chemise de nuit.

Je déglutis en voyant Holden torse nu. Il était grand et élancé, mais bon sang, il avait toujours ces tablettes de chocolat que j'adorais mater quand j'étais ado. Lorsqu'il me surprit en train de le reluquer, je me précipitai dans la salle de bain pour me changer et mettre un peu de distance entre nous. Cependant, quand j'enfilai son T-shirt, j'eus l'impression qu'il m'enveloppait. Ce truc sentait tellement bon, *tellement*, *tellement* Holden, que je ne pus m'empêcher de porter le tissu à mon visage pour le renifler. Ensuite, je me réprimandai silencieusement devant le miroir pour ce que je venais de faire.

Tu es fiancée.

Tu aimes Warren.

Ne sois pas idiote.

Ça m'aida. Pendant environ deux secondes. Jusqu'à ce que je sorte de la pièce et que je voie Holden faire son lit par terre, en ne portant rien d'autre qu'un boxer noir moulant. Je me figeai.

Bon sang, il est magnifique.

Tellement sexy.

Je parie qu'il est aussi doué au lit.

— Ça va ? demanda-t-il en me regardant bizarrement.

Je clignai plusieurs fois des yeux, avant de filer vers le lit et de m'enfouir sous la couverture.

— Oui. C'est juste que je ne voulais pas t'interrompre pendant que tu t'installais.

Holden arbora un sourire en coin et ses yeux brillèrent.

— D'accord.

Il termina son lit de fortune, puis pointa du doigt la lampe sur la table de nuit.

— Est-ce que tu peux éteindre cette lumière près de toi ? Je le ferais bien, mais je ne veux pas que tu culpabilises encore de me reluquer...

J'écarquillai les yeux.

— Je ne te reluquais *pas.*

— Si tu le dis, répliqua-t-il en riant. Contente-toi d'éteindre la lumière, Lala.

Je lui obéis, et nous restâmes silencieux pendant quelques minutes.

— Tu sais, tu as le droit de regarder d'autres personnes, reprit-il. C'est naturel d'apprécier la beauté du corps humain.

— Je ne te regardais pas, monsieur le narcissique. Je ne suis plus une ado de quatorze ans qui mate en douce par la fenêtre de sa chambre.

— Non, tu n'as vraiment *plus* quatorze ans. Tu es une adulte. Je l'ai bien remarqué.

— C'est censé vouloir dire quoi ?

— Que tu es une belle femme, Lala. Si un homme te dit le contraire, c'est qu'il ment. Contrairement à toi, je ne me sens pas coupable de penser ça.

— Peut-être que c'est parce que tu n'es pas *fiancé*.

— Peut-être, mais je ne crois pas. Je pense que le fait de regarder ne me dérange pas. Enfin, qu'est-ce que tu fais quand tu regardes du porno ? Tu évites le sexe du type ?

— Je ne regarde pas de porno.

Holden resta silencieux une minute.

— Comment ça ? Jamais ?

— Warren trouve ça dégradant pour les femmes.

— Dégradant pour les femmes ? répéta-t-il d'un ton sec. Et pas pour les hommes ? Peut-être que tu ne le sais pas, vu que tu n'en regardes pas, mais les hommes aussi sont à poil dans ces films.

Entre le fait d'avoir vu Holden à moitié nu et le fait de parler de porno, je commençais à avoir chaud et à être perturbée.

— Changeons de sujet ou essayons de dormir.

— Très bien. Dormons.

Mais c'était impossible. Pendant la demi-heure qui suivit, je ne cessai de me tourner, et j'entendis Holden faire la même chose par terre, alors je m'en voulus. Puis il y eut un bruit sourd, suivi d'un gémissement.

— Merde, grogna-t-il. *Putain.*

— Il s'est passé quoi ?

— Rien. Je me suis juste cogné le tibia sur le coin de la commode en me tournant.

Ce fut à ce moment-là que je me rendis compte que je faisais dormir l'un de mes plus vieux amis par terre. Enfin, je savais qu'il était là, mais je n'avais pas vu les choses sous cet angle-là. Holden était comme un frère pour moi, j'étais ridicule.

— C'est stupide, Holden. Je dors dans un grand lit double alors que tu es allongé sur le sol sale de la chambre. Il n'y a aucune raison qu'on ne puisse pas partager le lit. On est amis depuis qu'on est petits.

— Ce n'est rien.

Je m'assis.

— Non, ce n'est pas rien. Et tu sais quoi ? Je t'ai vraiment reluqué tout à l'heure. Je te fais dormir par terre parce que je te trouve attirant et que ça me fait culpabiliser. Mais tu es comme mon grand frère, et tout ça c'est ridicule, alors ramène tes fesses ici.

— Tu es sûre ?

— Certaine.

Je restai ferme et pleine d'assurance jusqu'à ce qu'il se glisse sous la couverture. Ensuite, mon corps devint très conscient de la proximité du sien. Il roula sur le côté pour me faire face, puis il glissa ses mains sous sa joue. Je pouvais voir ses yeux, même s'il faisait nuit.

— Comment s'est passé ton week-end ? demanda-t-il doucement. Tu as fait quelque chose de spécial ?

— Pas vraiment. J'ai juste passé du temps avec Warren et mes parents.

— Tu dors où quand tu rentres ?

— J'ai passé une nuit chez Warren, et l'autre chez moi.

— C'est vrai, tu étais dans la chambre de Ryan quand on s'est écrit. Mais pourquoi tu as passé cette nuit chez tes parents ?

Je haussai les épaules.

— Je pense que je voulais juste passer un peu de temps avec ma mère. Et… Warren m'a annoncé un truc hier soir, alors j'avais besoin de m'éloigner un peu pour m'éclaircir les idées.

— Il t'a annoncé quoi ?

— Il va postuler pour un emploi en Californie. Il veut qu'on déménage là-bas.

— Quoi ? Est-ce que tu vas y aller ?

Je soupirai.

— Je ne sais pas si j'ai le choix. C'est le job de ses rêves.

— Et toi, Lala ? De quoi *tu* as toujours rêvé ?

— Je ne suis pas sûre d'avoir déjà eu ce genre de rêve. Warren est chercheur en cancérologie parce que sa mère est morte de cette maladie quand il avait sept ans. Ne te méprends pas, j'adore mon travail, mais ce n'est pas pareil. Quand j'avais sept ans, tout ce que je voulais, c'était me marier avec la Bête de *La Belle et la Bête*.

— La Bête ? Pas le bel homme qu'il devient à la fin ?

— Non, je craquais vraiment pour la Bête. Je le trouvais mignon, avouai-je en riant.

— Ce n'est pas surprenant. Tu avais aussi l'habitude de mettre ta robe de communion et de demander à Ryan de célébrer ton mariage avec ton paresseux en peluche.

— Je n'en reviens pas que tu t'en souviennes, avouai-je en m'esclaffant.

— Bien sûr que je m'en souviens. Et tu volais le collier avec une dent de requin que je portais pour le mettre à ton paresseux.

Je mordillai ma lèvre.

— Tu sais pourquoi je faisais ça ?

— Non, pourquoi ?

— Parce que je faisais comme si le paresseux, c'était toi. Je craquais vraiment pour toi à l'époque, et j'aimais faire semblant de t'épouser.

Je ris, mais pas Holden. Son regard était très sérieux.

— Moi aussi je craquais pour toi, Lala.

Oh, bon sang. J'eus l'envie folle de me pencher pour l'embrasser. Mon attirance était intense, plus forte que jamais. Ma respiration s'accéléra, et je commençais à avoir peur de faire quelque chose de stupide si je ne freinais pas les choses. Alors je fis mine de bâiller en étirant mes bras au-dessus de ma tête.

— Je suis fatiguée, tout à coup. Je devrais essayer de dormir.

Sans attendre une réponse, je me retournai et lui tournai le dos.

— Bonne nuit, Holden.

Il attendit quelques secondes avant de répondre :

— Bonne nuit, Lala.

J'ignorais combien de temps il me fallut pour m'endormir. Sûrement plusieurs heures. Et lorsque je me réveillai le lendemain matin, Holden était... collé à moi.

Je pouvais sentir son érection contre mes fesses.

Oh.

Mon.

Dieu.

Son petit ronflement me disait que ce n'était pas intentionnel, mais ça n'empêcha pas mon corps de réagir. Mes mamelons durcirent, et je me sentis gonfler et mouiller, comme si je me préparais à ce qui allait suivre.

Et si je me cambrais contre lui ? Et si je me frottais contre son sexe, juste une fois ? Il ne serait même pas obligé de le savoir.

Là encore, *moi* je le saurais. Et je finirais probablement avec de l'eczéma à force de stresser à cause de ce que j'avais fait. Alors au lieu de ça, je me forçai à me glisser hors du lit. Le soleil matinal filtrait déjà à travers les fenêtres, et une douche froide s'imposait.

Une fois dans la salle de bain, je fis couler l'eau et me déshabillai. Juste au moment où je mis un pied sous la douche, quelque chose vibra bruyamment dans l'autre pièce.

Mince. Mon téléphone! C'était sûrement mon réveil.

Ne voulant réveiller personne, je récupérai une serviette et l'enroulai autour de moi, avant de sortir rapidement de la salle de bain. Mais dans la précipitation, je percutai Holden qui se tenait devant la porte. Et son énorme érection déformait son boxer.

Il baissa les yeux en voyant les miens s'écarquiller.

— Mince, désolé. Je ne m'en suis pas rendu compte. Je t'apportais juste ton portable.

Il me le tendit, et le nom de Warren s'afficha à l'écran tel un panneau lumineux sur Times Square.

Eh bien, ça fonctionna mieux qu'une douche froide...

CHAPITRE 8

Lala disparut dans la salle de bain pour parler à Warren en privé, juste après avoir reluqué mon érection matinale, ce qui ne m'aida pas du tout à calmer les choses.

Pourquoi ça m'énervait qu'elle parle à son fiancé ?

Est-ce que j'étais agacé, ou est-ce que je me sentais coupable ? Probablement les deux. Je ne me sentais pas coupable à cause de lui, mais plutôt parce que je l'avais mise dans une position où *elle* culpabilisait.

J'enfilai mon pantalon tout en écoutant le bruit étouffé de sa conversation, en peinant à comprendre ce qu'elle disait à cause de la ventilation qu'elle avait mise en route dans la salle de bain.

Je m'approchai de la fenêtre pour ouvrir le rideau et laisser le soleil matinal entrer dans notre chambre. Lorsque je posai les yeux sur notre vue donnant sur le parking, je pensai à la façon dont elle s'était collée à moi hier soir.

Lala s'était endormie avant moi. J'étais resté éveillé pendant des heures en luttant avec mes pensées et le fait que mon corps était en feu malgré mes efforts pour rester impassible, alors que j'étais allongé à côté d'elle. Puis, à un moment donné, elle avait reculé ses fesses contre moi et les avais placées pile contre mon sexe. J'avais eu envie d'exploser. Elle n'avait sûrement pas conscience d'avoir fait ça, car j'avais entendu ses petits ronflements. Toutefois, mon entrejambe, qui peinait déjà, s'était mis au garde à vous.

J'en avais désiré plus, alors j'avais fait le contraire de ce qui me semblait naturel : j'avais placé la couverture entre nous et reculé mon bassin. Ensuite, j'avais enroulé mes bras autour d'elle, parce que je n'avais pas pu m'en empêcher. C'était bien plus innocent que de frotter mon érection contre ses fesses, ce dont j'avais vraiment envie.

Ça avait été douloureux physiquement de m'écarter d'elle. J'avais fini par m'endormir en l'enlaçant. Je ne savais pas ce que mon sexe ou mon corps avaient décidé de faire pendant mon sommeil, mais je me dis que je ne pouvais pas être tenu pour responsable de ce qui se passait pendant que j'étais inconscient.

Lala avait le visage rouge quand elle sortit de la salle de bain. Elle avait aussi ce qui ressemblait à de l'eczéma dans le cou.

J'écarquillai les yeux.

— Tout va bien ?

— Oui, soupira-t-elle. Il voulait juste prendre de mes nouvelles, puisqu'il n'en avait pas.

— Tu lui as dit quoi ?

— Que tu étais venu m'aider, mais j'ai menti en lui disant qu'on avait des chambres séparées. Et je me sens mal d'avoir fait ça. Je sais qu'on n'a rien fait de répréhensible, mais...

— Non, on n'a rien fait et tu ne devrais pas te sentir coupable, affirmai-je en avançant vers elle. Mais je peux comprendre pourquoi tu n'as pas pu lui dire qu'on a dormi dans le même lit.

Je posai les yeux sur son cou.

— Ta peau réagit à cause du stress. Arrête de t'en vouloir pour ça.

— Je n'ai pas eu le courage de le lui dire, même si c'était innocent. Il n'aurait pas compris, marmonna-t-elle. Même moi je ne comprends pas vraiment.

Ce n'était pas *exactement* innocent. Nous le savions tous les deux, même si nous ne le disions pas. C'était ça, le problème.

— Je comprends. Tu essaies de le protéger, et je peux respecter ça. Mais on n'a pas...

Je choisis prudemment mes mots.

— ... franchi de limite, alors tu n'as pas à culpabiliser.

— Oui, je sais, admit-elle en posant un instant ses yeux sur mon torse, avant de secouer la tête. Bref... je vais aller me changer pour pouvoir te rendre ton T-shirt.

Elle retourna à la salle de bain pendant quelques minutes, puis elle revint et me tendit mon haut. J'inspirai profondément en l'enfilant. Ce T-shirt allait me perturber toute la journée. Je n'allais pas avoir les idées claires.

Nous quittâmes l'hôtel et nous rendîmes au magasin de pièces automobiles pour acheter ce dont nous avions besoin afin de réparer sa voiture.

Après ça, Lala prit la route, puisqu'elle avait déjà manqué une partie de sa journée de travail. Nous n'avions pas le temps de discuter de la gêne qui était toujours là à cause des événements de la veille ou du matin.

Il me fallut un moment pour changer le pneu du van, mais je finis par rentrer sans encombre. Le trajet jusqu'à New York fut terrible. Non seulement je pouvais encore la sentir partout sur mon T-shirt, mais à présent, je la sentais en sachant ce que ça faisait de la tenir dans mes bras, d'avoir ses fesses collées contre moi. Je m'étais vraiment endormi en enlaçant une femme. Je n'avais *jamais* fait ça de ma vie. Du moins, pas intentionnellement. Ça paraissait fou, mais je n'avais jamais eu envie de le faire. Même si j'avais couché avec des tas de femmes, je ne me souvenais pas d'une seule fois où j'avais enroulé mes bras autour de quelqu'un. Il avait sûrement dû y avoir des corps emmêlés, mais rien d'aussi intime qu'une étreinte.

J'avais dit à Lala que nous n'avions rien fait de mal. Et peut-être qu'*elle* n'avait rien fait, mais moi, j'avais franchi une limite à partir du moment où j'avais pris la décision de quitter le sol pour venir la rejoindre au lit. Je savais que c'était dangereux, surtout après l'avoir entendue avouer qu'elle était nerveuse parce que je l'attirais. Je lui avais fait croire qu'elle pouvait me faire confiance.

Mais ce n'est pas le cas.

Mon côté diabolique avait *envie* de la tenter. Je m'en voulais parce que je savais qu'une fille comme Lala ne se pardonnerait jamais de tromper son fiancé. Pourquoi je mettrais quelqu'un à qui je tenais dans cette position ? Cependant, mes sentiments pour elle étaient très compliqués – et égoïstes.

Le trajet passa rapidement parce que je réfléchissais trop, et j'eus l'impression qu'il ne se passa que quelques minutes avant d'arriver chez moi et de garer le van dans un parking en bas de la rue.

Si je pensais que la journée allait mieux se passer une fois rentré, je me trompais lourdement. Owen se précipita vers moi lorsque j'entrai dans l'immeuble.

— Te voilà ! Tu étais où ce matin ? Et pourquoi tu ne réponds pas à ton téléphone ?

— Désolé, mec. Je n'ai plus de batterie.

Je n'avais pas apporté mon chargeur lors de ce séjour imprévu.

Ses oreilles étaient rouges, et on aurait dit qu'une veine allait jaillir de son front.

— J'ai dû rater un rendez-vous important à cause d'une fuite, alors que tu étais censé être là pour la réparer. Le moins que tu puisses faire, c'est recharger ton foutu téléphone.

J'avais mal à la tête.

— Il s'est passé quoi ? demandai-je en ouvrant la porte de mon appartement.

— Une fuite d'évier au 410. De l'eau a coulé dans l'appartement du dessous par le plafond.

— 410 ? C'est l'appartement de Tic et Tac. Tu l'as réparée ?

— Non ! Je l'ai rafistolée, mais ce n'est pas réparé. Et ces deux petits morveux avaient huilé les tuyaux sous l'évier pour m'emmerder. Ils sont incontrôlables.

— Je suis désolé, mec.

— Je présume que tu étais chez une fille.

— En fait, non, hésitai-je, en ayant peur de lui avouer la vérité. J'aidais Lala.

Il plissa les yeux.

— L'aider à faire quoi ?

— Sa voiture a lâché en revenant de Philadelphie, et elle m'a appelé pour que je l'aide à rentrer.

— Tu l'as aidée juste pour ça ? demanda-t-il en arquant un sourcil.

J'avais envie de le frapper.

— C'est quoi cette question ?

— Le fait que tu craques pour Lala n'est un secret pour personne, et tu te demandes pourquoi j'ai posé cette question ?

— Elle m'a appelé, putain ! rétorquai-je. Qu'est-ce que tu veux que je fasse ?

— Je ne sais pas, dire à l'un de nous de s'en charger parce que tu sais que tu ne peux pas te faire confiance.

— Depuis quand tu sais réparer les voitures, crétin ?

Owen ne pouvait rien répondre à ça, alors il poursuivit son enquête.

— Où tu as passé la nuit ?

Je poussai un grand soupir et lui donnai les détails, sans mentionner le fait que nous avions dormi dans le même lit. Ce détail devait rester secret.

— Vous avez dormi dans la même chambre d'hôtel et tu ne penses pas être en train de jouer avec le feu ? répliqua-t-il en secouant la tête. Tu sais très bien qu'elle est avec un type bien qui prend soin d'elle et qui la traite correctement. Pourquoi est-ce que tu voudrais mettre ça en péril ? Si elle finit par le tromper avec toi – parce que tu n'arrêtes pas de la coller –, ce serait l'une des plus grosses erreurs de sa vie.

Ses mots me firent l'effet d'un coup de poing. Principalement parce que j'étais d'accord. Lala ferait une grosse erreur en craquant pour moi. Toutefois, je me mis sur la défensive.

— Merci pour ta confiance, enfoiré. Je croyais que tu étais censé être l'un de mes meilleurs amis.

— Tu penses sincèrement que si elle succombait à ton foutu charme, elle aurait une meilleure vie que si elle se mariait avec lui ? Il faut que tu réfléchisses à ce qu'il y a de mieux pour elle, Holden. Je sais ce que tu manigances.

— Quelle partie de la phrase où je t'ai dit que j'étais allé réparer sa voiture tu n'as pas comprise ? lâchai-je en haussant le ton.

— Tu aurais pu dormir dans ton van, comme tu l'as

déjà fait. Tu n'étais pas obligé de passer la nuit dans la même chambre qu'elle.

Si seulement il savait. Je baissai les yeux.

— Je te connais, Holden. J'ai l'impression d'être le seul à garder un œil sur cette situation, ces derniers temps. Colby est beaucoup trop occupé, et Brayden ne se rend compte de rien, comme d'habitude. Mais *moi*, je vois ta façon de la regarder. Et toute cette situation m'inquiète. Elle est le dernier lien qu'il nous reste avec Ryan. Tu ne peux *pas* déconner avec cette fille. Ryan te tuerait, mec, ajouta-t-il d'un ton moins sec. Il te *tuerait*.

Je tirai mes cheveux.

— Écoute, tu n'as pas besoin de me le dire, d'accord ? Je sais que je ne suis pas quelqu'un de bien pour elle. Je sais aussi qu'il y a *quelque chose* entre nous. Ça a toujours été là. Tu ignores certaines choses... de notre enfance, avouai-je, avant de marquer une pause. Et je sais aussi que je dois faire tout ce qui est en mon pouvoir pour m'assurer qu'il ne se passe rien. Mais je tiens *vraiment* à elle, et c'est sacrément compliqué. En tant qu'ami, j'aurais aimé que tu *m'écoutes* plutôt que de me faire la morale.

Ma lèvre se mit à trembler, alors que la colère se répandait en moi.

Peut-être qu'il finit par remarquer mon air tourmenté, car Owen s'adoucit et hocha la tête.

— Je suis désolé d'avoir été si dur avec toi. La matinée a été difficile, et j'étais vraiment énervé que tu ne sois pas là. Mais maintenant que je sais que tu étais en train de l'aider, je ne peux plus être en colère, déclara-t-il en passant une main sur son visage. Écoute, il faut que j'aille au travail. Je suis déjà suffisamment en retard comme ça. Tu devrais aller au 410 pour réparer ce que j'ai rafistolé. Et peut-être attacher les frères diaboliques pour les maîtriser.

Après son départ, je passai rapidement chez moi, puis je montai m'occuper de cette fuite. Toutefois, les paroles d'Owen me disant que je serais la plus grosse erreur que Lala pourrait commettre continuèrent à me tourmenter tout l'après-midi.

Je me fis la promesse – encore une fois – de prendre un peu de distance pendant un moment, même si ça allait être difficile.

♥

Quelques jours s'écoulèrent, et j'avais tenu ma promesse de rester loin de Lala. Je n'avais pas eu de ses nouvelles, et je ne l'avais pas appelée.

J'avais quelques heures à tuer avant de partir pour un concert le soir, cela dit, je me retrouvai de nouveau à ruminer. L'éviter était une chose, mais ne pas penser à elle en était une autre, et je n'y arrivais pas.

Elle ne m'avait pas contacté depuis notre retour lundi, ce qui me faisait penser qu'elle culpabilisait toujours pour la dernière fois et qu'elle avait décidé de s'éloigner. C'était tout aussi bien et ça me facilitait les choses, mais ça m'embêtait de savoir que ça la contrariait encore.

J'avais fait tout ce que j'avais pu pour essayer de ne plus penser à elle. J'étais même retourné chez une fille nommée Cara la veille au soir, après ma représentation. Nous nous étions embrassés, mais quand elle avait tenté de me sucer, je l'avais arrêtée. Ce que je n'avais encore jamais fait. Une fellation venant d'une femme attirante ne se refusait pas. Et ce n'était pas que mon corps n'était pas prêt à la recevoir. Au contraire, j'étais très excité, ces derniers temps. C'était juste que je n'avais pas envie de faire ça avec *elle*.

Depuis l'autre soir, tout ce dont j'avais eu envie, c'était de retourner dans ce lit chaud avec Lala, ce qui était complètement tordu. J'avais fini par partir en laissant Cara énervée contre moi, tout en me félicitant d'avoir réussi à l'embrasser. Parce qu'il fallait vraiment que je tourne la page. Auparavant, embrasser des femmes était une habitude quotidienne, et visiblement, je pensais désormais mériter une médaille pour ça.

Un coup frappé à la porte me sortit de mes pensées. Lorsque j'ouvris, Lala se tenait là avec deux smoothies.

Mon cœur faillit exploser. Ses cheveux étaient particulièrement décoiffés, comme si le vent avait soufflé dedans. Et son odeur, qui avait malheureusement commencé à disparaître de mon T-shirt, était de retour en force. Malgré toute cette situation, elle m'avait terriblement manqué.

— Salut, lançai-je en souriant.

— Salut, répondit-elle en levant l'un des gobelets. Je, euh, je sais que tu aimes ce bar à smoothies. Je suis passée devant en rentrant, alors je me suis dit que j'allais t'en apporter un.

— Merci, c'est gentil de ta part. Entre, l'invitai-je en m'écartant.

— Est-ce que... tout va bien ? me demanda-t-elle.

Je déglutis.

— Oui. Pourquoi cette question ?

— J'ai l'impression que je t'ai peut-être mis mal à l'aise la dernière fois à l'hôtel, et que c'est pour ça que tu t'es fait discret.

Putain.

— Non, Lala. Tu n'as rien fait pour me mettre mal à l'aise, crois-moi.

— D'accord. Eh bien... je peux te laisser tranquille si tu es occupé.

— Reste, insistai-je. Je ne fais rien pour l'instant. J'ai juste un concert un peu plus tard.

— Oh. À New York ?

— Oui, dans un bar. On y a joué hier soir aussi.

Elle s'installa sur mon canapé.

— Qu'ai-je manqué dans la vie de Holden ?

— Pas grand-chose, répondis-je en m'asseyant, en sirotant ma boisson et en relevant mes pieds. Le groupe est pas mal occupé, et j'ai réparé non pas une, mais deux fuites d'évier cette semaine. Mis à part ça, c'était plutôt monotone. Et toi ?

— Le projet de recherche avance un peu plus. J'ai enfin eu une deuxième assistante.

— Super.

— Hé, tu ne m'as pas raconté ce qui s'était passé avec le cochon d'Inde. Est-ce que tu l'as donné à Saylor ? m'interrogea-t-elle avec un grand sourire.

— Eh bien, après sa guérison triomphale suite à l'incident du Hot Cheetos, je l'ai amenée chez Colby le lendemain matin. Juste avant que tu m'appelles pour ta voiture, d'ailleurs, indiquai-je en riant. Colby m'en veut toujours, mais oui, Saylor était ravie.

— Il va la laisser le garder, n'est-ce pas ?

— Oui. Billie et lui n'ont pas vraiment eu le choix. Voilà pourquoi il est énervé.

Lala se mit à rire. Ça faisait du bien de la voir sourire.

— Des nouvelles pour la Californie ? l'interrogeai-je en passant mon doigt sur le bord de mon gobelet.

Elle secoua la tête.

— Il n'aura pas la réponse avant un moment. Mais ça m'a travaillée. Je n'ai pas trop le moral à cause de ça depuis que je suis rentrée.

Ne lui propose pas de sortir ce soir pour retrouver le moral.

— Tu devrais venir voir le concert ce soir pour te détendre un peu.

Elle ne répondit pas tout de suite.

— Je ne sais pas, je travaille demain, hésita-t-elle en mordillant sa lèvre.

C'est bien, Lala. Reste loin de moi.

— Ne te sens pas obligée.

Le silence emplit la pièce. Et soudainement, elle se redressa.

— Tu sais quoi ? Les journées passent vite. Je n'aurai pas toujours l'occasion de venir te voir jouer. Alors oui, je serai là, accepta-t-elle en souriant.

Même si j'étais ravi intérieurement, j'avais aussi l'impression d'avoir fait cent pas en arrière dans ma résolution de prendre mes distances. *Bien joué.*

Rien n'était comparable au fait d'observer le public et de voir Lala me regarder jouer. Ce n'était pas toujours évident de reconnaître des visages en fonction de la luminosité, mais je m'étais assuré de repérer où elle se trouvait. Ce soir-là, dans cette salle plus petite, je trouvais que j'avais une meilleure visibilité que d'habitude. Ma prestation était aussi impeccable.

Lorsque je descendis de l'estrade à la fin et que j'aperçus le visage souriant de Lala, j'eus l'impression que tout allait bien dans ce monde. Enfin, mis à part le fait qu'elle était toujours avec Warren et que je semblais incapable de rester loin d'elle.

— Tu en as pensé quoi ? demandai-je en essuyant la sueur de mon front.

— C'est moi ou tu as été particulièrement performant ce soir ?

— Ce n'est pas juste toi, j'ai eu la même impression. Merci de l'avoir remarqué.

Puis j'approchai ma bouche de son oreille.

— Que dirais-tu d'une vodka-cranberry pour fêter ça ?

— Juste une. Je dois être en forme demain, répondit-elle en poussant la voix pour se faire entendre par-dessus le bruit.

— Pas de souci.

Je partis chercher nos boissons au bar. Je ne buvais des vodka-cranberry que lorsque j'étais avec elle, ou lorsque je m'en servais comme excuse pour lui envoyer des messages.

Nous discutâmes pendant un moment en sirotant nos verres, et puisque c'était un soir de semaine et que Lala devait rentrer à une heure décente, je choisis de nous commander un Uber plutôt que d'attendre pour partager le van avec le groupe.

Au moment de sortir du bar, Cara – la fille que j'avais embrassée la veille – m'interpella.

— Hé, Holden, tu as oublié ça chez moi hier soir.

Merde. Mon ventre se noua quand elle me tendit mon bonnet.

— Merci.

Je me remis à marcher en posant ma main au creux des reins de Lala pour la faire avancer, et ainsi nous éloigner de Cara. Je ne pouvais même pas la regarder parce que je savais quelle conclusion elle avait dû tirer de cet échange. Mais pourquoi j'y accordais de l'importance ? C'était ça, le plus dingue.

Lala était devenue rouge comme une pivoine lorsque nous finîmes par nous faire face sur le trottoir.

— Je présume que tu as menti quand tu m'as dit qu'il ne s'était pas passé grand-chose ces derniers temps, hein ?

Ou peut-être que dormir chez une fille n'est pas si spécial que ça ? Ça fait juste partie de ton quotidien ?

Je la regardai droit dans les yeux et lui avouai la vérité.

— Je suis allé chez elle hier soir. On s'est embrassés, mais je suis parti avant qu'il se passe quoi que ce soit. Elle ne m'attirait pas.

Lala garda le silence et secoua la tête, presque incrédule.

— Bon sang. Qu'est-ce qui ne va pas chez moi ? lança-t-elle en clignant des yeux. Tu ne me dois aucune explication, Holden. Je suis désolée d'avoir réagi comme ça.

Elle souffla dans ses cheveux.

— Ce n'est pas digne de moi. Je n'ai aucun droit d'être jalouse. Je devrais m'occuper de mes affaires au lieu d'avoir envie d'arracher la tête de cette fille.

Bon sang, c'est sexy.

— Je ne sais pas quoi dire, Lala.

C'était la vérité. J'avais presque toujours réponse à tout, mais pas cette fois-ci. Après tout, j'avais eu envie d'arracher la tête de Warren lorsqu'il avait appelé sa propre fiancée la dernière fois.

Le fait qu'elle ait admis sa jalousie me rendit d'abord euphorique, mais je redescendis rapidement sur Terre pendant le trajet silencieux du retour.

Parce que je compris une chose : le fait qu'elle soit jalouse n'avait pas d'importance, car ça ne changeait rien. Elle était *toujours* fiancée. Elle choisissait *toujours* d'être avec lui. Elle allait *toujours* quitter New York à la fin de son contrat et elle allait potentiellement déménager en Californie. Et j'étais *toujours* censé la protéger de moi. Je n'étais *toujours* pas fait pour elle.

Lala craquait pour moi. C'était tout. Elle m'aimait bien parce que j'étais interdit. J'étais le meilleur ami de son grand frère. Dès qu'elle aurait l'impression que je pourrais vraiment être à elle, elle ne voudrait plus de moi. La réalité nous rattraperait rapidement. Elle se rendrait vite compte que je ne pourrais jamais être la personne sûre dont elle avait besoin.

CHAPITRE 9

Lala

— Oh, non...

Je tournai frénétiquement la poignée ronde de la porte de la salle de bain pour la troisième fois, mais elle ne s'ouvrit toujours pas. C'était comme si quelqu'un l'avait verrouillée de l'autre côté.

Je sentis une crise d'angoisse arriver, alors j'agrippai la poignée à deux mains et tirai aussi fort que possible.

Toujours rien.

Un effet de levier... voilà ce qu'il me faut.

Je posai mon pied contre le mur à gauche de la porte, puis je saisis de nouveau la poignée à deux mains. Cette fois-ci, lorsque je tirai, je laissai mon poids faire le travail tout en poussant sur le mur.

Ça fonctionna ! La poignée bougea...

Seulement, la porte ne suivit pas le mouvement, et je volai à travers la pièce pour atterrir sur mes fesses, la poignée à la main...

Et la porte toujours fermée.

Mince.

Je n'avais même pas mon téléphone avec moi. Sans parler du fait qu'il devait être environ deux heures du matin. J'avais travaillé toute la soirée sur la présentation que je devais faire le lendemain – ou aujourd'hui, finalement – au comité des subventions, et il me restait encore une heure ou deux de travail avant d'avoir terminé. Il fallait que je sorte d'ici.

Toutefois, essayer de faire bouger le mécanisme où se trouvait la poignée se révéla inutile, et cette dernière ne voulait pas se remettre en place. Après environ vingt minutes, je n'eus d'autre choix que d'essayer de réveiller Holden. Je culpabilisais de devoir faire ça à cette heure-ci un lundi, mais je ne pouvais pas rester coincée ici toute la nuit. Par chance, nos salles de bain étaient mitoyennes, même si je n'étais pas sûre qu'il puisse m'entendre. Je ne savais pas non plus s'il était chez lui. Mais il fallait que j'essaie.

— Holden !

Bang, bang !

— Holden, c'est Lala. Je suis coincée dans ma salle de bain et j'ai besoin d'aide !

Bang, bang, bang !

Je poursuivis pendant quelques minutes, puis j'entendis soudain un bruit sourd dans mon appartement.

— *Lala !*

— Je suis là, Holden ! Dans la salle de bain ! Je suis coincée !

— C'est quoi ce bordel ? Où est la poignée ? demanda-t-il de l'autre côté de la porte.

Je me penchai pour parler par le trou.

— Elle est avec moi. Le verrou s'est bloqué et la poignée m'est restée dans les mains quand j'ai essayé de tirer dessus.

— D'accord. Accorde-moi une minute. Je dois passer à côté pour récupérer un tournevis.

— J'en ai un maintenant! Je l'ai acheté après la mésaventure avec le détecteur, pour ne plus te déranger. Il est dans le premier tiroir de la cuisine!

— OK, super. Attends.

Deux minutes plus tard, la porte s'ouvrit. Ce ne fut qu'au moment où je vis le visage de Holden que je me rappelai que je ne portais qu'un débardeur et une culotte, sans soutien-gorge.

Il déglutit et m'observa longuement avant de détourner le regard.

— Désolé. Je ne savais pas que tu n'étais pas habillée.

Je n'étais pas la seule à être en tenue légère. Holden ne portait qu'un boxer, sa belle peau hâlée et ses tablettes de chocolat exposées pour mon plaisir visuel, *encore une fois*. Je ne pus m'empêcher de le regarder. Le silence s'étira jusqu'à ce qu'il tourne la tête, sûrement pour voir pourquoi je ne disais rien.

— Tu vas...

Je croisai son regard, mais pas avant qu'il m'ait surprise en train de le reluquer.

Je secouai la tête en riant nerveusement.

— Désolée, je ne voulais pas te fixer. C'est juste que je ne m'attendais pas non plus à te voir en sous-vêtements. Ça m'a prise au dépourvu.

Il passa une main dans ses cheveux.

— Moi aussi je suis désolé de t'avoir regardée.

J'aurais dû simplement sortir de la salle de bain pour enfiler un peignoir, mais le fait d'être près de cet homme me faisait dire et faire des choses qui ne me ressemblaient pas du tout.

— Est-ce que ça te dérangerait si je... regardais encore un peu?

Holden arqua brusquement les sourcils.

— Tu veux me reluquer ?

Mon visage s'enflamma. Je secouai la tête en baissant les yeux.

— Oh, mon Dieu. J'ai tellement honte. Je pense que le manque de sommeil et le stress d'être enfermée ici m'ont rendue dingue. Peut-être que c'est juste de la curiosité refoulée parce qu'on découvre nos corps d'adultes. Enfin, je t'ai à peine aperçu quelques fois torse nu depuis qu'on se baignait ensemble dans ma piscine quand on était ados. Et depuis cette époque, tu ne m'as pas vue en petite culotte et sans soutien-gorge. Je pense que je me disais que si on pouvait s'observer une bonne fois pour toutes, on pourrait passer à autre chose.

Holden me fixa. Je pus voir les rouages de son cerveau s'activer, et il finit par poser les yeux sur ma poitrine.

— Tu ne portes pas de soutien-gorge...

— Non, confirmai-je en secouant la tête.

Il déglutit.

— D'accord, faisons ça.

— Vraiment ?

Il acquiesça.

— Oui. De toute façon, j'irai en enfer, alors autant profiter du voyage. Mais tu restes dans la salle de bain, et moi je reste de ce côté de la porte.

— OK, acceptai-je en mordillant ma lèvre. Toi d'abord.

— Et si on le faisait en même temps ?

Je hochai la tête.

— Bonne idée. On fait ça pendant combien de temps ?

— Une minute ? proposa-t-il en haussant les épaules.

— Tu as ton téléphone ?

— Non. Je pensais que quelqu'un s'était introduit chez toi et que tu te faisais agresser. Prendre mon téléphone est bien la dernière chose à laquelle j'ai pensé.

— Le mien doit être sur la table basse. Tu veux bien aller le chercher pour qu'on mette un minuteur ?

Holden s'éloigna et revint dix secondes plus tard.

— Quel est ton code ?

— Zéro, sept, un, trois.

Il se mit à taper, puis se figea en levant les yeux au plafond.

— C'est le jour de ton mariage, c'est ça ?

J'acquiesçai.

Il jura, mais continua à taper.

— Je vais vraiment aller en enfer.

Il programma le minuteur, puis tourna mon portable pour me le montrer. Nous avions une minute.

— Tu es prête ? s'enquit-il en posant son doigt au-dessus du bouton vert.

Je confirmai d'un hochement de tête.

Holden lança le décompte, et nous nous reluquâmes ouvertement. Puisque je n'avais pas à jeter des coups d'œil furtifs, je remarquai des choses que je n'avais encore jamais vues, comme ses cuisses musclées et la bande de poils sexy qui partait de son nombril et qui disparaissait sous l'élastique de son boxer. Bon sang, je mourais d'envie de passer ma langue dessus. Après environ trente secondes, Holden croisa mon regard.

— Tourne-toi, ordonna-t-il d'une petite voix tendue.

Je déglutis et lui obéis. Par chance, je portais un string en dentelle et pas une vieille culotte moche. Lorsque je lui tournai le dos, Holden gémit.

— Bon sang, tes fesses sont parfaites.

Il resta silencieux jusqu'à ce que le minuteur arrive à sa fin. Puisque je lui avais tourné le dos pendant les dernières trente secondes, je n'avais pas vraiment pu le regarder pendant une minute entière. J'allais lui proposer de m'accorder un peu plus de temps, quand je me retournai et que mes yeux se posèrent sur son boxer. Quelle bosse énorme !

Son sexe était en érection, ou alors peut-être qu'une canette de bière essayait de s'échapper de son caleçon...

En me voyant écarquiller les yeux, il baissa les siens et utilisa ses mains pour couvrir son entrejambe.

— *Merde*. Désolé. Peut-être que ce n'était pas une bonne idée. Je reviens dans deux minutes.

Il disparut de mon appartement pendant au moins un quart d'heure après ça. J'avais commencé à me dire qu'il ne reviendrait pas lorsque j'entendis un petit coup frappé à ma porte. Je l'ouvris et découvris Holden totalement habillé : un pull, des chaussettes, un jogging, et même un bonnet et des gants. C'était exactement le moment que nous avions besoin de partager, car je portais la même tenue, sauf que j'avais également ajouté une écharpe. Nous éclatâmes de rire.

— Oh, mon Dieu, Holden. Est-ce qu'on a perdu la tête ? demandai-je en riant.

Il se plia en deux tellement il riait aussi.

— Je crois bien.

Après avoir essuyé nos larmes, Holden leva un rouleau de ruban adhésif.

— Je vais juste en mettre un peu sur le verrou pour que tu ne puisses plus t'enfermer par accident. J'installerai une nouvelle poignée demain.

— Merci, répondis-je en m'écartant pour le laisser entrer.

Après avoir terminé avec la porte, il jeta un coup d'œil dans le salon. Des piles de papiers étaient étalées partout.

— Une bombe a explosé ici ou quoi ?

Je soupirai.

— J'ai une présentation à faire demain, enfin aujourd'hui, au comité des subventions. Je dois encore finir d'associer les premiers résultats du labo aux différents participants, avant de rassembler les informations sur les sujets testés.

— Tu as besoin d'aide ?

— Ce que j'aurais dû faire, c'est accepter l'aide proposée par mes deux assistantes, mais j'avais trop peur que ma première présentation ne soit pas parfaite. Mais ce n'est rien. Tu devrais retourner dormir. Je suis désolée de t'avoir réveillé.

Holden sourit.

— Crois-moi, ma belle, après notre petit jeu, je ne risque pas de m'endormir de sitôt.

Je comprenais. Plus tôt dans la soirée, j'étais allée à la salle de bain pour utiliser les toilettes et m'asperger le visage d'eau froide, parce que je commençais à m'endormir en travaillant. Mais il était impossible que j'aille me coucher à présent. Et puis, j'aurais vraiment besoin d'aide.

— Tu es sûr ?

— Certain. Dis-moi ce que je dois faire.

Durant l'heure qui suivit, Holden et moi associâmes les résultats du laboratoire aux formulaires des patients. Étant donné que c'était une étude anonyme, tout le monde était identifié par un numéro et non par un nom. C'était plutôt ridicule qu'à l'heure actuelle, le laboratoire ne m'ait pas fourni un fichier que j'aurais pu classer facilement, mais c'était pourtant le cas. Alors, après avoir associé les résultats à chaque patient, Holden me lut ceux des numéros dont j'avais besoin, pendant que je les entrais dans une base de données.

— Comment fonctionne cette étude ? Je sais qu'il y a une histoire de taux de dopamine et de maladie d'Alzheimer.

— Eh bien, il y a déjà eu des études sur les neurones dopaminergiques, puisqu'ils sont liés à l'évolution de la maladie d'Alzheimer, mais les résultats n'étaient pas vraiment convaincants. Selon ma théorie, il ne faut pas s'intéresser seulement à la dopamine. Ma recherche initiale montre que des taux faibles de trois hormones combinées, à savoir la dopamine, l'ocytocine et la noradrénaline, provoquent des maladies neurodégénératives. Mon étude actuelle consiste à augmenter le taux de ces trois hormones chez des patients se trouvant au stade précoce de la maladie d'Alzheimer, afin de pouvoir étudier la vitesse de progression de la maladie.

— Tu as dit que le sexe faisait augmenter ce taux en question, c'est ça ? Alors est-ce que tu leur donnes du Viagra en leur faisant écouter du Marvin Gaye ?

— Presque, répondis-je en riant. On divise les participants en deux groupes. Le premier reçoit des placebos en tant que groupe contrôle, et le second reçoit le vrai traitement qui augmente les taux d'hormones.

Holden garda le silence après ça. J'espérais qu'il ne prenait pas mal le fait que j'avais ri à son commentaire sur l'association du Viagra et de la musique.

— Tout va bien ? l'interrogeai-je.

— Oui, bien sûr, m'assura-t-il en alignant une pile de feuilles qui étaient déjà parfaitement rangées. Je me demandais juste si tu étais toujours sortie avec des types intelligents.

— Eh bien, je ne suis sortie qu'avec deux hommes, et les deux étaient intelligents, alors il faut croire que oui.

— Deux hommes ? répéta Holden en fronçant les sourcils. Tu veux dire que tu n'as eu que deux relations sérieuses ? Mais tu as dû sortir avec d'autres types, non ?

Je secouai la tête.

— Non, je suis vraiment seulement sortie avec deux hommes au total.

— Waouh, lâcha-t-il en clignant plusieurs fois des paupières. Alors tu as seulement... tu vois... avec deux hommes ?

— En fait, je n'ai couché qu'avec l'un d'entre eux. Je suis sortie avec l'autre pendant quelques mois, mais j'étais jeune et notre relation n'est jamais allée jusque-là.

Holden écarquilla les yeux.

— Alors tu vas épouser le seul type que tu as baisé ?

Il leva les mains en me voyant rougir.

— Désolé, c'était vulgaire. Je n'aurais pas dû dire ça comme ça.

— Ce n'est rien, lui assurai-je, avant de pointer mes joues du doigt. Peut-être que si j'avais eu plus d'expériences sexuelles, je ne rougirais pas dès que quelqu'un aborde ce sujet. Je te promets que si tu veux me faire ressembler à une tomate, tu n'as qu'à dire le mot sexe ou me faire raconter un mensonge.

— Tu ne te demandes jamais comment ce serait ? Enfin, je veux dire, comment être sûre de choisir le bon si tu n'as pas testé ailleurs ?

— En fait, je me suis souvent posé cette question, ces derniers temps, révélai-je en croisant son regard. D'ailleurs, j'ai l'impression que je n'arrête pas de me le demander.

Holden ouvrit sa bouche pour dire quelque chose, mais il se ravisa et hocha la tête.

— Est-ce que je peux te poser une question personnelle ? l'interrogeai-je en coinçant une mèche de cheveux derrière mon oreille.

— Je te dirai tout ce que tu veux savoir.

— À quelle fréquence tu... fais ta petite affaire ?

Il posa ses yeux sur mes lèvres, avant de croiser de nouveau les miens.

— Est-ce que tu veux savoir à quelle fréquence je me masturbe ?

J'acquiesçai.

— Ça dépend, répondit-il en haussant les épaules. Si j'ai une vie sexuelle active, pas très souvent. Mais si c'est la traversée du désert, peut-être un jour sur deux. Je pense que ça dépend de mon état de frustration et de mon imagination.

Il soutint mon regard en prenant un air sérieux.

— Il y a des jours où je n'arrête pas de m'imaginer avec une personne en particulier. Ces derniers temps, il se peut que je prenne trois douches par jour.

Je déglutis.

— Est-ce que tu as déjà été amoureux, Holden ?

Il réfléchit à sa réponse en silence pendant un moment.

— Je crois. Une fois.

— Il s'est passé quoi ?

— Rien, elle est avec quelqu'un d'autre, me confia-t-il en baissant les yeux.

J'acquiesçai de nouveau.

— Est-ce que c'est à mon tour de te poser une question ? ajouta-t-il.

— Je t'en prie, vas-y.

— Si tu étais amoureuse de quelqu'un, et que cette personne était déjà en couple, est-ce que tu lui dirais quand même ce que tu ressens ?

— Ça dépend. Si je pense que cette personne pourrait m'aimer en retour... oui, peut-être que je lui en parlerais, affirmai-je en hochant la tête. Je pense qu'on peut se remettre de s'être ridiculisé, mais les regrets nous suivent toute notre vie.

Lorsque je levai les yeux, Holden me fixait si intensément que j'eus l'impression qu'il n'y avait plus rien autour de nous. Nous étions comme dans un couloir étroit où je ressentais une très forte attraction magnétique qui m'attirait à lui. Je mourais d'envie de me pencher pour prendre sa lèvre inférieure entre mes dents pour tirer dessus. Fort.

En me sentant vraiment avancer, je clignai des paupières pour retrouver les idées claires, et je me redressai.

— Je, euh, je devrais finir ma présentation. Merci pour ton aide. Je vais continuer toute seule.

Holden se força à sourire, mais je pus lire la tristesse dans ses yeux.

— Bien sûr, pas de souci. J'y vais. Bonne nuit, Lala.

Le lendemain matin, je rangeai tout ce dont j'avais besoin pour ma présentation dans trois boîtes. Des centaines de pages avaient été soigneusement condensées en une dizaine de *slides*, mais j'aimais apporter les sources au cas où quelqu'un aurait des questions. Lorsque je posai le couvercle sur la dernière boîte, j'aperçus quelque chose dépasser de sous le canapé, alors je récupérai l'objet.

Le portefeuille de Holden.

Hier soir, il s'était assis par terre, le dos contre le canapé. Il fallait vraiment que je le lui rende avant de partir, mais je ne pus m'empêcher de faire ma curieuse et de jeter un coup d'œil à l'intérieur. Sans surprise, j'y trouvai deux préservatifs et quelques numéros de portable de filles inscrits sur des serviettes, en plus de quelques cartes de crédit, de son permis de conduire, et de deux billets de vingt dollars. Juste au moment où je m'apprêtai à le refermer, un petit pli en cuir s'écarta, et je me rendis compte qu'il y avait une poche cachée à l'arrière. Puisque j'étais déjà une amie lamentable qui violait sa vie privée, je glissai mon doigt dans la fente. La photo que j'en sortis me fit mal au cœur.

On y voyait Ryan, Holden et moi le jour de ma remise des diplômes. Je m'en souvenais comme si c'était hier. Le diagnostic de Ryan était tombé quelques semaines plus tôt, mais personne ne m'avait rien dit avant la semaine suivant la remise des diplômes. Ils n'avaient pas voulu gâcher mon grand jour, puisque j'étais major de ma promotion.

J'approchai le cliché pour l'examiner de plus près, et j'étudiai le visage de mon frère en essayant de voir un quelconque signe de sa maladie. Cependant, il n'y en avait pas. Mes yeux se posèrent sur Holden. Il était comme dans mes souvenirs, et pas si différent d'aujourd'hui. Il avait les mêmes cheveux en bataille, son sourire en coin qui nous laissait penser qu'il manigançait quelque chose, et des yeux qui nous donnaient l'impression d'être la seule femme sur Terre.

C'était bizarre qu'il ait gardé cette photo. Il devait en avoir des millions de Ryan et lui seuls, ou mieux encore, de lui avec tous ses amis. J'allais être en retard à ma présentation si je ne me dépêchais pas, alors j'allais devoir y repenser plus tard. Pour l'instant, il fallait que je dépose le portefeuille à côté et que j'aille au travail.

Holden m'ouvrit en ne portant qu'un jogging qui descendait bas sur ses hanches.

Mes yeux se posèrent aussitôt sur la ligne de poils qui se trouvait sur son ventre, au milieu du V que formaient ses muscles. Apparemment, la minute que j'avais pu passer à le regarder hier soir n'avait pas suffi.

Holden arqua un sourcil en arborant un sourire en coin.

— Tu aimes ce que tu vois ?

Je levai les yeux au ciel.

— Oh, mon Dieu. Tu es attirant. J'ai regardé. Super. Je n'ai pas le temps pour ça.

Je récupérai son portefeuille qui se trouvait sur les boîtes que j'avais posées par terre, et je le lui lançai presque au visage.

— Tiens, ton portefeuille. Je l'ai trouvé là où tu étais assis hier. Je me suis dit que tu en aurais besoin.

Je me penchai pour ramasser les boîtes et me dirigeai vers l'ascenseur.

— Bonne journée ! m'exclamai-je sans me retourner. Je dois me dépêcher sinon je vais être en retard.

— Oh là, attends, intervint-il en sortant de chez lui. Comment tu vas aller au travail avec tous ces trucs ? D'habitude, tu prends le métro.

— Il n'y a pas de parking près du bureau. En fait, je marcherai moins si je prends le métro.

— Attends, je vais t'y conduire. Le van est garé au coin de la rue.

J'étais sur le point de refuser, mais Holden disparut chez lui et revint avec les clés. Il était encore en train d'enfiler un T-shirt quand les portes de l'ascenseur s'ouvrirent. Une fois à l'intérieur, il me prit les boîtes des mains.

— Je suis parfaitement capable de les porter, affirmai-je.

— Je le sais très bien, répondit-il. Mais ton frère m'en voudrait s'il te voyait comme ça, et moi les mains vides à côté. Et puis, tu ne le croiras peut-être pas parce que tu penses que je suis un coureur de jupons, mais je suis un vrai gentleman.

Je souris.

— D'accord, merci.

Nous parcourûmes les trois quarts du trajet en bavardant, mais lorsque nous nous arrêtâmes à un feu rouge, Holden jeta un coup d'œil dans ma direction.

— Merci de m'avoir rendu mon portefeuille.

— De rien.

— Est-ce que tu as fouillé dedans ?

— Non, répliquai-je brusquement.

Peut-être un peu *trop* brusquement, et *bien trop* rapidement. Malheureusement, je ne savais pas du tout mentir, et je sentis mon visage s'enflammer sous le regard de Holden.

Allez, passe au vert... Allez... Dépêche-toi de passer au vert.

Mais le feu prit tout son temps. Un sourire arrogant s'étira lentement sur le visage de Holden, et il me pointa du doigt.

— Menteuse !

— Oh, mon Dieu ! m'exclamai-je en couvrant mon visage avec mes mains. *D'accord, je l'ai fait.* J'ai fouillé, tu es content ? Je n'ai pas pu m'en empêcher, même si je savais que ce n'était pas bien.

Il secoua la tête, alors que le feu passait au vert.

— La gentille petite Lala Ellison, la fille modèle, s'avère être une criminelle.

Mon visage était rouge comme une tomate quand je retirai mes mains.

— Je suis vraiment désolée, Holden. Tu me pardonnes ?

— Bien sûr que oui, répondit-il en m'observant avec un sourire espiègle.

Je poussai un soupir de soulagement.

— Merci. Je pensais que tu allais me donner plus de fil à retordre.

Il mit son clignotant lorsque nous approchâmes de mon bureau, puis il leva son index.

— Pas si vite. Je n'avais pas fini ma phrase. Ce que j'allais dire, c'est bien sûr que oui je pourrai te pardonner, une fois que je me serai immiscé dans *ta* vie privée.

— T'immiscer dans ma vie privée ? Qu'est-ce que ça implique ?

Holden se gara en face de mon bureau et coupa le moteur, avant de tendre sa main droite.

— Laisse-moi regarder dans ton sac à main. *Donnant-donnant.* Je veux voir ce que tu gardes là-dedans. Ensuite, on sera quitte et je te pardonnerai.

— Quoi ? Non !

Hors de question que je le laisse regarder dans mon sac, surtout que je ne l'avais toujours pas vidé depuis que j'étais rentrée.

Toutefois, Holden me le prit subitement, et le leva de sa main gauche pour que je ne puisse pas l'attraper. Je tentai de le faire, mais cette fichue ceinture me retint contre mon siège.

— Holden, rends-le-moi !

— Oh, il y a un truc privé là-dedans ? Comme les choses dans mon *portefeuille* ?

Dans ma panique, il me fallut plus longtemps que d'habitude pour retirer ma ceinture. Mais lorsque j'y parvins, je bondis de mon siège pour attraper mon sac. Holden riait. Je le lui pris des mains, mais la lanière était toujours enroulée autour de son bras, ce qui provoqua un mouvement de recul inattendu, et mon sac se retourna, déversant tout son contenu...

Y compris mon vibromasseur.

Mon.

Vibromasseur !

Je me figeai.

Holden écarquilla les yeux.

Et évidemment, fidèle à lui-même, il le récupéra.

— Qu'est-ce qu'on a ici, charmante Lala ? demanda-t-il en l'agitant entre nous. Est-ce que tu t'es servie de cette baguette magique en regardant du porno quand je suis parti hier soir ?

J'étais presque sûre d'être rouge écarlate. Je le lui repris des mains et le rangeai dans mon sac, avant d'ouvrir la portière du van.

— Je n'ai pas regardé de porno ! Est-ce que *toi* tu en as regardé pour te masturber hier soir ? Est-ce que tu essaies de reporter ta mauvaise conscience sur moi ?

— Non, madame. Je n'ai pas regardé de porno ces derniers temps, avoua Holden en posant les yeux sur mes lèvres. Je suis trop occupé à penser à la seule femme que je ne pourrai jamais avoir pendant que je me masturbe.

Il n'y avait qu'une seule façon de répondre à ce commentaire. Je sortis brusquement, récupérai mes boîtes et claquai la portière derrière moi.

CHAPITRE 10

Holden

Penser à ce que Lala faisait avec ce fichu sextoy était la seule chose qui était parvenue à me faire de l'effet ces derniers temps. Croyez-moi, j'aurais aimé qu'une autre femme puisse captiver mon attention. Cette fixation que je faisais sur Lala tel le fruit défendu n'était pas saine, et il était temps que je passe à autre chose, mais je ne savais pas comment faire. Plus j'essayais de ne pas penser à elle, plus c'était le contraire qui se produisait.

Toute cette semaine, j'avais encore une fois tenté de mettre un peu d'espace entre nous. Mais comme toujours, le besoin de la voir avait fini par avoir raison de moi. Je m'étais quand même convaincu que *cette fois-ci*, ce serait innocent. Comme ce soir, quand j'avais décidé de frapper à sa porte pour voir ce qu'elle faisait et lui demander si ça lui dirait d'aller manger un morceau.

À ma grande surprise, lorsqu'elle ouvrit la porte, elle n'était pas seule. Une femme que je n'avais jamais rencontrée se trouvait avec elle.

Lala écarquilla les yeux.

— Holden.

— Salut, lançai-je avant de me tourner vers son amie. Tu es avec qui ?

La fille aux cheveux foncés répondit avant que Lala puisse le faire.

— Je suis Tia. Et Laney m'a *clairement* caché des choses.

Lala se racla la gorge.

— Tia est l'une de mes assistantes et une amie.

— Ah oui, d'accord, acquiesçai-je. Enchanté.

— Holden est l'un des amis de mon frère, et aussi mon voisin, l'informa Lala en se tournant vers elle.

— Et parfois, je viens la sauver quand sa voiture tombe en panne ou quand elle s'enferme dans une pièce, ajoutai-je avec un clin d'œil.

Tia se mit à rire.

— Je vais peut-être faire semblant d'avoir un accident pour que tu viennes *me* secourir.

D'accord. Cette fille n'y allait pas par quatre chemins. Elle était aussi pratiquement en train de me baiser du regard.

Tandis que Lala était écarlate. Évidemment, j'aurais pu être sympa avec elle et partir tout de suite, mais ça m'amusait de voir que ma présence la troublait.

Elle finit par s'écarter pour m'autoriser à entrer chez elle, et je me mis à l'aise en m'appuyant contre l'accoudoir du canapé.

— Qu'est-ce que vous faites de beau en ce vendredi soir ?

— En fait, on se prépare pour sortir danser, répondit Lala.

— Oh, sympa. Tu mérites de décompresser, affirmai-je. D'après mes souvenirs, tu n'es pas sortie avec des amis

– mis à part moi – depuis ton arrivée à New York. Je me trompe ?

— Eh bien, je n'ai pas d'amies filles ici.

Lala était vraiment mignonne vêtue d'une jupe en cuir noire et de son T-shirt Debbie Harry qui dévoilait une épaule. Sa chevelure était totalement indomptée, comme je l'aimais. Son amie portait une robe verte moulante avec de grandes bottes en cuir. Elles étaient vraiment habillées pour aller en boîte.

— Vous allez où ? m'enquis-je.

Lala regarda son amie d'un air interrogateur. Ce n'était donc pas elle qui avait organisé cette soirée.

— Au Zanzibar, m'informa Tia. Tu connais ?

— Oui. Je connais presque toutes les boîtes de nuit.

— Tu es le batteur, c'est ça ? demanda-t-elle avec un grand sourire.

— Tout à fait, confirmai-je.

— Je m'en doutais.

— Parce que j'ai l'air d'un clochard ?

— Non, parce que tu es canon, comme la plupart des batteurs.

Lala avait l'air au bout de sa vie, alors je décidai de mettre fin à son calvaire.

— Bon, je vais vous laisser vous préparer, les filles. Je vous souhaite de passer une bonne soirée. Je voulais juste passer te dire bonjour, Lala, étant donné qu'on ne s'est pas vus ces derniers jours.

Elle se redressa et sembla soulagée de me voir partir.

— Ça marche.

Mais ensuite, son amie m'interpella.

— Attends ! Pourquoi tu ne viendrais pas avec nous ? Plus on est de fous, plus on rit !

— Non, je ne voudrais pas vous déranger pendant votre soirée entre filles, refusai-je en me retournant.

— Mais ce n'est *pas* une soirée entre filles, répliqua-t-elle avant de s'adresser à Lala. Tu as invité un des garçons, non ?

Je me figeai. *Attendez. Quoi ?* Je plissai les yeux.

— C'est vrai ? l'interrogeai-je.

— Euh... soupira-t-elle. Brayden vient avec nous, oui.

C'est quoi ce bordel ? Je pris une grande inspiration pour me calmer. Avant de m'énerver, je me dis qu'elle essayait peut-être d'arranger quelque chose entre Brayden et son amie. C'était probablement la seule excuse qui ne me vexerait pas. Quoi qu'il en soit, elle aurait pu me proposer de me joindre à eux aussi. Elle avait volontairement choisi de ne pas le faire.

Tia reçut un appel et s'éloigna dans un coin de l'appartement pour parler en privé, alors j'en profitai pour interroger Lala.

— Alors, Brayden... commençai-je en croisant les bras. Depuis quand tu l'invites à sortir ?

— OK... soupira-t-elle. Je sais que ça peut paraître bizarre, surtout que je ne t'en ai pas parlé, mais Tia m'a demandé de la présenter à l'un de mes amis célibataires, et Brayden est la première personne qui m'est venue à l'esprit.

Je décidai de l'embêter.

— C'est intéressant, parce que *je* suis célibataire. Pourquoi tu n'as pas voulu me présenter à elle ? lui demandai-je, avant de claquer des doigts. Oh, laisse-moi deviner. Tu penses que je suis juste un coureur de jupons alors tu as préféré choisir Brayden, c'est ça ? Ou alors... est-ce qu'il y a une autre raison, Lala ?

Je la fixai avec insistance.

On aurait dit que des plaques commençaient à apparaître dans son cou.

— Je ne sais pas pourquoi j'ai choisi Brayden, avoua-t-elle en baissant la voix. Et je savais qu'elle te voudrait si elle te voyait. C'est juste que...

Avant qu'elle puisse finir sa phrase, Tia mit fin à son appel et nous rejoignit. Maintenant que je savais que Brayden sortait avec elles, je décidai d'accepter l'invitation de la jeune femme.

— Vous savez quoi ? repris-je avec un sourire diabolique. Je n'ai rien de prévu ce soir, alors si ce n'est pas une soirée filles, je pense que je vais me joindre à vous, en fin de compte.

Je me tournai vers Lala.

— Si ça ne te dérange pas, ajoutai-je.

Elle poussa un long soupir et haussa les épaules.

Une demi-heure plus tard, tout le monde embarqua pour ce désastre annoncé à bord du SUV que Brayden avait commandé pour nous tous. Notre groupe se révéla plus important que prévu puisque Brayden avait aussi décidé d'inviter Owen, qui avait visiblement une rare soirée de repos où il n'était pas surchargé de travail. Toutefois, j'étais obligé de me demander si Owen n'était pas venu simplement pour garder un œil sur Lala et moi. J'en étais presque sûr.

Brayden sembla montrer de l'intérêt pour Tia et lui posa des questions à propos de son travail en lui adressant son sourire charmeur dont il avait le secret. Mais malheureusement, Tia avait l'air de n'avoir d'yeux que pour... moi. *Oups.* Non seulement elle avait demandé à Lala si elles pouvaient échanger de place pour pouvoir être à côté de moi, mais elle n'arrêtait pas non plus de poser sa main sur mon genou en me parlant. Je n'étais pas du genre à être mal à l'aise dans ce genre de situation, mais j'étais gêné parce que je sentais que Brayden était agacé. Il pouvait parfois être compétiteur, surtout quand je lui volais la vedette. Mais devinez qui était encore plus énervée ? *Bingo*. Lala était assise là, l'air vexée, et elle ne cessait de poser ses yeux sur la main de Tia dès qu'elle me touchait.

Owen était fidèle à lui-même et semblait totalement désintéressé de tout ça après s'être forcé à sortir. Il n'exprimait absolument aucun intérêt pour Tia. Il était probablement le type le plus difficile que je connaissais. Il attendait d'être excité autant mentalement que physiquement. Dans le passé, j'avais été tout le contraire : je me fichais qu'une fille soit saine d'esprit. Mais ces derniers temps, je pouvais parfaitement comprendre ce qu'Owen ressentait. La beauté *et* l'intelligence m'attiraient. Et plus spécifiquement les scientifiques aux cheveux frisés indomptables qui portaient des strings sexy et gardaient des vibromasseurs dans leur sac à main.

Lorsque nous arrivâmes à la discothèque, le moins que l'on pouvait dire, c'était que l'ambiance était bizarre. Tia continua à me coller, même si je fis de mon mieux pour lui montrer que je n'étais pas intéressé. Je parcourus l'endroit des yeux quand elle vint me parler à l'oreille, et je regardai partout sauf dans sa direction. Cette fille ne comprenait vraiment pas le message. Visiblement, elle ne voyait pas non plus qu'elle agaçait son amie. Lala avait vraiment l'air contrariée.

Tia revint du bar avec un verre – j'avais refusé sa proposition de m'en prendre un.

— Tu veux aller danser, Holden ?

— Non, ça ira, répondis-je. Mais merci d'avoir posé la question.

Ce fut enfin le début de la fin. Tia commença désormais à graviter loin de moi – Dieu merci – et elle passa plus de temps à discuter avec Lala tout en scrutant la pièce à la recherche de chair fraîche. Brayden était déjà en train de parler à une fille qu'il avait rencontrée, alors il avait renoncé à elle depuis un moment.

Quand les filles partirent aux toilettes, Owen vint se placer à côté de moi.

— Je présume que personne ne va s'envoyer en l'air ce soir, lança-t-il. Cette Tia t'a clairement fait comprendre qu'elle te voulait.

— Oui, eh bien, je ne suis pas intéressé, répliquai-je en tentant de garder un air impassible.

Il arqua un sourcil.

— Ah bon ? Pourquoi tu ne t'intéresses pas à une fille aussi canon ?

— Je ne sais pas, à toi de me le dire. Pourquoi elle ne t'intéresse pas ?

— Arrête tes conneries, Holden. Tu sais que d'habitude, quand tu sors, tu flirtes avec un milliard de femmes. Tu n'en as même pas regardé une seule ce soir parce que tu n'avais d'yeux que pour Lala. Tu vas encore t'attirer des ennuis.

Brayden apparut soudain près de nous et posa sa main sur l'épaule d'Owen.

— Qui a des ennuis ?

Owen était sur le point de tout raconter à Brayden quand Lala et Tia revinrent des toilettes, mettant fin à cette conversation. Je passai les minutes qui suivirent avec un air renfrogné. Owen avait encore une fois réussi à m'énerver, alors je décidai de le punir en proposant à Lala de danser. Ça ferait d'une pierre deux coups, puisque ça agacerait Owen et j'obtiendrais quelques minutes pour parler à Lala en privé, chose que je n'avais pas pu faire de toute la soirée.

— Allons danser, l'invitai-je en l'entraînant vers la piste de danse, en tirant doucement son bras.

Nous pouvions à peine bouger au rythme de la musique au milieu de tous ces gens en sueur.

— Je suis désolé, m'excusai-je.

— Désolé pour quoi?! s'écria-t-elle par-dessus le bruit.

— Désolé d'avoir gâché ta soirée. Je sais que ma présence t'a mise mal à l'aise. Ce n'était pas sympa de ma part. J'étais énervé que tu aies invité Brayden et pas moi, mais j'aurais dû te faire confiance. Tu voulais le présenter à ton amie et tu n'avais pas besoin que je gâche tout. Je n'aurais pas dû agir comme un enfant.

— Je suis presque sûre que c'est *moi* qui agis comme une enfant, parce que c'est toi qu'elle veut et ça m'énerve, avoua-t-elle en essuyant son front. Je n'ai pas le doit de te garder jalousement juste parce qu'il y a eu un truc étrange entre nous ces derniers temps.

— Pour ce que ça vaut, elle ne m'intéresserait pas, de toute façon, même si elle n'était pas ton amie. Ce n'est pas mon genre de fille. Et je comprends pourquoi tu n'as pas essayé de me la présenter. Je ne t'aurais *jamais* présentée à quelqu'un. Enfin, si tu n'étais pas déjà fiancée, précisai-je.

Lala avait gardé son sac à main avec elle toute la soirée, et alors que nous dansions, il jouait en quelque sorte le rôle de barrière entre nous.

— Est-ce que c'est un vibromasseur dans ton sac, ou est-ce que tu es juste contente de me voir? demandai-je en baissant les yeux.

— Très drôle, répliqua-t-elle en le serrant davantage contre elle.

— J'essaie.

Elle leva les yeux au ciel tout en remuant un peu ses hanches.

— Tu es *vraiment* drôle. J'aimerais ne pas te trouver si amusant.

— Je pense que tu me trouves même un peu *plus* qu'amusant, lui soufflai-je à l'oreille.

Elle secoua lentement la tête.

— T'avouer que je te trouve attirant était une énorme erreur, et c'était aussi totalement déplacé.

— Ne t'en fais pas, tu retourneras à Philadelphie – ou pire, en Californie – et toute cette tension étrange entre nous ne sera plus qu'un vague souvenir. Loin des yeux, loin du cœur.

Même si j'avais dit ça pour la rassurer, ces mots laissèrent un goût amer dans ma bouche.

Parce que c'était la vérité.

J'étais juste le type mignon qu'elle trouvait tentant, mais pas le type avec qui elle finirait sa vie.

À la fin de la soirée, Tia était ivre morte. Owen, totalement indifférent, s'ennuyait de plus en plus. Brayden et la fille avec qui il discutait avaient échangé leurs numéros. Et moi ? J'étais terriblement sobre. Je ne savais pas vraiment pourquoi, mais j'avais l'impression que si je buvais ce soir, j'aurais pu dire ou faire quelque chose d'encore plus stupide. Alors je m'étais limité à une bière. Lala avait bu une vodka-cranberry suivie d'une seconde, mais sans alcool, ce qu'elle ignorait.

Nous déposâmes Tia d'abord en nous assurant qu'elle rentre bien chez elle, puis nous revînmes tous les quatre à l'immeuble.

Une fois à l'intérieur, Brayden fut le premier à rejoindre son appartement, tandis qu'Owen sembla me suivre jusqu'au mien, avant de décider de rester devant ma porte. Je savais qu'il faisait ça pour être certain que je rentre bien chez moi sans aller chez Lala, ou l'inverse. Bon sang, il était vraiment bête parfois.

Cependant, même lorsque Lala nous dit bonne nuit et qu'elle disparut chez elle, Owen resta planté là.

— Je peux savoir ce que tu fais ? demandai-je lorsqu'il me suivit à l'intérieur.

— Je veux juste m'assurer que tu ne feras rien de stupide, mon ami.

— Je n'ai pas besoin de baby-sitter.

— Je ne suis pas là pour toi. Je veille juste sur la petite sœur de Ryan.

J'ouvris mon frigo pour prendre de l'eau.

— Qu'est-ce qui te fait croire que je n'ai pas déjà décliné des tas d'occasions de la tenter ? Tu as l'air de penser qu'on ne peut pas me faire confiance, alors que je me suis toujours bien comporté. En fait, bien me tenir est presque en train de me tuer.

— Je ne crois pas que tu aies déjà laissé passer une occasion de conclure si elle a vraiment succombé à ton charme.

Si seulement il savait.

Je posai brusquement ma bouteille sur le comptoir.

— Est-ce que tu sais toute la retenue dont j'ai fait preuve, Owen ? Laisse-moi te le dire ! lançai-je avant de marquer une pause, me laissant une dernière chance de me taire avant de tout balancer. J'ai dormi dans le même foutu lit qu'elle le soir où on est allés à l'hôtel ensemble. Parce qu'*elle* a insisté pour que je ne dorme pas par terre. Et quand elle s'est endormie, elle a collé ses fesses contre mon sexe sans le savoir. Tu sais ce que j'ai fait ? Je me suis reculé. J'ai mis de l'espace entre nous. C'est la chose la plus difficile que j'ai faite après avoir enterré mon meilleur ami, alors dis-moi que je n'ai aucune retenue. Dis-le-moi !

Je m'arrêtai juste avant de lui parler de notre petit spectacle chronométré. C'étaient des détails que j'emporterais dans ma tombe.

Owen ne cessa de cligner des yeux, comme s'il essayait de tout comprendre.

— Vous avez dormi dans le même lit ?

— C'est tout ce que tu as retenu ? Tu n'as pas entendu tout ce que je viens de dire ?

— Si. Je t'ai entendu et je n'en reviens toujours pas. Au final, c'est *toi* qui as décidé de venir dans ce lit, même si c'était sa proposition.

— Blâme-moi d'avoir voulu dormir dans un lit chaud. *Avec Lala.*

— Tu as conscience que Ryan peut sûrement voir tout ce que tu fais depuis là-haut ? m'interrogea-t-il en pointant le plafond du doigt.

— Tu sais quoi, Owen ? rétorquai-je, même si cette possibilité me faisait frémir. S'il pouvait vraiment lire dans mes pensées, il saurait à quel point j'essaie de me comporter correctement et de contrôler mes actions. Mes sentiments ne sont pas faciles à maîtriser, eux. J'ai pris la décision de ne pas franchir une certaine limite avec elle tant qu'elle est fiancée. À cause de ce que je ressens pour elle, je me suis approché des limites, je l'admets, mais je ne les ai pas *franchies*, même si j'en ai eu envie il y a longtemps. Tu dois bien m'accorder ça.

Owen resta là en secouant la tête, puis il frotta ses yeux.

— Tu sais quoi ? Il est tard. Je vais dormir, marmonna-t-il.

Je souris.

— J'adore te clouer le bec presque autant que te prouver que tu as tort, mais quand je peux faire les deux en même temps, c'est encore mieux.

— Ne sois pas trop sûr de toi, crétin. Je vais continuer de te surveiller, répliqua-t-il en pointant du doigt ses yeux, puis les miens.

Je lui fis un doigt d'honneur.

— J'ai une idée. Et si tu te trouvais une femme pour ne pas être constamment sur mon dos ?

— Trouve-moi quelqu'un qui m'intéresse, répondit-il en ouvrant la porte pour partir.

— Il faudrait que j'aille sur Mars, parce que tu es le type le plus difficile de la Terre, rétorquai-je alors qu'il s'éloignait dans le couloir.

J'étais nerveux après son départ, donc je pris une douche avant d'aller au lit. Mais j'étais toujours bien éveillé, alors je m'assis contre ma tête de lit.

Puis Lala m'envoya un message.

J'eus un élan de panique en me disant qu'elle avait peut-être entendu notre conversation à travers le mur, mais son message ne parlait pas de ça.

Lala : Pourquoi tu gardes une photo de Ryan, toi et moi dans ton portefeuille ?

Oh. Quand elle avait avoué avoir fouillé dans mon portefeuille, j'avais été plus inquiet à propos des préservatifs, et je n'avais même pas pensé à cette photo. J'aurais pu lui raconter la vérité, à savoir que j'aimais son sourire sur ce cliché et que ça me rendait heureux d'avoir mes deux personnes préférées sur la même photo. Mais ensuite, je me rappelai ma promesse à Owen – que je ferais tout mon possible pour ne pas encourager quoi que ce soit entre nous tant qu'elle était fiancée. Il fallait que je me maîtrise.

Alors je mentis.

Holden : Je m'aime bien dessus.

Les points de suspension s'agitèrent lorsqu'elle tapa sa réponse.

Lala : C'est prétentieux, non ?

Holden : C'est vrai, désolé. Je suis comme ça ;-)

Un autre message arriva une minute plus tard.

Lala : Désolée si j'ai rendu les choses bizarres ce soir.

Holden : Tu as toujours été bizarre. C'est l'une des choses que j'aime chez toi.

« Que j'aime chez toi » ? *Tu es sérieux, Holden ?*

Lala : En parlant de ça... Owen était bizarre lui aussi.

Super. J'espérais qu'elle n'avait pas remarqué qu'il me surveillait.

Holden : Il essaie juste de s'assurer que je ne t'attire pas d'ennuis.

Lala : Tu t'es très bien comporté, Holden. C'est moi le problème.

Je n'aimais pas qu'elle s'en veuille alors que j'avais flirté avec elle et que je l'avais cherchée pendant tout ce temps. Ça fonctionnait dans les deux sens, et c'était moi qui menais la danse.

Holden : Ne t'en veux pas de t'amuser un peu dans une nouvelle ville. Tu ne seras jeune qu'une seule fois. Et même si tu as l'impression de t'être mal comportée, ce n'est pas le cas.

Je ne pus m'empêcher d'ajouter une dernière chose.

Holden : Crois-moi, si on franchissait vraiment les limites, tu le saurais.

HAPITRE 11

Lala

— Maman ! Oh, mon Dieu. Qu'est-ce que tu fais là ?

Ma mère était bien la dernière personne que je m'attendais à voir sur le pas de ma porte de bonne heure un samedi matin. Malheureusement, je ressentis une pointe de déception, étant donné que j'avais pensé que ça pourrait être Holden.

— Surprise ! s'exclama-t-elle en levant les bras. Je suis venue pour t'emmener faire du shopping.

— Du shopping ? Pour quoi faire ? demandai-je en fronçant les sourcils.

Elle avança pour me prendre dans ses bras.

— Pour des robes de mariée !

Oh.

Argh. Des robes de mariées.

Je n'avais pas vraiment envie de faire ça, mais je ne voulais pas que ma mère se sente mal. Et puis, j'aurais dû être aux anges d'aller chercher ma robe.

— Waouh, d'accord. C'est… génial, répondis-je en lui faisant signe d'entrer. Viens, entre.

Ma mère frappa dans ses mains.

— Je t'ai pris rendez-vous chez Kleinman à midi.

— Vraiment ?

Je clignai plusieurs fois des paupières. Quand je m'étais fiancée, j'avais trouvé quelques modèles qui me plaisaient dans des magazines spécialisés, et ils semblaient tous venir de chez Kleinman à Manhattan. J'avais essayé de prendre rendez-vous, mais ils étaient complets pour les trois prochains mois.

— Tu as réservé il y a longtemps ?

Ma mère secoua la tête.

— Je me suis inscrite pour être prévenue s'il y avait une annulation de dernière minute. J'ai reçu un message hier soir pour me dire qu'une place s'était libérée aujourd'hui, alors me voilà.

Ma mère était la meilleure du monde et j'étais contente de la voir, même si le fait de penser à cette session shopping me rendait un peu nauséeuse. Ça passerait sûrement une fois que je commencerais à faire des essayages.

— Je n'en reviens pas que tu sois là, lui confiai-je en souriant. Merci beaucoup, maman.

Deux heures plus tard, je me tenais sur un piédestal, vêtue de la robe en tulle Vera Wang que j'avais adorée dans un magazine. Ma mère avait les larmes aux yeux.

— Oh, mon Dieu, Laney. Tu ressembles à une princesse.

Je fixai mon reflet dans le miroir. La robe était magnifique et elle m'allait à la perfection. Pourtant, quelque chose n'allait pas.

— Elle est très belle, mais je ne suis pas certaine que ce soit la bonne, maman.

— Tu es sûre ? demanda-t-elle en se forçant à sourire. Eh bien, il te faut *la bonne* pour épouser *le bon*, alors on va continuer à chercher.

J'essayai une dizaine d'autres robes après ça, chacune étant plus difficile à regarder dans le miroir que la précédente. Ça me stressait tellement que l'eczéma que j'avais souvent quand j'étais angoissée fit son retour, et ma mère le remarqua.

— Oh, ma chérie, ton cou est tout rouge.

Je couvris ma peau de mes mains.

— Je pense que le tissu de cette robe m'a un peu irritée. Ce n'est rien.

Mais lorsque nous finîmes par sortir de la boutique, l'eczéma couvrait ma poitrine, mon cou et le haut de mon dos. Nous avions dit à la vendeuse que j'allais réfléchir à plusieurs modèles que j'avais aimés et que nous la recontacterions. Nous allâmes ensuite déjeuner dans un petit café en bas de la rue. Nous commandâmes toutes les deux une salade César et un verre de vin blanc.

— Est-ce que tout va bien, trésor ? m'interrogea ma mère en inclinant la tête. Tu as eu l'air un peu préoccupée aujourd'hui. Triste, même.

Elle était tellement douée pour lire en moi.

Je secouai la tête.

— Je suis désolée. Je ne suis pas triste. Peut-être un peu fatiguée. Je suis sortie avec mon amie Tia hier soir, l'informai-je en évitant de lui dire que les garçons étaient venus avec nous. Et puis… j'ai été très occupée au travail. Je pense que ça me tracasse plus que ce que je pensais.

Ma mère resta silencieuse un long moment.

— Tu es sûre que tu n'es pas en train d'avoir des doutes à propos du mariage ?

Je la fixai, prête à lui répondre qu'elle était folle et qu'évidemment, je n'avais aucun doute à ce sujet. Mais alors que je tentais d'articuler ces mots, les larmes se mirent à couler sur mes joues.

— Oh non... Parle-moi. Qu'est-ce qui se passe? me demanda-t-elle en rapprochant sa chaise et en prenant ma main. Est-ce que tu vas bien? Il s'est passé quelque chose avec Warren? Est-ce que c'est à propos du possible déménagement en Californie?

Je me mis à divaguer alors que de grosses larmes inondaient mon visage.

— Je te le jure, maman... Je ne voulais pas que ça arrive, mais je n'arrête pas de penser à cet autre homme. J'ai ces fantasmes... Warren est le seul homme avec qui j'ai été en couple, alors comment je peux être sûre que c'est le bon? Enfin, j'adore le poulet, et si je n'avais mangé que ça, je serais sûrement heureuse parce que c'est bon, tu comprends? Mais le bœuf est terriblement délicieux. Et si je n'avais jamais goûté au bœuf et que je ne m'étais pas rendu compte que je préférais ça au poulet? Est-ce que ça veut dire que le poulet est moins bon? Ou est-ce que je passerais le reste de ma vie à m'ennuyer à manger du poulet? Et si le poulet ne me suffisait pas jusqu'à la fin de mes jours?

Je me sentis paniquer.

— Est-ce que je dois manger du bœuf, maman? Tu me le dirais si c'était le cas, hein?

Ma mère sourit et tapota ma main.

— Je pense que ce que tu veux savoir, c'est est-ce que c'est normal de fantasmer sur un autre homme. Je me trompe, trésor? Parce que je préfère le porc au poulet ou au bœuf, alors si ce n'est pas ce que tu veux savoir, je pense que je suis encore plus perdue que toi.

Je ris en essuyant mes joues mouillées.

— Je rêve d'un homme ici à New York. Est-ce que c'est normal?

— Eh bien j'espère, parce que j'ai un truc pour George Clooney depuis des années. Ton père pense que j'aime quand il porte un costume parce que ça veut dire qu'on va dans un endroit chic, mais en réalité, c'est parce qu'il me fait penser à George.

Ma mère s'approcha et baissa la voix.

— Une fois, les infos l'ont montré en train d'aller dîner à la Maison-Blanche. J'ai enregistré ce passage et je l'ai regardé une dizaine de fois.

Toutefois, George Clooney ne vivait pas juste à côté de chez ma mère...

Et George Clooney ne lui avait pas dit que ses fesses étaient parfaites...

Et j'étais presque sûre qu'elle n'avait pas dormi dans le même lit que lui.

— Je pense qu'il est normal de fantasmer sur un autre homme jusqu'à une certaine limite, poursuivit-elle.

Une certaine limite? Mais pas être obsédée en permanence, n'est-ce pas?

— Mais comment savoir quand on la dépasse?

— Je pense que c'est lorsque ça implique des sentiments. Je peux regarder monsieur Clooney toute la journée, mais je n'ai pas de vrais sentiments pour lui. Il y a une différence entre de simples fantasmes et la tromperie émotionnelle. Tu ne peux pas culpabiliser d'avoir fait quelques rêves érotiques avec un bel homme. Des pensées restent seulement des pensées, trésor. Tu ne fais rien de mal, sauf si tu envisages de passer à l'acte.

J'étais déjà passée à l'acte, non? Même si techniquement, je n'avais pas été infidèle, j'avais frôlé la limite bien plus d'une fois. J'avais dormi dans un lit avec Holden, je l'avais regardé pratiquement nu, je l'avais laissé *me* regarder. En définitive, c'était pour cette raison que je m'étais sentie si mal dans cette robe blanche si pure aujourd'hui. C'était un rappel brutal de toutes les pensées impures que j'avais eues à l'égard de Holden ces derniers temps.

— C'est normal d'être nerveuse avant son mariage, trésor. Je t'assure. Tu ne devrais pas être si dure envers toi-même pour de simples fantasmes innocents.

Le problème, c'était que rien de tout ça n'était innocent. Toutefois, je ne voulais pas contrarier ma mère ou lui faire avoir une mauvaise opinion de moi en lui racontant toute la vérité. Alors j'acquiesçai.

— Merci, maman. Je suis désolée si j'ai gâché notre virée shopping ou si j'ai ruiné l'ambiance du déjeuner. Tu as raison. Je suis sûre que c'est juste le stress du mariage.

Par chance, je parvins à ne pas pleurer et à ne pas développer plus d'eczéma pendant le reste du déjeuner. Mais lorsque nous sortîmes de l'ascenseur, je compris que ça allait changer.

Holden était en train de fermer la porte de son appartement.

Ma mère me connaissait très bien, et elle allait comprendre ce qui se passait dans ma tête rien qu'à ma façon de le *regarder*. Pourtant, il était impossible de l'éviter. Il se tourna, et le visage de ma mère s'éclaira lorsqu'elle sortit de la cabine.

— Holden Catalano ! Comment vas-tu, mon grand ?

Elle s'approcha de lui et le serra dans ses bras, avant de poser ses mains sur ses épaules.

— Tu es magnifique. Là encore, tu as toujours été charmant. Ça fait combien de temps ?

— Bien trop longtemps, madame E, répondit-il avec un sourire sincère.

— Ça doit faire au moins cinq ans, non ?

Il secoua la tête.

— Je ne sais pas comment c'est possible, puisque vous

avez l'air encore plus jeune que la dernière fois que je vous ai vue.

Ma mère balaya son commentaire d'un geste de la main, mais je vis qu'elle appréciait le compliment. Holden avait ce petit je ne sais quoi qui charmait les femmes de huit à quatre-vingts ans.

— Où est-ce que tu t'en vas comme ça ? lui demanda-t-elle. Je veux savoir tout ce qui se passe dans ta vie.

Holden fixa la boîte à outils qu'il tenait à la main et que je n'avais pas vue.

— J'allais monter au quatrième étage pour réparer un vide-ordures. Deux gamins dans l'un de nos appartements me font une démonstration de ce que je devais être à treize ans. Ces marmots incontrôlables adorent s'amuser. Je ne serais pas surpris de voir une grenouille sortir de là-dedans.

— Oh, mon Dieu. Eh bien, viens d'abord boire un verre de vin. J'insiste.

Holden m'observa pour chercher mon approbation, mais le fait que j'essaie de rester loin de lui n'avait pas d'importance si passer quelques minutes avec lui rendait ma mère heureuse. Alors je souris et hochai la tête, et nous finîmes par passer la demi-heure qui suivit à parler et terminer une bouteille de vin tous les trois. Holden parla de son groupe à ma mère, et il lui raconta comment il passait ses journées à faire des réparations dans l'immeuble où il tenait le rôle de concierge. Ma mère, quant à elle, lui parla de la croisière d'un mois qu'elle prévoyait d'offrir à mon père lorsqu'il prendrait sa retraite l'année prochaine.

— Oh, ça me fait penser à quelque chose, déclara-t-elle en pointant du doigt la salle de bain. Puisque tu es l'agent de maintenance, il y a une fuite dans la douche de Laney. Elle vient du mitigeur. J'ai entendu le goutte-à-goutte quand j'y suis allée tout à l'heure, alors j'ai jeté un coup d'œil. Le carrelage qui se trouve en dessous commence aussi à se décoller.

— Maman, on a déjà mis Holden en retard pour une réparation, et voilà que tu veux lui en donner une autre ? Il a déjà réparé pas mal de choses ici, et ils m'hébergent gratuitement.

Holden leva les mains.

— Ce n'est rien. En fait, je préfère être au courant quand le problème débute plutôt que d'attendre que ça devienne plus grave. Une petite fuite est plus facile à réparer que de refaire tout le carrelage d'une douche.

— Oui, mais il n'y a pas d'urgence, ajoutai-je.

— J'ai un peu de temps demain. Tu seras chez toi ?

Je secouai la tête.

— Non, j'ai pas mal de choses à faire au travail, alors je ne vais pas être beaucoup là.

— D'accord. Eh bien, si ça ne te dérange pas, j'en profiterai pour m'en charger pendant ton absence. Comme ça je pourrai réparer le carrelage abîmé après avoir réparé la fuite, et il aura le temps de sécher avant que tu doives t'en servir à nouveau.

— Bien sûr, comme ça t'arrange.

Holden acquiesça et frappa ses cuisses.

— Demain, alors. Mais pour l'instant, il faut que je monte avant que les locataires qui ne sont *pas* aussi sympa mettent le feu à l'immeuble, déclara-t-il en se levant. Je suis ravi de vous avoir revue, madame E. Passez le bonjour à votre mari.

Elle se leva à son tour.

— Ce sera fait.

Je raccompagnai Holden à la porte, tandis que ma mère se rendait aux toilettes.

— Ça m'a fait plaisir de la voir, me confia-t-il. Je ne me rappelle pas t'avoir entendue parler de sa visite. C'était une décision de dernière minute ?

— Elle m'a fait la surprise ce matin, confirmai-je en hochant la tête. Je n'en savais rien avant qu'elle frappe à ma porte.

— Ce n'est pas ton anniversaire, si ? Je crois que c'est en décembre, je me trompe ?

— Non, ce n'est pas mon anniversaire.

J'hésitai à poursuivre, mais je trouvais ça bizarre de ne rien ajouter.

— Elle a réussi à obtenir un rendez-vous dans une boutique de robes de mariée très demandée. C'est de là qu'on revient.

L'expression de Holden se décomposa.

— Des robes de mariée...

J'acquiesçai.

— Tu en as acheté une ?

— Non. Aucune ne me convenait.

Holden me regarda droit dans les yeux. L'espace d'un instant, je crus qu'il allait dire quelque chose, mais il finit par détourner le regard.

— Il faut que j'y aille. À plus tard, Lala.

Je refermai la porte en me sentant mal, même s'il n'y avait aucune raison pour que je sois dans cet état. Après avoir essayé de reprendre mes esprits pendant un moment, je retrouvai ma mère dans la cuisine, en train d'ouvrir une autre bouteille de vin.

— Encore ? Depuis quand tu bois en journée, maman ? Non pas que je m'en plaigne. Ça ne me ressemble pas.

— Je me suis dit que tu aurais besoin d'un autre verre pendant qu'on parlerait.

Je fronçai les sourcils.

— Parler de quoi ?

Elle me tourna le dos pour retirer le bouchon de la bouteille. Elle remplit nos verres, avant de pivoter et de m'en tendre un, puis elle sirota le sien.

— Dis-moi depuis combien de temps tes sentiments pour Holden sont de retour, et ce que tu comptes faire de ces fantasmes le concernant.

Le lendemain matin, je me réveillai en sursaut avec des sueurs froides, à bout de souffle.

Bon sang. Je jetai un coup d'œil à côté de moi. Évidemment, la place était vide, mais il me fallut quand même quelques secondes pour accepter le fait que mon rêve n'était justement qu'un rêve, et que je n'avais pas vraiment *couché avec Holden.*

Oh, mon Dieu. C'était le rêve le plus intense de ma vie.

La façon dont il avait enroulé ma queue de cheval autour de son poing pour tirer ma tête en arrière.

La façon dont il avait soulevé son bassin alors que je le chevauchais, en me disant d'y aller plus fort. Plus vite. *Prends-moi.*

Je touchai ma queue de cheval. J'eus la chair de poule en repensant à quel point nous avions fait ça fougueusement. Les choses n'étaient vraiment pas aussi intenses avec Warren. Pas du tout même. Ça me terrifiait que mon *fantasme* avec Holden soit meilleur que ce que je vivais dans la vraie vie avec mon fiancé, alors je me levai pour m'asperger le visage d'eau froide. Puisque ça ne fonctionna pas, je décidai de prendre une longue douche.

J'étais toujours excitée même après avoir séché mes cheveux et m'être habillée, mais j'étais déterminée à garder les idées claires. Alors je pris la résolution de me concentrer sur les choses *importantes* pour le reste de cette journée, à savoir mon fiancé et mon travail.

Tout d'abord, je retournai à la boutique de mariage dans laquelle ma mère et moi étions allées la veille. Je n'avais pas de rendez-vous, mais la vendeuse qui nous avait aidées était là, et elle m'aida à commander la robe que j'avais préférée. Ensuite, il fallait que j'aille travailler un peu, mais je n'avais toujours pas vraiment les idées claires, alors je rentrai chez moi pour faire quelque chose que je n'avais jamais fait avant. Pendant le trajet en métro, j'avais décidé que la seule façon de me sortir Holden de la tête était de le *remplacer* par Warren. Il n'y avait absolument aucune raison que je ne puisse pas être aussi excitée avec mon fiancé. En fait, peut-être que le problème était en partie dû au fait que pendant que je prenais l'initiative de passer du temps avec Holden, je n'en prenais aucune avec Warren. Alors je me rendis directement dans ma chambre, le téléphone collé à l'oreille, déterminée à être plus créative.

— Salut.

— Bonjour, mon amour. Quelle bonne surprise ! Je ne m'attendais pas à avoir de tes nouvelles avant ce soir.

— Eh bien, j'ai besoin de quelque chose... et je me suis dit que tu pourrais peut-être m'aider.

— Oh, tu as besoin de quoi ?

Je soupirai. Bon sang, j'allais devoir être plus claire.

— J'ai besoin... d'un orgasme, Warren.

— Un orgasme ?

— Oui, je pensais qu'on pourrait... tu vois, faire l'amour par téléphone.

Il resta silencieux pendant quelques longues secondes.

— Je ne sais pas si je suis doué pour ça. Je ne suis même pas doué pour les appels vidéo pour le travail,

Laney. Tu penses que ça impliquerait quoi ? Parce que j'ai rendez-vous chez le coiffeur dans quarante-cinq minutes.

Oh, mon Dieu. C'était tellement frustrant.

— Warren, *on s'en fout de ta coupe de cheveux.* J'ai *besoin* de toi.

— D'accord, d'accord. Pas besoin de t'énerver. Dis-moi juste ce que tu veux que je fasse.

Ce que je veux que tu fasses, c'est te débrouiller tout seul sans que j'aie besoin de te dire quoi faire.

— Je ne sais pas... Essaie peut-être de dire des trucs cochons. Je vais retirer mon pantalon et mettre ma main dans ma culotte, et tu vas me dire ce que tu me ferais si tu étais là.

— Est-ce que je dois aussi enlever mon pantalon ?

— *Je ne sais pas ! Fais ce que tu veux, Warren !*

— D'accord, d'accord. Je vais le garder.

— Super.

Je déboutonnai mon jean, le fis glisser le long de mes jambes et m'en débarrassai.

— Je vais te mettre en haut-parleur pour pouvoir utiliser mes deux mains.

— D'accord.

Je détestais qu'il ait l'air si hésitant. Néanmoins, je m'allongeai sur le lit, avant de mettre le haut-parleur, de fermer les yeux et de glisser ma main dans ma culotte.

— Je suis prête. Dis-moi ce que tu me ferais si tu étais là.

— OK, eh bien, d'abord je t'embrasserais.

— Et ensuite ? demandai-je en passant mes doigts sur mon sexe.

— Ensuite, j'embrasserais tes seins.

— D'accord...

— Puis je pense que je toucherais ton entrejambe. Je te caresserais.

Enfin.

— Continue…

— Ensuite, j'insèrerais une phalange en toi.

Mes paupières s'ouvrirent brusquement.

— *Une phalange*, Warren? Sérieusement? Tu ne peux pas utiliser un terme plus sexy?

— Tu veux que je dise quoi?

— Un doigt, Warren. Doigte-moi.

— Très bien. Alors j'enfoncerais un doigt en toi et je le bougerais un peu, puis j'en ajouterais un second. Mais avant qu'on aille plus loin, quel mot tu veux que j'utilise pour les parties génitales de l'homme? Il y a beaucoup trop de choix.

Grrr. C'était une mauvaise idée.

— Tu sais quoi, Warren? Je n'ai plus vraiment envie, en fin de compte. Et si tu allais te préparer pour ton rendez-vous chez le coiffeur?

— Tu es sûre?

— Oui. J'essayais juste… de m'amuser un peu, mais je n'aurais pas dû te prendre au dépourvu comme ça.

— Eh bien, si tu veux, je peux réfléchir à ce que je pourrais dire une prochaine fois. Peut-être qu'on peut prévoir un appel un soir de cette semaine pour que j'aie le temps de me préparer.

Je souris tristement.

— Oui, bien sûr. Désolée si c'était bizarre.

— Je t'appelle plus tard?

— Oui, passe une bonne journée.

Après avoir raccroché, j'étais toujours frustrée, alors au lieu de m'habiller, je glissai de nouveau ma main dans ma culotte, je fermai les yeux, et je me mis à caresser mon clitoris. Malheureusement, le silence était plus satisfaisant que la version de Warren d'une conversation cochonne.

Après quelques minutes, je trouvai mon rythme, et mes pensées se mirent à revenir au rêve érotique que j'avais fait à propos de Holden cette nuit. Plutôt que de penser à autre chose, j'enfonçai mes doigts plus profondément en moi et je laissai mon imagination prendre le relais. C'était bon. *Très bon*, même. Chevaucher Holden. Oh, oui. *Plus fort.* C'est ça… J'étais siiii près. Jusqu'à ce que…

Un coup résonna à la porte.

Et pas la porte d'entrée.

Ma porte de chambre !

— Lala ? Tu es là ?

Holden.

J'écarquillai les yeux et me figeai.

Oh, mon Dieu !

Paralysée de peur, je gardai le silence.

— Lala ?

Toc-toc.

— Tu es là ?

Mon cœur battait la chamade, alors que je retenais mon souffle en attendant qu'il s'en aille.

Après trente secondes de silence, je pensais qu'il était parti… jusqu'à ce que la poignée se mette à tourner.

Merde ! Je bondis du lit et me jetai sur la porte qui était en train de s'ouvrir. Et ça fonctionna. Elle se referma brusquement. Seulement, les doigts de Holden étaient toujours à l'intérieur.

— Putain ! hurla-t-il.

— Oh, mon Dieu ! Holden, est-ce que ça va ? demandai-je en rouvrant la porte.

Il attrapa ses doigts coincés avec son autre main.

— Qu'est-ce que tu fous, Lala ?

— Je suis désolée ! Je n'étais pas habillée et je… j'ai merdé.

Ses doigts étaient déjà en train de gonfler et de devenir violets.

— Va mettre de la glace dessus. J'arrive.

Je m'habillai précipitamment et retrouvai Holden dans la cuisine, où il était assis avec un sachet de brocolis surgelés sur la main.

— Tu penses qu'ils sont cassés ? Est-ce qu'on devrait aller à l'hôpital ?

Il plia ses doigts en grimaçant.

— Ça va aller, je peux les bouger. C'est juste que ça lance.

— Je m'en veux. Je ne savais pas que tu étais dans l'appartement.

— Je t'ai dit que j'allais venir réparer la douche aujourd'hui. Tu n'as pas entendu ma musique ?

— Si, mais je me suis dit que je l'entendais à travers le mur. Ça arrive souvent.

Mon cœur continua à battre à un rythme effréné alors que je repensais à ces dernières minutes. Même si à présent, j'avais plus peur de savoir ce que Holden avait entendu plutôt que de m'être fait surprendre.

— Tu es là depuis combien de temps ? l'interrogeai-je avec hésitation.

Il leva les yeux et nos regards se croisèrent.

— Est-ce que tu es en train de me demander si j'ai entendu ta conversation ?

Mon visage s'enflamma.

— Oh, bon sang... C'est le jour le plus gênant de ma vie.

— Je suis désolé d'avoir entendu. Une fois que j'ai compris ce qui se passait, je ne savais pas vraiment quoi faire. Je ne voulais pas partir en plein milieu et empirer les choses en révélant ma présence. J'ai essayé de m'éclipser discrètement quand il n'y avait plus de bruit, mais ensuite, j'ai cru entendre quelque chose qui ressemblait à des pleurs dans ta chambre.

Je fermai les yeux.

— Je ne pleurais pas... Je... enfin, tu vois.

— Oui, maintenant je comprends, acquiesça-t-il.

Je secouai la tête en soupirant.

— Tu dois me prendre pour une idiote.

— Non, Lala, pas du tout. Je trouve qu'une femme qui a des envies et qui dit à un homme ce qu'elle veut est l'une des choses les plus sexy au monde. Quant à Warren, c'est l'un des plus gros idiots que je connaisse. Pour un type qui pourrait être capable de guérir le cancer, il lui manque quelques notions de base. Du genre si tu ne donnes pas à ta femme ce dont elle a besoin, quelqu'un d'autre se chargera de le faire.

Mon regard croisa de nouveau celui de Holden. Le sien était désormais si intense que j'eus la chair de poule. Je ne manquai pas de remarquer que je m'étais aussi réveillée de mon rêve dans cet état. J'avais l'impression que mes fantasmes et la réalité commençaient à se mélanger. Le désir me fit entrouvrir les lèvres, même si heureusement, il sembla aussi me paralyser et m'empêcher ainsi de sauter dans ses bras.

— Holden... murmurai-je.

Il déglutit, puis il se leva.

— Verrouille la porte derrière moi. *Le verrou du haut.* Je ne peux pas me faire confiance.

— Tu vas où ?

— M'occuper de quelque chose.

Avant que je puisse lui poser plus de questions, il rejoignit la porte et la claqua derrière lui, me laissant assise là, submergée par mes émotions. Je ne savais pas quoi faire.

Puis mon téléphone sonna dans ma chambre. Me sentant toujours perdue, j'allai le chercher et aperçus le nom de Holden.

— Allô?

— Tu as verrouillé la porte? demanda-t-il d'une voix rauque.

— Pas encore.

— Va le faire.

Je ne trouvais pas vraiment ça nécessaire, pourtant, je lui obéis. Je fis glisser la chaîne dans le verrou, tout en hochant la tête même s'il ne pouvait pas me voir.

— C'est fait.

— Maintenant, mets le haut-parleur et retourne dans ta chambre.

— Pourquoi?

— Contente-toi de le faire, ma belle.

Je me rendis dans ma chambre sans réfléchir.

— Ça y est, j'y suis.

— Super. Maintenant, enlève ton pantalon.

Je me figeai. Est-ce qu'il était en train de dire ce que je pensais qu'il disait?

— Holden, je... je ne suis pas sûre...

— Allonge-toi, Lala. Pose tes fesses sexy sur ce fichu lit tout de suite, sinon je vais venir pour te faire jouir d'une manière totalement différente.

— Mais...

— Chut. Je ne veux plus entendre un mot. À moins que ce soit pour me dire « oui » ou pour gémir mon prénom, mais rien d'autre.

Oh, bon sang. Pourquoi est-ce que j'aimais autant sa façon de me parler?

— Maintenant, pose tes fesses sur ce lit et dis-moi quand c'est bon en répondant par « oui ».

Je n'en revenais pas de faire ça, même au moment de grimper sur le matelas.

— Oui, soufflai-je.

— Maintenant, glisse ta main dans ta jolie petite culotte.

J'obéis.

— Pose ton majeur sur ton clitoris gonflé, gémit Holden. Bon sang, tu es si sexy. Je meurs d'envie de te lécher. Tu vas te caresser pendant que je te dis tout ce que je te ferais si j'en avais la possibilité.

Je fermai les yeux et fis ce qu'il m'avait demandé.

— Je vais t'attacher et te lécher jusqu'à ce que tu me supplies de te pénétrer.

Un frisson me parcourut. *Bon sang, je te supplierais tout de suite si je le pouvais.*

— Je parie que ton sexe est chaud et étroit. J'ai envie de te lécher jusqu'à ce que tu trembles et que tu jouisses sur mon visage. J'avalerai jusqu'à la dernière goûte de ton excitation.

Oh, putain. J'écartai ma chair et me mis à me doigter impudemment.

— Quand tu seras prête et trempée, je te garderai attachée. Je remonterai le long de ton corps et je mettrai mon sexe dans ta bouche. Je tiendrai ton visage entre mes mains pour ne pas te laisser prendre le contrôle, et je baiserai ta bouche et ta gorge comme si elles m'appartenaient. Tu auras quelques haut-le-cœur, mais tu en savoureras chaque minute.

Mes doigts firent des va-et-vient plus rapides, et ma respiration sembla suivre leur rythme. Je ne prononçai pas un mot, pourtant Holden sembla savoir parfaitement où j'en étais.

— C'est ça. Plus vite, reprit-il d'une voix rauque et tendue. Fais comme si c'était ma queue, ma belle. Je suis en toi, et tu es si étroite et mouillée. Tu me serres comme un étau et je suis à deux doigts de craquer. Je vais exploser et remplir cette chatte magnifique de sperme chaud.

Mon orgasme monta en moi tel un cyclone, et tout se mit à tourner et à m'aspirer dans un vortex où je ne contrôlais plus rien.

— Vas-y, ma belle. Donne-moi tout.

Je jouis presque violemment, et mon corps se tordit sur le lit alors que je gémissais. C'était le meilleur orgasme de ma vie, et je haletai pour reprendre mon souffle. L'espace d'un instant, j'oubliai presque que je n'étais pas toute seule.

— Holden… murmurai-je.

Il prit quelques secondes pour me répondre.

— Oui, ma belle ?

— Merci.

J'entendis son sourire dans sa voix.

— Avec plaisir. Maintenant, je vais raccrocher. Reste au lit et détends-toi un peu, d'accord ?

— D'accord.

Après cet appel, j'attendis que la réalité de ce que je venais de faire me rattrape. J'avais laissé un autre homme me faire jouir, alors la culpabilité allait sûrement me hanter. Pourtant, la seule chose à laquelle je pensais, c'était…

Si le sexe au téléphone était si bon avec Holden, *bon sang*… qu'est-ce que ça devait être en vrai ?

CHAPITRE 12

« Quand tu seras prête et trempée, je te garderai attachée. Je remonterai le long de ton corps et je mettrai mon sexe dans ta bouche. »

Les paroles de Holden me hantèrent pendant deux jours. Je les avais repassées dans ma tête un nombre incalculable de fois.

« Vas-y, ma belle. Donne-moi tout. »

Nous ne nous étions pas reparlé depuis, et j'étais toute détraquée, comme si mon corps était constamment excité.

Alors que je me tenais devant le miroir de ma salle de bain, en train de sécher mes cheveux, j'avais l'impression de devenir folle en me rejouant encore une fois la scène. J'étais passée de totalement horrifiée de ce que j'avais fait à un sourire incontrôlable en y repensant.

Je me faisais penser à Diane Lane dans le film *Infidèle*. Ironiquement, je l'avais regardé une fois avec Warren. Il y avait une scène où le personnage de Diane était dans un train pour rentrer chez elle et retrouver sa famille en banlieue, après avoir vécu une partie de jambes en l'air incroyable avec son amant, un artiste français, à New York. Elle riait et elle était euphorique, tout en étant pleine de culpabilité et en ayant l'air d'avoir envie de pleurer. Elle méritait un Oscar pour cette scène. Pendant que je regardais, je me souvenais de m'être demandé comment elle pouvait faire ça à sa famille, peu importait à quel point elle prenait du plaisir avec l'artiste.

Je n'avais jamais imaginé que j'allais pouvoir un jour comprendre ce qu'elle ressentait.

Tu n'as pas couché avec lui, Lala. Ce n'est pas comme dans le film.

Tout va bien.

Holden ne t'a jamais touchée.

Voilà le genre de pensées apaisantes que je tentais de me répéter pour atténuer la culpabilité que je ressentais, mais elles étaient suivies de pensées bien moins clémentes.

De qui tu te moques ?

Tu es une personne horrible.

Il fallait que je parle à quelqu'un de censé avant d'exploser.

Par chance, j'avais prévu de dîner avec Billie Lennon ce soir-là, et elle était la personne malchanceuse à qui j'allais tout raconter. *Pauvre Billie innocente.* La tatoueuse qui avait épousé Colby était vraiment sympa et je sentais que je pouvais lui parler, même si je ne savais toujours pas vraiment ce que j'allais lui révéler ou non.

Lorsque j'entrai dans le restaurant pour la retrouver, je commençai à stresser et mes paumes devinrent moites. Je ne voulais pas qu'elle me trouve horrible, parce que c'était exactement ce que je pensais de moi.

Billie était déjà installée à l'une des tables du restaurant mexicain situé à quelques rues de notre immeuble. Elle me fit signe depuis le coin de la pièce à l'ambiance tamisée, alors que de la musique traditionnelle était diffusée en fond. Elle était magnifique, avec ses longs cheveux noirs et ses superbes œuvres qui cascadaient le long de son bras. Il était difficile de ne pas la fixer, car elle était sublime.

— Désolée d'être en retard, m'excusai-je en m'installant sur ma chaise.

— Ce n'est rien, je profite du silence. Ce n'est pas tous les jours que j'ai droit à une soirée filles.

— Je vois, soufflai-je. J'avais vraiment besoin de cette sortie, moi aussi. Tu n'imagines pas à quel point.

Elle inclina sa tête.

— Est-ce que tout va bien ?

— Euh... hésitai-je en humectant mes lèvres.

— Tu as l'air un peu stressée.

— Non, je vais bien.

— Tu es sûre ? Parce que même si cet endroit est un peu sombre, je peux voir que ton cou est tout rouge.

— Je te raconterai tout une fois que j'aurai bu un verre.

— D'accord, répondit-elle en m'adressant un sourire bienveillant.

J'ouvris le menu.

— Quoi qu'il en soit, je suis contente qu'on puisse manger ensemble. Il était temps qu'on le fasse.

Billie sourit.

— Les gens disent souvent qu'ils vont se retrouver autour d'un repas, mais ils ne le font jamais. Ce ne sont que des paroles en l'air. Je déteste ces conneries. J'aime les filles qui joignent le geste à la parole, alors je suis contente que tu m'aies envoyé un message.

J'espérais qu'elle ne serait pas déçue quand elle découvrirait que j'avais une autre raison de vouloir la voir et que j'avais besoin de vider mon sac. J'avalai une grande gorgée de mon eau en étudiant le menu.

— Qu'est-ce qui est bon ici ?

— J'adore les taquitos au poulet. Le plat préféré de Colby, c'est le chimichanga.

— Les deux me tentent bien, affirmai-je, même si je n'avais pas du tout faim à cause du stress.

Une serveuse apparut.

— Bonsoir, mesdames. Est-ce que vous souhaitez boire quelque chose ?

— Est-ce que vous avez de la vodka-cranberry ? m'enquis-je.

— Bien sûr, on peut vous en faire une. Et vous ? demanda-t-elle à Billie.

Celle-ci leva sa paume.

— Oh, juste de l'eau pour moi.

— Très bien, acquiesça la serveuse, avant de s'éloigner.

— Eh bien, maintenant, je me sens bête de boire un verre si toi tu ne bois rien.

— Oh, crois-moi, si je le pouvais, je commanderais quelque chose.

Il me fallut quelques secondes pour remarquer son expression, comme si elle attendait que je comprenne quelque chose.

— Oh, mon Dieu, lâchai-je en couvrant ma bouche. Tu es… enceinte ?

Billie confirma d'un hochement de tête et arbora un immense sourire.

— Vraiment ? Je suis super heureuse pour vous ! m'exclamai-je en me levant pour la prendre dans mes bras.

— Merci !

Je retournai m'asseoir et me penchai vers elle.

— Raconte-moi tout. Quand est-ce que tu l'as découvert ?

Billie joignit ses mains.

— Alors d'abord, tu es la seule du groupe à être au courant pour l'instant. Colby et moi avons prévu d'organiser un petit rassemblement pour l'annoncer aux garçons et à Saylor en même temps. Je te le dis juste aujourd'hui parce que j'ai besoin d'en parler à quelqu'un. Je deviens folle à garder ça pour moi.

Bon sang, je comprenais parfaitement.

— Waouh. Je suis super honorée que tu me fasses confiance. Tu es enceinte de combien de temps ?

— Deux mois, alors on n'est encore à l'abri de rien. Ils disent qu'il est plus prudent d'attendre trois mois pour commencer à en parler.

— Tu as été malade ?

— Étonnamment, non. Je n'ai pas eu de nausées. Ce ne serait pas évident de travailler dans cet état, alors je suis ravie. Mais le seul point négatif, c'est que le café me dégoûte, alors je n'en bois plus. J'adorais en avaler un le matin.

— Oui, j'ai entendu dire qu'on pouvait avoir une aversion pour certaines choses.

Billie était toujours magnifique, mais là, elle était resplendissante.

— Je suis tellement excitée, Lala. Je ne m'y attendais vraiment pas. Je ne me sentais pas obligée d'avoir un enfant biologique parce que je considère véritablement Saylor comme ma fille. Et crois-moi, elle me suffit largement. Pendant un moment, je n'étais même pas sûre de *pouvoir* tomber enceinte parce qu'on ne se protégeait plus depuis longtemps et il ne se passait rien. Mais un jour, je me suis sentie différente. Pas mal... juste différente. Et j'ai eu un pressentiment. Alors j'ai fait un test, et c'était ça.

— Est-ce que vous voulez connaître le sexe ?

Même entendre ce mot sortir de ma bouche me fit ressentir une petite vague de culpabilité.

— En fait, on se disait qu'on aimerait garder la surprise.

— Ah oui? m'étonnai-je en remuant mes glaçons avec ma paille. Je ne sais pas si je pourrais être aussi patiente.

— Je trouve que ne rien savoir rend les choses encore plus excitantes.

— Eh bien, je suis très heureuse pour Colby et toi.

— Ton tour ne tardera peut-être pas, ajouta-t-elle. Est-ce que tu veux des enfants?

Mon ventre se noua.

— Oh, oui. J'ai toujours voulu en avoir.

— Est-ce que Warren et toi prévoyez d'essayer juste après le mariage, ou est-ce que vous pensez attendre encore?

Ma boisson arriva juste avant que je puisse répondre. *Dieu merci*. J'en bus une longue gorgée, pendant que Billie m'observait. Puis je me mis à remuer sur ma chaise.

— Qu'est-ce que tu as, Lala? Tu n'as pas l'air dans ton assiette aujourd'hui.

Ce fut le signal dont j'avais besoin.

— Ça ne va pas, Billie. Je ne me reconnais même plus.

Je bus de nouveau, et quand ma paille n'aspira plus que de l'air, je me rendis compte que j'avais déjà tout fini.

Elle jeta un coup d'œil à mon verre vide.

— Oh là, d'accord. Prends une grande inspiration et raconte-moi tout.

— Je me sens mal de te confier ça après la nouvelle que tu viens de m'annoncer. On ne devrait parler que de toi ce soir.

— N'importe quoi, Lala. Ce bébé restera en moi pendant encore sept mois. On aura largement le temps de parler de moi d'ici là. Peu importe ce qui se passe, c'est en train de te ronger. Il faut que ça sorte.

Je hochai la tête.

— Quand tu as parlé de Warren et de ce que je veux dans le futur, je me suis sentie extrêmement coupable. Je devrais penser à mon mariage et aux bébés. Je devrais désirer tout ça. Et c'est le cas, je veux ce genre de vie stable. Mais ces derniers temps, j'ai eu la tête complètement ailleurs. J'ai des... hésitai-je, avant de marquer une pause. Des désirs dont je n'arrive pas à me débarrasser.

Elle croisa les bras en hochant la tête.

— C'est Holden, c'est ça ?

Je cillai, choquée par sa perspicacité.

— Comment tu as deviné ?

— La dernière fois que vous êtes venus chez nous, j'ai ressenti quelque chose. J'ai vu sa façon de se précipiter pour partir avec toi, la façon dont vous avez dansé à notre mariage. Ne crois pas que ça m'a échappé. Il y a un truc, c'est certain, insista-t-elle en arquant un sourcil. Mais ce n'est pas récent, je me trompe ?

Je détournai le regard.

— Le lien que je partage avec Holden remonte à bien longtemps. On avait l'habitude de se retrouver pour discuter quand il n'y avait plus personne autour, et ça, Ryan l'ignorait. Mais c'était innocent à l'époque. Ce qui se passe actuellement... ne l'est plus vraiment.

— On parle de quoi, Lala ? Il faut que tu sois honnête avec moi. Ne me raconte pas d'histoires, soupira-t-elle. Si on ne parle que de flirt, je ne te dirai rien. Enfin...

— Il m'a fait découvrir le sexe par téléphone, lâchai-je avant d'avaler ce qui restait dans mon verre vide.

Slurp. Slurp. Slurp.

Billie écarquilla les yeux, et elle leva la main pour interpeller la serveuse.

— Elle va avoir besoin d'un autre verre.

— Pas si innocent, hein ? répliquai-je en poussant un long soupir tremblant.

— OK, reprends depuis le début. Comment c'est arrivé ?

Je me mis à lui raconter tout ce qui s'était passé depuis que j'étais arrivée à New York un mois plus tôt, en passant par les concerts de Holden, la nuit à l'hôtel, et le sexe par téléphone. Elle m'écouta attentivement sans me juger, ce que j'appréciai énormément.

— D'accord... Même si ce n'est pas *innocent*, quand tu m'as parlé de sexe au téléphone, j'ai cru que ça avait été un peu plus interactif. Ne le prends pas mal, mais bizarrement, ce n'est pas quelque chose que je t'imaginais faire, avoua-t-elle en riant. Non pas que la conversation à sens unique que vous avez eue était une bonne chose, mais tu as simplement joui en écoutant quelque chose. Un peu comme du porno. Alors ce n'est si terrible que ça.

— C'était déjà terrible pour moi.

— Laisse-moi te demander quelque chose. Est-ce que cette attirance pour Holden est plus que sexuelle ?

La femme passa pour prendre nos commandes, ce qui me laissa une minute pour réfléchir à sa question. Je choisis les tacos au bœuf, et Billie commanda des taquitos.

Une fois la serveuse partie, je revins à notre conversation.

— Alors... comme je te l'ai déjà dit, on a toujours eu un lien. Je ne pense pas que ces sentiments me perturberaient autant si c'était purement sexuel. Holden n'est pas vraiment l'image qu'on se fait du petit ami idéal, mais il a de très grandes qualités. Il est incroyablement pragmatique, il a le cœur sur la main, et il serait prêt à tout pour les autres. Je ne me suis jamais sentie jugée avec lui. J'ai l'impression de pouvoir tout lui dire.

Billie se pencha vers moi.

— Je vais être franche, Lala. Je ne sais pas quoi penser de tout ça. D'un côté, je connais la réputation de Holden et son passé pourrait le faire passer pour un mauvais partenaire. Mais d'un autre côté, je suis convaincue que tout le monde finit par gagner en maturité. Peut-être qu'il est vraiment capable de changer. Apparemment, mon mari était aussi dragueur que Holden à une époque. Il ne l'est plus, sinon il serait mort, plaisanta-t-elle. Ce que je veux dire, c'est que si tu as de vrais sentiments pour lui, peut-être que tu devrais envisager de mettre tes plans sur pause avec Warren.

Je déglutis.

— Tu veux dire annuler le mariage ?

— Ça ne me fait pas plaisir de le dire, mais oui. Je ne te dis pas non plus de rompre avec lui, mais bon sang, tire ça au clair avant de finir par épouser cet homme.

— Oui, mais je ne sais pas comment rompre les fiançailles sans mettre fin à notre relation. C'est soit une rupture, soit rien.

— Est-ce que tu l'aimes ?

— Qui ?

Billie ouvrit lentement la bouche.

— Oh, mon Dieu... Tu as dû réfléchir pour savoir de qui je parlais ? Garde ça à l'esprit, Lala, me conseilla-t-elle en secouant la tête. Je pensais à Warren. Mais toi tu envisageais aussi la possibilité d'aimer Holden.

Bordel. Je frottai mes yeux.

— J'aime Warren. Mais je ne sais plus ce que ça signifie. Je tiens sincèrement à lui. Est-ce que c'est suffisant ? Je pense que le plus terrifiant, c'est que je ne sais pas si ce n'est qu'une passade. Ma plus grande peur est de rompre avec quelqu'un qui serait un très bon mari à cause d'une flamme en moi qui pourrait finir par s'éteindre. Ou pire, me détruire. Qu'est-ce qui se passerait alors ?

— Tu serais seule. Voilà la vérité. Je ne vais pas te raconter d'histoires. Mais la vie, c'est aussi saisir des occasions, Lala. Le chemin le plus sûr n'est pas toujours le meilleur. Et si tu passais à côté de quelque chose d'extraordinaire parce que tu ne voulais pas prendre le risque de tout perdre ? Je comprends que Warren soit quelqu'un de bien et que tu ressentes de l'amour pour lui. Mais de mon point de vue extérieur, il est clair que tu cherches plus que ça.

J'eus l'impression que la pièce se mettait à tourner.

— C'est vrai, marmonnai-je.

— Je ne sais pas si ce *plus* pourrait venir de Holden ou non. Je ne veux pas non plus lui faire entièrement confiance parce que je ne sais pas si je peux le faire. Mais *j'aimerais* croire qu'il peut changer, ajouta-t-elle, avant de taper sur la table. Fais-moi plaisir. Ne perds plus de temps à t'en vouloir pour ce qui s'est déjà passé. Promets-toi juste de faire mieux. Prends les bonnes décisions qui te permettront de ne plus te sentir coupable. Ça ne veut pas dire non plus emprunter le chemin le plus sûr, Lala.

Elle se pencha et baissa la voix.

— Si tu veux coucher avec Holden, fais-le. Mais règle d'abord la situation avec Warren. Dis-lui que tu as besoin d'espace pour tirer les choses au clair. Prends une décision, quelle qu'elle soit, parce que cet entre-deux merdique est en train de te rendre folle.

— Tu as raison, murmurai-je en sentant les larmes me monter aux yeux à l'idée de faire du mal à Warren.

— Je ne te dis rien que tu ne sais déjà, ma belle.

Je hochai la tête.

— Je sais que tu partages sûrement tout avec Colby,

mais si tu pouvais garder cette conversation pour toi, ce serait très gentil.

— Il n'a pas besoin d'être au courant de ça. Je ne dirai rien. Mais ne sois pas surprise si Holden finit par le lui faire comprendre subtilement. Il peut avoir une grande bouche parfois.

Imaginer Colby apprendre qu'il s'était passé quelque chose entre Holden et moi la dernière fois me noua le ventre. Je ne voulais pas non plus que les garçons s'en prennent à Holden alors que c'était autant ma faute que la sienne.

Ça faisait du bien de partager tout ça avec Billie, même si elle me disait des vérités difficiles à entendre. Il fallait que je réfléchisse à beaucoup de choses.

Lorsque nos plats arrivèrent, nous parvînmes à passer le reste de la soirée dans une atmosphère détendue. Après le repas, Billie rentra avant moi, car il fallait que je passe à la pharmacie pour acheter quelques petites choses en chemin.

Sur la route du retour, mon téléphone s'éclaira quand je reçus un message de Warren.

Warren : Tu es seule ?

Laney : Je rentre de ma sortie.

Warren : Je n'ai pas de pantalon.

Laney : Oh.

Puis je compris ce qu'il essayait de faire. Il me renvoya un message avant que je puisse lui répondre.

Warren : J'espérais que tu aurais envie d'un organe.

Warren : Organe.

Warren : Organe.

Warren : Fichu correcteur automatique !

Warren : Orgasme ! Enfin, tu vois, virtuellement. Par téléphone. Ce soir. Je me suis senti mal après ce qui s'est passé la dernière fois.

Mon adorable petit ami. Submergée par l'émotion, je m'arrêtai au milieu du trottoir et fermai les yeux. Je ne pouvais plus faire ça. Il fallait que ça s'arrête.

Mon regain de détermination à éviter Holden prit fin le lendemain soir, quand mon détecteur de fumée se mit à biper sans raison. Ça me rappela ce qui s'était passé avec le détecteur de monoxyde de carbone quand j'étais arrivée ici. La pile avait probablement besoin d'être changée, mais je n'en avais pas. Je n'avais pas envie d'être obligée de l'appeler, mais ça allait me rendre dingue et m'empêcher de dormir si je ne le faisais pas, alors je cédai et envoyai un message à mon voisin.

Mon cœur s'emballa lorsqu'il frappa à la porte et que j'allai lui ouvrir.

— Salut.

— Salut, répondit-il en souriant. J'ai la pile. Ça ne me prendra que quelques minutes.

— Super.

Je m'écartai pour le laisser passer, et je fus aussitôt envoûtée par son parfum musqué.

La tension dans l'air était palpable pendant que je l'observais détacher le détecteur du plafond. Personne ne disait rien, ce qui était très bizarre.

Il se tourna vers moi après avoir terminé.

— Tu as besoin d'autre chose ?

Je me raclai la gorge.

— Non, merci.

— Ça va être comme ça maintenant ? Tu vas rougir et ne plus m'adresser la parole ? demanda-t-il en me fixant pendant un moment.

Je poussai un soupir qui me sembla durer une éternité.

— Même entendre ta voix me fait penser à ça, Holden.

— Je ne vais pas mentir, Lala. Je n'ai pas arrêté d'y penser non plus.

— On est allés trop loin, ajoutai-je.

Il baissa les yeux un instant.

— Je suis désolé.

— Ne t'excuse pas. Tu ne m'as forcée à rien du tout. J'en avais envie.

Il gémit et passa sa main dans ses cheveux épais.

— Personne ne le saura jamais à part nous, d'accord ? Accorde-toi un peu de répit. Je t'ai aidée à te détendre, c'est tout, déclara-t-il, avant de marquer une pause. On est toujours amis, n'est-ce pas ? Je ne veux pas te perdre à cause d'une décision impulsive que j'ai prise.

Il soupira.

— Je te promets que je ne referai plus ce genre de choses, reprit-il. Enfin, sauf si c'est *toi* qui m'appelles après minuit.

Il me fit un clin d'œil, mais lorsqu'il se rendit compte que je ne riais pas, il fronça les sourcils.

— Je plaisante, Lala. Écoute... mon intention, c'était que tu te sentes bien. C'est tout. Tu le mérites.

— Et toi ? l'interrogeai-je en inclinant la tête.

— Moi quoi ?

— Ce qui se passe entre nous. Tu agis comme si j'étais la seule concernée, mais ça te perturbe aussi.

— Je ne vais pas le nier.

— Est-ce que tu as pris du plaisir... la dernière fois ? l'interrogeai-je.

Il me fixa intensément.

— Il va falloir que tu sois plus précise.

— Je ne vois pas comment formuler ça autrement.

— Est-ce que tu veux savoir si j'ai joui *pendant* que je te faisais prendre du plaisir ?

J'acquiesçai.

— Je te connais, Lala. Tu me poses cette question pour pouvoir te sentir encore *plus* coupable si je te dis que je faisais la même chose que toi pendant que je te parlais, c'est ça ?

Il soupira.

— J'étais excité. Tu le sais. Mais j'étais concentré sur toi, pas sur moi, murmura-t-il. Enfin, je me suis masturbé après avoir raccroché, mais...

Il secoua la tête.

— Encore une fois... *tu* n'as rien fait de mal. On ne s'est même pas touchés. C'est un fait. Et j'en assume l'entière responsabilité, même si tu dis qu'il faut être deux pour faire ça. Celle-ci est pour moi. Et ça ne se reproduira pas.

— D'accord, murmurai-je, ne me sentant pas moins perturbée.

Le silence emplit de nouveau la pièce.

— Changeons de sujet, proposa-t-il après quelques secondes. Comment s'est passée la visite de ta mère ? Enfin, mis à part le moment où j'étais avec vous.

— Tu veux la vérité ?

— Oui.

— C'était un peu bizarre. Non seulement j'ai découvert qu'elle buvait parfois de l'alcool en journée, ce qui est plutôt cool, mais elle a ressenti qu'il y avait quelque chose entre nous. C'était déstabilisant.

— Merde, marmonna-t-il en détournant le regard. Toute cette histoire de robes de mariée, ça a dû rendre les choses plus réelles pour toi.

— Oui, je ne te le fais pas dire.

— Je sais qu'on ne dirait pas toujours, mais je veux ce qu'il a de mieux pour toi, Lala. Je te jure que je ne suis pas en train d'essayer de gâcher ta vie, m'assura-t-il, le regard sincère.

— J'ai l'impression que tu as tout autant de contrôle que moi ces derniers temps, Holden. C'est-à-dire vraiment pas beaucoup.

— Tu serais surprise de savoir à quel point je prends sur moi, trésor. Il tient à un fil parfois, mais j'ai du contrôle. Il y a beaucoup de choses que j'aurais aimé dire ou faire, mais je me suis retenu, révéla-t-il en secouant la tête. Écoute, je vais te laisser tranquille, d'accord ? C'est ta vie. Ce n'est pas un jeu. Et je ne vais pas compliquer davantage les choses pour toi.

Nous restâmes là, en silence, avant qu'il ajoute simplement :

— Je ferais mieux d'y aller.

Puis il partit précipitamment.

Ce soir-là, je m'allongeai dans mon lit en me sentant vide, comme si je me trouvais à un moment charnière. Je pouvais emprunter la voie sûre avec Warren. Dans ma tête, cette route était parfaitement pavée et bordée d'arbres, avec un fond de musique classique et de rires d'enfants au loin. C'était paisible et sans danger. Puis il y avait la route Holden : cahoteuse avec des pavés, des lumières aveuglantes, de la musique rock, et beaucoup de sexe. Cette route faisait battre mon cœur. Et il y avait un grand panneau à l'entrée sur lequel on pouvait lire : *Empruntez cette voie à vos risques et périls.*

CHAPITRE 13

Lala

Vingt-quatre longues heures s'écoulèrent sans que j'aie de nouvelles de Holden. Même si je semblais incapable d'arrêter de penser à lui, j'étais parvenue à garder mes distances. Puisque j'avais eu du mal à bien me comporter ces derniers temps, je décidai de passer chez Owen pour lui demander s'il pouvait me rendre un service tout à l'heure, plutôt que d'aller demander à mon voisin.

Il ouvrit la porte, sa brosse à dents à la bouche.

— Quoi de neuf, Lala ? Entre, marmonna-t-il malgré la mousse, avant de s'écarter pour me laisser passer et de lever un doigt. Accorde-moi juste une minute pour aller rincer tout ça.

— Bien sûr. Prends ton temps.

Je fis quelques pas dans l'appartement, et je me figeai en découvrant qu'Owen n'était pas seul. Nul autre que Holden était appuyé contre le comptoir de la cuisine.

— Euh... qu'est-ce que tu fais là ? m'enquis-je.

— Owen a une nouvelle machine à cappuccino dernier cri, répondit-il en portant sa tasse à ses lèvres. Il a eu besoin de moi comme chauffeur ce matin, alors en échange, je lui ai demandé d'être à mon service, ce qui incluait le fait de m'offrir cette boisson délicieuse et un toast à l'avocat.

Owen revint dans la pièce.

— Désolé pour ça. Qu'est-ce qui se passe, Lala ?

Argh. Ça craignait. Je savais que Holden n'allait pas être ravi que je sois venue demander un service à Owen plutôt qu'à lui. Et il semblait aussi qu'Owen n'allait pas pouvoir m'aider.

— Euh, j'espérais que tu pourrais venir me chercher à la gare tout à l'heure.

J'aperçus Holden froncer les sourcils du coin de l'œil.

— À la gare ? Tu vas dans le New Jersey ?

J'acquiesçai.

— C'est mon premier jour d'entretiens dans l'une des maisons de retraite où vivent les participants à mes recherches. Le voyant de l'huile est allumé dans ma voiture, alors je ne veux pas conduire aussi loin sans l'avoir fait vérifier. Il faut aussi que je fasse la vidange. Tia passe me chercher pour qu'on puisse y aller ensemble, mais elle va rendre visite à sa mère qui habite dans le New Jersey après, alors je vais devoir prendre le train pour rentrer. Mais je vais avoir quelques boîtes avec moi au retour, alors je vais avoir du mal à me déplacer dans le métro.

— Logique que tu demandes à *Owen* de venir te chercher puisque tu seras chargée, répliqua calmement Holden.

— Eh bien, je me suis dit que la gare n'était pas très loin de son bureau...

— Je suis désolé, Lala, s'excusa l'intéressé. En fait, Holden va bientôt me déposer à l'aéroport. Je dois aller à Boston pour le travail pour une nuit.

— Oh, ce n'est rien, repris-je en me forçant à sourire. Je suis sûre que je pourrai prendre un Uber.

Holden porta de nouveau sa tasse à sa bouche.

— Ou alors, je peux venir te chercher.

— Non, ça ira, refusai-je d'un geste de la main. Je ne veux pas te demander encore plus que ce que tu as déjà fait. Je demandais juste à Owen parce que c'était près de son travail, et je sais qu'il prend parfois sa voiture pour aller chercher des clients.

— Où se trouve la maison de retraite dans le New Jersey ?

— Hoboken.

— Tu as de la chance. Ça fait un moment que je dois passer à The Heights, qui se trouve juste à côté de Hoboken. Je dois rendre du matériel que le groupe a emprunté à un ami. Je peux faire ça cet après-midi, avant de passer te chercher à la maison de retraite, comme ça tu n'auras pas à prendre le train.

— Oh non, je ne veux pas te déranger.

Holden contracta sa mâchoire.

— J'insiste. Envoie-moi l'adresse et je serai là.

Bon sang. C'était exactement pour ça que j'étais venue voir Owen et pas lui. Maintenant, j'avais déjà hâte que la journée se termine pour qu'il vienne me chercher. Cet homme était de la kryptonite.

— Merci, Holden, acceptai-je en me forçant à sourire.

Owen posa sa tasse dans l'évier et pointa sa chambre du pouce.

— Il faut que je finisse de préparer mes affaires. Désolé de ne pas avoir pu t'aider. Mais je suis sûr que Holden se tiendra bien quand il viendra te récupérer, ajouta-t-il en fixant son ami, les yeux plissés.

Celui-ci le fusilla du regard.

— Comme toujours, non ?

Owen soupira.

— Bonne journée, Lala.

— Toi aussi, Owen.

Me retrouvant seule avec Holden, je fis un geste en direction de la porte.

— Je devrais y aller aussi.

— N'oublie pas de m'envoyer cette adresse, insista-t-il en hochant la tête.

— Promis.

— Oh, et Lala ?

— Oui ?

Il sourit.

— Le bureau d'Owen n'est pas du tout près de la gare. Alors si tu veux faire semblant de demander à l'un des garçons parce que c'est plus pratique pour eux et *pas* parce que tu essaies de m'éviter, tu devrais d'abord regarder un plan.

— Ne vous en faites pas pour ça, déclara Theodore Mills alors que j'arrangeais la couverture sur son lit, après l'avoir aidé à se lever. C'est ma Clara. Elle cache un morceau de chocolat tous les jours quand elle fait le lit, et elle fait comme si ce n'était pas elle. Elle a cette habitude depuis qu'on a seize ans.

Mon cœur se gonfla.

— Waouh, depuis que vous avez seize ans ?

Je fis le tour du lit pour lui tendre mon bras.

— L'infirmière a dit que c'était soit moi soit le déambulateur. Vous ne voulez pas que j'aie des ennuis dès mon premier jour ici, hein ?

Theo fit la grimace, mais il accepta quand même mon bras. Nous avançâmes côte à côte à la vitesse d'un escargot jusqu'à l'un des salons, et nous nous installâmes sur un canapé. Cette journée était censée me permettre d'évaluer les souvenirs des participants, alors j'avais choisi des tests de base que le neurologue avait donnés à chaque patient. Des choses comme essayer de se rappeler quelques mots au hasard, répondre à une série de questions pendant cinq minutes, puis devoir répéter les mots du début. Cependant, les examens standards ne nous disaient pas toujours tout, alors je voulais apprendre à connaître un peu plus ces personnes.

— Comment vous avez connu Clara ?

Theo sourit.

— On s'est rencontrés à une soirée d'Halloween. Elle était déguisée en Marylin Monroe et moi en Joe DiMaggio.

— Waouh, on dirait que c'était écrit.

— J'ai été charmé dès qu'elle est entrée. Je ne l'ai pas quittée du regard de toute la soirée, mais elle parlait à un vampire. À un moment donné, elle a retiré ses chaussures, alors pendant qu'elle ne regardait pas, j'en ai pris une et je l'ai gardée jusqu'à ce qu'elle soit prête à partir. Je savais qu'elle allait devoir la retrouver avant de rentrer, et je ne voulais pas manquer ma chance de la rencontrer, même si c'était seulement pour lui rendre sa chaussure.

— Oh, mon Dieu, c'est trop mignon, m'extasiai-je en riant.

— Quand elle est venue la chercher, je me suis agenouillé et j'ai glissé la chaussure à son pied. Elle a dit qu'elle avait un peu l'impression d'être Cendrillon, alors je lui ai proposé qu'on se déguise en Cendrillon et en Prince Charmant l'année d'après, étant donné qu'ils ont vécu une fin heureuse, contrairement à Marylin et Joe qui ont divorcé.

— Vous aviez quel âge quand vous vous êtes mariés ?

Ce fut la première fois de la journée que Theo ne répondit pas tout de suite. Il fronça les sourcils en essayant de s'en souvenir, mais il finit par secouer la tête.

— Quand je l'ai raccompagnée chez elle ce soir-là, je lui ai dit que mes bonbons préférés étaient les Now and Later. Ils étaient fabriqués dans un atelier à Brooklyn, pas très loin de là où j'avais grandi. Le lendemain, quand j'ai enfilé la veste que j'avais portée la veille, j'en ai trouvé quelques-uns dans ma poche. Ma Clara les y avait glissés sans que je le sache. J'ai une passion pour les sucreries, et depuis ce jour, elle en glisse partout.

Oubliés Warren et Holden. Theodore Mills pourrait être l'homme qui gagnerait mon cœur. J'avais passé dix ou quinze minutes avec chaque patient aujourd'hui, mais je restai assise à écouter de nombreuses histoires à propos de la vie de Theo. C'était adorable qu'il n'appelle jamais sa femme Clara, mais *ma* Clara. À un moment donné, nous étions tous les deux en train de rire quand une femme s'approcha avec un sourire chaleureux.

— C'est bon de voir que mon homme arrive encore à charmer les jeunes femmes.

— Ça, c'est certain, confirmai-je en souriant, avant de me lever. Votre mari a partagé tellement de belles histoires avec moi. Je suis ravie de pouvoir vous rencontrer. Je m'appelle Laney Ellison. C'est moi qui mène l'étude à laquelle votre mari participe. Vous devez être Clara.

Le sourire de la femme s'évanouit.

— En fait, je m'appelle Mary.

— Oh, je suis vraiment désolée. Je pensais que vous étiez madame Mills, l'épouse de Theodore.

— Je suis bien sa femme. Il échange parfois mon prénom avec celui de quelqu'un qui appartient à son passé, m'apprit-elle, avant de marquer une pause. Clara est son premier amour.

Oh, bon sang. Je rêvais de disparaître. Là, tout de suite, j'avais envie que la terre s'ouvre et m'engloutisse. Je me sentais vraiment bête.

L'infirmière qui s'était occupée des prises de sang aujourd'hui entra dans la pièce.

— Theodore, il est l'heure de prendre vos médicaments. Vous voulez que je vous les apporte ?

Madame Mills, qui s'appelait apparemment Mary, observa son époux.

— Est-ce que tu veux te reposer un peu avant le dîner ? Il hocha la tête.

— Oui, je veux bien. D'accord.

L'infirmière vint l'aider à se lever.

— Merci pour aujourd'hui, ce fut un plaisir de vous rencontrer, déclarai-je. On se reverra bientôt.

— Vous vous occupez de lui, Patti ? demanda madame Mills. J'aimerais rester pour discuter un peu avec mademoiselle Ellison, si ça ne vous dérange pas.

— Bien sûr, prenez votre temps, accepta l'infirmière.

Une fois que nous fûmes seules, je fermai les yeux.

— Je suis *vraiment* désolée de m'être trompée de prénom.

Elle sourit.

— Ce n'est rien. Il n'y a rien de grave. Il m'appelle souvent Clara, ces derniers temps. Et si on allait s'asseoir un peu ? proposa-t-elle en désignant le canapé. Je pourrais vous parler de ce qui passe avec Theo.

— Avec plaisir.

Nous nous installâmes, et Mary soupira.

— Theo et Clara se sont rencontrés il y a soixante ans, quand ils avaient seize ans. Elle était l'amour de sa vie à l'époque, mais dix-huit mois après le début de leur histoire, le père de Clara a perdu son travail et ils ont dû déménager à plus de trois mille kilomètres. Ils se sont écrit pendant plusieurs années après ça et avaient prévu de s'enfuir ensemble dès qu'ils auraient vingt-et-un ans. J'ai rencontré Theo à la fac, et nous sommes devenus de bons amis. Enfin, lui me considérait comme une amie, et moi je craquais pour lui.

Elle sourit d'un air pensif.

— Il a toujours été charmeur. Bref, un soir on est allés à une fête. On a tous les deux un peu trop bu, et une chose menant à une autre, je suis tombée enceinte. Je savais que Theodore était amoureux de Clara, mais il insistait sur le fait qu'il m'aimait aussi et qu'il fallait qu'on se marie. C'est un homme bien. Et il a été un bon père et un bon mari ces cinquante-cinq dernières années, même si sa flamme pour Clara ne s'est jamais éteinte. Mon époux perd la tête. Certains jours, il ne se souvient pas de moi, mais il n'oublie jamais sa Clara.

Je ne savais pas quoi dire, mais je m'en voulais d'avoir fait remonter tout ça à la surface.

— Je suis sincèrement désolée.

Elle serra ma main.

— Ne le soyez pas. Je ne vous raconte pas ça pour que vous vous sentiez mal. Je pensais que c'était important que vous sachiez comment son esprit fonctionne et dans quel état il est. Il est facile de penser que la plupart des personnes vivant ici sont saines d'esprit quand on leur parle, et c'est parfois le cas. Mais il est souvent difficile de déterminer quand leur esprit n'est pas aussi vif qu'on le pense.

J'acquiesçai.

— J'apprécie que vous me le disiez. Vous avez raison. Je ne savais pas que Theo et moi parlions d'une personne qu'il a connue il y a si longtemps. Et pouvoir évaluer correctement le stade de sa maladie est essentiel pour obtenir des résultats corrects pour mon étude.

— Eh bien, la prochaine fois que vous viendrez lui rendre visite, s'il reparle de Clara, il se pourrait qu'il parle de la période actuelle, m'apprit-elle en souriant. Je l'ai invitée à venir le voir. Je veux qu'il soit heureux tant qu'il peut encore se rappeler ce que ça fait, alors je me suis dit qu'ils aimeraient passer un peu de temps ensemble à se remémorer le bon vieux temps.

— Waouh, lâchai-je en secouant la tête. C'est... très généreux de votre part.

— C'est le moins que je puisse faire après toutes les années pleines de générosité que Theo m'a offertes.

Elle avait les larmes aux yeux.

— Parfois, j'ai l'impression de lui avoir volé quelque chose d'irremplaçable. Je pensais que leur connexion s'était éteinte depuis longtemps, mais cette maladie m'a beaucoup appris sur l'amour. Le véritable amour ne s'éteint jamais quand les personnes sont séparées. Le véritable amour, c'est quand les personnes sont séparées et que les sentiments ne disparaissent pas, affirma-t-elle en essuyant ses joues et en se levant. Je ferais mieux d'aller m'assurer que Theo n'embête pas l'infirmière à cause de ses médicaments. Ça m'a fait plaisir de vous rencontrer, mademoiselle Ellison, et je vous souhaite le meilleur pour votre étude. Dieu sait que nous avons besoin d'un remède pour cette terrible maladie.

— Merci, et je vous en prie, appelez-moi Laney. Ce fut un plaisir de vous rencontrer, vous et votre mari.

Après ça, je fus d'une humeur mélancolique tout le reste de la journée. Je n'arrêtais pas de penser au fait que Holden était peut-être ma Clara. Theo et Mary avaient l'air d'avoir eu une très belle vie ensemble, mais il y avait aussi quelque chose de tragique dans leur histoire. Je savais que je pouvais être heureuse avec Warren. Nous pourrions avoir une existence agréable ensemble. Mais est-ce que c'était suffisant pour effacer les questions persistantes que je me posais à propos de mes sentiments pour Holden ? Ou est-ce que je continuerais de me demander ce qui aurait pu se passer entre nous quand j'aurais l'âge de Theo ? C'était une chose énorme à prendre en considération, et ça me pesa grandement sur le cœur le reste de l'après-midi. Du moins, jusqu'à l'arrivée de Holden. Il débarqua en souriant, et mon petit cœur lourd et pathétique s'emballa.

— Salut. Tu n'étais pas obligé d'entrer, indiquai-je. Je ne voulais pas te forcer à te garer.

Il haussa les épaules.

— Tu as dit que tu allais être chargée, alors je me suis dit que j'allais t'aider à porter les cartons.

— Merci.

Au final, j'avais huit boîtes remplies de dossiers et de notes, alors même prendre le train aurait été compliqué, sans parler du métro. Holden m'aida à les charger dans le van du groupe, puis nous nous installâmes à l'avant.

— Merci encore d'être venu me chercher.

— Pas de souci.

Il avait la main posée sur la clé dans le contact, mais il s'arrêta et remua sur son siège.

— Parle-moi honnêtement avant qu'on prenne la route. Pourquoi tu as demandé à Owen de te rendre service plutôt qu'à moi ?

Je baissai les yeux.

— C'est juste que je t'ai déjà demandé beaucoup de choses. Je suis comme la petite sœur chiante que tu n'as jamais eue.

En voyant mon regard toujours baissé, Holden posa deux doigts sous mon menton, et il le releva jusqu'à ce que nos yeux se croisent.

— N'importe quoi. Regarde-moi et dis-moi que tu ne m'évites pas à cause de ce qui s'est passé entre nous l'autre soir au téléphone.

Il poussa un soupir lorsque je gardai le silence, puis il baissa la tête.

— Putain. J'ai vraiment merdé.

— On en a déjà discuté, Holden. Ce n'est pas entièrement ta faute. J'aurais pu raccrocher. Et puis toi, tu es célibataire.

Il frotta sa nuque.

— Je ne veux pas te perdre, Lala. Je tiens à toi. Beaucoup.

— Tu ne me perdras pas.

Il croisa de nouveau mon regard.

— Pourtant, c'est l'impression que j'ai. Tu ne peux même pas venir me voir pour que je te conduise quelque part.

— Je suis désolée. Si je ne suis pas venue, c'est surtout à cause de ce qui se passe dans ma tête. Ça n'a rien à voir avec notre amitié. Les choses reviendront à la normale une fois que je ne serai plus si confuse, je te le promets.

— D'accord, répondit-il en relâchant ses épaules.

Il démarra le van, et nous rentrâmes à New York en échangeant des banalités. Holden était plus silencieux que d'habitude et semblait perdu dans ses pensées. Je me sentais mal de voir cette distance entre nous, mais je décidai que c'était probablement une bonne chose à ce stade.

Lorsque nous arrivâmes à l'immeuble, il se gara en double file et m'aida à porter les boîtes. Ensuite, il me dit rapidement au revoir et marmonna qu'il devait bouger le van, mais j'avais l'impression que c'était plus que ça.

Quelques heures plus tard, je tentai de m'endormir, cependant, mon esprit n'était pas de cet avis, alors je me levai et allai me servir un verre de vin, puis je décidai d'aller prendre l'air sur l'escalier de secours. Toutefois, quand je passai par la fenêtre, je me rendis compte que je n'étais pas seule.

— Oh! Désolée, m'excusai-je en me figeant. Je ne savais pas que tu étais là. Je n'arrivais pas à dormir alors je me suis dit que j'allais prendre l'air avec un verre.

Holden leva une bouteille.

— Pareil.

— Est-ce que... tu bois directement là-dedans?

— Oui, confirma-t-il en avalant une grande lampée et en observant la ville.

Son ton n'était pas vraiment chaleureux.

— Je vais te laisser tranquille alors.

— Pourquoi tu ferais ça alors que *je* ne t'ai pas laissée tranquille depuis que tu es arrivée ici, Lala... *Fa la la la la, la la la la.*

Il chanta cette partie sur l'air de la chanson de Noël *Deck the Halls.*

Je fronçai les sourcils.

— Quelle quantité de cette bouteille tu as bue?

Il regarda par le goulot.

— Suffisamment pour ne pas pouvoir partager.

— Ce n'est rien, répondis-je en riant. Je me suis déjà servie. Mais tu es sûr de vouloir de la compagnie?

— J'adorerais que tu me tiennes compagnie, Laney Jane Ellison.

Je m'assis.

— Oh oh. Tu m'appelles par mon nom entier. Je dois avoir des ennuis.

Il secoua la tête.

— Je pense que c'est moi qui en ai. J'ai été un vilain garçon. Un très très vilain garçon.

— De quoi tu parles ?

— Est-ce que tu sais depuis combien de temps je n'ai pas fréquenté une femme ?

Il agita un doigt devant moi.

— *Faux !* s'exclama-t-il avant que je puisse répondre. Plus longtemps que ça.

— La traversée du désert, hein ? lançai-je en riant.

Il pointa du doigt son entrejambe.

— Les autres femmes ne l'intéressent plus.

Les autres femmes ? Holden était un peu ivre, c'était certain, mais il avait l'air de vouloir dire que la seule femme qui l'intéressait, c'était *moi*.

— Comment ça se fait ?

— Comment ça se fait que mon sexe ait perdu tout intérêt ? Parce qu'il est têtu. Il l'a toujours été, précisa-t-il en me regardant. Il te veut plus que tu ne peux l'imaginer. Mais ne t'inquiète pas...

Il tapota sa tempe avec son index.

— J'arrive à le contrôler maintenant. Pendant un moment, je ne savais plus vraiment qui était aux commandes, mais ça a changé.

— Comment ça ?

— Je lui ai organisé un rencard.

— Quoi ? demandai-je, paniquée.

— Il a besoin d'une distraction. Kayla Weathers en est une avec un grand D, affirma-t-il, avant de glousser. Et elle *adore* le sexe.

Mon estomac se retourna. J'avais l'impression d'avoir bu du lait caillé et de ne pas savoir ce qui allait se passer dans un avenir proche. Imaginer Holden avec une autre femme était terrible, même si je savais que je n'avais aucun droit de ressentir ça. J'étais fiancée, après tout.

— Je suis désolé de ne pas avoir été un meilleur ami, finit-il par murmurer.

— De quoi tu parles ? Tu as été un super ami. Tu m'as emmenée partout, tu as réparé un tas de choses dans mon appartement, tu m'as aidée avec ma voiture je ne sais combien de fois...

Holden secoua la tête.

— Un bon ami aurait gardé ses distances.

— Je suis tout aussi coupable que toi. Tu as dit que tu me désirais plus que je ne pouvais l'imaginer. Eh bien, tu n'es pas le seul à avoir ce genre de désirs, Holden.

— Je sais, avoua-t-il en souriant d'un air triste. Le désir peut être un truc dingue parfois. Mais peu importe ce qui se passe entre nous, ça se termine ce soir.

Il se releva.

— Je tiens trop à toi pour être ton plus grand regret. Prends soin de toi, ma belle.

CHAPITRE 14

Holden

Owen passa chez moi le lendemain, après son court séjour à Boston. Il portait toujours sa tenue de travail. J'aurais pu jurer que ce type passait sa vie en costume. Il me scruta en se dirigeant vers mon canapé, et je compris ce qui allait suivre. Cependant, après la façon dont les choses s'étaient terminées avec Lala la veille au soir, je n'étais pas d'humeur à supporter ses conneries habituelles.

— Comment ça s'est passé avec Lala quand vous êtes rentrés du New Jersey ? Tu as encore une fois réussi à faire en sorte de pouvoir passer du temps avec elle, hein ?

Je serrai les poings.

— Ferme-la, Owen.

— Ce n'est pas vrai ?

— Tu veux la vérité ? C'est que je vais t'en foutre une si tu n'arrêtes pas tes conneries et que tu continues de te mêler de ce qui ne te regarde pas.

— Bon sang, calme-toi, répliqua-t-il en fronçant les sourcils. Tu vas bien ?

— Tu agis comme si ce qui se passait avec Lala était

un foutu jeu pour moi, alors que ce n'est pas le cas. Ça me ronge. Et j'ai du mal à tourner la page.

Il cligna des yeux.

— Attends... tourner la page ?

— Oui. Tu n'as plus besoin de me fliquer.

— De quoi tu parles ?

— J'ai un peu bu hier soir. Je lui ai dit que c'était fini et que je ne voulais pas être son plus grand regret. Ensuite, je suis parti. Et je suis sérieux. C'est fini.

Owen plissa les yeux.

— Ça n'a pas l'air d'être fini pour toi, mon ami, observa-t-il en posant sa main sur mon épaule. Pas du tout, même. Tu as l'air... misérable.

— Va te faire foutre, ricanai-je.

Il me fixa pendant quelques secondes.

— Tu sais... Je crois que c'est la première fois que je me rends compte à quel point cette histoire te travaille, soupira-t-il. Je sais que tu tiens à elle. Je n'en ai jamais douté, et ce n'est pas le problème.

— Je n'ai fréquenté personne depuis que Lala est arrivée ici, Owen, affirmai-je en me pointant du doigt. Moi ! Qu'est-ce que tu en conclus ? C'est bizarre, ça ne m'est jamais arrivé. C'est comme si j'avais des œillères. Plus j'ai l'impression que je ne pourrai jamais l'avoir, plus je la désire.

Owen se leva, alla chercher une bière dans mon frigo et la décapsula.

— Il faut que tu te forces à passer à autre chose d'une manière ou d'une autre. Pas seulement parce qu'elle est fiancée, mais pour ton propre bien.

— Je vais essayer, soufflai-je. Dès ce soir. Vraiment.

— Ce sera plus facile quand elle rentrera en Pennsylvanie.

— Oui, marmonnai-je, même si le fait d'y penser – ou, pire encore, de penser au fait qu'elle pourrait aller en Californie – me bouleversait.

— Tu sais, je veille juste sur elle comme Ryan le ferait, ajouta-t-il en sirotant sa boisson. Mais je suis désolé de t'avoir donné du fil à retordre. Je me rends compte que tu as dû être encore plus dur envers toi-même.

— Est-ce que tu es en train de me présenter des excuses ? Ça ne te ressemble pas.

— Ne t'y habitue pas trop, répliqua-t-il en souriant. Et pour information, je suis fier que tu n'aies pas insisté et que tu aies essayé d'agir correctement.

Même si Owen était au courant pour la nuit d'hôtel, il ne savait *pas* pour le sexe par téléphone. Je ne voulais pas briser la confiance de Lala en parlant de ce moment, alors je gardai ça pour moi. Je ne pensais pas qu'il serait si compréhensif s'il savait que j'étais allé aussi loin.

— Bizarrement, je t'envie, révéla-t-il.

Je clignai des paupières, confus.

— Tu envies quoi ? Mes couilles pleines ou mon incapacité à bander pour quelqu'un d'autre ?

— Ni l'un ni l'autre, répondit-il en s'esclaffant. Je suppose que j'envie la passion que tu ressens pour elle, même si vous n'êtes peut-être pas faits l'un pour l'autre. Au moins, tu sais que tu peux ressentir ça pour quelqu'un.

— Crois-moi, mon frère, je préférerais que ce ne soit pas le cas. Désirer quelqu'un qu'on ne peut pas avoir est une vraie torture.

Owen fixa sa bouteille.

— J'adorerais ressentir quelque chose pour quelqu'un... et ne pas me sentir mort à l'intérieur. Parfois, je doute même d'en être capable. Ça ne m'est juste jamais arrivé.

Je pris conscience que j'étais tellement obnubilé par Lala que j'étais peut-être passé à côté du fait que mon ami n'allait pas bien. Il était accro au travail, et je m'étais toujours dit qu'il était trop occupé pour le reste ou qu'il était trop difficile. Je n'avais jamais pensé qu'il pouvait lui manquer quelque chose. Mais peut-être qu'une autre raison expliquait son absence de vie amoureuse.

— Tu penses que tu es cassé ? demandai-je en arquant un sourcil.

— Honnêtement, mec, je ne sais pas. Les deux dernières femmes avec qui j'ai couché, j'ai voulu partir de chez elles juste après. J'aurais tout donné pour avoir *envie* de rester, de passer la nuit à discuter, de n'en avoir jamais assez d'une personne. Je devrais être prêt à vivre ça avec la bonne personne, mais je n'ai jamais croisé quelqu'un qui me fasse ressentir ce genre de choses, m'avoua-t-il, avant de marquer une pause. Le genre de choses que tu as l'air de ressentir pour Lala.

Je secouai la tête.

— Je préfèrerais être à ta place plutôt que d'éprouver ça et de ne rien pouvoir y faire. L'époque où je ne ressentais rien me manque. Vraiment, gémis-je. J'ai hâte que ces sentiments disparaissent.

— On est dans des situations opposées à l'heure actuelle.

Owen jeta un coup d'œil à sa montre.

— Mince. On ferait mieux d'aller chez Colby. On est en retard.

J'avais failli oublier ce dîner.

— En parlant de ça, tu sais pourquoi ils ont organisé ça ? l'interrogeai-je.

Colby et Billie nous avaient invités et nous avaient demandé de ne pas annuler, parce que pour une raison étrange, il était important que nous soyons tous présents ce soir-là. Ça me faisait me demander s'ils manigançaient un truc. Je soupçonnais quelque chose.

— Aucune idée, me répondit-il. Je suppose qu'on le saura bientôt.

Lorsque nous arrivâmes chez nos amis, l'odeur du pain à l'ail emplissait l'air. Cinq grandes boîtes à pizza étaient empilées sur la table de la salle à manger, et du vin était posé à côté. L'appartement de Colby et Billie était définitivement vivant. Entre les jouets de Saylor et les dessins de Billie éparpillés partout, il était difficile de croire que Colby avait été un jour le plus typique des célibataires d'entre nous.

La petite Saylor vint me rejoindre en courant.

— Holden ! Il faut que tu viennes voir Guinevere. Elle a beaucoup grossi !

Je souris en l'entendant parler du cochon d'Inde que je lui avais offert.

— Oui, Holden, pourquoi tu n'en profiterais pas pour nettoyer la cage tant que tu y es ? intervint Colby. Merci encore pour ce cadeau, d'ailleurs.

— Le cadeau qui vous fait plein de cadeaux, plaisantai-je en lui faisant un clin d'œil. De rien, mec.

Après un passage rapide dans la chambre de Saylor pour dire bonjour à Guinevere, je retournai dans le salon. Owen avait retiré sa veste et avait remonté les manches de sa chemise pour se mettre à l'aise, et il grignotait les chips posées sur la table basse avec la sauce qui allait avec.

Brayden fit son entrée quelques secondes plus tard.

— Bon, pourquoi on est tous là ? demanda-t-il. Les dîners un vendredi soir sont rares. Tu veux nous dire quelque chose, Colby ?

— Attends. Est-ce que tout le monde est arrivé ?

s'enquit celui-ci en se tournant vers Billie. Tu ne m'as pas dit que Lala passerait ?

Les cheveux sur ma nuque se dressèrent en entendant son prénom. Pour une raison étrange, je n'avais pas pensé qu'elle pourrait être là.

— En fait, Lala ne peut pas venir, alors on va devoir faire ça sans elle. Mais elle est déjà au courant.

Au courant de quoi ?

— Très bien, les gars, reprit Colby en frappant dans ses mains, avant de prendre une grande inspiration. On l'a annoncé à Saylor juste avant que vous arriviez, alors on va lui laisser l'honneur de vous le dire, car elle est impatiente de partager cette nouvelle.

Il se tourna vers sa fille.

— Saylor, qu'est-ce qu'on a à dire à tes oncles ?

Elle sauta sur place en poussant un cri.

— Je vais être grande sœur !

J'étais ravi. C'était ce que je soupçonnais. J'étais soulagé que ce ne soit pas une mauvaise nouvelle.

— C'est pas vrai ! s'exclama Brayden, dont les yeux faillirent sortir de leurs orbites.

Owen arbora un grand sourire.

— Félicitation, les gars !

— Je le savais, déclarai-je en enlaçant Billie.

— Ah bon ?

— Je m'en doutais, oui. Félicitations, maman.

— Merci, Holden.

J'ouvris ensuite mes bras pour étreindre Colby.

— Et toi, mon pote... bien joué.

— Merci, mec, répondit-il en me donnant une tape dans le dos. On est aux anges.

Je n'aurais pas pu être plus heureux pour mes amis. Colby et Billie étaient faits l'un pour l'autre, même s'ils avaient l'air d'être de parfaits opposés. Quand ils s'étaient rencontrés, même moi j'étais surpris que ma tatoueuse pleine d'entrain ait craqué pour mon ami père célibataire très conventionnel, qui était tout le contraire de moi. J'avais toujours dit qu'ils étaient comme le yin et le yang. Et même si Billie était devenue une mère pour Saylor, dont la génitrice biologique s'était enfuie, c'était cool que Colby et elle puissent avoir un enfant ensemble. En parlant de yin et de yang, j'avais l'habitude d'associer ce terme à Billie et Colby, mais il me rappelait aussi Lala et moi. Elle était tout le contraire de moi, et c'était peut-être ce qui expliquait cette attirance si intense entre nous. Ce qui ne voulait toujours pas dire que j'étais fait pour elle. Toutefois, les opposés s'attiraient sans aucun doute possible. Pour résumer, j'avais envie d'associer mon yin et son yang, et c'était bien ça le problème.

Maintenant que l'annonce était faite, tout le monde s'installa pour manger. L'ambiance était joviale, chacun essayant de deviner le sexe du bébé et de proposer quelques prénoms. Je ne pus m'empêcher de me demander pourquoi Lala avait choisi de ne pas venir.

Après le repas, je me retrouvai seul dans la cuisine avec Billie lorsque j'apportai mon assiette sale.

— Alors... tu as dit que Lala était déjà au courant ?

Billie se racla la gorge.

— On a dîné ensemble récemment, alors je lui en ai parlé discrètement. Il fallait que j'en discute avec quelqu'un. Je ne tenais plus.

— Eh bien, elle n'a rien révélé.

— Oui, je lui ai dit de ne pas le faire parce qu'on voulait vous le dire à tous en même temps.

Billie m'avait lancé quelques regards bizarres ce soir, ce qui me laissait penser qu'elle savait qu'il se passait quelque chose entre Lala et moi. Je ne pus m'empêcher de creuser un peu.

— Est-ce que je peux te poser une question ? lui demandai-je en me frottant les mains.

— Bien sûr, accepta-t-elle en inclinant la tête.

— Est-ce que c'est à cause de moi que Lala a décidé de ne pas venir ?

Elle mordilla sa lèvre.

— Je ne sais pas, Holden. Elle m'a dit qu'elle devait travailler tard. Je ne peux pas te dire si c'est vrai ou non. Elle n'a pas parlé de ne pas venir à cause de toi, et je n'ai aucune raison de ne pas croire à l'excuse qu'elle m'a donnée.

— D'accord, acquiesçai-je. Tu as raison.

— Est-ce qu'elle aurait une raison de vouloir t'éviter ? m'interrogea-t-elle avec un sourire en coin.

— Sois honnête avec moi, Billie. Est-ce qu'elle t'a parlé de ce qui s'était passé entre nous dernièrement ?

Elle jeta un coup d'œil en direction de l'entrée de la cuisine et baissa la voix.

— Elle m'en a suffisamment dit pour que je sache que tu aurais pu faire carrière en tant qu'opérateur de téléphone rose.

Bon, d'accord.

— Il faut croire qu'elle a avoué pas mal de choses.

Elle soupira.

— Lala avait besoin de parler à quelqu'un. Elle me fait confiance pour ne rien dire à personne, et je n'en ai pas parlé à Colby. Je ne veux pas qu'il t'embête. De mon point de vue, c'est entre elle et toi, et tu peux être certain que je ne dirai rien. Mais si je te le confie, c'est en partie parce que j'ai envie de te parler. Je suis curieuse de savoir ce que tu en penses, Holden. Parce que cette situation ne doit pas être facile pour toi non plus.

— Est-ce que c'est vraiment important ?

— Bien sûr que oui. Je tiens à vous deux. Et malgré ta réputation, je crois qu'au fond de toi, tu es doux comme un agneau. Je ne veux pas que tu souffres.

— Tu veux dire que je suis doux *tout au fond* de moi, n'est-ce pas ? Parce que rien n'est doux sur ce corps, juste pour que ce soit clair, plaisantai-je.

— Évidemment, confirma-t-elle en riant. Seulement au fond de toi.

Je poussai un long soupir frustré.

— Honnêtement, c'est difficile. J'ai dépassé les limites avec elle et je l'ai mise dans des situations délicates à cause de ma faiblesse. Plus d'une fois.

— Tu ne l'as pas mise là où elle n'avait pas envie d'être, Holden. Visiblement, elle ressent quelque chose pour toi et elle a aussi du mal à gérer ses sentiments.

— Je craque pour elle depuis très longtemps, et il faut croire que les vieilles habitudes sont difficiles à perdre, déclarai-je, avant de marquer une pause. Mais elle est fiancée et je dois le respecter.

— C'est quoi ces messes basses ? demanda Colby derrière moi. Tu n'essaies pas de draguer ma copine comme à l'époque, n'est-ce pas ?

Je croisai les bras.

— On discute juste de... la vie.

— La vie, répéta-t-il en me fusillant du regard. *Lala*, tu veux dire ?

Billie m'observa et articula « je n'ai rien dit ».

— Qu'est-ce qui te fait penser que je parle d'elle ? l'interrogeai-je.

— Parce que je ne suis pas bête. J'ai vu ta tête tout à l'heure quand Billie a dit qu'elle ne viendrait pas. Et tu m'évites, ces derniers temps, ce qui venant de toi signifie que tu me caches quelque chose. Je te connais, Holden.

— Il ne se passe rien avec Lala, insistai-je. Elle est toujours fiancée, et je suis toujours... moi. Je suis en train de tourner la page sur les sentiments tordus que je pourrais ressentir pour elle, alors fin de l'histoire.

— Waouh. Ça paraît si simple, me taquina-t-il. C'est suspect. Un peu comme la fois où je me suis glissé chez Ryan en pleine nuit pour lui faire une blague et voler son vélo, et que je t'ai surpris avec Lala sur le toit. Tu as inventé toute une histoire quand je t'en ai parlé et tu t'attendais à ce que je te croie. Après ça, tu m'as évité pendant une semaine.

Il se mit à rire.

— Comme à cette époque, je pense que tu me racontes des conneries, ajouta-t-il.

Il était vrai que je l'avais évité dernièrement. De tous mes amis, c'était lui qui avait toujours pu lire en moi, même si je faisais bonne figure.

— Bref... je suis vraiment heureux pour vous deux, repris-je en tentant de changer de sujet. J'ai hâte d'être tonton de nouveau.

— Mais plus d'animaux en cadeau, s'il te plaît, m'implora Billie.

— Tant que Colby ne m'embêtera pas, vous n'aurez plus de surprises. Même si j'ai entendu dire que les capybaras font de très bons animaux de compagnie, ajoutai-je avec un clin d'œil.

Brayden entra dans la cuisine.

— Qu'est-ce que je suis en train de manquer ?

— Rien du tout, répondis-je.

— Mince, j'espérais que vous soyez en train de parler de ce que ressent Holden pour Lala.

Colby et Billie se mirent à rire, tandis que je restai impassible.

— On parlait du bébé et des futurs animaux de compagnie, l'informai-je.

— J'ai hâte de voir à quoi il ou elle va ressembler. Avec un peu de chance, le bébé ressemblera à Billie, plaisanta Brayden. Ne le prends pas mal, Colby.

Owen entra à son tour dans la pièce.

— Pourquoi tout le monde se cache ici ?

— Ils font semblant de ne pas être en train de parler de Lala, répondit Brayden en se tournant vers lui.

— Ah. Tu leur as parlé de la nuit à l'hôtel ? me demanda Owen.

Colby écarquilla les yeux et tourna brusquement la tête vers moi.

— Quel hôtel ?

Je tirai mes cheveux.

— Il ne s'est rien passé ! C'est une longue histoire. Sa voiture est tombée en panne et je...

— Sérieusement ! intervint Billie. Tu ne nous dois aucune explication, Holden.

Elle se tourna ensuite vers son mari.

— Même s'il se passait quelque chose avec Lala, ça ne nous regarde pas.

— Ce qui se passe avec Lala nous regardera toujours, rectifia-t-il.

Billie posa ses mains sur ses hanches.

— Lala est une adulte. Elle n'a pas besoin que de grands idiots veillent sur elle. Et laisse aussi Holden tranquille. Il n'a rien fait de mal. Si quelqu'un devait lui botter le cul si c'était le cas, je m'en chargerais, compris ?

— Le cul ? répéta une petite voix.

Saylor nous avait rejoints.

Billie soupira.

— Oublie ce que tu as entendu, ma chérie.

— Vous parlez de Lala ? demanda-t-elle en gloussant.

Pas elle aussi.

— Pourquoi tu dis ça ?

— Je vous écoutais. J'ai entendu son prénom. J'aime bien Lala, elle a de beaux cheveux.

Oh que oui. Je rêve de les tirer pendant que...

— Oncle Holden ! Il faut que tu dises au revoir à Guinevere avant de partir.

— Tu peux ramener Guinevere chez toi, tant que tu y es, Holden, ajouta Colby en me fixant.

— Saylor... tu as déjà vu un capybara ? l'interrogeai-je avec un sourire espiègle.

Après avoir dit au revoir au cochon d'Inde que j'avais failli tuer avec des Hot Cheetos, je rentrai chez moi sans pouvoir me débarrasser de cette drôle d'impression que j'avais eue toute la soirée. Savoir que Lala ne pouvait pas supporter d'être en ma présence suffisamment longtemps pour assister à la grande annonce de ses amis me faisait l'effet d'un coup de poing en pleine poitrine. C'était la preuve que j'avais fait ce qui me faisait peur : je l'avais repoussée et je l'avais perdue en tant qu'amie. Je ne pouvais pas l'accepter.

Avant d'entrer dans mon appartement, je m'arrêtai dans le couloir en me demandant si je devais frapper à sa porte ou non. Il y avait toujours la possibilité que j'aie exagéré les choses. Peut-être qu'elle devait vraiment travailler tard. Il fallait que je sache si c'était un mensonge.

Je restai dans le couloir en envisageant de lui envoyer un message, mais il fallait que je me fasse à cette nouvelle réalité. Plus tôt je lui ferais face, plus vite je pourrais m'entraîner à être en sa présence sans merder.

Je finis par frapper à la porte, et j'attendis sur place, le cœur battant.

Quand Lala ouvrit, elle était tout aussi belle et nerveuse que d'habitude, avec ses cheveux rebelles et ses grands yeux. Puis je baissai les miens et je remarquai son cou couvert de plaques rouges, ce qui n'arrivait que lorsque quelque chose la troublait vraiment. Il ne me fallut que deux secondes pour comprendre. Parce que lorsque je regardai sur ma droite, je me rendis compte qu'elle n'était pas seule.

Warren était là.

CHAPITRE 15

— Euh, Holden… Salut. Qu'est-ce que tu fais là ?

Son regard passa de Warren à moi, et il contracta sa mâchoire.

— Je suis juste passé voir ce qu'il en était avec la fuite de l'évier. J'ai mis du mastic autour de la bonde pendant que tu étais au travail tout à l'heure, histoire de renforcer l'étanchéité.

Je n'avais eu aucune fuite dans la cuisine, mais j'appréciais qu'il invente une excuse pour justifier sa présence.

— Oh, ça a dû fonctionner. Je crois que ça ne fuit plus. Merci de prendre des nouvelles.

Nous restâmes là tous les trois, à nous fixer en silence jusqu'à ce que ça devienne gênant, puis Holden fit un signe de tête à Warren et se força à sourire, mais je pus voir qu'il était tout sauf heureux.

— Salut, mec, quoi de neuf ?

— Pas grand-chose, répondit Warren en posant sa

main sur mon dos. J'ai juste fait la surprise à ma fiancée de venir passer le week-end avec elle.

Holden me regarda brièvement.

— Super. Eh bien, je vais vous laisser si l'évier tient le coup.

— En fait, je suis content que tu sois passé, reprit Warren. J'ai frappé à ta porte tout à l'heure en arrivant, pour qu'on puisse parler de quelque chose en privé...

— Ah bon ? m'étonnai-je en écarquillant les yeux.

Warren hocha la tête, avant de revenir à Holden.

— Est-ce que tu pourrais me recommander un restaurant ? Un endroit romantique, peut-être ? le questionna-t-il en embrassant ma tempe. Demain, c'est notre anniversaire de rencontre et je ne vois pas souvent ma copine ces temps-ci. J'aimerais l'emmener dans un endroit sympa.

Oh, bon sang. J'avais envie de vomir.

Holden fusilla Warren du regard.

— Je ne mange pas souvent au restaurant.

— Vraiment ? Je me suis dit que tu devais connaître tout un tas de lieux romantiques avec tous les rencards dont me parle Laney te concernant...

Je fermai les yeux. Lorsque je les rouvris, c'était moi que Holden fusillait du regard.

— Je n'ai jamais dit que Holden enchaînait les rencards.

Celui-ci se mit à rougir.

— Je suis juste un coureur de jupons, hein ?

— Holden...

Il leva la main.

— Ce n'est rien. Enfin, ce n'est que la vérité. Même si l'une des raisons pour lesquelles je ne trouve pas de restaurant romantique, c'est parce que certains de mes moments les plus mémorables avec une femme ne se passent pas dans des endroits de ce genre. Les meilleurs moments que j'ai passés, c'étaient des soirées à boire du vin et à discuter sur mon escalier de secours. Je ne crois pas qu'on ait besoin d'un endroit chic et hors de prix quand on est avec une femme spéciale.

Holden croisa mon regard une dernière fois.

— Mais je te tiendrai au courant si je repense à un restaurant. Bonne nuit.

Après avoir fermé la porte, j'informai Warren que je devais passer aux toilettes pour prendre un peu de temps pour m'éclaircir les idées. Cependant, j'aurais probablement pu rester là-dedans pendant des jours sans pour autant me sentir moins perdue. Lorsque je sortis, je me dirigeai droit vers le vin pour m'en servir un verre plein à ras bord, et je bus. Je ne me rendis compte de la quantité que j'avais avalée qu'au moment où les yeux de Warren se posèrent sur le verre presque vide.

— J'avais très soif, me justifiai-je.

— Je vois ça. Même si l'eau calme plus la soif que l'alcool. Ce truc ne fait que te déshydrater encore plus.

— Oui... évidemment, répondis-je en me resservant. Je vais boire celui-ci un peu moins vite. Tu en reveux ?

Warren fit un geste en direction du verre que je lui avais servi une demi-heure plus tôt.

— J'y ai à peine touché.

Je me sentais bizarre depuis qu'il était arrivé par surprise chez moi quelques heures plus tôt, mais là, je ne savais même plus comment agir.

Est-ce que j'allais m'asseoir ?

Qu'est-ce que je devais dire ?

Est-ce qu'il me regardait bizarrement ?

Warren passa son pouce sur ses lèvres.

— Qu'est-ce que fait ce type dans la vie déjà ?

Je me mis aussitôt sur la défensive. Peut-être que c'était parce qu'il l'avait appelé « ce type » alors que je savais qu'il connaissait son prénom.

— Holden joue dans un groupe qui s'appelle After Friday. Il est aussi agent de maintenance dans cet immeuble.

— Quand on approche de la trentaine, il est un peu tard pour s'accrocher à l'espoir de devenir une rock star, non ?

— Holden est un batteur très talentueux. Ce n'est pas parce qu'il n'a pas encore percé qu'il n'a pas le talent nécessaire. Comme pour beaucoup d'arts créatifs, c'est une question d'être au bon endroit au bon moment.

— Mais à quel âge on jette l'éponge ? Trente ? Quarante ? Cinquante ans ? On doit tous grandir un jour.

— Est-ce que tu es en train de dire qu'il n'est pas un adulte parce qu'il fait quelque chose qu'il aime ? Tout le monde ne veut pas abandonner son bonheur pour un travail qui paie mieux ou qui a un emploi du temps plus structuré. Je pense que tu oublies que Holden et tous ceux à qui appartient cet immeuble ont vécu une épreuve qui leur a appris une leçon précieuse : la vie est courte. Ne perds pas ton temps pour des choses qui n'en valent pas la peine.

Warren se décomposa.

— Je suis désolé. Je n'ai pas pensé à la façon dont la mort de Ryan a pu les affecter.

— Ce n'est rien, soupirai-je en secouant la tête. Je suis désolée d'avoir été un peu brusque. Je suis fatiguée, et tu sais comment je peux être quand je ne dors pas assez.

Il caressa ma joue.

— Et si on allait au lit ? Moi aussi je suis fatigué. Je suis allé au laboratoire tôt ce matin pour pouvoir éviter les embouteillages cet après-midi.

Warren et moi ne nous étions pas vus depuis plusieurs semaines, alors je me doutais que nous n'allions pas dormir une fois au lit. Et je n'avais pas la tête à batifoler pour l'instant, alors je mentis un peu. Ou plutôt devrais-je dire, *encore une fois...*

— Il faut que je fasse quelques petits trucs pour le travail avant demain matin. Je ne savais pas que tu allais venir, alors j'ai ramené quelques tâches à faire à la maison. Et si tu allais te détendre et regarder la télé au lit, et je te rejoins dès que j'ai fini ?

Warren fronça les sourcils.

— D'accord. Avec un peu de chance, tu n'en auras pas pour longtemps.

— Je vais essayer de me dépêcher, lui assurai-je en essayant de sourire.

Ne voulant pas qu'il découvre que je mentais, je travaillai sur un tableur Excel que j'avais évité. Entrer des données et créer des graphiques était la partie que j'aimais le moins dans le fait de mener des travaux de recherche, pourtant, j'avais choisi de faire ça plutôt que d'aller au lit avec mon fiancé. Après environ quarante-cinq minutes, les chiffres sur mon ordinateur commencèrent à devenir flous, alors je m'approchai de la porte de la chambre sur la pointe des pieds pour voir si je pouvais entendre Warren bouger. Je poussai un grand soupir en entendant ses petits ronflements.

Je pouvais peut-être aller au lit sans danger, cependant, je me sentais toujours un peu tendue après la tournure qu'avait prise cette soirée. D'abord, Warren qui me surprend, puis Holden qui passe chez moi. Alors je me servis un autre verre de vin pour tenter de me détendre, mais mon esprit ne cessait de penser à celui qui habitait à côté. Je n'arrêtais pas de revisualiser la douleur que j'avais lue sur son visage quand il avait vu Warren. Pire encore, il pensait que j'avais dit à Warren que c'était un homme à femmes. Incapable de sortir ces pensées de ma tête, même avec l'aide du vin, je pris mon téléphone et regardai des vidéos sur TikTok. Normalement, quand quelque chose me stressait, je pouvais parcourir les vidéos qui étaient proposées parmi les millions présentes sur le hashtag *chiens*, et en trouver une avec un adorable labrador qui laissait un canard monter sur sa tête pour me changer les idées. Mais ce soir, entre chaque vidéo, je levai les yeux sur la fenêtre qui menait à l'escalier de secours.

Je ne peux pas...

Un basset qui courait en portant des lunettes de soleil.

Je ne devrais pas...

Un goldendoodle qui mangeait son repas dans une chaise haute comme un enfant.

Et si je sortais seulement pendant cinq minutes...

Un boxer qui jouait du piano.

Warren n'en saurait rien...

Un chien de berger qui se servait de ses dents pour border un enfant endormi.

Je peux être discrète...

Je récupérai le magnum de vin presque vide et avalai le reste de son contenu au goulot.

Et puis merde. Je le fais. Je sors.

Je vérifiai une nouvelle fois à la porte de la chambre que Warren était toujours en train de ronfler, puis j'ouvris doucement la fenêtre et descendis sur l'escalier de secours.

Chaque fois que j'étais venue ici, soit Holden était déjà là, soit il m'avait rejointe très peu de temps après. Alors j'attendis.

Encore.

Et encore.

Et encore.

Après environ une demi-heure, mon téléphone vibra lorsque je reçus un message.

Holden : Chez Joséphine, dans le centre-ville. Profite bien de ton dîner romantique.

❤

Pile quand on pense que ça ne risque rien...

Je n'avais pas vu ni entendu mon voisin depuis plus de vingt-quatre heures, mais dès que les portes de l'ascenseur s'ouvrirent, je l'aperçus à l'intérieur. J'eus l'impression d'avoir le souffle coupé.

L'expression de Holden s'assombrit lorsqu'il se rendit compte que Warren et moi étions habillés pour sortir.

— Oh, salut.

— Salut, répondis-je en souriant sans grande conviction.

Holden glissa les baguettes qu'il tenait à la main dans la ceinture de son jean, puis il souleva les deux amplis qu'il avait posés par terre. Il jeta un coup d'œil à ma petite robe noire en sortant de la cabine.

— On dirait que vous êtes prêts pour votre soirée romantique. J'espère qu'elle sera à la hauteur de vos espérances.

J'avais juste envie de monter dans ce fichu ascenseur pour mettre de la distance entre nous, mais Warren ne me suivit pas immédiatement quand Holden s'éloigna. Il resta au niveau des portes pour les empêcher de se refermer.

— Tu joues ce soir ?

— Oui, confirma Holden en se retournant.

— Où ça ? Peut-être qu'on passera te voir après le dîner.

Holden m'observa rapidement, avant de revenir à Warren.

— Ça ira. Vous n'êtes pas obligés de faire ça. Vous devriez profiter de votre soirée romantique. Et puis, je ne pense pas que cet endroit soit votre style.

— Peut-être, mais Laney m'a dit que tu avais du talent, et je pense que ça pourrait être sympa.

Holden pinça ses lèvres, mais il finit par hocher la tête.

— The Villager.

Warren acquiesça.

— Super. Peut-être à tout à l'heure.

— Cet endroit est vraiment sympa, déclarai-je en essuyant les coins de ma bouche avec une serviette. Merci de l'avoir trouvé et d'avoir tout organisé.

Je n'avais pas parlé à Warren du message que Holden m'avait envoyé hier soir pour me recommander un restaurant romantique. Imaginer le croiser sur place en compagnie d'une autre femme était beaucoup trop pour moi. Cependant, Warren avait contacté l'un de ses collègues, qui lui avait donné le nom de cet établissement.

— Tout était délicieux, mais je pense que ce qui a rendu cet endroit spécial, c'était d'y être en ta compagnie.

Il glissa sa carte bancaire dans l'étui en cuir, avant de prendre ma main.

— Je crois qu'on avait besoin de ça, mon amour. J'ai l'impression qu'on s'était un peu éloignés ces derniers temps. Je suis sûr que c'est à cause de la distance entre nous, mais ça m'a fait prendre conscience qu'il faut que je vienne te rendre visite plus souvent et que je fasse des efforts.

C'était dingue, mais ma première réaction fut de paniquer en entendant mon fiancé me dire qu'il voulait me voir plus souvent. Le dîner avait été très sympa. La nourriture était délicieuse, notre conversation avait été naturelle, et un pianiste talentueux jouait doucement à l'autre bout de la pièce. J'aurais dû me sentir séduite et spéciale, mais au lieu de ça, j'étais... ennuyée. Rien qu'y penser me donnait l'impression d'être une personne horrible. Toutefois, le truc avec les sentiments, c'était que même s'ils n'étaient pas très jolis, ils étaient souvent vrais. Et la vérité, c'était que je ne cessais de comparer ce que je ressentais en compagnie de Warren avec ce que je ressentais quand je me trouvais avec un autre homme. Holden me donnait l'impression d'être vivante, tandis que je m'étais sentie blasée en faisant la conversation à mon fiancé pendant le repas. Il n'y avait pas d'étincelle, pas de papillons dans le ventre, pas d'électricité qui se répandait dans mes veines. Malheureusement, j'ignorais qu'il me manquait ces choses avant de venir à New York. Je m'étais habituée aveuglément à une routine *sympa*, sans avoir de point de comparaison. Et à présent, je m'inquiétais de ne pas pouvoir oublier ce que j'éprouvais quand j'étais avec Holden. Maintenant que je savais ce à quoi pouvait ressembler une relation, est-ce que je serais capable de ne plus y penser quand je quitterais New York, et est-ce que j'arriverais à être heureuse avec une relation *sympa*?

C'était la grande question, et je n'en avais pas la réponse.

Je souris en hochant la tête.

— Je pourrais venir plus souvent aussi.

Au moment de partir, Warren se leva et m'aida à en faire autant en me tendant sa main.

— Merci.

— Est-ce que je t'ai dit que tu es magnifique ce soir? demanda-t-il en me prenant dans ses bras.

— C'est gentil.

Devant le restaurant, Warren leva la main pour héler un taxi qui était en train de s'approcher.

— Tu es prête à aller faire la fête maintenant?

— Tu veux dire à aller voir le concert de Holden?

Il acquiesça.

— J'ai hâte de voir son groupe jouer.

— Ah oui?

Le taxi se gara, et mon fiancé ouvrit la portière arrière.

— Je me sens mal d'avoir été insultant au sujet de sa carrière hier soir. Les amis de ton frère sont importants pour toi, alors ils le sont pour moi aussi.

— J'apprécie ce que tu dis, mais... je suis un peu fatiguée. Ce n'est pas grave si on n'y va pas.

— On n'est pas obligés de rester longtemps. On peut juste aller écouter quelques chansons.

Je soupirai et m'installai dans la voiture.

— Oui... d'accord, pourquoi pas.

The Villager était bondé lorsque nous arrivâmes. Je me sentis un peu soulagée d'être coincée au fond du bar. Holden ne remarquerait peut-être même pas notre présence. Warren parla au barman pendant que je jetais un coup d'œil autour de nous. La plupart des femmes étaient habillées à l'opposé de moi dans ma petite robe noire sobre qui m'arrivait aux genoux et mes chaussures très sages. Elles portaient des débardeurs courts qui laissaient apparaître leurs abdos, des robes minuscules sans bretelles, et des jeans si moulants qu'ils avaient l'air d'être peints sur elles. Je me sentis ringarde et pas du tout à ma place.

Warren glissa quelques billets sur le bar et finit de parler au barman. Une minute plus tard, une femme s'approcha de ce dernier, et il nous pointa du doigt.

— Il se passe quoi ?

— J'ai réussi à nous avoir une table devant, m'informa Warren d'un air rayonnant.

— Quoi ? Comment ?

— J'ai donné cent dollars au serveur, et l'une des deux tables indiquées comme étant réservées s'est soudainement libérée. Mais je lui ai dit qu'on ne resterait pas plus d'une heure.

La dernière chose dont j'avais envie, c'était de me retrouver au centre, devant.

— Ça va aller, refusai-je en secouant la tête. Je suis bien ici. On ne va pas rester longtemps, de toute façon.

Mais il était trop tard. La femme nous fit signe de la suivre, et Warren posa sa main dans mon dos pour m'inciter à avancer.

Holden nous repéra avant que nous ne soyons installés, ses yeux suivant chacun de mes pas alors qu'il jouait de la batterie.

Warren tira ma chaise, et je m'assis. Il avait l'air content de lui lorsqu'il se pencha vers moi.

— C'est mieux, non ?! hurla-t-il par-dessus la musique.

Non, ça me donne envie de vomir. Pourtant, je dus esquisser un sourire.

— Oui, merci.

La demi-heure qui suivit fut brutale. After Friday enchaîna sept chansons d'affilée, mais Holden et moi n'arrêtions pas de nous fixer. Je m'étais forcée à détourner le regard après quelques secondes, mais bizarrement, il n'arrêtait pas de revenir à lui. Et chaque fois, Holden m'observait aussi. Je commençais à m'inquiéter que mon fiancé remarque quelque chose, mais lorsque je jetai un coup d'œil dans sa direction, il avait l'air totalement insouciant et il m'adressa un sourire. Je le lui rendis, et cette interaction l'incita à prendre ma main sur la table pour entrelacer nos doigts. Lorsque je risquai un nouveau regard discret en direction du batteur, Holden ne m'observait plus, il fixait nos mains jointes. En réalité, il était plutôt en train de les fusiller du regard. Il semblait aussi jouer de plus en plus fort. Nous étions assis si près que je sentais déjà les battements dans ma poitrine, mais plus le temps passait, plus mon cœur se mit à cogner au point où je commençai à transpirer. Quand le groupe s'arrêta enfin de jouer, le chanteur informa le public qu'ils allaient faire une petite pause, et je prévins Warren que j'allais me rendre aux toilettes.

Il y avait six toilettes individuelles dans le couloir, alors j'étais ravie de pouvoir passer quelques minutes seule dans l'une d'elles. Après avoir repris mon souffle, je décidai que dès que je retournerais à la table, je dirais à Warren qu'il fallait partir. Je ne pourrais pas supporter à nouveau ce qui s'était passé juste avant. Toutefois, lorsque j'ouvris la porte des toilettes, Holden m'attendait devant. Il me fit reculer et verrouilla la porte derrière lui.

— Qu'est-ce que tu fais ? demandai-je.

Il avait l'air fou. Il continua à avancer, me poussant à reculer, jusqu'à ce que je percute l'évier. Ensuite, il posa une main de chaque côté de mon corps pour m'empêcher de bouger.

— Dis-moi, quand tu tiens sa main, est-ce que tu ressens la même chose que maintenant ? m'interrogea-t-il en se penchant pour me regarder dans les yeux.

Mon cœur battait à tout rompre et je ne pouvais pas parler.

— Réponds-moi ! insista-t-il d'un air furieux. Comment tu te sens, Lala ? Est-ce que ça te fait la même chose quand il te touche la main ?

Je secouai la tête.

— Et quand il était dans ton *foutu lit* hier soir ? Est-ce que tu ressentais ça ?

Je secouai de nouveau la tête.

— C'est triste, lança-t-il en passant un doigt le long de mon bras, ce qui me fit frissonner. Est-ce qu'il te fait cet effet-là ? Est-ce qu'il te donne la chair de poule ?

Encore une fois, je secouai la tête.

Il approcha sa bouche de mon oreille.

— Est-ce qu'il arrive à te faire *jouir* rien qu'en te parlant ? Sans même poser un doigt sur toi ?

Cette fois-ci, je ne répondis pas. Je n'étais même plus capable de bouger ma tête. Son souffle chaud sur mon oreille faisait trembler mon corps de désir.

Toutefois, il recula, et un sourire plein de colère étira ses lèvres.

— Je ne crois pas. Profite bien du reste de ta soirée ennuyeuse, *Laney*.

Il déverrouilla la porte et partit sans un regard en arrière, me laissant là, complètement liquéfiée.

Il fallut que j'entende les gens frapper à la porte pour que j'arrive à sortir après ça. J'étais complètement bouleversée. Il fallait que je sorte de ce club et que je m'éloigne de Holden. Cependant, lorsque je retournai à la table pour dire à Warren que je voulais partir, je retrouvai l'ami de mon frère assis à ma place. Et il n'était plus seul... Une belle femme légèrement vêtue était désormais assise sur ses genoux. Je m'arrêtai net, et Holden le remarqua du coin de l'œil. Il arbora un sourire diabolique et enfouit son visage dans le cou de la femme. En sortant des toilettes, j'avais été triste et bouleversée, mais le voir comme ça changea quelque chose en moi. Je devins furieuse et jalouse. Je m'approchai de la table et m'adressai à Warren.

— Il faut qu'on parte. J'ai un début de migraine et je viens d'être malade.

Je me tournai pour faire face à Holden et le fusiller du regard, avant de retirer brusquement ma veste du dossier de la chaise sur laquelle lui et sa conquête continuaient à s'enlacer.

— C'est peut-être à cause de la musique. Bonne fin de soirée, Holden. Même si j'ai l'impression que ça devrait bien se passer.

CHAPITRE 16

Holden

Une semaine plus tard, ma jalousie avait à peine disparu.

Évidemment, je me sentais mal d'avoir agi comme ça au club le week-end dernier. C'était immature et égoïste. Cependant, tout ce qui était sorti de ma bouche était vrai. Et chacune de ses réactions prouvait ce qu'elle ressentait. Ça ne me donnait quand même pas le droit d'agir comme un con jaloux. La venue de Warren m'avait pris au dépourvu et avait fait remonter à la surface la puissance de ce que je ressentais pour elle.

Une fois encore cette semaine, je dus me rappeler de prendre du recul. Heureusement, j'avais réussi à éviter Lala depuis cette horrible soirée, parce que si j'avais dit ou fait autre chose de stupide et qu'elle avait eu des problèmes avec lui, je n'aurais pas pu me le pardonner. Même si à ce stade, il y avait de fortes chances que j'aie perdu définitivement Lala en tant qu'amie.

Il fallait vraiment que je sorte de chez moi avant de devenir dingue. Par chance, c'était un après-midi poker avec les garçons, et c'était au tour de Brayden de nous recevoir.

Lorsque j'arrivai chez lui, je ne parvins visiblement pas à cacher comment je me sentais.

— Tu n'as pas l'air en forme. Qu'est-ce qui se passe ? demanda Brayden en s'écartant pour me laisser entrer.

— Rien, marmonnai-je en me dirigeant directement vers la cuisine pour me servir une bière.

Je m'installai ensuite à la table, où Owen et Colby étaient déjà assis. Les boîtes de pizzas habituelles étaient posées sur le côté, et l'odeur du pepperoni fit grogner mon estomac.

Tout le monde avait été occupé ces derniers temps, alors ça faisait un moment que nous ne nous étions pas retrouvés seulement tous les quatre.

Colby distribua les cartes.

— Alors, quoi de neuf, tout le monde ? demanda-t-il.

— Je commence, déclara Owen en allumant un cigare. J'ai actuellement un client qui cherche un endroit où monter son, tenez-vous bien... sex-club privé.

— Carrément, lançai-je en riant.

— J'ai dû signer un accord de confidentialité en raison de la nature de l'établissement, alors ça reste entre nous, mais ça ne m'était encore jamais arrivé.

— Quel genre d'endroit remplit ce critère ? demanda Brayden.

— Apparemment, il y a certains impératifs, comme avoir suffisamment de pièces privées et une certaine hauteur sous plafond pour les balançoires sexuelles dans la partie commune.

Brayden pencha la tête en arrière.

— Et moi qui pensais être celui qui aurait l'histoire la plus intéressante à raconter ce soir.

— Pourquoi. Il se passe quoi ? l'interrogea Colby.

Brayden répondit tout en arrangeant ses cartes.

— Bon... Je suis allé à un rencard avec une fille que j'ai rencontrée sur Tinder hier soir, et apparemment, elle ne me faisait pas confiance, alors elle est venue avec une amie. Pendant toute la soirée, je n'arrêtais pas de me dire que cette amie était belle et drôle. J'aurais aimé être en rencard avec elle.

— C'est gênant, plaisantai-je.

— Je ne te le fais pas dire. J'ai aussi ressenti quelque chose chez son amie... vous savez, comme si c'était réciproque.

— Ce n'est pas une position facile. Qu'est-ce que tu peux faire dans cette situation ? le questionna Colby.

— Pas grand-chose, avoua Brayden en haussant les épaules.

— Est-ce que tu connais le nom de l'amie ? ajoutai-je.

— Seulement son prénom, Julia. Mais qu'est-ce que ça aurait changé si j'avais eu son nom de famille ?

— Tu aurais pu la chercher sur les réseaux après avoir laissé un peu de temps passer et lui envoyer un message, répondis-je.

— Oui, eh bien, tant pis pour moi.

Brayden avala sa bière.

— Et si tu recontactais la fille avec qui tu es sortie dans quelque temps pour lui demander le nom de son amie ? proposai-je en grattant mon menton.

Il arqua un sourcil.

— Tu ne trouves pas ça minable ?

J'allumai l'un des cigares que j'avais trouvés sur le comptoir derrière moi, avant de souffler la fumée.

— On s'en fout. Ce n'est pas comme si tu sortais avec elle.

— Oui, peut-être. Je ne sais pas, soupira Brayden. Bref, quoi de neuf pour toi, Colby ?

— Eh bien... Il s'avère que j'ai dans ma poche les toutes premières photos de bébé Lennon, révéla-t-il avec un grand sourire béat.

— Mais non! Donne-les-moi! m'exclamai-je en tendant la main.

Colby sortit quelques clichés d'échographie.

— Comme vous le savez, Billie ne veut pas connaître le sexe. J'ai eu beaucoup de mal à ne pas poser la question lors de l'examen. Mais je lui ai promis, alors je n'ai rien dit. En plus, Billie pense qu'il est trop tôt pour savoir, ajouta-t-il en les posant sur la table. J'ai essayé de deviner en regardant les photos. Vos avis?

Brayden pointa du doigt un endroit précis.

— C'est un pénis! Il est énorme.

Colby se mit à rire.

— C'est ce que je pensais au début, mais Billie a dit que ça pouvait être le cordon ombilical. Je ne sais pas à quoi ressemblent ces trucs d'habitude. Je n'ai jamais vu les échographies de Saylor. Mais ça ressemble vraiment à un pénis, selon moi.

— Et pas un petit, ajoutai-je en faisant un clin d'œil. Il doit tenir de son oncle Holden.

Owen souffla de la fumée.

— Je vais rire quand ce sera une fille parce que c'est évident que ce n'est *pas* un pénis. C'est un bras.

Nous nous lançâmes dans un débat pour déterminer le sexe du bébé de Colby et Billie. J'étais ravi qu'ils ne m'aient pas demandé ce qu'il y avait de neuf dans ma vie, car si je leur avais dit la vérité à propos de ce qui s'était passé au club avec Lala, ça ne se serait pas bien passé.

Toutefois, je me portai la poisse, parce que dès que Colby rangea les photos dans la poche de sa chemise, il posa les yeux sur moi.

— Holden, quoi de neuf pour toi?

Je remuai sur ma chaise. J'avais envie de révéler beaucoup de choses qui me trottaient dans la tête, des choses pour lesquelles je voulais vraiment l'avis de mes amis. C'était juste que je ne voulais pas qu'ils se foutent de moi pour avoir posé cette question. Mais en une fraction de seconde, je décidai de le faire quand même.

— Comment on sait qu'on est amoureux de quelqu'un?

Ils tournèrent tous les trois la tête en même temps dans ma direction, mais personne ne dit rien. Ils se regardèrent, avant de revenir à moi. On aurait pu entendre une mouche voler.

— Pourquoi tu veux savoir ça? demanda Colby en se penchant en avant.

Je levai les yeux au ciel.

— Devine.

— J'ai bien une idée en tête, intervint Owen.

Je mis ma tête dans mes mains.

— Je ne sais même pas si c'est de l'amour que je ressens. Tout ce que je sais, c'est que chaque fois que je suis avec elle, je fais n'importe quoi. J'ai du mal à prendre les bonnes décisions... ou à penser à autre chose.

Je levai mes cartes et les arrangeai sans réfléchir.

— Je suis complètement perdu.

— Est-ce que c'est le fait que son fiancé soit venu à New York? demanda Brayden. C'est ça qui t'a poussé à bout?

— En partie, avouai-je en relevant la tête. Tu savais qu'il était là?

Il acquiesça.

— Je les ai croisés dans le couloir le week-end dernier. Lala avait vraiment l'air tendue.

— C'était sûrement à cause de moi, révélai-je, le ventre

noué. Je l'ai un peu mise dans une position inconfortable samedi dernier.

Je craquai et racontai aux garçons ce qui s'était passé lors de mon concert à The Villager. Inutile de dire qu'ils n'étaient pas fiers de moi.

Brayden s'adossa à sa chaise et secoua la tête.

— Mec, tu as tellement eu tort de faire ça.

— Je sais. Je devrais mieux me comporter, mais je ne sais pas comment m'arrêter. Je sais que je ne suis pas fait pour elle, mais ça ne change rien à ce que je ressens, confiai-je en tirant mes cheveux. Écoutez, faites comme si je n'avais rien dit...

Colby leva sa main.

— Non. Tu as posé une question. Je pense qu'on devrait tous faire de notre mieux pour y répondre.

Owen haussa les épaules.

— Ne me regardez pas, je n'ai jamais été amoureux. Je n'arrive même pas à trouver une femme avec laquelle j'arrive à passer plus de quelques heures.

— Pareil pour moi, mec, ajouta Brayden avec un sourire en coin. Enfin, il y a eu Julia hier soir, mais ça ne compte pas vraiment.

Il se tourna vers Colby.

— On dirait que tu es le seul à pouvoir répondre à cette question.

— D'accord, ça ne me dérange pas, accepta-t-il en se raclant la gorge. Évidemment, tu peux ressentir beaucoup de choses pour quelqu'un quand tu es amoureux. Mais le truc qui se démarque le plus selon moi, c'est que lorsque tu aimes une personne, tu es prêt à donner ta vie pour elle. Elle représente plus que tout. Même plus que toi-même.

Je baissai les yeux sur la table. Je savais que je serais capable de sauter sous un train pour Lala si ça pouvait la sauver. Je pourrais mourir pour elle, je n'en doutais pas une seconde, mais ce n'était peut-être pas quelque chose à annoncer à cette table de poker. Toutefois, j'étais probablement amoureux d'elle. Malheureusement, ça ne faisait toujours pas de moi quelqu'un de convenable pour elle. On pouvait prouver son amour en laissant quelqu'un partir, aussi facilement qu'en restant à ses côtés et en prenant potentiellement le risque de gâcher sa vie.

— Merci pour l'information, marmonnai-je.

— C'est tout ? Tu ne vas rien dire d'autre ? demanda Colby en écarquillant les yeux.

— Non, je vais garder mes pensées pour moi, répliquai-je en jouant avec mes cartes. J'en ai déjà assez dit. Je n'ai pas besoin que vous vous foutiez de moi. Je n'aurais même pas dû poser cette question, mais depuis que Warren est venu, j'ai l'impression de devenir dingue.

— Bon sang, ces derniers temps, ta tête est vraiment à Lala Land, me réprimanda Owen.

— Non, sans blague !

Je ris avec les autres.

Par chance, ils me laissèrent tranquille un moment lorsque la partie commença, et les cartes nous gardèrent relativement concentrés jusqu'à ce que Colby finisse par gagner.

Au moment de faire une pause, je me rendis à la cuisine, et ce dernier me suivit.

— Hé, mec, je voulais te parler un peu seul à seul, murmura-t-il.

— Il n'y a rien de plus à dire.

— Ce que tu as fait le week-end dernier, comment tu as agi au club, ça me rappelle la fois où je me suis ridiculisé quand Billie était à ce rencard, avant qu'on soit officiellement ensemble. Tu te souviens de ce soir-là ?

Tu l'as vue au restaurant avec un type et tu m'as envoyé les photos. Je suis passé pour un idiot en lui envoyant des messages pleins de jalousie. Mes sentiments étaient éparpillés partout comme un rongeur écrasé par un camion. Je n'ai pas pu me contrôler ce soir-là. C'est ce que la jalousie nous pousse à faire quand on tient vraiment à quelqu'un. C'est la même chose pour toi.

Il jeta ses déchets à la poubelle.

— Le truc... c'est que je ne suis jamais allé bien loin en faisant des conneries comme ça, en tournant autour de mes sentiments pour elle. Au final, j'ai dû être direct.

J'acquiesçai.

— Plus facile à dire qu'à faire.

— J'ai eu les mêmes problèmes que toi avec Billie. Non seulement en apparence, tout nous opposait, mais je n'ai jamais eu l'impression d'être quelqu'un de bien pour elle. Évidemment, il y avait aussi le fait que j'avais un enfant, soupira-t-il. Pourtant, on n'arrivait quand même pas à rester loin l'un de l'autre. On a juste tourné en rond jusqu'à ce qu'on commence à communiquer de manière plus honnête. Je pense qu'il est temps de changer de danse avec Lala.

— Je m'attire toujours des ennuis quand je danse avec elle, marmonnai-je.

— Une fois qu'elle l'aura épousé, ce sera trop tard, mec, reprit Colby. Tu ne pourras plus revenir en arrière. Lala m'a l'air d'être le genre de personne qui fera tout son possible pour que son mariage fonctionne. Je ne la vois pas divorcer, même si rien n'est impossible.

Il soupira.

— Je sais que c'est bizarre que je t'encourage à tenter ta chance, mais je tiens à vous deux. Même si j'aurai toujours envie de la protéger, et ça ne changera pas, je commence à croire que tu as de vrais sentiments pour elle. Et en tant qu'ami, je pense qu'il faut que tu tentes le coup.

Il est d'accord avec ça ? Une pression que je n'avais jamais ressentie auparavant se forma dans ma poitrine.

— Tu dis que je dois me lancer, mais ça ne change pas qui je suis. Je ne suis pas le genre de type qui se pose, qui vit dans une maison en banlieue avec une palissade blanche. Mon objectif a toujours été d'avoir une carrière musicale et de partir en tournée. Je ne pense pas que ce soit juste de lui dire ce que je ressens si je ne peux pas être le genre d'homme dont elle a besoin.

Colby haussa les épaules.

— C'est une décision qu'il faut que tu prennes. Je pense qu'il faut que tu te demandes si tu es prêt à faire une croix sur certains de ces rêves. Ou peut-être que tu découvriras que tu n'as pas à choisir. La conclusion de tout ça, c'est qu'il n'y aura pas de choix à faire si tu continues de jouer à ce petit jeu. Mais tu as peur, je comprends, acquiesça-t-il.

C'était plus que de la peur. J'avais le devoir moral de protéger Lala de moi.

— Je ne suis pas quelqu'un de sûr, Colby.

Il haussa de nouveau les épaules.

— Le choix le plus sûr n'est pas toujours le meilleur. C'est une chose que j'ai apprise dans mon propre couple. Je n'aurais jamais pensé que Billie aurait voulu se poser avec un type comme moi. Elle était libre et spontanée, et je ne voulais pas la freiner. Nous étions un choix dangereux l'un pour l'autre, mais au final, nos sentiments ont dépassé tout le reste. Et on a appris à faire en sorte que ça fonctionne.

— Juste pour confirmer... Est-ce que tu es en train de dire que tu es d'accord pour que je ressente ces sentiments pour *la sœur de Ryan* ? Parce que tu as toujours été contre l'idée qu'on soit en couple.

Il sourit.

— On peut appeler ça un accord *prudent*. Je vois les choses un peu différemment à présent. Je vois à quel point ce que tu ressens pour elle est omniprésent. Ça compte pour quelque chose. D'après tout ce que tu m'as montré, tu as l'air de vraiment tenir à elle. En plus, tu m'as dit que tu n'avais pas côtoyé d'autres femmes depuis qu'elle est arrivée. Ça en dit long.

— En parlant d'autres femmes, tu aurais dû voir sa réaction au club quand cette fille s'est assise sur mes genoux.

Colby fit la grimace.

— Visiblement, elle ressent aussi quelque chose de fort pour toi. En dehors de ça, je m'inquiète aussi qu'elle ne soit pas prête à se marier, même si à un moment donné, elle a dû penser que c'était ce qu'elle voulait. Mais elle m'a l'air d'être le genre de personne qui pourrait sacrifier son propre bonheur juste pour éviter de blesser quelqu'un. Elle pourrait le faire si elle n'a pas une bonne raison de revenir sur sa décision. Ce qui devrait aussi te pousser à t'ouvrir à elle.

— C'est vrai, soupirai-je. Bon, tu m'as donné matière à réfléchir.

— Il faut juste que tu joues cartes sur table, que tu sois brutalement honnête. Il faut que tu lui dises exactement ce que tu ressens sans te soucier des conséquences. Parce que lorsqu'on garde nos sentiments en nous, ils nous rongent, et on finit par... mourir. Enfin, métaphoriquement, du moins, précisa-t-il en secouant la tête. Je ne t'imagine pas aller à son mariage. Je me trompe ? Tu sais qu'on sera tous invités. Comment tu pourrais rester là à la regarder épouser cet homme ? Je n'arrive même pas à l'imaginer.

— Je n'irai pas, répondis-je sans hésitation.

— Vraiment ?

— Tu n'iras pas où ? demanda Brayden en entrant dans la cuisine.

— Dans ton cul, répliquai-je.

— Est-ce que ce serait encore une conversation secrète à propos de Lala ? me taquina-t-il.

Je levai les yeux au ciel.

— Il faut qu'on sorte plus souvent juste toi et moi, ajouta-t-il. Je ne peux pas compter sur Owen ni sur ce vieil homme marié juste ici.

— Tu as raison, admis-je. J'ai été coincé dans une routine ces derniers temps, et je suis seulement sorti quand j'avais des concerts. Il faut que je me force à le faire.

— Que tu te forces à rester loin de Lala ? intervint Owen en entrant dans la pièce.

— Ça aussi, confirmai-je.

Brayden frappa l'épaule d'Owen.

— Hé, quand le sex-club de ton client ouvrira, est-ce que je pourrai avoir la priorité ?

— Je le répète, je ne suis même pas censé en parler, alors ferme ta bouche.

Heureusement, tout le monde oublia Lala pour le reste de la soirée après ça.

Une fois de retour chez moi, j'eus l'impression d'avoir atteint mes limites. Il fallait que je la contacte. Ce soir. Je récupérai mon téléphone, en sachant que si je réfléchissais trop longtemps à ce que je devais mettre dans mon message, rien ne viendrait. Après tout, il m'avait fallu ce qui m'avait semblé des années le week-end dernier pour lui envoyer cette fichue recommandation de restaurant. Mais ça ? Lui dévoiler mes sentiments ? Il était hors de question que je le planifie.

Alors je décidai de taper exactement ce que j'avais en tête. Parce que Colby avait raison. Cette situation me rendait dingue.

Je me dis que je pourrais toujours effacer au lieu de l'envoyer.

Holden : Salut, Lala. Je veux m'excuser pour ce que j'ai fait samedi soir. (J'ai l'impression de toujours être en train de m'excuser pour mon comportement.) J'aurais dû t'écrire ce message plus tôt, mais je n'étais vraiment pas bien et je ne savais pas quoi dire. Même si je suis désolé de t'avoir acculée dans un coin comme ça, je ne suis PAS désolé de ce que j'ai dit. Parce que c'était la vérité. Je ne vais pas prétendre que ce que je suis sur le point de te dire est bon pour toi, mais c'est aussi la vérité. C'est parti : je n'arrête pas de penser à toi. Je pense à toi du moment où je me lève le matin, jusqu'à ce que je pose la tête sur mon oreiller le soir. Je n'ai jamais ressenti ça pour personne. Je sais que je ne suis pas celui qu'il te faut. C'est ça le truc. Voilà pourquoi c'est si injuste, mais je suis arrivé au point où je m'en fous. Je n'ai fréquenté personne depuis que tu es arrivée à New York. J'ai été incapable de ressentir quoi que ce soit pour quelqu'un d'autre parce qu'il n'y a que toi qui m'intéresses. La fille avec qui tu m'as vu le week-end dernier ne fait pas exception. Je voulais te rendre aussi jalouse que je l'étais en te voyant avec Warren. C'était un jeu. Mais je ne veux plus jouer, Lala. J'en ai marre de prendre sur moi. Je veux que tu quittes Warren. Si tu ne le fais pas pour moi, fais-le pour le simple fait que même si tu tiens à lui, il ne te satisfait pas autant que je pourrais le faire. Il n'en sera jamais capable. Le problème, c'est que je ne peux rien te promettre quant à ce à quoi pourrait ressembler notre avenir. C'est la partie merdique. Ce que je peux te promettre, c'est de t'offrir ce dont tu as envie en ce moment : faire vivre des choses encore inconnues à ton corps. Je

ne veux pas mourir sans savoir ce que ça ferait, Lala. Je te veux. Je veux tout de toi. Fais ce que tu veux de cette information, mais s'il y a la moindre chance que tu ressentes la même chose, il faut que tu me le fasses savoir, et il faut que tu gères d'abord les choses de ton côté. Si au contraire, il n'y a aucune chance que notre relation évolue, je tournerai la page. Pour de bon cette fois-ci. Si tu aimes Warren et que tu as l'intention de l'épouser, il faut que tu me dises franchement qu'il ne se passera jamais rien de plus entre nous. Je te promets que lorsque j'entendrai ces mots sortir de ta bouche, j'arrêterai tout ça. Il FAUDRA que ça s'arrête. Mais ne te méprends pas, je continuerai de te désirer.

Mon cœur cogna dans ma poitrine lorsque mon doigt s'arrêta au-dessus de l'écran, soit pour effacer, soit pour envoyer.

Trois.

Deux.

Un...

Je marquai une pause.

Envoyé.

CHAPITRE 17

Lala

Je me garai sur la même place que j'avais quittée la veille au matin. Mon immeuble se trouvait de l'autre côté du trottoir, à quelques mètres de là. Lorsque je regardai autour de moi, tout semblait exactement pareil qu'au moment où j'étais partie à Philadelphie, pourtant, tout avait changé pour moi. Je soupirai. Ces deux derniers jours avaient été un vrai tourbillon.

J'avais quitté New York déterminée à arranger les choses avec mon fiancé. Warren avait compris que quelque chose ne tournait pas rond le week-end dernier, et il m'avait appelée tous les soirs cette semaine pour savoir si tout allait bien entre nous. Je m'en voulais de le faire s'inquiéter. Il ne méritait pas ça. Alors j'étais rentrée à la maison pour lui faire la surprise, comme il l'avait fait la semaine précédente, afin de lui assurer que notre couple se portait bien. J'avais vraiment les meilleures intentions du monde quand j'avais pris la route la veille.

Warren travaillait au laboratoire les samedis après-midi, alors j'étais arrivée tôt et j'avais rendu visite à mes parents. Après ça, j'étais passée chercher le dessert qu'il adorait chez son pâtissier préféré – un carrot cake sans gluten avec un glaçage au « cream cheese » sans lactose – avant d'aller chez lui. Cependant, juste au moment de me garer, j'avais reçu un message de Holden. Et après ça, ma visite pour essayer d'arranger les choses ne s'était pas vraiment passée comme prévu. En fait, elle avait même été mouvementée. J'avais fini par rester assise devant chez Warren pendant plus d'une heure, à relire sans cesse le message de Holden. Puis mon fiancé avait aperçu ma voiture et était sorti pour voir si j'allais bien.

Au moment où j'avais ouvert la bouche pour lui dire qu'il n'y avait aucun souci, les larmes s'étaient mises à couler sur mon visage.

Je n'avais pas pu le faire.

Je ne pouvais plus continuer comme ça.

Nous étions à présent dimanche soir, il était vingt-trois heures, et je n'avais toujours pas répondu au message que Holden m'avait envoyé. Je ne savais pas s'il était chez lui, mais j'étais sur le point de le découvrir parce qu'il fallait régler cette situation une bonne fois pour toutes.

L'adrénaline se répandit dans mes veines lorsque je sortis de la voiture, que je traversai la rue et que j'empruntai l'ascenseur jusqu'à notre étage. J'aurais bien eu besoin d'un verre de vin pour me détendre avant d'aller chez Holden, mais si je passais par mon appartement, j'avais peur de me dégonfler et de ne jamais aller frapper chez lui. Alors je déverrouillai ma porte, jetai mon sac à l'intérieur sans même passer le seuil, et je me rendis à côté.

Ma main trembla lorsque je la levai pour frapper.

Mon cœur faillit se briser quand Holden ouvrit la porte, et son expression s'assombrit en voyant que c'était moi. Je ne voulais pas être la cause de sa douleur.

Il ferma les yeux.

— Je suis vraiment désolé, Lala. Je n'aurais jamais dû envoyer ce message, et je n'aurais jamais dû faire ce que j'ai fait au bar le week-end dernier. Je suis un enfoiré.

— Est-ce que je peux entrer pour discuter ?

Il hocha la tête et s'écarta pour que je puisse entrer.

J'avais l'impression que mon ventre était une bouteille de champagne qu'on aurait trop secouée, et j'avais peur de vomir partout dès que j'ouvrirais la bouche. Il me fallait quelque chose pour me calmer.

— Est-ce que tu as du vin ?

— À la cuisine.

Il fit un geste vers cette pièce, et je le suivis. Une bouteille fermée de mon pinot gris préféré se trouvait dans la porte de son frigo. Il retira le bouchon, avant de remplir un verre et de me le tendre. Après ça, il la reposa et s'appuya contre le comptoir.

— Tu ne te joins pas à moi ? demandai-je.

— Quand je suis près de toi, la dernière chose dont j'ai besoin, c'est de boire de l'alcool. Je me débrouille très bien pour tout foutre en l'air quand je suis sobre, répondit-il en baissant les yeux. Je suis vraiment désolé, Lala. Je n'avais aucun droit d'agir comme je l'ai fait samedi soir. Et je n'aurais jamais dû t'envoyer ce message pour tout décharger sur toi. Même si ce que j'ai dit est vrai, c'était égoïste de tout te balancer comme ça. Tu es fiancée à un autre homme, et je n'ai montré aucun respect envers cet engagement.

Il leva la tête et nos regards se croisèrent.

— J'ai vraiment mal agi. Est-ce que tu pourras me pardonner un jour ? Est-ce qu'on peut faire comme si je n'avais jamais envoyé ce message et redevenir amis ? Je sais que je l'ai déjà dit une dizaine de fois, mais je me comporterai bien si tu m'accordes une autre chance. Je ne veux pas te perdre, Lala.

Holden eut l'air blessé lorsque je ne répondis rien.

— S'il te plaît, ma belle, gémit-il. Je suis vraiment, vraiment désolé.

Mon cœur s'emballa lorsque je me demandai par où commencer.

— Dis-moi que je suis un connard, m'implora-t-il. Dis-moi que j'ai agi comme un idiot immature. Mais s'il te plaît, n'arrête pas de me parler. Je ne le supporterais pas, Lala. Dis quelque chose. N'importe quoi.

Je portai le vin à mes lèvres et avalai la moitié du verre, avant de prendre une grande inspiration.

— Je ne suis plus fiancée, Holden.

Il écarquilla les yeux.

— Quoi ? Qu'est-ce que tu as dit ?

— Je ne suis plus fiancée.

— Putain, lâcha-t-il en secouant la tête. Est-ce que c'est ma faute ? Est-ce que Warren a rompu à cause de ce que j'ai fait ?

— Non, ce n'est pas Warren qui l'a fait. C'est moi.

— Pourquoi ?

Je baissai les yeux pendant un long moment, avant de croiser de nouveau son regard.

— Parce que tout ce que tu as dit dans ce message... Je ressens la même chose, Holden. Je ne pense qu'à toi. Tu as dit que tu pensais à moi du matin au soir. Eh bien, c'est pareil pour moi, mais je n'arrive même pas à arrêter de penser à toi quand je dors. Je rêve de toi.

Je pris une autre grande inspiration.

— Et je fais des rêves... érotiques.

Holden me fixa attentivement.

— Tu n'es vraiment plus fiancée ?

Je secouai la tête et levai ma main sur laquelle la bague avait disparu.

Il l'observa un long moment avant de faire un pas vers moi.

— Tu n'es plus fiancée.

— Non, murmurai-je. Je suis très célibataire.

Il fit disparaître la distance entre nous et posa une main de chaque côté de mon corps sur le comptoir. Chaque terminaison nerveuse de mon corps s'éveilla. J'avais l'impression d'être parcourue par un courant électrique.

— Dis-moi ce que ça signifie pour nous, Lala. Dis-moi ce que tu veux de moi.

Je déglutis.

— Toi. Je te veux *toi*, Holden. De toutes les manières possibles. Je te veux en moi plus que je n'ai jamais rien désiré d'autre dans ma vie.

— Redis ça... La partie où tu me veux en toi.

Je peinai à respirer.

— Je te veux en moi.

— Rapproche-toi, m'ordonna-t-il d'une voix rauque. Dis-le-moi à l'oreille.

— Je te veux en moi, Holden, murmurai-je en m'approchant de lui.

Lorsque je m'écartai, il arbora un sourire espiègle. Il porta son pouce à ma bouche et traça les contours de mes lèvres.

— Est-ce que tu me veux ici ?

Je hochai la tête.

— Suce, lâcha-t-il en poussant son doigt à l'intérieur.

Je fermai les yeux et l'aspirai, fort.

Lorsque je les rouvris, Holden sortit son doigt de ma bouche et le fit descendre le long de mon menton, de ma gorge, et continua à descendre jusqu'à mon entrejambe.

Quand il arriva à destination, il glissa sa main sous ma jupe et frotta deux doigts sur ma culotte.

— Est-ce que tu me veux ici ?

Je hochai de nouveau la tête, haletante.

Ses yeux brillaient lorsqu'il fit avancer ses doigts vers l'arrière. Quand il s'arrêta au niveau de mes fesses, je paniquai un peu. Warren et moi n'avions encore jamais fait ça, mais j'avais envie de *tout* tenter avec Holden.

Son doigt appuya sur la raie de mes fesses par-dessus ma culotte.

— Et est-ce que tu me veux ici aussi ?

Je déglutis en acquiesçant.

— Je vais laisser des marques. *Partout*, déclara-t-il avec un sourire diabolique.

Oh, bon sang. J'avais aussi envie qu'il fasse ça. Là, tout de suite, j'étais presque sûre que j'accepterais tout ce qu'il proposerait.

Holden porta sa main à mon visage et la posa sur ma joue.

— Tu es sûre de toi ? Parce qu'une fois que je t'aurai touchée, je ne serai plus capable d'arrêter, trésor. Il faut que tu sois sûre de ce que tu veux.

Ma réponse fut d'écraser ma bouche sur la sienne. Holden se mit à rire contre mes lèvres.

— Je vais prendre ça pour un oui.

— Bordel, tais-toi et embrasse-moi.

Je me jetai à son cou et me hissai pour enrouler mes jambes autour de ses hanches.

— Oui, madame.

Il saisit ma taille et me souleva plus haut, tout en se mettant à marcher. Une fois dans sa chambre, il m'assit au bord du matelas et se mit à genoux, avant de reculer pour me regarder.

— Je ne me souviens pas d'un moment où je ne t'ai pas désirée, Laney Ellison.

— Je te veux aussi.

Cependant, lorsque je tendis la main vers lui, il l'attrapa et embrassa ma paume.

— J'ai besoin de te goûter d'abord, déclara-t-il. Je veux que tu sois trempée quand je me glisserai en toi.

Je retins mon souffle lorsqu'il remonta ma jupe et qu'il se pencha pour déposer un petit baiser sur ma culotte. Si je n'avais pas été submergée par le désir, j'aurais peut-être été gênée du fait qu'elle soit déjà trempée.

— Tu as dit que tu me voulais en toi, mais tu vas d'abord avoir ma langue.

Il passa ses pouces de chaque côté de mon sous-vêtement.

— Lève les fesses ou je l'arrache.

Je lui obéis, et il le baissa le long de mes jambes, avant d'écarter mes genoux.

— Ouvre tes jambes pour moi. Je veux te voir.

Mes genoux s'écartèrent sans honte, mais Holden les poussa davantage, et il lécha ses lèvres en regardant entre mes cuisses.

— Même ta chatte est belle. Rose, parfaite, et déjà tellement mouillée pour moi.

Holden leva ma cheville droite et la posa sur son épaule, avant de s'installer entre mes jambes. Son premier geste fut un bref contact de sa langue sur mon clitoris, et je faillis bondir du lit. J'avais l'impression qu'il avait touché un fil dénudé. Il me sourit avant d'aspirer mon clitoris dans sa bouche, et mes mains s'enfouirent dans ses cheveux en bataille.

— Oh, bon sang. Ne t'arrête pas.

Je le sentis sourire contre moi.

— Une bombe pourrait exploser que je ne serais pas capable de m'arrêter. Il n'y a pas de retour en arrière possible, trésor.

Il me lécha de haut en bas, sa langue magique s'enfonçant à l'intérieur pour m'explorer, avant de se reconcentrer sur mon clitoris lancinant. Il l'aspira de nouveau, tout en enfonçant un doigt en moi et en commençant à le bouger. Quand il ajouta un second doigt, je sentis mon corps se mettre à trembler. Tous les muscles de mes jambes se contractèrent au moment où mon orgasme monta.

— Oh, bon sang. Holden... haletai-je.

— Redis mon nom, bébé. Dis-le encore.

Il aspira plus fort, et ses doigts remuèrent plus vite.

— Holden !

J'étais déjà sur le point de jouir, et je tentai de reculer.

— Ralentis.

— Hors de question. Jouis dans ma bouche, trésor. Jouis partout sur mon visage.

Alors que ma tête voulait freiner un peu les choses, mon corps n'eut pas besoin qu'on lui dise deux fois. Je basculai en criant son nom, alors qu'il recourbait ses doigts en moi et atteignait un endroit qui fit trembler tout mon corps. Je n'avais encore jamais eu ce genre d'orgasme qui explosait tel un feu d'artifice.

Après ça, je m'effondrai sur le lit, encore haletante.

— Bordel...

Holden se releva et déboutonna son jean.

— Putain, j'ai hâte de sentir ça autour de mon sexe.

J'entendis le bruit de sa braguette, celui du tissu qui glissait sur ses jambes, puis celui d'un tiroir qui s'ouvrait et se refermait quelque part. J'avais toujours l'esprit embrumé et je ne pouvais pas vraiment me concentrer. Enfin... jusqu'à ce que son boxer disparaisse.

— Punaise, Holden. Tu es énorme.

C'était peut-être la première fois que cet homme arrogant parut un peu gêné. Pas étonnant qu'il soit si populaire parmi les femmes. Entre son apparence, cette langue talentueuse et l'érection imposante qui se balançait contre son ventre, j'avais l'impression d'être morte et d'être arrivée au paradis du sexe. Et comme si ce package musclé et tatoué n'était pas suffisant, la façon dont ses beaux yeux bleus m'observaient si intensément finit de me couper le souffle. Je ne m'étais jamais sentie si désirée.

— Holden, tu es vraiment parfait.

Il secoua la tête.

— Loin de là, mais je vais te faire ressentir des choses que tu n'as encore jamais ressenties.

Ce qui me faisait peur, c'était qu'il l'avait déjà fait. Et ce n'était pas parce qu'il m'avait offert un orgasme stupéfiant. C'était la façon dont il me faisait me sentir à l'intérieur. Plus vivante que jamais.

Il me porta pour me placer au centre du lit, avant d'y grimper à son tour. Il me chevaucha en plaçant un genou de chaque côté de mes hanches, et il utilisa ses dents pour ouvrir l'emballage du préservatif, avant de le dérouler sur lui.

J'avais pensé que les choses allaient continuer au même rythme effréné, mais cette fois-ci, Holden ne se précipita pas. Il se baissa sur moi, entrelaça nos doigts, et plaça mes mains au-dessus de ma tête avant de m'embrasser tendrement. Quand sa langue se glissa dans ma bouche, je pus me sentir, et je me rappelai que Warren était toujours allé à la salle de bain pour se brosser les dents après s'être occupé de moi. Cette façon de faire était bien plus érotique et intime. Évidemment, Holden savait aussi comment embrasser. Ses mouvements étaient assurés, avec juste la bonne dose d'agressivité.

Après un moment, il s'écarta pour me regarder dans les yeux lorsqu'il s'enfonça en moi. Les veines dans son cou se mirent à gonfler quand il commença ses va-et-vient.

— Putain. Tu es tellement mouillée et étroite. Si tu ne te détends pas un peu, ça va être très gênant pour moi.

Étant donné que j'étais au nirvana depuis son premier contact, je doutais que ce soit possible, mais j'essayai. Le fait qu'il m'embrasse à nouveau m'aida. Ses baisers étaient comme de la drogue. Ils me faisaient oublier où j'étais et tout ce qui se passait dans le monde autour de moi. Sans parler du fait que j'étais presque certaine qu'ils étaient aussi addictifs que certaines substances illégales.

Il sourit quand il se retira.

— Je ne pensais pas pouvoir te trouver encore plus belle, mais t'admirer quand je suis en toi est la chose la plus incroyable que j'aie jamais vue, déclara-t-il d'un air sérieux. Je veux te regarder jouir.

Holden était dur comme la pierre et appuyait à un endroit qui me faisait énormément d'effet, alors il n'allait pas devoir attendre longtemps pour obtenir ce qu'il voulait. Surtout quand il se mit à bouger plus vite. Ses mouvements doux devinrent intenses, et il s'enfonça plus profondément à chaque poussée. Mais ses yeux ne quittèrent pas les miens. La façon dont il me fixait me faisait me demander si je savais ce que je faisais, pourtant, je me demandais aussi comment j'avais pu accepter moins que cette sensation par le passé.

Il saisit un de mes genoux et le leva. Ce changement de position lui permit de me pénétrer encore plus profondément, et je gémis lorsque mes muscles se mirent à se contracter autour de lui.

— Holden...

Il serra les dents.

— Je suis là, ma belle.

Ses pupilles se dilatèrent, alors qu'il continuait à me fixer en s'enfonçant en moi.

Contrairement à toutes les fois où j'avais fait l'amour, mon orgasme ne prit pas son temps pour éclore. Il arriva comme un boulet de canon, me faisant contracter les orteils et enfoncer mes ongles dans la peau de son dos. Holden continua à bouger, me pénétrant férocement jusqu'à ce que mon corps abandonne et se relâche. Ensuite, il se glissa tout au fond de moi en gémissant, et jouit à son tour.

— Tu sais... la première fois que je me suis masturbée, c'était à cause de toi, lui confiai-je en jouant avec les poils fins de son torse.

— Ah oui? Raconte-moi.

J'étais installée sur Holden depuis que nous nous étions réveillés une heure plus tôt. Ma joue était posée sur sa poitrine, mais je me tournai et posai mon menton sur mon poing pour le regarder.

— Tu étais dans la piscine de notre jardin avec Nancy McDonald.

— Qui ça?

— Nancy McDonald.

Il haussa les épaules.

— Je ne crois pas me souvenir d'elle.

— Tu plaisantes? Tu as enfoncé ta langue dans sa gorge et tu ne te souviens pas d'elle?

— Elle ressemble à quoi?

— Elle était brune avec des cheveux longs et de gros seins. Elle portait un maillot de bain aux couleurs du drapeau américain. C'était un jour ou deux après le 4 juillet.

— Le maillot de bain me dit quelque chose, répondit-il en plissant les yeux.

Je secouai la tête.

— Je n'en reviens pas que tu ne te rappelles pas l'avoir embrassée alors que moi si.

— Je me souviens que *toi*, tu avais un maillot de bain avec des étoiles argentées dessus.

— C'est vrai. C'était mon premier bikini à ficelles. J'avais eu des maillots une pièce avant, mais jamais de bikini. J'avais convaincu ma mère de me l'acheter pour mon treizième anniversaire en lui rappelant que j'étais désormais une adolescente. Elle avait accepté à condition que je le porte uniquement dans notre jardin, me remémorai-je en souriant. Ça me convenait, puisque de toute façon, je voulais seulement le porter pour attirer ton attention.

— Oh, tu as parfaitement réussi. Mais revenons-en à ton histoire de masturbation. Je veux entendre comment tu as joui pour la première fois en pensant à moi.

— Tu as de la chance de t'être rattrapé en te rappelant mon maillot de bain, parce que j'envisageais de ne rien te raconter puisque tu te ne souvenais même pas de Nancy McDonald.

Holden embrassa mon front.

— Je ne me souviens que des choses importantes.

— Bref, pendant que tu étais occupé à embrasser Nancy dans la piscine, je t'observais depuis la fenêtre de ma chambre. La main dans mon pantalon, en train de m'occuper de moi.

— *Waouh !* Lala Ellison, quelle vilaine fille. Je ne savais pas que tu étais une voyeuse. Ma douce petite intello est légèrement flippante, à se toucher en observant les autres. J'aime ça.

Il me fit rire.

— J'ai passé la plupart du temps à imaginer que j'étais Nancy, alors je pense que c'était plus pour stimuler mon imagination, et pas vraiment pour me sentir excitée de vous regarder tous les deux ensemble. Donc ne t'emballe pas trop. Je suis presque sûre que c'est la chose la plus insolite que j'aie faite dans ma vie.

— On peut arranger ça, tu sais.

Je mordillai ma lèvre inférieure.

— Je sais que tu me taquines, mais ça ne me dérangerait pas d'explorer un peu plus ma sexualité avec toi.

— Ça peut se faire. À quoi tu penses ?

— Je ne sais pas. Rien de spécifique. Mais je n'ai pas beaucoup d'expérience, contrairement à toi, de toute évidence. Je te fais confiance, et je pense que ça pourrait être amusant d'essayer quelque chose d'un peu différent.

— Je suis partant. Mais tu devrais me donner une idée de ce qui serait nouveau pour toi.

— *Tout* serait nouveau pour moi, Holden. Je n'ai jamais rien fait d'extravagant.

— Tu as déjà été attachée ?

— Non, avouai-je en secouant la tête.

— Tu as déjà fait l'amour dans une voiture ?

— Non.

— Dans un lieu public ?

— Absolument pas.

— Soixante-neuf ?

Je secouai la tête.

— Sodomie ?

— Jamais.

L'alarme de mon téléphone nous interrompit en vibrant bruyamment. Je tendis la main vers la table de chevet pour l'éteindre et je regardai l'heure.

— Je n'en reviens pas qu'il soit déjà six heures trente. Il faut que j'aille au travail, déclarai-je en effleurant les lèvres de Holden avec les miennes. Je vais devoir passer à côté pour prendre une douche.

— Tu ne peux pas partir maintenant, répliqua-t-il en prenant ma main pour la glisser entre ses jambes. Regarde ce que tu as fait...

— Je ne t'ai même pas touché. Je pense que tu es juste constamment en érection.

— Tu n'as pas eu besoin de me toucher. Tu viens juste de me dire que je serais le premier à te faire découvrir le soixante-neuf *et* la sodomie. Évidemment que j'ai une érection.

Je me mis à rire.

— Je n'ai jamais dit que tu allais être le premier à me faire découvrir tout ça. J'ai dit que je ne les avais jamais faites.

Il me prit contre lui et nous retourna, de sorte à se retrouver allongé sur moi.

— Oh, je vais être ton premier pour beaucoup de choses, trésor.

— On devra en discuter plus tard, parce que je dois vraiment aller au travail.

— Et mon érection ?

Je déposai un baiser sur ses lèvres en souriant.

— Tu n'auras qu'à faire ce que j'ai fait quand tu étais avec Nancy McDonald.

— Et si je prenais une douche avec toi ? proposa-t-il en faisant la moue.

Je remuai sous lui et parvins à sortir du lit.

— Ça me mettrait en retard.

— On peut se voir plus tard alors ? Après le travail ? On pourrait commander à manger et manger nus.

Je souris et me penchai pour l'embrasser.

— D'accord.

Holden m'observa ramasser mes vêtements par terre et m'habiller, puis il m'arrêta au moment où je me dirigeais vers la porte.

— Lala ?

— Oui ?

— Puisque tu m'abandonnes avant la fin de notre conversation, tu devras apporter une liste de choses à faire au lit quand tu rentreras ce soir.

— Une liste de choses à faire au lit ?

— Exactement. Je veux la liste de tout ce qui t'a toujours fait fantasmer.

Je n'arrivais pas à croire que je faisais ça. J'avais triché en cherchant *liste d'envies sexuelles* sur Google pour trouver quelques idées, puis j'avais parcouru les suggestions les unes après les autres en écrivant celles qui avaient du potentiel selon moi.

En regardant le dernier point de ma liste, j'écrivis *sexe en public*, puis mordillai le bout de mon stylo. *Est-ce que je serais capable de le faire ?*

Trop de personnes pourraient filmer.

Est-ce que c'est prudent de faire ça, d'ailleurs ?

J'en doute.

Mais bon sang... je devais bien admettre qu'imaginer faire ça dans un lieu public avec Holden était plutôt tentant. Là encore, imaginer coucher avec Holden *n'importe où* me donnait des frissons. Alors j'ajoutai un grand point d'interrogation après cette phrase sur ma liste.

Et un plan à trois ?

Avec une autre fille ?

Pas question. Je ne pouvais pas partager Holden.

Et avec un autre homme ?

Pour quoi faire ? Holden était largement suffisant.

Utiliser des sextoys ?

Bien sûr. Pourquoi pas ? J'en avais déjà quelques-uns, mais Warren et moi n'avions jamais tenté ce genre de choses ensemble. J'étais prête à parier que ce serait sexy si Holden en utilisait un sur moi.

Masturbation mutuelle ?

Celui-ci alla directement sur ma liste. Rien qu'imaginer Holden se caresser pendant que je le regardais me fit remuer sur ma chaise.

Être dominée par son partenaire ?

Je pense que ça pourrait me plaire aussi.

J'avais déjà remarqué que Holden avait un côté dominant au lit, ce que j'adorais. Et parce que je lui faisais déjà confiance, l'idée de me soumettre ne me faisait pas peur. Ça m'excitait un peu. Toutefois, j'avais beaucoup de travail à faire aujourd'hui, et rédiger cette liste m'avait empêchée de me concentrer. Alors avant de me forcer à me consacrer à mon job, j'envoyai un message à l'homme responsable de cette distraction.

Lala : Cette liste était une mauvaise idée.

Mon téléphone vibra aussitôt pour m'avertir d'une réponse.

Holden : La liste des choses à faire au lit ?

Lala : Oui. J'ai une tonne de choses à faire, et maintenant je suis complètement distraite parce que je pense à ce que j'ai écrit.

Holden : C'est quoi le dernier point de ta liste ?

La dernière chose que j'avais écrite était la moins risquée, alors j'hésitai, mais je finis par me jeter à l'eau. J'avais passé vingt-huit ans à être prudente. Il était temps que je vive un peu plus dangereusement.

Lala : Être dominée par son partenaire.

Les points de suspension s'agitèrent, avant de disparaître. Une minute plus tard, ils réapparurent et un message finit par arriver.

Holden : Ta pause déjeuner est à quelle heure ?

CHAPITRE 18

Holden

Par où commencer…

Par où commencer…

J'avais l'impression d'être un homme affamé devant un buffet à volonté.

J'avais envie de faire tellement de choses avec Lala, et c'était comme si je n'arrivais pas à me contenir. Nous nous étions quittés seulement le matin, mais j'avais déjà envie de la revoir. Je ne pouvais pas patienter jusqu'à ce soir. Pour ma défense, j'avais attendu très longtemps que ce moment arrive.

Elle finit par répondre à mon message.

Lala : Je vais déjeuner dans une heure.

Mon sexe tressaillit. J'avais toujours eu un très grand appétit sexuel, mais à présent, j'avais l'impression d'être sous stéroïdes.

Holden : Parfait. Je viens te rejoindre.

Lala : D'accord. Tu veux aller quelque part en particulier ?

Holden : Je te laisse choisir.

Lala : On est censés faire ça où ?

Holden : Oh, Lala, tu n'imagines pas à quel point je peux être inventif.

Lala : OMG.

Je m'arrêtai rapidement à la pharmacie avant d'aller au travail de Lala.

Quelques minutes après l'avoir prévenue par message que j'étais arrivé, elle passa les portes tournantes de son immeuble. Je l'embrassai juste là, sur le trottoir, devant la foule présente à l'heure du déjeuner. Je me fichais d'avoir un public. J'avais attendu bien trop longtemps de pouvoir vivre ça pour m'en soucier.

Quand je la relâchai, je pris sa main et ouvris la voie.

Le vent soufflait dans ses boucles blondes et l'excitation brillait dans ses yeux.

— On va où ?

— En fait, on va dans mon van, révélai-je avec un sourire en coin.

— Tu veux qu'on s'envoie en l'air dans ton van ? Et si un de mes collègues nous voyait ?

— Ne t'en fais pas, ça n'arrivera pas.

Nous arrivâmes au garage où j'avais garé mon véhicule, dont les vitres étaient désormais opaques.

Elle y jeta un coup d'œil.

— Je ne vais même pas te demander pourquoi tu as ces couvre-fenêtres à portée de main.

— Il ne vaut mieux pas.

— L'homme au van flippant, me taquina-t-elle.

— Coupable, répondis-je en levant la main. Bienvenue du côté obscur, Lala.

— En revanche, tu es le type au van flippant le plus sexy j'aie jamais vu. Je suis presque sûre que les femmes se porteraient volontaires pour que tu les kidnappes.

— La flatterie vous mènera loin, mademoiselle Ellison.

Je l'appuyai contre le véhicule, me collai à elle et enfouis mon visage dans son cou.

— Tu m'as sacrément manqué.

— Ça ne fait que quelques heures, mais cette matinée a été une vraie torture, tu ne trouves pas ? demanda-t-elle en laissant tomber sa tête en arrière et en fermant les yeux.

Elle poussa un soupir satisfait alors que j'aspirai sa peau.

Je la guidai à l'arrière du van, que j'avais nettoyé, et Lala retira sa veste.

— Au fait, j'ai déjà mangé puisque je me doutais qu'on ferait autre chose pendant cette pause déjeuner, déclarat-elle.

— Oh, mais si, on va manger, crois-moi. D'ailleurs, enlève ton pantalon et écarte ces jolies jambes pour moi.

Elle m'obéit rapidement avant de retirer sa culotte, et elle se retrouva nue à partir de la taille. Ensuite, ce fut au tour de son T-shirt de disparaître, la laissant seulement vêtue de son soutien-gorge en dentelle.

Je passai ma langue sur son clitoris dans des mouvements circulaires, lents, mais intenses, avant de me diriger plus bas jusqu'à ce que ma langue arrive à son anus, léchant autour, puis le long de la raie de ses fesses. Sa respiration s'accéléra.

Je ne savais pas vraiment si c'était une bonne ou une mauvaise chose, alors je m'arrêtai.

— Je sais que tu n'as jamais testé le sexe anal, mais est-ce que quelqu'un t'a déjà fait ça ?

— Non.

— Tu veux que je continue ?

— Oui, haleta-t-elle. S'il te plaît. C'était agréable.

Pratiquement tremblant de désir, je me mis à explorer ses fesses avec ma langue, faisant de petits va-et-vient dans son petit anus étroit et parfait.

Ses jambes s'agitèrent. Incapable de me retenir plus longtemps, je me levai et sortis le préservatif de ma poche.

— Dis-moi ce que tu veux, ordonnai-je d'une voix rauque.

— Je crois que... hésita-t-elle.

— Quoi donc, Lala ?

— Je veux essayer la sodomie.

— Maintenant ?

— Oui. Ce que tu viens de faire m'a donné envie.

Putain, oui.

— Je te préviens juste que si on fait ça, je ne vais pas tenir longtemps.

— Ce n'est rien. J'ai l'impression que je pourrais jouir à tout moment, de toute façon.

Bon, très bien, alors. Je pris une grande inspiration pour réfléchir à comment j'allais m'y prendre. *Elle n'a jamais fait ça, donc je ne peux pas y aller brusquement.* Il fallait que je m'y prenne doucement et que je m'assure de ne pas lui faire mal. Ce qui me rappelait aussi...

— Je veux que tu saches que j'ai eu rendez-vous chez le médecin et que je me suis fait tester pour tout il y a deux semaines. Ce sera sûrement plus agréable pour toi si je ne me protège pas, mais je ne sais pas ce que tu en penses. Tu me laisserais le faire ?

— Oui, je te fais confiance, répondit-elle après un moment.

Super.

— Merci.

Il n'y avait pas de mot pour décrire à quel point j'étais excité par ce que j'étais sur le point de faire. Je jetai le préservatif sur le côté, sans me rendre compte de la chance que j'avais. Je récupérai sur le siège avant un tube de lubrifiant que j'avais acheté *juste au cas où*.

— Je suis venu préparé. Et non, je ne garde pas de lubrifiant dans mon van flippant, ajoutai-je en riant. J'ai fait un petit détour à la pharmacie ce matin pour être prêt à toute éventualité.

Elle leva les yeux vers moi, allongée sur le dos, et elle me sourit en attendant la suite. J'ouvris le lubrifiant et j'en fis sortir un peu avant d'utiliser mon majeur pour explorer son anus. Je le fis glisser à l'intérieur jusqu'à l'enfoncer totalement.

— C'est comment ? murmurai-je.

— Bon.

— Tu veux que j'en mette un deuxième ?

— Oui, murmura-t-elle en mordillant sa lèvre.

Pendant que j'insérais lentement un autre doigt en elle, j'utilisai mon autre main pour caresser son clitoris. Mes doigts étaient à présent complètement enfoncés en elle. Elle était encore si serrée que je n'étais pas sûr que mon sexe allait entrer facilement. Il n'y avait qu'une façon de le découvrir.

— Tu te sens prête pour moi ? l'interrogeai-je.

— Oui.

— Écarte encore plus tes jambes. Je veux que tu te touches pendant que je prends ton joli cul.

Lala commença à masser son clitoris, tandis que je descendais mon pantalon. Je saisis mon membre rigide et effectuai quelques va-et-vient, prêt à jouir rien qu'à l'idée de ce que j'étais sur le point de faire.

— Dis-moi si je te fais mal, d'accord ? Je m'arrêterai.

— D'accord, souffla-t-elle.

Je pris du lubrifiant dans ma main et l'étalai sur mon érection. Je plaçai ensuite mon gland contre son anus, dessinai de petits cercles pendant un moment, avant de tenter de la pénétrer. J'entrai centimètre par centimètre, en avançant de plus en plus profondément. Il me fallut plusieurs minutes avant d'être à moitié en elle. Je faisais des mouvements lents et contrôlés, non seulement parce que j'avais peur de lui faire mal, mais aussi parce que je risquais de craquer à tout moment.

— Tu es tellement étroite... gémis-je. Ça te va si j'essaie d'aller plus loin ?

Elle hocha la tête entre deux halètements.

— Oui, c'est agréable.

Lala plia davantage les jambes et remonta ses fesses pour me donner un meilleur accès. Je finis par m'enfoncer entièrement et par bouger librement.

— Je n'ai jamais ressenti quelque chose comme ça, marmonnai-je.

C'était la vérité.

— Tu peux aller plus vite... m'informa-t-elle.

J'essayais d'y aller doucement et elle en voulait plus ? Je n'étais pas sûr de pouvoir gérer ça.

— Quand je jouirai en toi, Lala, je veux que tu penses au fait que tu es à moi et rien qu'à moi, trésor. Compris ?

— Mmmh mmmh.

Elle se contracta autour de moi un instant, me faisant presque jouir sur-le-champ.

— Dis-moi quand tu es prête, repris-je en remuant à présent avec facilité.

Je continuai à la pénétrer lentement, et lorsque mes yeux ne se révulsaient pas sous l'effet du plaisir, ils observaient l'endroit où j'entrais et sortais d'elle, ce qui était la chose la plus excitante qu'il m'ait été donné de voir.

Quelques minutes plus tard, elle se mit à se caresser plus vite.

— Jouis en moi, Holden. Je suis prête.

Ses paroles eurent raison de moi. Je m'enfonçai une dernière fois profondément en elle, mes testicules frappant contre elle lorsque j'explosai, l'emplissant de mon sperme chaud, avant de faire quelques va-et-vient jusqu'à ce qu'il ne reste plus rien. *Bon sang. Qu'est-ce qui vient de se passer? C'était phénoménal.* Une fois que nous fûmes redescendus, je posai ma tête sur sa poitrine.

— J'ai presque peur que tu te retires, déclara-t-elle, son corps tremblant quand elle se mit à rire.

— Ne t'inquiète pas, je te nettoierai correctement avant que tu y retournes.

— Je ne suis pas sûre que tu puisses faire grand-chose. Je vais sûrement devoir passer une demi-heure dans les toilettes du bureau, plaisanta-t-elle.

— Oui, désolé. Je comprends.

Je déposai un baiser sur son front.

— Ne t'excuse pas, c'était génial. Surtout quand tu as joui.

— Le mot génial ne suffit même pas pour décrire ce que j'ai ressenti, ma belle, l'informai-je en passant mon pouce sur ses lèvres. Merci de me faire confiance.

Je me retirai lentement, avant de me redresser et de sortir la serviette de toilette que j'avais mise dans mon sac en sachant qu'elle en aurait besoin. Je la lui tendis. Après qu'elle s'était nettoyée − autant qu'il était possible de le faire à l'arrière d'un van −, je jetai un coup d'œil à mon téléphone.

— Il nous reste environ quinze minutes avant que tu y retournes. Tu as dit que tu avais déjà mangé, mais est-ce que tu veux une glace ou autre chose?

— Sodomie et glace? lança-t-elle en éclatant de rire. Quel homme romantique!

— Que veux-tu que je te dise? C'est totalement moi.

Je la coinçai sous mon corps pour la chatouiller.

— C'est comme ça que ça se passe dans le van flippant à l'heure du déjeuner, ma belle.

Lala passa chez moi directement en rentrant du travail, et nous fîmes l'amour plusieurs fois ce soir-là.

Ça pouvait paraître beaucoup, mais si on prenait en compte nos longues semaines de préliminaires, nous rattrapions seulement le temps perdu.

Il était plus de vingt-et-une heures quand nous finîmes par sortir de mon lit pour aller à la cuisine, afin que je puisse trouver quelque chose à nous faire à manger.

Lala s'appuya contre le comptoir pendant que je regardais dans le frigo.

— Tu as rayé trois points de ma liste aujourd'hui, m'informa-t-elle.

— Voyons voir… anulingus, sodomie, et faire l'amour dans une voiture, c'est ça?

— Oui, confirma-t-elle en gloussant.

— Pas mal pour un jour de semaine, hein?

Je lui fis un clin d'œil.

— Tu es une vraie machine, Holden, soupira-t-elle.

Puis son ton changea.

— Sinon… je voulais te dire quelque chose.

Je fermai le frigo et me tournai vers elle pour lui accorder toute mon attention.

— Quoi donc?

— Même si je t'ai dit que j'étais prête à *tout* avec toi, il y a une chose que je ne souhaite pas faire, révéla-t-elle en jouant avec ses mains.

— D'accord... Je t'écoute.

— Je sais que je peux paraître enthousiaste, curieuse et tout ça, mais je veux que tu saches que je ne serai *jamais* d'accord pour te partager. Alors je n'accepte pas les plans à trois.

Je ne pus m'empêcher de sourire en m'approchant d'elle pour poser mes mains sur ses fesses.

— Tu es tellement drôle.

— Pourquoi ?

— Parce que je n'arrive même pas à penser à quelqu'un d'autre en ce moment, alors j'envisage encore moins d'inviter une autre personne dans notre lit, Lala. Je ne voudrai jamais te partager, que ce soit avec un homme ou une femme. Imaginer quelqu'un d'autre te toucher me rend malade. Tu es la seule fille qui me fait ressentir ça, avouai-je en embrassant son nez. De toute façon, j'ai une règle en matière de plan à trois.

— Laquelle ?

— Je n'attendrais jamais d'une femme qu'elle me partage si je ne peux pas moi-même la partager. Il faut que ça aille dans les deux sens. Et en aucun cas je ne voudrais te partager.

— Depuis combien de temps tu as cette règle ?

— Je viens de l'inventer, répondis-je avec un sourire en coin.

Elle frappa mon torse. Nos regards se croisèrent, puis elle reprit un air sérieux.

— À quoi tu penses, trésor ? demandai-je en l'attirant à moi.

Elle leva les yeux vers moi.

— J'ai envie que ce sentiment d'insouciance ne disparaisse jamais. Vivons au jour le jour sans s'inquiéter de là où on va. Je ne suis pas prête à définir ce qu'on est en train de vivre.

— On n'a pas besoin de définir quoi que ce soit pour l'instant, la rassurai-je, même si je m'inquiétais déjà de ce qui allait se passer quand son projet de recherche serait terminé. On devra évidemment y réfléchir à la fin de ton contrat, mais pas aujourd'hui.

— Oui, je ne peux pas y penser maintenant, insista-t-elle en fronçant les sourcils.

— Alors ne le fais pas.

Je finis par faire un tour au supermarché, puisqu'il n'y avait plus grand-chose dans mon frigo. Notre repas fut composé de poulet rôti, de purée instantanée et de brocolis à la vapeur. Ce n'était pas extraordinaire, mais c'était mangeable, et Lala dévora le contenu de son assiette.

— Je devrais rentrer chez moi pour ne pas te réveiller quand j'irai au travail demain matin, déclara-t-elle alors que nous étions en train de discuter dans la cuisine autour d'un verre de vin.

Je posai mon verre.

— Reste avec moi. Je te promets que je te laisserai dormir.

— Je ne sais pas si je peux te croire, répliqua-t-elle en plantant son doigt dans mon torse.

Mon sexe durcit. Bon sang, tout ce qu'elle avait à faire, c'était d'enfoncer son index dans ma poitrine pour que je sois prêt à m'enfoncer en elle. Elle avait raison. Elle ne dormirait pas si elle passait la nuit ici. J'étais faible.

Pourtant, je persistai.

— Qu'est-ce que je dois faire pour te convaincre de rester ?

Juste à ce moment-là, quelqu'un frappa à la porte. Sans réfléchir, j'ouvris sans regarder qui c'était. *Mauvaise idée.* Il s'agissait d'une blonde que je reconnaissais vaguement. *Merde.*

— Salut, Holden. Je t'en supplie, dis-moi que tu te souviens de moi, lança-t-elle en souriant.

Elle s'appelait Piper, si mes souvenirs étaient bons. J'avais couché une fois avec elle plus tôt dans l'année. Ça n'annonce rien de bon. Pourquoi elle est là ?

— Alors ? Tu te rappelles ? insista-t-elle.

J'ignorai sa question.

— Qu'est-ce que tu fais là ?

— Je sais que ça fait un moment depuis le soir où on a passé du temps ensemble après ton concert. J'étais dans le coin et ça m'a fait penser à toi. Je me suis dit que j'allais tenter ma chance et passer te dire bonjour.

Elle regarda par-dessus mon épaule en direction de Lala, qui avait posé sa main sur son ventre, comme si elle était à deux doigts de vomir.

La fille rougit.

— Oh... mince. Je suis désolée. Je ne voulais pas vous interrompre.

— Oui, je ne veux pas être méchant, mais je...

— Bon... je vois, m'interrompit-elle en secouant la tête, avant de reculer. Oublie que je suis passée.

Piper (si mes souvenirs étaient corrects) fit demi-tour et s'éloigna dans le couloir.

Mais le mal était fait. Si je ne me sentais pas aussi mal pour Lala, j'aurais peut-être culpabilisé d'avoir été aussi froid avec quelqu'un qui ne le méritait vraiment pas. Toutefois, seule Lala m'importait à l'heure actuelle. Je jetai un coup d'œil dans sa direction, en me sentant comme une merde.

Je me raclai la gorge.

— C'était... quelqu'un que je n'avais pas vu depuis six mois... bien avant que tu emménages ici. Je...

Elle s'empourpra de plus en plus.

— Ce n'est rien. Tu n'as pas à t'expliquer.

— Tu es sûre? Parce que je peux voir sur ton visage que ça ne va pas, ce qui me dit que je *dois* m'expliquer.

Voilà que des plaques apparaissaient dans son cou. *Super*.

Elle haussa les épaules.

— Enfin, ça se passe d'explications, non? Bien sûr que je *sais* ce qu'elle cherchait en venant ici.

— Peut-être, admis-je. Mais je me fiche de tout ça. Elle n'est qu'un fantôme du passé.

J'avais beau essayer d'apaiser la situation, ça craignait quand même et ça n'aidait pas ma cause. Mon passé de coureur de jupons était déjà suffisamment dur à oublier sans qu'il vienne en plus frapper à ma porte, au sens propre.

— Dis-moi ce que tu ressens, Lala. Ne garde pas ça pour toi. Si tu ne me fais pas confiance, dis-le-moi.

— Ce n'est pas ça, affirma-t-elle en poussant un grand soupir. C'est juste que ça me rend furieuse de t'imaginer avec d'autres femmes, même si c'est une partie de ta vie que je ne peux pas effacer.

J'arquai un sourcil en l'approchant lentement.

— Furieuse, hein? Et si tu déversais ta colère sur moi?

Lala m'observa un moment en haletant, avant de soulever mon T-shirt et d'enfoncer ses ongles dans mon torse.

— J'ai l'impression que c'est à moi.

Mon sexe se dressa. *C'est tellement excitant.*

— Alors prends ce qui est à toi, lui ordonnai-je.

Ses yeux s'emplirent de désir lorsqu'elle fixa mon corps. J'ignorais où tout ça allait nous mener. Puis Lala tomba à genoux et descendit ma braguette.

Putain, oui. J'adorais la version de Lala en colère.

Elle se mit à caresser mon érection, avant de me prendre aussi profondément que possible dans sa bouche. Elle faillit avoir un haut-le-cœur, alors elle recula avant de me reprendre jusqu'à sa gorge. Elle me revendiquait avec sa bouche. Inutile de dire que je jouis fort et vite, et elle avala jusqu'à la dernière goutte de mon sperme.

Lala lécha ses lèvres en se relevant.

— Waouh, lâchai-je en peinant à reprendre ma respiration.

— Voilà ce qui t'arrivera si d'autres filles se pointent ici.

— Une fellation agressive ? Je vais peut-être leur demander de faire la queue alors.

Elle rit, tandis que je posais mes mains sur ses joues. J'écrasai ensuite mes lèvres sur les siennes, et je pus me sentir sur sa langue lorsque nous nous embrassâmes passionnément. Je la soulevai et elle enroula ses jambes autour de moi, puis je gémis dans sa bouche en me disant que Laney Ellison allait avoir ma peau.

Même si nous avions retardé le moment, Lala insista pour rentrer chez elle ce soir-là. Elle me manqua, et je me sentais toujours mal que Piper (Petra ?) soit passée. Même si Lala avait géré la situation comme une championne, j'étais certain que ça lui rappelait toutes les raisons pour lesquelles elle devrait se méfier de moi. Elle avait sûrement dû en conclure que tout ça était une mauvaise idée une fois que son esprit n'était plus embrumé par le sexe. Qui savait quand ça allait arriver ? Oui, elle avait rompu ses fiançailles avec Warren, mais tout semblait trop beau pour être vrai. J'avais aussi le sentiment que son ex-fiancé n'allait pas abandonner sans se battre.

L'idée qu'il revienne pour lui faire entendre raison me hantait.

Le lendemain matin, Owen passa chez moi avant d'aller travailler.

— Comment avance la recherche pour le sex-club? demandai-je en me servant un café.

— On n'a toujours pas trouvé l'endroit parfait.

— Je pense que tu devrais demander une réduction sur les frais d'adhésion une fois que ce sera prêt.

— Je ne m'y inscrirai pas.

— Allez! Ça ne te fera pas de mal. À quand remonte la dernière fois qu'il y a eu un peu d'action de ce côté-là?

— Pourquoi j'ai l'impression que tu me demandes ça pour éviter de devoir parler de ce que tu as fait dernièrement? Tu as été bien silencieux, alors je sais que c'est synonyme d'ennuis.

Même si je ne voulais rien avouer à Owen, j'étais content qu'il soit passé, parce que j'avais besoin de ses conseils.

— Qu'est-ce que tu as fait, Holden? m'interrogea-t-il comme s'il pouvait lire dans mes pensées.

J'arquai un sourcil.

— Tu es sûr que tu veux savoir?

Il plissa les yeux.

— Tu as couché avec Lala, c'est ça?

— Avant que tu t'en prennes à moi, sache qu'elle a rompu ses fiançailles.

— Sérieusement? demanda-t-il, bouche bée.

— Oui.

— Tu as une queue puissante, Catalano, plaisanta-t-il.

— Juste pour clarifier les choses, elle a rompu ses fiançailles *avant* qu'on couche ensemble.

— D'accord... répondit-il en secouant la tête. Je ne

veux pas connaître les détails – épargne-moi ça –, mais pourquoi tu n'as pas l'air d'aller bien ? Ce n'est pas ce que tu voulais ?

— Laisse-moi te poser une question. Et sois honnête avec moi.

— OK.

Il tira une chaise, s'installa et croisa les bras.

— Est-ce que tu penses qu'elle pourrait être en train de m'utiliser seulement pour le sexe sans s'en rendre compte ?

Il gratta son menton un moment.

— Impossible de répondre à cette question. Mais il n'y a aucun doute sur le fait que ce que tu lui donnes ne ressemble à rien de ce qu'elle a eu avant. Je suis sûr que la nouveauté et l'excitation font partie de son intérêt. Et je ne peux pas te promettre que ça ne va pas s'estomper. Honnêtement, Holden, je pense que ce qui se passera ensuite va dépendre de *toi*, pas d'elle.

— Comment ça ?

— On sait désormais ce que Lala recherche. Elle veut une vie sexuelle excitante, mais aussi un homme de confiance sur lequel elle peut se reposer. En gros, elle veut la totale, et qui peut lui en vouloir ? Mais est-ce que tu seras capable de lui offrir une vie stable ? Enfin, l'excitation va sûrement s'estomper pour toi aussi à un moment donné.

J'espérais vraiment que ce ne serait pas le cas. Je ne pouvais pas l'imaginer.

— Il se passera quoi ensuite, Holden ? Je pense que c'est ça la plus grande question. Elle partira sûrement si tu ne vaux pas la peine de rester.

— Je vois... soupirai-je.

— Est-ce que tu peux être le genre d'homme dont Lala a besoin sur le long terme ? C'est ce qu'il faut te demander. Et si la réponse est oui, tu as beaucoup d'efforts à faire pour le prouver. Je ne pense pas que quelqu'un serait prêt à parier que tu peux être un partenaire fiable. Ton passé n'est pas très glorieux. Mais j'espère que tu nous prouveras qu'on a tort.

CHAPITRE 19

Lala

Mon sourire s'évanouit en voyant le nom qui apparut sur mon téléphone.

Warren.

J'avais pensé que ce serait Holden, puisque nous nous étions envoyé des messages érotiques toute la matinée. J'hésitai à décrocher, mais je me sentais coupable d'avoir rompu une semaine et demie plus tôt et d'avoir couru directement dans le lit d'un autre homme. J'avais l'impression que le moins que je puisse faire, c'était d'agir en adulte et de communiquer.

Alors j'acceptai l'appel.

— Salut, Warren.

— Salut, Laney.

Il resta silencieux pendant quelques secondes.

— Ça ne te dérange pas ? Enfin, est-ce que j'ai le droit de t'appeler ?

Mon cœur se serra.

— Bien sûr. Pourquoi tu n'aurais pas le droit ?

— Je ne sais pas, soupira-t-il. C'est tout nouveau pour moi et je ne sais pas vraiment quoi faire.

— Eh bien, je suis désolée si je t'ai donné l'impression que tu ne pouvais pas m'appeler. Comment tu vas ?

Il garda de nouveau le silence.

— Peut-être qu'on peut parler du travail ou d'autre chose. Je ne veux pas commencer sur une note négative.

— D'accord, si tu veux. Comment ça se passe pour toi ?

— Plutôt bien. J'ai beaucoup travaillé pour rester occupé, et cette semaine, j'ai fait de sérieux progrès sur les cellules immunitaires que j'étudie. Celles de donneurs sains que j'utilise pour cibler les cellules cancéreuses des patients en stade deux et trois.

— Oh, waouh. Félicitations. Dis-m'en plus.

Pendant les vingt minutes suivantes, Warren m'expliqua comment il se servait des lymphocytes T gamma pour favoriser l'évolution du cancer en inhibant les réponses antitumorales. Notre conversation commença presque à sembler normale, comme si nous pouvions peut-être être amis sans que ce soit gênant, jusqu'à ce qu'un moment de silence se fasse et qu'il se racle la gorge.

— Combien de temps, Laney ? Une semaine, un mois, un an ?

Je ne savais pas vraiment de quoi il parlait étant donné que dix secondes plus tôt, nous discutions du fait que ses dernières recherches pourraient un jour mener à un essai clinique.

— Combien de temps pour quoi ?

— Tu as dit que tu avais besoin de faire une pause, de vivre en tant que femme célibataire, mais je ne sais pas ce que ça veut dire. Est-ce qu'on parle juste de quelques semaines ou est-ce qu'il te faut plus de temps ?

Mon ventre se noua.

— Je ne sais pas, Warren. Je suis désolée de ne pas pouvoir être plus précise, mais je suis perdue, et je trouvais ça injuste de continuer à laisser les choses évoluer sur la même voie alors que je n'étais pas prête à aller là où nous nous dirigions.

— Je sais que je n'ai pas été le partenaire idéal. Je travaille trop et je n'ai pas été assez attentif. J'ai pris notre relation pour acquise.

Je secouai la tête.

— Non, Warren, ce n'est pas du tout ta faute. J'étais sérieuse quand je t'ai dit que tu n'avais rien fait de mal. C'est totalement personnel. Tu as toujours été un très bon petit ami.

— J'aurais dû m'installer à New York avec toi, reprit-il d'une voix tendue. J'aurais pu prendre un congé et te montrer que ton travail et toi représentiez plus pour moi que de rester ici.

— Warren, non. Ce qui s'est passé entre nous n'est pas ta faute. Si tu avais proposé de venir à New York, je ne t'aurais pas laissé faire. Ton travail est très important, et notre relation aurait dû être capable de résister à quelques mois de séparation physique. Notre situation actuelle n'a rien à voir avec New York, je t'assure. Je pense que parfois, on emprunte un chemin et on continue à le suivre sans vraiment réfléchir à la destination. On s'installe dans une routine agréable et on s'en contente. Être ici m'a juste permis de m'arrêter et de me poser des questions sur moi-même.

— J'adorais notre routine, et je sais sans aucun doute que la destination vers laquelle nous nous dirigions est celle que je désire, Laney. Je t'épouserais demain si ça pouvait te rendre heureuse.

J'eus l'impression de recevoir un coup en pleine poitrine, mais c'était ce que je méritais. Je m'étais engagée envers lui, je lui avais dit que je ressentais la même chose, puis je lui avais coupé l'herbe sous le pied sans prévenir.

— Je suis désolée, Warren. Je suis désolée de te faire souffrir.

— Ne le sois pas. Prends juste le temps qu'il te faut et reviens-moi. Je t'attendrai. Tu ne portes plus mon anneau, mais ça ne veut pas dire que mon cœur n'est pas avec toi. Je te resterai fidèle, mon amour.

Oh, bon sang. Je posai ma main sur mon ventre en me sentant un peu nauséeuse. Je ne savais pas quoi répondre, alors je ne dis rien.

Warren finit par briser le silence.

— Je vais te laisser.

— Merci de m'avoir appelée, Warren. J'espère que tout continuera à bien se passer au travail.

— Au revoir, Laney.

Je baissai mon téléphone et j'étais sur le point de raccrocher lorsque j'entendis Warren crier.

— Attends, Laney !

Je repris mon portable à l'oreille.

— Oui ?

— Tu me dirais s'il y avait un autre homme, n'est-ce pas ? Est-ce qu'il y *a* quelqu'un d'autre ?

Prise au dépourvu, je paniquai.

— Non. Non, Warren, il n'y a personne d'autre.

— Salut, toi, lança Billie en souriant.

Je regardais droit devant moi en passant devant le salon de tatouage, et je ne l'avais pas vue sortir au même moment, à seulement quelques mètres de moi.

— Oh, salut, Billie, répondis-je en clignant des paupières.

— Je ne savais pas si tu m'avais vue. Tu avais l'air perdue dans tes pensées.

Je tentai de sourire.

— Je suis juste fatiguée.

Elle remua ses sourcils.

— J'ai entendu dire que tu ne dormais pas beaucoup ces derniers temps, plaisanta-t-elle. Désolée, les garçons ne savent pas garder un secret. Mais j'aurais peut-être dû attendre que tu me parles de Holden et toi avant de faire des blagues à ce sujet.

Je secouai la tête.

— Ce n'est rien. Je voulais venir t'en parler.

— Quel est le problème ? demanda-t-elle en plissant les yeux.

— Il n'y en a pas.

Billie posa ses mains sur ses hanches.

— Je vais lui botter le cul s'il t'a déjà contrariée.

— Holden n'a rien fait de mal, je te le promets, la rassurai-je en riant sans grande conviction.

— Alors qu'est-ce qui se passe ? Je vois bien que quelque chose ne va pas à ton sourire. Tes lèvres s'étirent, mais le reste de ton visage ne suit pas. D'habitude, tout ton visage s'éclaire.

Je pris une grande inspiration, avant d'expirer.

— Warren m'a appelée aujourd'hui.

— Mince. Je ne peux rien boire, mais on dirait qu'au moins l'une d'entre nous aura besoin de vin pour avoir cette conversation, déclara-t-elle en caressant son ventre arrondi. Un nouveau café vient d'ouvrir à deux rues d'ici. On y trouve de l'alcool et des desserts. Ça te dit qu'on aille te chercher un verre, ainsi qu'un sundae pour ce petit garçon ou cette petite fille ?

— Avec plaisir. Sauf que je vais peut-être avoir besoin de vin *et* d'un dessert.

Elle passa son bras sous le mien.

— Là, tu me parles.

Quinze minutes plus tard, nous avions trois desserts sur la table, et j'avais déjà presque terminé un grand verre de vin.

— Alors, ton ex te donne du fil à retordre ? demanda-t-elle en engloutissant une grosse cuillère de brownie avec de la glace à la vanille.

Je secouai la tête.

— Warren a vraiment été génial à tout point de vue. C'est juste que je culpabilise d'avoir tout de suite couché avec Holden. Je suis passée directement de ma rupture à l'appartement de mon voisin.

— Je ne peux pas dire que je sois surprise. Ça faisait longtemps que vous jouiez au jeu du chat et de la souris. Il devait y avoir beaucoup de frustration refoulée.

J'acquiesçai.

— On a passé *beaucoup* de temps à arranger ça ces derniers jours.

— J'en suis certaine, répondit-elle en souriant.

J'observai mon verre.

— On a passé des moments géniaux ensemble. Et j'ai vraiment des sentiments pour Holden. Mais j'en ai aussi pour Warren. Je ne suis peut-être plus fiancée, pourtant, une partie de moi a l'impression de le tromper.

— C'est normal, tes sentiments ne peuvent pas disparaître en un claquement de doigts. On ne peut pas s'en débarrasser juste comme ça. Idéalement, ça aurait été bien que tu laisses un peu de temps entre une relation et une autre. Même quand on est à l'origine d'une rupture, on a besoin de temps pour en guérir. Mais Holden et toi...

Billie se resservit en brownie et en glace, puis elle reprit la parole, la bouche pleine.

— Je pense que rien n'aurait pu vous arrêter. Vous vous cherchiez depuis la danse que vous avez partagée à mon mariage. Il était impossible de ne pas remarquer la façon dont vous vous regardiez.

J'avalai le reste de mon vin.

— Je n'arrête pas de penser à ce qui se serait passé si je n'étais pas venue à New York. Et si je ne m'étais pas rendu compte qu'il fallait que je tente d'autres choses avant de me marier ? Est-ce que j'aurais trompé mon mari ?

Billie secoua la tête.

— Ne te pose pas ce genre de questions. Tu n'en tireras rien de bon. Regarde devant toi, pas derrière.

— Vous reprendrez un verre ? demanda la serveuse en s'arrêtant à notre table.

— Je veux bien, merci.

Après son départ, Billie pointa sa cuillère dans ma direction.

— Tu viens de dire que tu voulais tenter *d'autres choses*. C'est vrai ? Ou tu voulais tenter autre chose seulement avec Holden ?

— Tu sais, toute ma vie, j'ai été le genre de personne à pouvoir dire où je me voyais dans cinq ou dix ans. Je savais déjà au collège ce que je voulais étudier, et après la fac, j'avais pour objectif de mener mes propres recherches. Il y a quelques mois, je pensais voir mon avenir avec Warren. Mais là, on dirait que je n'arrive pas à voir plus loin qu'aujourd'hui ou demain, et j'ai envie de passer ces journées avec Holden.

— Parfois, il faut vivre au jour le jour.

Billie et moi passâmes plus de deux heures à discuter dans ce café. Pendant ce laps de temps, je bus quatre verres de vin. Je n'en ressentis l'effet qu'au moment de me lever, lorsque je titubai. Et mon amie enceinte se retrouva à me raccompagner chez moi, alors que les rôles auraient dû être inversés.

Je la pris dans mes bras devant l'immeuble.

— Merci beaucoup de m'avoir écoutée.

— Avec plaisir, mon amie, répondit-elle en souriant. Tu as l'air d'aller mieux.

— Beaucoup mieux, oui.

Je me penchai ensuite vers elle, mais j'oubliai de chuchoter.

— L'alcool m'excite, alors je pense que je vais passer chez Holden.

Un homme qui devait avoir soixante-dix ans s'arrêta en pleine rue.

— Si Holden n'est pas disponible, j'habite au 210 West Street, appartement 3B.

Billie et moi éclatâmes de rire.

— Va t'amuser, tigresse ! s'exclama-t-elle lorsque je rejoignis la porte de l'immeuble.

À l'étage, Holden ouvrit la porte torse nu, vêtu uniquement d'un jogging qui tombait sur ses hanches. Il avait des baguettes à la main, un casque autour du cou, et sa peau brillait.

— Oh, mon Dieu, hoquetai-je en couvrant ma bouche. Tu es tellement canon.

Il arbora un sourire en coin.

— Tu es saoule ?

— Ça se pourrait, avouai-je en souriant, avant de me pencher vers lui. Et je suis aussi très excitée.

Il prit ma main et me fit entrer chez lui. Je poussai un petit cri, mais j'en appréciai chaque seconde.

— J'ai hâte de te prendre pendant que tu es ivre.

Je gloussai.

— Et moi qui m'inquiétais que tu refuses parce que tu étais trop gentleman pour coucher avec une fille bourrée.

— Mon sexe était dans tes fesses à l'arrière d'un van il n'y a pas si longtemps que ça, trésor. Je pense que mon côté gentleman a disparu depuis longtemps en ce qui concerne nos relations sexuelles.

— Tu es un vrai cochon, ricanai-je.

— Exactement. Et c'est toi qui es venue frapper à ma porte.

Holden me souleva dans ses bras.

Pendant qu'il avançait vers sa chambre en me portant, je fis remonter ma langue sur son torse.

— Miam, c'est salé. Je ne savais pas si c'était de la sueur ou de l'eau après ta douche.

— Ça fait une heure que je joue de la batterie. Et toi, tu faisais quoi ?

— Je buvais avec Billie.

— Apparemment, tu as bu ses verres en plus des tiens.

Je souris.

— Peut-être, mais j'en avais besoin.

— Dure journée ?

— Warren m'a appelée pour me dire qu'il allait me rester fidèle. Ensuite, il m'a demandé si je voyais quelqu'un d'autre.

À peine entré dans la chambre, Holden se figea.

— Qu'est-ce que tu lui as dit ?

— Je lui ai dit non.

Il me reposa par terre. Trop éméchée pour me rendre compte que l'ambiance avait changé, je continuai dans mon délire de fille excitée. Je me mis à genoux, tendis la main pour saisir l'élastique de son jogging, mais il l'attrapa et la repoussa.

— Qu'est-ce que tu fais ? demandai-je en continuant à flirter, parce que je ne comprenais rien. Je te veux dans ma bouche.

Holden posa ses mains sous mes bras et me releva.

— Tu as trop bu.

— Mais tu viens de dire que…

— Je vais te chercher de l'ibuprofène et de l'eau.

Il se rendit à la cuisine avant que je puisse discuter. J'étais trop saoule pour comprendre que je l'avais contrarié. Après quelques minutes, je me rendis compte que j'avais trop bu pour rester debout, alors je m'assis au bord du lit et me laissai tomber en arrière. D'autres minutes s'écoulèrent, je bâillai et fermai les yeux. Et ce fut la dernière chose dont je me souvins avant de me réveiller à six heures trente le lendemain matin.

Je pris appui sur mes coudes et me demandai un instant où j'étais. L'appartement de Holden et le mien se ressemblaient beaucoup, mais la batterie dans le coin de la pièce m'aida à me repérer. Toutefois, j'étais seule dans le lit. Je frottai mes yeux et partis à sa recherche.

— Salut.

Je le trouvai assis dans le noir, dans la cuisine, en train de boire une tasse de café. J'enroulai mes bras autour de lui par-derrière et déposai un baiser dans son cou.

— Qu'est-ce que tu fais ici ?

— Je réfléchis.

— À quoi ?

Il se tourna pour croiser mon regard.

— À la raison pour laquelle tu n'as pas dit à Warren que tu étais avec quelqu'un d'autre.

Mince. Je me figeai. La soirée d'hier était un peu floue, mais j'avais dû lui parler de la conversation que j'avais eue avec Warren au téléphone.

Je soupirai et m'assis en face de lui.

— Je ne lui ai rien dit parce que je ne voulais pas lui faire de mal. J'ai rompu nos fiançailles il y a quelques jours, et tout est arrivé si vite entre nous.

Il acquiesça en fixant sa tasse.

— Alors tu préfères me blesser moi plutôt que lui...

— Non, ce n'est pas ça, Holden. Je t'assure. C'est juste que... Il m'a prise au dépourvu avec cette question, et je n'ai pas eu le temps de réfléchir. Il avait l'air bouleversé au téléphone et je n'aime pas blesser les gens, surtout ceux qui ont toujours été gentils avec moi. Je ne pensais pas du tout que la réponse que je lui ai donnée pour éviter de le contrarier allait te faire du mal. Je ne veux pas te blesser non plus.

Holden leva les yeux pour croiser les miens.

— C'est tout ce qu'il voulait ? Savoir si tu voyais quelqu'un d'autre ?

Je secouai la tête.

— Il voulait savoir de combien de temps j'avais besoin. Je crois que quand j'ai rompu avec lui, je lui ai dit que j'avais besoin de temps pour moi.

Il fronça les sourcils.

— Alors votre histoire n'est pas définitivement terminée ? Elle est juste... quoi ? En suspens ? Vous faites une pause et je suis juste le type avec qui tu couches pour t'enlever ça de l'esprit avant d'épouser le gentil garçon ?

— Non, Holden. Ce n'est pas ça.

— Alors explique-moi. Qu'est-ce que je suis pour toi ?

— Je tiens à toi. Tu le sais. Je craque pour toi depuis toujours.

— Tu es toujours amoureuse de Warren ?

Toutes ces questions me donnaient l'impression que ma tête allait exploser. J'avais rompu avec Warren et j'avais atterri dans le lit de Holden sans prendre le temps de réfléchir à ce que je faisais. Pourtant, je ne voulais pas mentir. Ça ne ferait que compliquer les choses.

— Je ne sais pas ce que je ressens, Holden. J'ai beaucoup de choses à régler.

Sa chaise racla le carrelage lorsqu'il recula, et il se leva.

— On dirait que la seule chose dont tu es sûre, c'est de vouloir coucher avec moi, déclara-t-il, avant de désigner du pouce le couloir qui menait à sa chambre. Est-ce que je devrais aller me masturber pour être prêt quand tu seras d'humeur?

— Holden…

Il passa sa main dans ses cheveux.

— En fait, je vais aller prendre une douche. La locataire du 408 a besoin que je débouche ses tuyaux. On dirait que je ne suis bon qu'à ça, ces jours-ci.

Plus tard ce soir-là, je me sentais toujours mal en m'installant sur l'escalier de secours avec un verre de vin. Je n'avais pas eu de nouvelles de Holden de la journée, et je ne pouvais pas lui en vouloir d'être contrarié. Personne n'aimait avoir l'impression de ne pas être assez important pour qu'on parle d'eux. Tout au long de la journée, j'avais beaucoup réfléchi à la raison pour laquelle j'avais menti à Warren. Et ça n'avait rien à voir avec Holden. J'avais honte de mes propres actes, du fait de ne pas avoir pu attendre vingt-quatre heures après ma rupture avant de coucher avec un autre homme. Je n'avais aucun self-control quand il s'agissait de Holden Catalano. Je n'avais pas pris le temps de réfléchir aux conséquences que ça allait impliquer.

J'étais occupée à réfléchir à comment j'aurais pu mieux gérer les choses tout en sirotant mon vin, quand Holden sortit par sa fenêtre. Il s'assit dans le coin le plus proche de moi.

— Salut, lança-t-il.

— Salut.

Il baissa les yeux en secouant la tête.

— Je suis désolé d'avoir agi comme ça ce matin.

— Moi aussi je suis désolée. Holden, je te jure que mon mensonge à Warren n'a rien à voir avec toi. Je n'essayais pas de te cacher. C'est juste que je ne voulais pas le blesser. Et pour être honnête, j'ai un peu honte de mon manque de self-control. Je t'ai sauté dessus dès que je suis rentrée à New York après avoir rompu avec mon fiancé. Je n'ai pas pris le temps de régler les choses avec moi-même, et je n'ai pas réfléchi au fait que ça pouvait faire du mal aux autres, avouai-je en reniflant. J'ai agi de manière impulsive.

Holden passa sa main à travers les barreaux de nos escaliers pour la poser sur ma joue.

— Ne pleure pas, trésor, me consola-t-il en souriant. Ton manque de self-control est la meilleure chose qui me soit arrivée depuis très longtemps.

Je couvris sa main avec la mienne.

— J'espère que tu acceptes mes excuses.

— Seulement si tu acceptes les miennes. Je comprends que tu aies besoin d'un peu de temps, et je n'aurais pas dû essayer de mettre une étiquette sur ce qui se passe entre nous. Tu as été franche sur ce que tu voulais dès le départ. Prenons juste du bon temps.

Mes épaules se détendirent pour la première fois de la journée.

— Tu es sûr ? Tu le penses vraiment ?

— Oui, confirma-t-il en levant un doigt. En fait, pour m'excuser, je t'ai acheté un petit cadeau fait juste pour ça – pour prendre du bon temps. Je reviens.

Holden rentra chez lui et ressortit une minute plus tard avec une boîte rouge fermée par un gros nœud blanc. Il la passa à travers les barreaux avec un sourire.

— Ça nous fera oublier à tous les deux notre petit désagrément de ce matin.

Il n'y avait rien d'écrit sur la boîte.

— C'est de l'alcool ? demandai-je en la secouant. Parce que je pense que le verre que je suis en train de boire est bien suffisant après ma soirée d'hier avec Billie.

— Ouvre et tu verras.

— D'accord !

J'avais l'impression d'être une petite fille le soir de Noël en retirant le nœud et en ouvrant le couvercle. L'intérieur était doublé de velours et contenait deux objets, dont un que je reconnaissais. Je souris en couvrant ma bouche.

— Oh, mon Dieu. Tu m'as acheté un vibromasseur ?

— C'était sur ta liste. Je crois que c'était le point numéro six : jouer ensemble avec des sextoys. D'ailleurs, je ne savais pas qu'il suffisait d'écrire ce qu'on désirait pour que nos vœux se réalisent. Le père Noël va recevoir une liste captivante de ma part cette année.

— Tu es fou, répondis-je en riant. Mais c'est quoi ça ?

— On a chacun un jouet. Celui-ci est pour moi.

Il sortit son téléphone de sa poche et le leva.

— Il peut se synchroniser avec un portable. J'ai déjà connecté le mien. On insère cette partie en toi, et je peux la faire vibrer ou pulser depuis n'importe où.

J'écarquillai les yeux.

— Vibrer ou pulser ?

Il arbora un grand sourire.

— Tu veux tester, hein ?

Je couvris mon sourire avec ma main.

— Je vais prendre ça pour un oui, reprit-il. Maintenant, va te déshabiller. Je te veux allongée et jambes écartées sur le lit avant que j'arrive chez toi pour consommer mes excuses.

CHAPITRE 20

C'était fou à quel point les week-ends étaient excitants depuis que je savais que j'allais les passer avec Holden. J'avais hâte que la fin de la semaine arrive.

Vendredi soir, après être rentrée chez moi, je pris une longue douche avant d'aller chez lui. Alors que l'eau coulait sur moi, j'étais aux anges et de plus en plus excitée en pensant à nos plans de ce week-end, même si j'ignorais ce que nous allions faire.

Toute fraîche et prête pour ce que la soirée me réservait – une partie de jambes en l'air extraordinaire, avec un peu de chance –, je me rendis dans l'appartement d'à côté.

Lorsque Holden ouvrit la porte, il était incroyablement sexy avec son bonnet gris et son T-shirt bordeaux. Mes mamelons durcirent rien qu'en le voyant. Toutefois, mon excitation s'évanouit quand je le regardai dans les yeux et que je ressentis que quelque chose n'allait pas.

— Qu'est-ce qui se passe, Holden ? Tu n'as pas l'air bien, observai-je.

Il soupira.

— Il faut qu'on parle. Je viens d'apprendre un truc.

Oh non. Mon ventre se noua lorsque j'imaginai tout un tas de scénarios catastrophes. *Est-ce que c'est fini entre nous ?*

— D'accord... déglutis-je.

— En fait... notre manageuse m'a appelé tout à l'heure pour me faire savoir qu'elle nous avait organisé quelques nouveaux concerts.

Je clignai des yeux.

— C'est une bonne chose, non ?

— Ils sont tous sur la côte Ouest, Lala, m'apprit-il en fronçant les sourcils.

Il me fallut quelques secondes pour comprendre. Il n'avait pas dit à l'ouest de la ville, mais sur la côte Ouest. *Il part ?*

— Oh... Tu savais que c'était une possibilité ? le questionnai-je en sentant la peur m'envahir.

Il hocha la tête.

— Je savais qu'elle essayait de nous organiser des concerts là-bas, mais elle nous avait laissé entendre que ça n'arriverait pas avant un moment. Et voilà qu'elle nous dit qu'elle a prévu plusieurs représentations depuis l'Oregon jusqu'au sud de la Californie. Apparemment, elle a rencontré une manageuse spécialisée qui s'est occupée de tout ça.

Je pris une grande inspiration.

— Ça commence quand ?

— On est censés prendre l'avion la semaine prochaine, m'informa-t-il en contractant la mâchoire.

Quoi ?

— Waouh. La semaine prochaine, répétai-je en massant mon ventre nauséeux. Tu pars combien de temps ?

— Au moins deux semaines. C'est ce qui est prévu pour l'instant. Mais ça pourrait être plus.

Deux semaines, ce n'était pas si long, mais bizarrement, je savais que ça allait me paraître une éternité. Holden dut sentir ma panique intérieure alors que je me tenais là, sans voix.

— Tu sais quoi ? Viens par ici, m'ordonna-t-il en me prenant dans ses bras. Je ne t'ai même pas fait un câlin avant de t'apprendre ça.

Il respira dans mon cou.

— S'il n'y avait pas ce truc génial entre nous, je serais heureux de partir, mais tout est différent à présent. Je ne veux rien d'autre que profiter de chaque minute avec toi pendant que tu es à New York.

Quand Holden me relâcha, je fixai les lampadaires dehors pendant un moment, incapable de croiser son regard.

— Comment c'est possible que ta manageuse t'apprenne quelque chose comme ça si peu de temps avant ton départ ?

Holden gratta son menton.

— Eh bien, c'est ça le truc dans le monde de la musique. On s'attend en quelque sorte à ce que tu abandonnes tout et que tu saisisses les opportunités quand elles se présentent. J'ai de la chance que les garçons soient d'accord avec ça par rapport à mon travail dans cet immeuble. Ils savent que la musique passe avant tout.

C'est vrai. La musique passait avant *tout. Ne l'oublie pas, Lala.*

— Et les autres membres du groupe ? demandai-je. Ils peuvent lâcher leurs emplois comme ça ?

— Ils occupent tous des postes similaires au mien, et ils ont des accords avec leurs patrons. Si une opportunité se présente, la musique passe en priorité. Évidemment, avec tout ce dont je m'occupe ici, on va devoir embaucher un intérimaire pour gérer la maintenance, ce qui est prévu dans notre budget. Les garçons ont toujours su que ça pouvait arriver et que je pouvais m'absenter. Alors on a tout anticipé.

J'étais sûre d'être la seule à ne pas vouloir qu'il parte, mais ce n'était pas parce que je ne voulais pas qu'il saisisse cette opportunité. Je lui souhaitais tout le succès du monde. C'était juste que je ne voulais pas être loin de lui alors que notre relation venait juste de commencer.

Je regardai au loin.

Holden posa doucement sa main sur mon menton et souleva mon visage pour que je croise son regard.

— Parle-moi, Lala.

— Tu penses bien que ça ne me réjouit pas, mais jamais je ne t'empêcherai de le faire. C'est comme ça, et je suis fière de toi, Holden.

Je déposai un baiser chaste sur ses lèvres.

— Merci, trésor. C'est vraiment important, puisqu'il y a beaucoup de producteurs là-bas. Le but est d'essayer d'en faire venir quelques-uns à nos concerts.

— Oui, ça se comprend, affirmai-je en baissant les yeux.

Holden releva de nouveau ma tête.

— Partir est la dernière chose dont j'ai envie en ce moment. Ça me tue de devoir le faire.

— Ce n'est que pour deux semaines, hein ? Et je serai toujours là quand tu reviendras, le rassurai-je en passant ma main sur sa barbe fine.

— Deux semaines qui vont me paraître deux années. On le sait tous les deux.

Je soupirai.

— Les personnes qui font partie de ta vie doivent s'attendre à ça. Je ne voudrais jamais faire obstacle à tes aspirations musicales ou t'enchaîner.

— Eh bien, tu peux m'enchaîner au sens propre si tu veux. On n'a pas encore essayé ça, plaisanta-t-il en se forçant à sourire. Et si ça te contrarie vraiment, je veux que tu sois honnête avec moi, même si je suis quand même obligé d'y aller. J'ai envie de savoir ce que tu penses.

— Ça me fait de la peine parce que je ne pourrai pas être avec toi. Mais ce n'est pas parce que je suis triste que je ne suis pas incroyablement heureuse que tu puisses avoir cette opportunité.

Il me prit dans ses bras et me souleva du sol, avant de me faire tourner en gémissant.

— On a une semaine avant que je parte, me rappela-t-il en empoignant mes fesses, avant de me reposer par terre. Promettons-nous de faire de cette semaine la meilleure de nos vies et de ne rien laisser nous empêcher de profiter pleinement l'un de l'autre.

— D'accord.

Je lui adressai un grand sourire en faisant de mon mieux pour cacher mon impression de catastrophe imminente.

Je n'avais pas vu ça venir, mais *j'aurais dû*. C'était ça le truc. Cette nouvelle me faisait l'effet d'une gifle et me rappelait ce qu'impliquait le fait d'être la copine d'un musicien. Peut-être qu'il valait mieux que je vive ça maintenant plutôt que plus tard. Il fallait que je comprenne ce qui attendait mon cœur.

Ce soir-là, Holden fit de son mieux pour m'éviter de penser à son départ. Il m'emmena dans un très bon restaurant italien que j'avais envie de tester, nommé le Vincente's Trattoria. Je promis de me détendre et d'apprécier le temps que je passais avec lui, surtout maintenant que je savais que ce temps était précieux.

Sous les lumières tamisées et avec une musique de fond italienne, je venais juste de réussir à oublier toutes mes pensées négatives quand une magnifique serveuse apparut.

Plutôt que de nous saluer normalement, la brunette séduisante se contenta de regarder Holden et de lâcher un « oh ».

Il ne me fallut pas longtemps pour comprendre ce qui se passait.

— Je ne savais pas que tu travaillais ici, finit-il par prononcer.

— J'ai commencé il y a seulement quelques semaines, lui apprit-elle, avant de se tourner vers moi. Euh, salut, je m'appelle Sasha. Je suis... une amie de Holden.

Une amie. C'est ça, oui.

Elle secoua la tête, l'air troublée.

— Bref, qu'est-ce que je vous sers à boire ?

— Je vais prendre un verre de cabernet, répondit Holden après quelques secondes de silence. Et toi, Lala ?

Je déglutis.

— Je vais prendre un verre de chardonnay.

Sasha se racla la gorge.

— Je vous apporte ça tout de suite.

Après son départ, je posai ma serviette sur mes cuisses.

— Bon, je te demanderais bien qui c'est, mais je suis presque sûre d'avoir deviné.

— Je ne savais pas qu'elle travaillait ici, m'assura-t-il en me regardant droit dans les yeux. Je ne t'aurais pas fait venir dans ce restaurant si c'était le cas.

— Pourquoi ? demandai-je en haussant les épaules, tout en essayant de garder mon calme. Enfin, quelle différence ça fait ? J'ai vu des filles avec qui tu as couché à tes concerts. On dirait qu'on ne peut aller nulle part en ville sans en croiser une.

Je me rembrunis.

Même si je savais que l'amertume et la jalousie n'étaient pas une bonne chose, mes sentiments étaient impossibles à cacher. J'avais déjà du mal à digérer le fait qu'il allait partir pour deux semaines, alors ça ne fit qu'empirer la situation.

— Je suis vraiment désolé, s'excusa-t-il en prenant ma main.

— Avec combien de femmes tu as couché exactement ? l'interrogeai-je en sentant mes émotions m'échapper.

Il écarquilla les yeux.

Je n'avais pas pu m'en empêcher. J'avais toujours voulu savoir.

— Ça ne me pose pas de problème d'en parler, Lala. Tu sais que je suis quelqu'un d'ouvert. Mais c'est un sujet qui te touche, alors je suis curieux de savoir pourquoi tu veux aborder ça maintenant, alors que tu es déjà bien assez énervée.

Mon cœur cogna dans ma poitrine.

— Eh bien... J'ai un nombre ridicule en tête, et peut-être que ce n'est pas si horrible que je le pense.

Holden rougit légèrement. Je l'avais officiellement mis mal à l'aise. Ce n'était pas mon intention. Je savais que j'étais allée trop loin, mais il n'était plus possible de revenir en arrière.

— La vérité... c'est que je ne sais pas exactement avec combien de femmes j'ai couché, révéla-t-il après un moment. Je n'ai jamais compté. J'ai toujours pris mes précautions, mais il y en a eu… beaucoup. Je ne vais pas te mentir.

— Des centaines ? le questionnai-je, alors que ma curiosité prenait encore le dessus.

Il ne répondit rien.

Oh, mon Dieu. Des milliers ?

— Pas des centaines au pluriel, indiqua-t-il. Mais… des *dizaines* sûrement, si je devais donner une estimation.

Il soupira et secoua la tête.

— Je ne me suis jamais soucié d'être jugé pour tout ça auparavant. Mais je me soucie de ce que *tu* penses de moi, ajouta-t-il d'un air sérieux. Je m'en veux que mon passé revienne sans cesse me hanter. Mais les choses sont ce qu'elles sont. Et j'espère que tu sais que malgré ça, rien ne compte plus pour moi que d'être avec toi aujourd'hui.

Mon cœur se serra. J'étais horrible de l'avoir humilié. Je m'en rendis compte en mettant ma jalousie de côté.

— Bon sang, je suis désolée, Holden. En fait, je suis énervée contre moi-même d'avoir géré cette conversation de cette manière.

— Tu avais tous les droits de me poser cette question. Je comprends, trésor. Vraiment. Je ne supportais pas de t'imaginer avec Warren, alors je n'imagine même pas comment j'aurais réagi si le serveur qui s'occupait de notre table était quelqu'un avec qui tu avais couché. Je sais ce que ça fait d'être jaloux. Je suis juste désolé que tu aies dû ressentir ça plusieurs fois à cause de mon passé. C'est ma faute.

— Tu ne me dois pas d'excuses, Holden.

Quand Sasha revint avec nos verres, je me promis de rester calme. Je tentai d'accepter le fait qu'elle était belle. Je tentai d'accepter le fait qu'elle avait couché avec Holden, et je fis de mon mieux pour aller de l'avant et la traiter comme je traiterais n'importe quelle serveuse – et pas comme quelqu'un qui s'était tapé mon petit ami.

Est-ce qu'il est mon petit ami?

— J'apprécie que tu essaies de faire comme si tu n'étais pas contrariée, déclara Holden après l'arrivée de nos entrées. Mais Lala, ton cou rougit, il te trahit toujours. Je sais que ça t'affecte encore.

Mince.

— Je ne suis plus vraiment contrariée par sa présence à elle, avouai-je. C'est juste que mes sentiments pour toi deviennent plus forts, et la moindre petite chose m'affecte puisque tu vas partir. Je sais que tu ne pars pas longtemps, mais ça me rappelle ce à quoi notre vie ensemble pourrait ressembler.

J'avalai une grande gorgée de mon vin.

— Il va falloir que je m'y habitue, ajoutai-je.

Il déglutit, mal à l'aise, et je savais qu'il voyait ce que je voulais dire, même si je ne l'avais pas prononcé : je me demandais encore s'il était le genre d'homme à vouloir se poser.

Au cours de la semaine qui suivit, Holden et moi fîmes de notre mieux pour passer chaque soirée ensemble sans nous focaliser sur le fait qu'il allait partir. Nous dînions ensemble tous les soirs après mon retour du travail, et nous étions très actifs sexuellement.

Cependant, la veille de son départ, la réalité nous rattrapa brusquement. La seule chose que nous n'avions pas faite cette semaine, c'était dormir ensemble, puisque je devais toujours me lever tôt, et je savais que si je passais la nuit avec lui, aucun de nous ne se reposerait. Mais ce soir, c'était différent.

Nous étions en train de finir de tout nettoyer après le repas quand Holden enroula ses bras autour de moi par-derrière.

— Je sais que tu dois te lever tôt demain, mais j'ai vraiment besoin de passer la nuit dans ton lit, me confia-t-il.

Je me tournai pour lui faire face.

— Tu as lu dans mes pensées. Bien sûr. Je n'ai pas besoin de dormir cette nuit. J'ai juste besoin de toi.

— Tout ce dont j'ai besoin ces derniers temps, c'est de *toi*.

Holden me porta pour m'emmener dans ma chambre, tout en m'embrassant passionnément. Quand il commença à me déshabiller, je passai mes doigts dans ses cheveux épais, puis je fis descendre mes mains pour lui retirer son T-shirt. J'avais hâte qu'il soit en moi.

Une fois nus, nous nous laissâmes tomber sur le lit. Holden coinça mes mains au-dessus de ma tête, avant de s'enfoncer en moi en une seule poussée. Je laissai échapper un son inintelligible de plaisir.

— Je ne veux pas te quitter, marmonna-t-il contre ma bouche en me pénétrant lentement.

Je savourai chaque coup de reins puissant sans savoir si c'était la dernière fois que nous couchions ensemble avant deux semaines.

Nos corps bougeaient à l'unisson, alors que Holden me regardait droit dans les yeux sans jamais détourner le regard. C'était sûrement la chose la plus sexy qu'il ait jamais faite – si simple et pourtant si intense.

Bon sang. J'étais rapidement en train de tomber amoureuse de cet homme et ça me terrifiait.

— Tu es tellement belle, murmura-t-il en continuant ses va-et-vient. Tu vas...

Coup de reins.

— Tellement.

Coup de reins.

— Me manquer.

Coup de reins.

— Putain.

Coup de reins.

Il eut raison de ma résolution.

— Jouis en moi, Holden, haletai-je.

Ses yeux se révulsèrent alors qu'il gémissait, et je sentis sa chaleur se répandre en moi pendant qu'il couvrait mon cou et ma poitrine de baisers.

Nous avions eu des tas de relations sexuelles ces derniers jours, mais cette fois-ci était spéciale. C'était différent, et je n'osai pas lui en parler. Parce qu'après, je devrais lui en avouer la raison : j'avais l'impression qu'il me faisait l'amour, que ce n'était pas juste du sexe. Je ne voulais pas lui faire peur.

Holden se leva pour aller chercher une serviette, puis il revint au lit et me serra dans ses bras. Ce fut notre seul rapport de la soirée. Et malgré les inquiétudes qui me trottaient encore dans la tête, je parvins à m'endormir paisiblement dans ses bras.

Le lendemain matin, je ne fus plus capable de cacher ma tristesse. Une voiture viendrait chercher Holden pour l'emmener à l'aéroport environ une heure après mon départ pour le travail. Nous devions nous dire au revoir maintenant, puisque j'étais déjà en retard.

Nous nous fixâmes en buvant nos cafés.

— Je n'ai pas envie de te laisser, avoua-t-il en secouant la tête. S'il te plaît, dis-moi qu'on se parlera tous les soirs et que tu n'auras pas d'inquiétudes me concernant. Je te donne ma parole que je ne ferai rien de stupide.

Il poussa un soupir.

— Oui, mon passé est tel qu'il est, mais je ne suis plus cette personne, Lala. Je ne veux pas que tu stresses pendant mon absence.

Mon ventre se serra encore plus de savoir qu'il avait eu l'impression de devoir me rassurer. C'était ma faute. Récemment, j'avais agi comme si je doutais.

— Je te fais confiance, Holden. Même si je suis jalouse parfois, je veux que tu saches que ça n'a rien à voir avec un manque de confiance en toi.

Il prit mes mains dans les siennes.

— Je veux que tu m'appelles dès que tu as besoin de moi, même si tu penses que je suis occupé, insista-t-il en ouvrant son sac à dos pour en sortir une feuille de papier. Je t'ai aussi imprimé le détail de tous les endroits où on sera et à quelle date, ainsi que les coordonnées correspondantes au cas où tu n'arriverais pas à me contacter sur mon téléphone.

Il me la tendit. C'était adorable. Je soupçonnais que c'était la première fois qu'il faisait ça pour quelqu'un.

— Les garçons savent que tu pars ce matin, n'est-ce pas ?

Il hocha la tête.

— Ils ont engagé quelqu'un pour me remplacer avec la maintenance, m'informa-t-il, avant d'ouvrir ses bras. Viens par ici. J'ai besoin de te serrer fort une dernière fois avant de partir.

Après avoir posé ma tête contre son torse pendant quelques minutes, je levai les yeux vers lui.

Holden déposa un dernier baiser assuré sur mes lèvres.

— Tu me manques déjà tellement et je ne suis pas encore parti.

— Je ressens exactement la même chose, lui confiai-je. Mince, je dois y aller.

— D'accord, murmura-t-il.

Je déposai un dernier baiser sur les lèvres de celui qui était peut-être mon petit ami, j'observai une dernière fois son joli visage, puis je sortis de mon appartement en me sentant vide et inquiète pour l'avenir, malgré toutes les promesses de Holden.

CHAPITRE 21

Holden

— Qu'est-ce qui t'arrive, Catalano ? demanda Dylan, notre bassiste. Tu as une MST ou quoi ?

Je levai les yeux en plein démontage de ma batterie.

— De quoi tu parles ?

Il désigna la femme qui venait de s'arrêter pour me dire à quel point elle avait aimé le concert… et qui avait proposé de me payer un verre.

— Oh, ça. Je ne suis pas intéressé.

— Vraiment ? intervint Monroe. Elle a l'air à ton goût. De longs cheveux, de gros seins, un joli cul. Sans parler du fait que ses lèvres pulpeuses pourraient accueillir confortablement ta queue.

Je ris, mais secouai la tête.

— Une seule personne m'intéresse ces jours-ci, les gars. Une certaine intello blonde qui attend mon retour à New York.

Dylan arqua un sourcil en jetant un coup d'œil aux autres.

— Je parie cinquante dollars qu'il ne tient pas deux semaines.

— Et moi cent dollars qu'il ne quittera pas l'Oregon sans une fellation, ajouta Kevin en posant sa guitare.

Monroe sortit une liasse de billets de sa poche et fit tournoyer le micro dans sa main. Il désigna deux femmes que je n'avais pas vues, et qui étaient en train de regarder dans ma direction en souriant. L'une d'elles but sa boisson à la paille d'une manière suggestive.

— L'Oregon ? Je suis presque sûr que ce sont de vraies jumelles. Elles étaient assises au premier rang. Celle en rouge a un piercing à la langue. Je parie deux cents dollars qu'il ne tiendra pas la *soirée*.

Je secouai la tête en retirant la barre de tension de la grosse caisse.

— Je vais rafler tout votre argent, bande d'idiots. Parce que la seule chose que j'ai hâte de retrouver dans mon lit ce soir et tous les autres soirs de ce séjour, c'est mon iPad pour pouvoir appeler ma copine sur FaceTime.

Dylan hocha la tête.

— Je suis sûr que c'est la gonorrhée.

Après avoir fini de charger le van, les garçons retournèrent au bar pour boire un verre, mais je décidai de rentrer. Je connaissais trop bien l'attention que nous recevions quand nous restions après avoir joué, et je ne voulais pas me mettre dans cette situation. Non pas que je me sentirais tenté – j'étais un homme totalement satisfait, ces derniers temps –, mais même passer du temps avec des femmes qui auraient envie de s'amuser avec moi me paraissait mal. Les gars pouvaient se moquer autant qu'ils voulaient, mais je vivais ma meilleure vie en pouvant jouer sur scène et rentrer dans ma chambre d'hôtel pour raconter ma journée à ma copine. Et ce fut exactement mon programme de la soirée.

— Oh, mon Dieu, il faut que tu mettes un T-shirt.

Le visage de Lala apparut à l'écran, et elle sourit.

— C'est injuste de devoir te voir comme ça et d'être obligée d'aller au lit seule ensuite, ajouta-t-elle.

J'étais assis, appuyé contre la tête de lit, et je portais uniquement un boxer. Je joignis mes mains derrière ma tête et m'assurai de contracter mes biceps.

— Est-ce que tu es en train de dire que tu aimes ce que tu vois, trésor ?

Lala soupira.

— J'aimerais pouvoir lécher ce que je vois.

Je souris.

— Comment s'est passée ta journée ?

— Bien. Chargée. Je suis allée dans l'un des centres de soins assistés avec lesquels je collabore pour voir comment tout le monde se portait.

— Tout se passe bien ?

Elle acquiesça.

— J'aime vraiment travailler avec les personnes âgées. Ils ont tellement d'histoires à raconter. Monsieur Wentz, l'un des hommes de mon étude, a été marié pendant cinquante-sept ans. Il a rencontré sa femme quand il avait trois ans, quand sa famille à elle a emménagé juste à côté de chez lui à Chicago. Ils ont grandi en étant meilleurs amis, mais à l'adolescence, ils étaient fous amoureux l'un de l'autre. Quand sa femme a eu seize ans, son père a été muté en Suisse pour le travail. Ils voulaient se marier et rester ensemble, mais leurs parents ne le leur ont pas permis, et ils ont fini par perdre contact puisqu'elle vivait si loin de lui. Huit ans plus tard, ils étaient tous les deux fiancés à d'autres personnes quand ils se sont retrouvés dans le même métro à Manhattan. Monsieur Wentz était venu pour le travail uniquement ce jour-là, et madame Wentz était venue rendre visite à son grand-père malade.

D'après monsieur Wentz, son cœur s'est remis à battre dans ce wagon. Le soir même, il a rompu ses fiançailles et démissionné, puisqu'ils ne voulaient pas le laisser prolonger son séjour à New York. Il a dit qu'il ne voulait pas la quitter des yeux une seconde fois.

— Waouh. On dirait que c'était le destin. Ce n'est pas aussi impressionnant que de donner envie à une fille de rompre ses fiançailles en agissant comme un connard dans un bar, mais c'est une histoire intéressante.

Lala se mit à rire.

— Comment s'est passé ton concert ce soir ? Je ne pensais pas que tu m'appellerais si tôt. Ça s'est fini à quelle heure ?

— Il y a une demi-heure, peut-être, répondis-je en haussant les épaules. J'ai pris une douche avant de t'appeler.

— Je pensais que tu allais boire un verre avec les garçons après les concerts ?

— D'habitude, oui. Les autres sont restés là-bas, mais je n'étais pas d'humeur. Je voulais rentrer pour t'appeler.

Elle sourit.

— Je suis contente que tu l'aies fait. J'ai beaucoup pensé à toi aujourd'hui.

— Ah oui ?

— Je me suis dit qu'on pourrait partir en week-end quand tu rentreras.

— Je suis partant. Pour aller où ?

— Dans la vallée de l'Hudson. Quand on était petits, on est allés à un mariage dans un endroit qui s'appelait Mohonk Mountain House. Je pense que c'est très cher donc on pourrait trouver un hôtel pas très loin, mais ils ont de magnifiques sentiers de randonnée et une vue incroyable sur les montagnes. J'ai pensé que ce serait sympa d'y aller tant que la météo le permet.

— Alors tu as pensé à une escapade à deux, hein ?

— Oui. Tu trouves ça bizarre ?

Le fait qu'elle envisage de faire des activités avec moi, comme des randonnées ou un road trip, me donnait de l'espoir. Même si j'adorais coucher avec elle, je voulais plus que ça avec Lala. Et c'était le premier vrai signe qu'elle avait peut-être envie de la même chose.

— Non, ce n'est pas du tout bizarre. J'adorerais y aller. J'aime la nature, et ça me permettra d'attendre ce moment avec impatience. Je ne suis parti que depuis quatre jours, mais tu me manques déjà.

Son expression s'adoucit.

— Toi aussi tu me...

Son téléphone se mit à sonner. Il devait être tout près, parce que l'espace d'un instant, j'eus l'impression que c'était le mien.

— Euh... attends une minute, tu veux bien ? Mes parents m'appellent et il est tard ici. Je veux m'assurer que tout va bien.

— Oui, bien sûr, vas-y.

Je l'observai décrocher.

— Allô ?

Je n'entendais pas ce qui se disait dans l'appareil, mais je n'eus pas besoin de savoir ce que disait l'autre personne. Vu la tête de Lala, je compris que ce n'étaient pas de bonnes nouvelles.

— Quand ça ? Est-ce qu'elle va bien ? Elle est où ?

Putain. C'est sa mère.

Lala posa sa main sur sa bouche en écoutant la réponse.

— J'arrive aussi vite que possible. Tu seras à l'hôpital ?

Silence.

— Non, je veux être là, papa. Je devrais pouvoir venir rapidement à cette heure-ci. Je t'appellerai en arrivant.

Encore un silence.

— D'accord. Au revoir.

Elle raccrocha, et mon cœur battait déjà à tout rompre.

— Qu'est-ce qui s'est passé ?

— Ma mère... commença-t-elle, les larmes aux yeux. Elle a fait une crise cardiaque, Holden.

— Putain. Est-ce qu'elle va bien ?

Lala se leva et se déplaça avec l'iPad. Elle se rendit dans sa chambre et commença à mettre des affaires dans un sac.

— Mon père a dit qu'elle est stable, mais ils ont trouvé une artère bouchée. Elle a été emmenée en ambulance et ils vont sûrement l'opérer demain, expliqua-t-elle en frottant son front. Heureusement que je n'ai pas bu de vin comme j'en avais envie tout à l'heure, sinon je n'aurais pas pu conduire. Je n'ai pas réfléchi à ce que je ferais en cas d'urgence.

— Ne réfléchis pas à ça maintenant. L'un des garçons peut toujours t'y conduire si besoin.

— Holden, qu'est-ce qui se passera si ma mère...

Elle ne put terminer sa phrase.

Putain. J'aurais aimé être là pour la prendre dans mes bras, pour l'accompagner, pour être à ses côtés.

— Tout ira bien pour elle, trésor.

— Tu n'en sais rien !

Je passai une main dans mes cheveux.

— Elle va bien maintenant, et elle est dans un hôpital où elle va recevoir l'aide dont elle a besoin. Elle est où ?

— Jefferson.

— C'est un super établissement. Ils sont spécialisés en cardiologie. Elle est entre de bonnes mains.

— Il faut que je raccroche, déclara-t-elle en regardant autour d'elle, avant de fermer son sac. Je dois prendre la route.

— Peut-être qu'on devrait appeler l'un des garçons, non ? Je ne veux pas que tu conduises la nuit alors que tu es bouleversée.

— Non, je vais bien.

Je fronçai les sourcils.

— Est-ce que tu peux au moins faire quelque chose pour moi avant de partir ?

— Quoi ?

— Assieds-toi.

— Je ne peux pas. Il faut que je parte, Holden.

— Juste une minute... je te le promets.

Elle soupira, mais elle m'obéit.

— Quoi ?

— Prends une grande inspiration.

Elle en prit une petite.

— Une plus grande, insistai-je en souriant. En fait, ferme tes yeux et respire trois fois profondément.

Elle n'avait pas l'air ravie, mais elle fit quand même ce que je lui avais demandé. Je l'observai fermer ses paupières, et je comptai trois grandes inspirations. Lorsqu'elle rouvrit les yeux, je souris.

— Merci. Tout ira bien pour elle. Fais attention sur la route, d'accord ?

— D'accord, acquiesça-t-elle.

— Appelle-moi dès que tu arrives ou envoie-moi un message. Ce qui t'arrange le plus. Fais-moi juste savoir comment va ta mère et que tu es bien arrivée.

Elle hocha la tête.

— Je le ferai. Au revoir.

Je ne dormis pas du tout. Lala n'appela pas et n'envoya pas de message. Le trajet depuis Manhattan jusqu'à

Philadelphie n'aurait pas dû prendre plus de deux heures trente à l'heure à laquelle elle était partie, mais il s'était écoulé quatre heures sans que j'aie aucune nouvelle. Tous les scénarios catastrophes me passèrent par la tête.

Elle a eu un accident.

Madame E a eu une autre crise cardiaque et ne s'en est pas sortie.

Son père et elle sont trop tristes pour passer un appel.

Putain. Je m'en voulais de ne pas être à ses côtés. Et même si c'était égoïste et immature, je ne pouvais pas non plus m'empêcher de m'inquiéter de ce qui pourrait se passer pendant qu'elle était à Philadelphie. Est-ce qu'elle allait chercher du réconfort auprès de Warren ? La mère de Lala – une femme qui avait été comme une seconde mère pour moi pendant presque toute ma vie – était à l'hôpital dans un état grave, et j'étais tellement égocentrique que je ne pensais qu'au fait que Lala se trouvait près de son ex. Je me sentais encore plus nul.

D'autres heures s'écoulèrent. J'essayai de me convaincre qu'elle s'était peut-être endormie sur le fauteuil à côté du lit de sa mère et que tout allait bien. Mais à sept heures, heure de Philadelphie, je faisais les cent pas dans ma chambre d'hôtel et je me dis que c'était une heure décente pour un appel.

Son téléphone sonna une fois avant que j'atterrisse sur la messagerie. Je détestais ne pas pouvoir la joindre, mais je laissai quand même un message.

— Salut, trésor. Il doit être sept heures là où tu es. Je voulais juste prendre des nouvelles et voir comment les choses se passaient. Tiens-moi au courant dès que tu pourras.

Je marquai une pause.

— Je pense à toi et à ta mère, et je suis désolé de ne pas être là avec toi.

Une demi-heure plus tard, je dus commencer à ranger mes affaires pour notre prochaine destination. Le groupe devait prendre la route ce matin, et nous étions censés nous retrouver en bas pour le petit déjeuner gratuit avant de partir. Juste au moment d'ouvrir ma porte, mon téléphone vibra pour m'annoncer l'arrivée d'un message. Je m'arrêtai pour le lire.

> Lala : Désolée de ne pas avoir appelé. Ma mère est stable, même si elle est toujours en FA, fibrillation auriculaire, et le rythme de son cœur n'est pas régulier. Les téléphones ne sont pas autorisés en soins intensifs, alors j'avais éteint le mien. Je n'ai pas voulu m'éloigner au cas où un médecin passerait. Les gardes viennent juste de commencer. Un groupe de médecins passe de chambre en chambre, et il ne reste que trois personnes avant ma mère. Avec un peu de chance, ils arriveront bientôt. J'essaierai de t'appeler après.

> Holden : D'accord. Bonne chance.

Je n'eus pas de nouvelles d'elle pendant le petit déjeuner, pendant le chargement de notre équipement dans le SUV, ni pendant les premières deux heures et demie de trajet. Je pris sur moi pour ne pas l'embêter, mais je finis par lui renvoyer un message.

> Holden : Désolé, je voulais juste prendre des nouvelles. Est-ce que vous avez pu voir les médecins ?

Mon téléphone sonna quelques minutes plus tard. Je me trouvais sur la banquette arrière, séparé de Dylan par deux étuis à guitares, tandis que Kevin était devant avec Monroe, qui conduisait. Je n'avais aucune intimité.

— Allô ?

— Salut. Je suis désolée de ne pas avoir appelé plus tôt pour te donner des nouvelles. C'est la première fois que je quitte les soins intensifs depuis que je suis arrivée. Je suis sortie pour marcher un peu et prendre l'air.

— Ne t'inquiète pas. Je voulais juste savoir comment allait ta mère et si tu tenais le coup.

Elle poussa un grand soupir.

— Ma mère a été emmenée en salle d'opération il y a quelques minutes. Ils vont lui faire un pontage. Ils n'ont pas pu retirer le blocage par angioplastie.

— Mince, je suis désolé, ma belle. Mais elle est jeune et forte. Je suis sûr que tout ira bien.

— Les médecins sont optimistes, mais je suis quand même terrifiée. Et j'ai bien vu que ma mère l'était aussi avant d'y aller.

— Oui, c'est compréhensible. Ça fait peur.

J'entendis une voix d'homme au loin.

— Hé, comment va Jeanne ?

— Oh... salut, Warren. Qu'est-ce que tu fais là ?

Je serrai les dents en écoutant leur conversation.

— Ma mère a appris par la voisine de tes parents, Irène Davis, qu'il y avait une ambulance chez eux. Elle m'a appelée et t'a appelée aussi, mais elle est tombée sur ta messagerie. J'ai téléphoné à Bill qui m'a appris ce qui s'est passé.

— Mon père t'a raconté ce qui s'est passé ?

— Je lui ai parlé il y a une demi-heure.

— Oh. Il ne m'a pas dit que tu l'avais appelé.

Je contractai si fort ma mâchoire que je fus surpris de ne pas me casser une dent. D'abord il était là alors que moi, non. Mais aussi... Bill ? Pas monsieur Ellison, comme je l'avais toujours appelé. Et je n'avais pas non plus le numéro de téléphone de son père. Je me rendis compte encore une fois de ce que Warren avait représenté pour elle, pour toute sa famille.

— Tu es au téléphone ? demanda-t-il.

— Oh... mince. Oui, excuse-moi un instant.

Elle revint vers moi.

— Hé, euh... Warren vient d'arriver.

— J'ai entendu ça.

— Oh... d'accord.

Des tas d'émotions m'assaillirent et je ne savais pas quoi en faire. Je dus garder le silence un moment.

— Tu es toujours là ? demanda Lala.

— Oui, je suis là.

— Je suis désolée, s'excusa-t-elle en baissant la voix.

Je fronçai les sourcils, mais je dus prendre sur moi pour son bien.

— Ne t'en fais pas, trésor. Je suis content que quelqu'un soit là pour toi. Et je vais te laisser pour que tu puisses retourner avec ton père.

— Tu es sûr que ça va ?

J'étais bien la dernière chose qui devait l'inquiéter à ce moment.

— Bien sûr. Appelle-moi plus tard pour me donner des nouvelles, d'accord ?

— Pas de souci.

— J'espère que tout se passera bien.

— Merci.

— Au revoir.

Dylan jeta un coup d'œil dans ma direction lorsque je raccrochai. Je ne leur avais pas encore dit ce qui s'était passé.

— Tout va bien ?

— La mère de ma petite amie a fait une crise cardiaque hier soir. Ils viennent de la descendre au bloc pour lui faire un pontage.

— Mince. Désolé, mec.

Il resta silencieux un moment, avant d'arborer un petit sourire.

— Petite amie, hein? Je ne crois pas t'avoir déjà entendu utiliser ce mot.

Ce qui était drôle, c'était que je ne m'étais même pas rendu compte que j'avais dit ça. Mais en réalité, c'était ce que Lala était pour moi... *ma copine*. Malheureusement, je n'étais pas sûr d'être son copain... et elle se trouvait actuellement avec un homme qui, j'en étais certain, la désirait encore.

CHAPITRE 22

Holden

— Regardez qui voilà ! s'exclama Dylan.

Ce soir-là, nous étions en train de nous installer pour notre deuxième concert en Oregon quand notre manageuse, Daisy, s'approcha de la scène.

— Surprise ! s'écria-t-elle en levant ses bras en l'air.

Les garçons la rejoignirent pour la saluer. Daisy était super sympa. Elle était notre manageuse depuis presque deux ans à présent. Juste avant que le groupe signe avec elle, elle et moi avions vécu une petite histoire. Ça n'avait duré que deux mois, puisqu'elle vivait en Californie et qu'elle cherchait un homme capable de faire un bon mari, alors que je vivais sur la côte Est et que je ne cherchais qu'à passer du bon temps. Toutefois, nous étions restés amis et notre passé n'avait jamais été un problème depuis que nous avions commencé à travailler ensemble. Et puis, elle était fiancée à présent.

— Quoi de neuf, Daze ? demandai-je en l'embrassant sur la joue. Tu as l'air en forme, comme toujours.

Elle sourit.

— Et toi tu as l'air d'une rock star, comme d'habitude. Contente de te voir, Holden.

— Qu'est-ce qui t'amène à Portland ? l'interrogea Dylan. Je sais que tu ne ferais pas tout ce chemin pour rien.

— Tu as raison, il fait bien trop froid ici. Mais j'ai fait une exception pour regarder mon groupe préféré jouer et pour vous apprendre une bonne nouvelle, répondit-elle en frappant dans ses mains. Une maison de disques va venir vous voir quand vous jouerez à San Francisco dans quelques jours. Et pas des moindres. Un *grand* label avec des tas d'artistes ayant gagné des Grammy : Interlude.

— Bordel, c'est énorme ! s'exclama Dylan.

— Je leur ai envoyé votre dernière démo, et l'un des recruteurs a beaucoup aimé certaines de vos chansons. Suffisamment pour venir vous écouter en personne.

Dylan porta Daisy et la fit tourner. Le reste des garçons et moi-même nous contentâmes de nous taper dans la main.

Après avoir bavardé un moment, il était presque l'heure pour nous de jouer. Daisy s'installa à une table sur le côté de la scène, et les gars commencèrent à s'échauffer. Je m'approchai d'elle.

— Hé, Daze ! Tu veux bien me rendre un service et garder mon téléphone ?

Elle sourit.

— Tu veux que je réponde aux appels de tes groupies et que je leur dise de passer dans ta chambre à des heures différentes ?

— Non, j'attends un appel de quelqu'un. Tu peux juste me dire s'il sonne ? Tu n'es pas obligée de répondre. Mais si tu vois un appel, on fera une petite pause rapide pour que je puisse rappeler.

— Bien sûr, pas de souci.

Je sortis mon portable et le lui tendis.

— Merci.

— Tu vas bien, Holden ? demanda-t-elle en inclinant la tête.

— J'ai vu mieux, confiai-je en haussant les épaules.

— Tu veux en parler ?

— Peut-être plus tard. Il faut qu'on commence.

— D'accord.

— Lala, ajoutai-je en pointant du doigt mon téléphone. C'est le prénom de la personne dont j'attends un appel. Fais-moi signe si elle me contacte.

— Compris, Holden.

Pendant les quatre-vingt-dix minutes de notre set, j'avais dû regarder Daisy une centaine de fois pour voir si Lala avait appelé. Mais elle ne l'avait pas fait. Et après le concert, les gars rejoignirent Daisy à sa table pour boire un verre. Je n'avais pas vraiment la tête à faire la fête, mais l'ambiance parmi le reste du groupe était festive, et je ne voulais pas être rabat-joie, alors je me joignis à eux. Après deux tournées, les garçons parlaient tous à des filles différentes à divers endroits du bar, et il ne restait plus que Daisy et moi. Elle avait déjà bu plusieurs verres, ce qui ne lui ressemblait pas.

— Et si on buvait un shot de tequila ? proposa-t-elle quand la serveuse passa à notre table.

Je sirotai ma deuxième bière depuis près d'une heure. Avant que je puisse refuser, elle se tourna vers la femme.

— Deux shots de Don Julio, s'il vous plaît. Et je prendrai une autre tequila sour.

J'arquai un sourcil quand la serveuse s'éloigna.

— Tu fêtes ça comme il se doit. Est-ce que ça veut dire que tu as un bon pressentiment en ce qui concerne le producteur qui va venir nous voir ?

Elle poussa un grand soupir.

— J'ai rompu avec Rob hier soir.

— Ton fiancé ? Pourquoi ? Je pensais que c'était un type bien.

— C'est le cas. Il est vraiment *génial*. C'est pour ça que ça craint d'avoir rompu avec lui.

— Quel était le problème ?

— C'est juste qu'il n'y avait pas d'alchimie. J'ai essayé quelques trucs pour raviver la flamme, mais ça n'a pas fonctionné, révéla-t-elle en secouant la tête. Je suis trop jeune pour me retrouver dans un mariage ennuyeux. J'aime trop le sexe.

Je terminai ma bière.

— Ça craint. On peut forcer beaucoup de choses, mais l'alchimie n'en fait pas partie.

La serveuse nous apporta nos shots et le verre de Daisy.

— Vous désirez une autre bière ?

— Non, merci.

Daisy leva son shot, alors j'en fis de même.

— Aux relations sexuelles qui en valent la peine, comme les nôtres à l'époque.

Je trinquai, mais n'ajoutai rien, car je ne voulais pas lui donner de mauvaise impression.

— Alors, qui est cette Lala dont tu attendais l'appel ?

— Une femme que je fréquente.

— Et c'est toi qui attends de ses nouvelles et pas le contraire ? Ça ne ressemble pas au Holden Catalano que je connais.

Je souris.

— Oui, c'est tout nouveau pour moi. Et je dois avouer que ce n'est pas agréable de ne pas recevoir d'appel d'une personne qui a dit qu'elle me contacterait.

— Elle doit être spéciale.

— Elle l'est, acquiesçai-je.

— Je suppose que l'alchimie est présente entre vous.

— En effet.

Elle se mit à rire.

— Je parie qu'aucune femme ne s'est jamais plainte d'un manque d'alchimie avec toi. Tu es beaucoup trop sexy pour ça, ajouta-t-elle en pointant mon visage du doigt. Tes yeux, ta barbe, ton attitude nonchalante. Bon sang, même un bonnet est sexy sur toi.

Daisy avala la moitié de son verre.

— Peut-être que tu devrais ralentir un peu.

— Absolument pas. Je veux prendre une bonne cuite.

Une heure plus tard, elle atteignit son objectif. J'étais en quelque sorte devenu son baby-sitter, et voilà que je me retrouvais à devoir l'aider à s'installer dans un Uber pour rentrer à notre hôtel. Elle était tellement bourrée que je dus garder mon bras autour d'elle pour m'assurer qu'elle reste debout lorsque nous sortîmes de la voiture. Une fois devant sa chambre, j'ouvris la porte et allumai les lumières. Elle lâcha son sac à main après avoir fait deux pas, et tout son contenu se renversa quand il atterrit à l'envers sur le sol. Je l'installai sur son lit, avant de ramasser toutes ses affaires par terre. Ensuite, je posai tout sur la table de nuit, y compris sa pochette en cuir et son téléphone, puis j'approchai du pied du lit pour lui retirer ses sandales.

— Bon, Daze, tu es dans ta chambre. Je vais y aller. Ça va aller pour toi ?

Elle sourit en gardant les yeux fermés.

— Tu vas où ? Tu ne veux pas coucher avec moi ? Je suis célibataire maintenant, tu sais.

C'était probablement l'alcool qui parlait. Mais sobre ou non, personne d'autre que Lala ne m'intéressait. En fait, rien que de me trouver seul dans une chambre d'hôtel avec une autre femme me mettait mal à l'aise. Alors je me penchai pour déposer un baiser sur le front de Daisy.

— Je prendrai de tes nouvelles dans la matinée.

Je crus l'entendre ronfler en refermant la porte derrière moi.

De retour dans ma chambre, je fus soulagé d'être seul. Il fallait que j'appelle Lala. Je ne pouvais plus attendre. Son absence de nouvelles me faisait peur. Il fallait que je dorme un peu cette nuit, alors j'allais lui téléphoner, même si c'était elle qui était censée le faire. Je retirai mes chaussures et avalai la moitié de la bouteille d'eau offerte par l'hôtel, avant de m'asseoir sur mon lit et de sortir mon téléphone.

Sauf que... mon code ne fonctionnait pas.

J'essayai une deuxième fois, puis une troisième, puis je retournai le portable.

Une coque violette? La mienne était noire. *Putain*, ce n'était pas mon téléphone. Le mien était dans ma main quand j'avais ramassé les affaires de Daisy par terre, y compris son portable. J'avais dû prendre le sien par erreur.

Putain.

Je m'en voulais d'agir comme un con en allant la réveiller, mais j'avais vraiment besoin de mon téléphone. Je ne connaissais même pas le numéro de Lala par cœur. Alors sans même prendre la peine de mettre mes chaussures, je retournai à la chambre de Daisy et frappai à la porte.

Pas de réponse.

Super. Vraiment génial.

Je frappai plus fort, puis approchai ma bouche de la porte.

— Daisy! C'est Holden. Je crois qu'on a échangé nos téléphones! Tu peux ouvrir la porte?

La troisième fois que je frappai, une porte s'ouvrit, mais ce n'était pas celle qui était devant moi.

— Certains essaient de dormir, bon sang ! s'écria un vieil homme.

— Désolé, m'excusai-je avec un geste de la main.

Il claqua la porte, et mes épaules s'affaissèrent. Je collai mon oreille contre la porte de Daisy en espérant que le bruit l'ait réveillée, mais la seule chose que j'entendis, c'était un ronflement bruyant.

Putain.

Le lendemain matin, j'attendis qu'il soit sept heures avant de retourner à la chambre de ma manageuse. Je n'avais encore une fois pas dormi, et je devenais dingue de ne pas avoir mon téléphone pour pouvoir communiquer avec Lala vu tout ce qu'elle traversait.

Daisy avait toujours été matinale, alors j'espérais que ça n'avait pas changé. Je frappai doucement pour ne pas énerver une nouvelle fois le type à côté. Par chance, elle répondit cette fois-ci.

Elle portait toujours sa tenue de la veille et elle avait mauvaise mine.

— Je suis désolé de te déranger si tôt, mais je crois que j'ai ton téléphone et que tu as le mien, l'informai-je en le lui tendant. J'ai dû les échanger hier soir quand je suis sorti de ta chambre.

Elle hocha la tête.

— Oui, c'est bien ça. J'allais descendre à l'accueil pour voir s'ils accepteraient de me donner ton numéro de chambre. J'attendais que le paracétamol que je viens de prendre fasse effet, histoire d'avoir un peu moins mal à la tête.

Elle alla chercher mon portable, tandis que je tenais sa porte ouverte en l'attendant.

— Je ne me suis pas rendu compte que ce n'était pas le mien quand j'ai décroché il y a quelques minutes. C'est ce qui m'a réveillée.

— Mon téléphone a sonné ? C'était qui ?

— Lala.

Je fermai les yeux et baissai la tête.

— Merde.

— Oui, je suis désolée. Je lui ai dit que tu n'étais pas là et que tu avais dû oublier ton téléphone ici quand tu m'as raccompagnée hier soir, mais elle n'a pas eu l'air de me croire.

Super. Génial, vraiment.

— D'accord. Merci, Daisy. On se voit tout à l'heure quand on rendra nos chambres ?

Elle acquiesça.

— Désolée de m'être mise dans cet état hier soir. J'espère que je n'ai rien dit de déplacé ou de désagréable. La soirée est un peu floue dans ma tête.

Je me forçai à sourire.

— Non, tout va bien.

Plutôt que de retourner dans ma chambre, je descendis pour prendre un peu l'air et un café. J'allais avoir besoin d'être un peu plus alerte pour ma conversation avec Lala. En regardant mes appels en absence, je me rendis compte qu'elle avait appelé deux fois hier soir et une fois ce matin quand Daisy avait décroché. Vu mon passé avec les femmes, je savais que ça n'allait pas bien se passer. Toutefois, je m'accrochais à l'espoir que ces deux derniers mois l'avaient convaincue qu'elle pouvait me faire confiance. Cependant, cet espoir s'envola dès qu'elle décrocha et que j'entendis son ton sec.

— Allô?

— Salut, ma belle.

— Sérieusement, Holden? Tu vas m'appeler «ma belle» comme s'il ne s'était rien passé? Ou est-ce que ta groupie a oublié de te dire que j'avais appelé?

Je fermai les yeux.

— Ce n'était pas une groupie. C'était Daisy, notre manageuse.

— Qui était dans ton lit...

— Non, elle n'était pas dans mon lit. Elle était dans le sien. Et j'étais dans le mien, sans pouvoir dormir parce que je ne pouvais pas te contacter. J'ai pris le téléphone de Daisy par erreur hier soir, et j'ai laissé le mien avec elle. Elle avait trop bu alors je l'ai raccompagnée à sa chambre, mais elle a fait tomber son sac à main et ses affaires se sont étalées partout. J'ai tout ramassé et j'ai récupéré le mauvais portable.

— Oh, je vois. Tu t'es comporté en vrai gentleman alors.

Je n'avais pas besoin de lui demander si c'était du sarcasme.

— C'est la vérité, Lala.

— Peu importe.

— Non, pas peu importe. Je te promets que je ne te mens pas quand je te dis qu'il ne s'est rien passé. Et tu devrais me croire. Je n'ai rien fait qui pourrait te faire douter de ma fidélité.

— Tu n'as pas besoin de le faire, ton passé s'en charge pour toi, Holden.

Je n'avais pas le droit de me mettre en colère. Je savais exactement de quoi ça avait l'air. Mais bizarrement, le fait qu'elle utilise mon passé pour expliquer son manque de confiance m'énerva.

— Et si tu me faisais un peu confiance, Lala ? Je sais que tu penses que je suis un gigolo parce que j'ai plus d'expérience que toi, mais je n'ai jamais trompé une seule fois une fille avec qui j'avais une relation sérieuse. Je couchais à droite et à gauche quand j'étais célibataire. Je sais que tu n'aimes pas l'entendre, mais je ne peux pas revenir en arrière pour tout changer.

— Non, tu ne peux pas, confirma-t-elle.

— D'ailleurs, tant qu'on parle de ça, où tu as dormi *toi* hier ? La dernière fois qu'on s'est parlé, tu étais avec Warren et tu devais me rappeler. Mon téléphone n'a pas sonné de toute la journée. Tu es retournée avec lui ? Tu en as déjà fini avec moi ? Tu as eu ce que tu voulais et tu n'as plus besoin de moi ?

— Je ne peux pas gérer ça maintenant, renifla Lala. Ma mère est en soins intensifs, et je ne peux pas être encore plus stressée.

Merde. Je l'ai fait pleurer.

— Je suis désolé, trésor. Je ne voulais pas te contrarier. C'est juste que... je suis vraiment frustré que tu ne me fasses pas confiance. Crois-moi, si tu comprenais à quel point je pense à toi, tu n'imaginerais même pas que je puisse être avec une autre femme. Je suis dingue de toi, Lala.

— Moi aussi je suis désolée.

— Est-ce qu'on peut reprendre cette conversation depuis le début ?

— Je ne peux pas pour l'instant. Il faut que je retourne à l'intérieur pour la visite des médecins. Ils commençaient à venir voir les patients quand mon téléphone a sonné, alors je suis sortie.

— D'accord. Mais dis-moi d'abord comment va ta mère.

— Ils ont pu retirer l'obstruction et elle a bien supporté l'opération. Mais comme c'est une chirurgie à cœur ouvert, ils ont dû couper son sternum pour pouvoir y accéder. Elle souffre beaucoup et elle est encore sonnée, mais ses médecins pensent qu'elle se remettra complètement.

— C'est une bonne nouvelle.

— Oui.

— Je ne veux pas te laisser, mais je sais que tu dois y retourner. Tout va bien entre nous ? Je te jure qu'il ne s'est rien passé, Lala. Je ne te ferais jamais ça.

— Oui, tout va bien.

Elle n'avait pas vraiment l'air convaincue.

— Tu m'appelles plus tard ? demandai-je.

— Je le ferai.

— Super. Au revoir, trésor.

— Salut. Désolé de vous déranger si tôt.

Deux jours plus tard, j'avais envoyé un message aux membres du groupe à neuf heures du matin, en leur demandant de me rejoindre à l'accueil. Nous n'étions pas censés prendre la route pour rejoindre San Francisco avant de rendre nos chambres à onze heures. Cette journée allait se résumer à atteindre notre destination, et le concert auquel le producteur avait prévu de venir aurait lieu le lendemain soir.

— Je dois m'absenter aujourd'hui, mais j'aimerais avoir votre accord, annonçai-je en frottant ma nuque.

Tout le monde se mit à paniquer.

— Comment ça, t'absenter ? demanda Kevin. Le producteur vient nous voir demain soir. On ne peut pas jouer sans batteur.

— Je sais. Et je promets de revenir à temps. J'ai réservé un vol à midi aujourd'hui, et je reprends un vol à midi demain sur la côte Est, ce qui me fait arriver ici à quinze heures avec le décalage horaire. On ne joue pas avant vingt-deux heures, donc ça me laisse largement le temps.

— Et si ton vol retour est annulé ?

— J'en prendrai un autre. Je prendrai trois vols différents s'il le faut. Et s'il y a du vent ou une raison qui m'empêche de vous rejoindre à San Francisco, je prendrai un vol qui me rapprochera au plus de vous et je ferai le reste du trajet en voiture. Je ne vous laisserai pas tomber.

— Ne nous la fais pas à l'envers, mec.

— Je ne le ferai pas.

— Tu ne nous as jamais fait faux bond, alors si tu dis que tu seras là, c'est que tu seras là, ajouta Monroe en secouant la tête.

J'acquiesçai et regardai Dylan. Il avait l'air moins confiant, mais il hocha la tête.

Kevin fronça les sourcils.

— Est-ce que tu peux au moins nous dire ce qu'il y a de si important ?

— La mère de Lala est malade.

Je marquai une pause et m'apprêtais à m'arrêter là, mais j'en décidai autrement.

— Et Daisy a répondu à mon téléphone quand elle a appelé il y a deux jours. Je n'étais même pas avec elle. On avait échangé nos portables la veille sans faire exprès. Mais ce n'est pas l'impression que ça donnait, surtout à cause de mon passé. On a discuté, cela dit, ça ne va pas très bien et je ne veux pas laisser ça comme ça plus longtemps. Il faut que je la voie en personne.

Dylan hocha la tête.

— Tu veux que je te conduise à l'aéroport ?

— Oui, si ça ne te dérange pas. Ce serait sympa.

Neuf heures plus tard, j'arrivai au Jefferson Hospital. Je me rendis dans la salle d'attente la plus proche des soins intensifs et j'envoyai un message à Lala. Elle ignorait que j'avais fait le voyage jusqu'ici, et je ne savais même pas si elle était là… ou si Warren était toujours dans le coin.

Holden : Tu es encore à l'hôpital ?

Elle me répondit quelques minutes plus tard.

Lala : Oui. Je vais sûrement partir dans une heure ou deux. Mon père va passer la nuit ici.

Holden : Est-ce que tu peux aller dans la salle d'attente une minute ? J'ai une surprise pour toi.

Lala : Une surprise dans la salle d'attente ? Laquelle ? Et comment tu as fait ça ?

Holden : Celle qui est à côté de l'entrée des soins intensifs.

Lala : D'accord.

Je m'appuyai contre le montant de la porte qui se trouvait juste au bout du couloir qui menait à l'unité de soins intensifs, en me disant que je la verrais quand la double porte s'ouvrirait. Trente secondes plus tard, je la vis apparaître, et elle écarquilla les yeux.

— Oh, mon Dieu ! s'exclama-t-elle en courant vers moi.

Je la serrai fort dans mes bras en la soulevant.

— Qu'est-ce que tu fais là ?

— Je voulais m'assurer que tu allais bien.

— Mais tu as un concert important demain soir. Celui avec le producteur.

— Je sais, acquiesçai-je. Je serai rentré à temps. Je prends le vol de demain midi.

Elle me regarda droit dans les yeux.

— Je n'en reviens pas que tu sois là.

— Je suis désolé de ne pas avoir pu venir plus tôt.

Je la serrai contre moi et l'embrassai.

— Je suis désolé de t'avoir fait du mal, Lala.

— Merci d'être venu. Ça signifie beaucoup pour moi, déclara-t-elle en prenant un air plus doux.

La double porte menant aux soins intensifs s'ouvrit de nouveau. Lala lui tournait le dos, mais je vis l'homme qui en sortit avant qu'il me voie... avant qu'il nous voie.

— Ton père... murmurai-je.

Lala recula et lissa son haut. Monsieur Ellison repéra sa fille au bout du couloir et sourit. Puis ses yeux se posèrent sur moi et son sourire s'évanouit.

Bill ne va définitivement pas me donner son numéro de téléphone de sitôt.

— Bonjour, monsieur Ellison.

— Holden. Qu'est-ce que tu fais ici ?

J'observai Lala, et son visage me confirma ce que je soupçonnais déjà. Ses parents n'étaient pas au courant pour nous. Je lui tendis ma main et souris du mieux possible.

— Je suis en ville pour un concert et j'ai appris pour madame E. Je me suis dit que j'allais passer voir comment elle allait et prendre des nouvelles de Lala.

Il sourit.

— C'est très gentil de ta part. Jeanne va beaucoup mieux. Merci.

— Je suis ravi de l'apprendre.

— J'allais aux toilettes, donc tu peux aller lui rendre visite si tu veux. Ils n'autorisent que deux personnes à la fois. Lala peut t'accompagner.

— Merci, acquiesçai-je.

Je suivis Lala dans le couloir jusqu'à la chambre de sa mère. Madame Ellison dormait, mais elle avait l'air d'aller mieux que ce que j'avais imaginé.

— Elle a bonne mine.

— Je l'ai un peu maquillée et je l'ai coiffée. Ma mère est de la vieille école et elle détesterait que quelqu'un la voie sans qu'elle soit apprêtée, indiqua-t-elle en mimant des guillemets.

— Tout pour la rendre heureuse.

Nous restâmes avec elle un petit moment, puis monsieur Ellison revint et nous discutâmes tous les trois. Lala était là depuis hier soir, et c'était au tour de son père de dormir ici.

— Je vais y aller, papa, l'informa-t-elle. Je ne veux pas qu'on ait d'ennuis parce qu'on est trois dans cette pièce. Et je suis super fatiguée. Toutes les alarmes m'ont encore empêchée de dormir cette nuit.

— Va te reposer, répondit monsieur Ellison en hochant la tête.

— Je reviens demain matin avant la visite des médecins.

— D'accord, ma chérie.

Je tendis ma main au père de Lala.

— Je vais y aller aussi. Ce fut un plaisir de vous revoir, monsieur Ellison. J'espère que votre femme se rétablira vite.

Il m'adressa un sourire chaleureux.

— Tu vas bientôt avoir trente ans. Je pense que tu peux m'appeler Bill maintenant, fiston.

Bien, bien, bien... peut-être qu'il y a de l'espoir, en fin de compte.

CHAPITRE 23

Le lendemain matin, Holden et moi étions allongés au lit, et aucun de nous n'était prêt à se lever pour affronter le monde.

Je n'arrivais toujours pas à croire qu'il avait fait le chemin jusqu'ici.

Après notre retour chez moi la veille au soir, nous avions failli nous disputer une nouvelle fois, jusqu'à ce qu'il saisisse mon visage et qu'il m'embrasse passionnément. Ensuite, il m'avait portée jusqu'à ma chambre et m'avait fait l'amour comme la nuit qui avait précédé son départ de New York – lentement, sensuellement, et d'une façon qui me fit comprendre avec certitude que mon cœur avait passé le point de non-retour.

Le soleil matinal filtrait à travers la fenêtre. Alors que nous étions allongés côte à côte dans mon ancien lit, je me sentis nerveuse à l'idée d'aborder le sujet de la femme qui avait répondu à son téléphone. Je croyais à ses explications, pourtant, la situation en elle-même et ma réaction me perturbaient toujours.

— Tu devrais aller à l'aéroport plus tôt pour être sûr de ne pas rater ton vol, suggérai-je.

— Je veux d'abord aller à l'hôpital avec toi.

— Tu n'es pas obligé, Holden.

— Si. Je veux profiter de chaque seconde avec toi avant d'être vraiment obligé de partir, insista-t-il en sondant mon regard. Tu hésites à me laisser venir ? Ne t'en fais pas, j'inventerai encore une histoire pour ton père.

— Tu ne devrais pas avoir à faire ça.

— Oui, mais ce n'est pas grave. On n'a pas le choix pour l'instant puisqu'ils ne sont pas au courant de notre relation.

Il haussa les épaules.

Il y avait une autre raison pour laquelle la présence de Holden pourrait causer un esclandre aujourd'hui.

— Warren a dit qu'il passerait peut-être ce matin.

Il prit une grande inspiration et souffla lentement.

— OK, pas de souci. Je lui raconterai la même histoire, proposa-t-il en levant les yeux au ciel. Je n'aime pas que tu te soucies de ce qu'il pense, mais je comprends. Tu n'as pas besoin qu'il y ait des histoires en ce moment. Je peux mettre mon ego de côté le temps d'une journée.

— Merci pour ta compréhension. En parlant de ça, je te dois des excuses pour la réaction que j'ai eue quand cette femme a décroché ton téléphone, ajoutai-je en passant mes doigts sur son torse.

— Tu ne me dois rien du tout. Tu as réagi comme je l'aurais sûrement fait si la situation avait été inversée. C'était juste de la poisse. Je ne t'en veux pas d'avoir paniqué.

— Si c'est ta manageuse, pourquoi elle n'a pas simplement expliqué qui elle était ? Elle aurait pu le faire. Mais elle avait l'air louche, pour être honnête.

Holden se redressa, tourna son corps vers moi, et je le vis hésiter.

— Daisy est ma manageuse, mais... on a eu une petite histoire qui n'a pas duré longtemps.

Mon ventre se noua.

— Évidemment, marmonnai-je en reculant.

— Putain, jura-t-il en fermant brièvement les yeux. Tu préférerais que je te mente, Lala ?

— Non.

— On a tous les deux tourné la page. Elle s'est fiancée en début d'année. J'étais très heureux pour elle, parce que ce type avait l'air d'être quelqu'un de bien. Mais elle m'a appris qu'elle a rompu avec lui récemment. Je pense qu'elle espérait peut-être qu'il se passe quelque chose entre nous pendant cette tournée, mais quand elle a insinué ça, je lui ai parlé de toi, soupira-t-il. Bref, elle ne s'est peut-être pas expliquée correctement par méchanceté parce que je l'ai repoussée.

Je hochai la tête.

— Merci pour ton explication. Je suis désolée d'être si tendue. Toi aussi tu dois supporter beaucoup de choses avec Warren dans les parages. Il faut qu'on se fasse confiance.

— Dis-moi que tu le penses vraiment, Lala. Regarde-moi dans les yeux et dis-moi que tu me fais confiance. J'ai besoin de l'entendre avant de repartir en tournée.

Je me levai pour le chevaucher, et je posai mes mains sur ses joues couvertes d'une petite barbe.

— Je te fais confiance, Holden. Vraiment.

— Je suis venu pour que tu te sentes mieux, pas pour te stresser encore plus, m'assura-t-il en posant ses mains sur les miennes.

— Le fait que tu quittes la tournée pour venir ici représente beaucoup pour moi.

Après s'être traîné hors du lit, Holden nous prépara des œufs brouillés et du café, puis arriva l'heure de partir.

La visite à l'hôpital se passa mieux que prévu puisque Warren ne vint pas. Ce qui fut un grand soulagement.

Holden raconta à mon père que j'avais proposé de le conduire à l'aéroport aujourd'hui. Je n'imaginais même pas ce qu'il dirait s'il savait que Holden avait passé la nuit avec moi.

Malgré ce petit mensonge malaisant, nous apprîmes la meilleure nouvelle possible : ma mère était sortie des soins intensifs et son état était stable. Je me sentis suffisamment confiante pour quitter l'hôpital quand arriva l'heure d'accompagner Holden à l'aéroport, sans avoir l'impression que j'allais rater quelque chose d'important.

Lorsque nous arrivâmes au dépose-minute, Holden m'enlaça et me serra contre lui. Le vent soufflait dans ses cheveux qui dépassaient de son bonnet.

— C'est passé bien trop vite, soufflai-je contre son torse. J'aimerais tellement que tu ne sois pas obligé de partir.

— Tu n'imagines même pas à quel point j'aimerais rester, trésor. Ça craint vraiment.

Je levai les yeux vers lui.

— Si ma mère continue à aller mieux, je rentrerai à New York dans quelques jours.

— D'accord. Appelle-moi à n'importe quelle heure du jour ou de la nuit, insista-t-il en me serrant plus fort. Je suis sérieux, Lala. Tu es ma priorité. Rien d'autre n'a d'importance en ce moment.

— Impressionne-les ce soir au concert. Je penserai à toi.

— C'est moi qui passerai chaque seconde à penser à *toi*.

Il me porta comme une princesse, ce qui me fit glousser, puis il me regarda droit dans les yeux.

— Je... hésita-t-il en me reposant par terre.

Mon rythme cardiaque s'emballa.

— Tu vas beaucoup me manquer, finit-il par me confier.

Et juste comme ça, mon cœur se dégonfla.

Quelques jours plus tard, j'étais en train de ranger mes affaires chez mes parents. Puisque ma mère allait bientôt quitter l'hôpital, je pouvais rentrer à New York.

C'était un immense soulagement de savoir qu'elle allait se rétablir, et j'étais vraiment reconnaissante d'avoir pu être présente, même si j'étais désormais super en retard dans mon projet de recherche. En fin de compte, ça n'avait pas d'importance. Rien ne comptait plus que la famille.

Mon père apparut sur le seuil de ma chambre.

— Je peux entrer ?

— Bien sûr, répondis-je en posant le T-shirt que j'étais en train de plier. Je ne savais pas que tu étais là.

— Je suis juste passé récupérer quelques petites choses et remplir le frigo.

Il garda le silence un moment et m'observa faire mon sac.

— Depuis combien de temps tu fréquentes Holden Catalano ?

Je me figeai.

— Pourquoi cette question ?

— Je t'ai vue dans ses bras le premier jour où il est venu à l'hôpital, Lala. Mais en dehors de ça, je ne suis pas bête. Tu crois que je ne suis pas capable de faire le rapprochement ? Tu romps tes fiançailles avec un homme bien. Tu habites à côté de chez Holden. Il se pointe à l'hôpital parce qu'il paraît qu'il est en ville. Tu penses que ton père est aveugle ?

Je soupirai.

— D'accord. Oui, je sors avec Holden.

L'admettre me donna l'impression qu'on m'enlevait un énorme poids des épaules.

Il arqua un sourcil.

— Est-ce que tu es en train de me dire que tu as quitté Warren pour lui ?

— Non. Enfin, Holden a peut-être été un facteur supplémentaire, mais j'ai rompu mes fiançailles parce que je n'étais pas prête à m'engager de cette manière, papa. Tout simplement. Holden et moi... prenons juste du bon temps pour l'instant. On verra où les choses nous mèneront.

— Bon sang, Laney. Je n'ai pas besoin de t'expliquer pourquoi tout ça me semble être une très mauvaise idée.

— Je sais que tu as des a priori sur lui, papa, mais on tient l'un à l'autre. Je ne peux pas t'assurer à cent pour cent que je sais où ça va nous mener, mais je lui fais confiance. Il ne me fera pas de mal.

— Je sais que c'était un très bon ami de ton frère, mais sa réputation le précède. J'espère juste que tu sais ce que tu fais.

— Je ne sais pas exactement ce que je fais, plaisantai-je. Mais pour l'instant, je suis heureuse. Heureuse comme je ne l'ai jamais été. Je me sens...

Je marquai une pause.

— Vivante.

Il acquiesça.

— Alors il faut que je l'accepte.

La sonnette retentit, interrompant notre conversation.

— Tu attends quelqu'un ? demandai-je.

— Non.

Nous nous rendîmes ensemble à la porte d'entrée.

Lorsqu'il l'ouvrit, j'aperçus Warren qui portait une chemise à manches courtes et un nœud papillon.

— Bonjour, Bill. Je suis juste passé dire au revoir à Laney avant d'aller au travail.

Mon père s'écarta.

— Entre, fiston.

— Salut, lançai-je en lui faisant un signe de la main.

— Salut, répondit-il d'un air triste.

Mon père récupéra ses clés.

— Je, euh, je vais vous laisser un peu d'intimité. De toute façon, il faut que j'aille faire des courses avant que ta mère rentre à la maison. Je rentrerai à temps pour te dire au revoir, ma chérie.

— D'accord, papa.

Après le départ de mon père, je levai les yeux vers Warren, qui faisait tourner nerveusement ses pouces.

— Tu as l'air préoccupé. Est-ce que tout va bien ? demandai-je.

— Non, ça ne va pas vraiment, Laney, avoua-t-il.

— Viens t'asseoir.

Il s'assit en face de moi sur le canapé du salon.

— Parle-moi, Warren.

— Eh bien... soupira-t-il. Je l'ai eu. Le poste en Californie.

— C'est vrai ? C'est génial ! m'exclamai-je en souriant.

Il n'y avait pas une once de joie sur son visage.

— Ah oui ?

— Oui, confirmai-je.

— Ça pourrait être la chance de ma vie, mais je serais

prêt à décliner l'offre sans hésiter si ça signifiait qu'on allait se remettre ensemble. Je sais que tu n'as jamais voulu t'installer là-bas. Et tu représentes plus pour moi qu'un emploi.

Mon cœur se serra.

— Il faut que tu acceptes.

Il baissa la tête.

— Je crois que je sais ce que ça signifie.

— Je suis vraiment désolée, Warren, m'excusai-je d'une voix tremblante.

Il croisa mon regard.

— Il ne me reste plus qu'à espérer que lorsque tu reviendras à la raison, tu voudras me rejoindre là-bas. Je ne perdrai pas espoir, même en sachant que tu n'as pas été honnête avec moi. Même en sachant que tu m'as brisé le cœur, je ne perds toujours pas espoir.

Il me fallut un moment pour comprendre ce qu'il venait de dire.

— Tu dis que je n'ai pas été honnête avec toi. Tu fais référence à quoi ?

— Est-ce que c'est à cause de *lui* que tu m'as quitté ? m'interrogea-t-il en m'adressant un regard pénétrant.

Je déglutis.

— Qui ça ?

— Holden.

J'ouvris et refermai la bouche plusieurs fois.

— Comment...

Il fixa la lampe d'un air absent.

— Je suis venu à l'hôpital il y a quelques jours. Il était là avec toi, il te serrait dans ses bras... alors que ça aurait dû être moi. Vous étiez dissimulés derrière un distributeur automatique, probablement en train de vous cacher. Tu ne savais sûrement pas que j'allais arriver de ce côté-là, mais je suis passé aux toilettes. Tu étais trop occupée pour me repérer, ajouta-t-il en frottant ses tempes. Je suis parti parce que je n'étais pas d'humeur à me ridiculiser.

Mon cœur se brisa en mille morceaux.

— Je suis vraiment désolée, Warren. J'aurais dû te dire que j'avais commencé à sortir avec lui. Ce n'est pas la raison principale de notre rupture. J'avais surtout besoin de profiter de la vie avant de me poser. Mais...

— Il se trouve simplement qu'*il* était juste là quand tu as pris cette décision, c'est ça ?

Il se leva.

— Il faut que j'y aille. Je suis en retard à un rendez-vous, ajouta-t-il.

Il rejoignit la porte, mais il se retourna avant de partir.

— Je ne vais pas juger tes choix. Il n'est pas le genre d'homme que j'aurais choisi pour toi. Il n'est qu'une passade, Laney. Et tu finiras par reprendre tes esprits. J'en suis *certain*. Je prévois d'attendre que ce moment arrive, mais je ne sais pas si je pourrai attendre éternellement.

Épuisée mentalement, je rentrai à New York ce soir-là en me sentant très mal. D'un autre côté, j'étais très heureuse que Warren ait obtenu le poste en Californie. Il méritait de changer d'air, dans un nouvel environnement où il ne penserait pas à moi à chaque coin de rue. Cela dit, ce qu'il avait ajouté à propos du fait que Holden n'était qu'une passade s'était un peu infiltré dans mon esprit, surtout en ayant passé beaucoup de temps seule dans ma voiture où toutes ces pensées m'avaient rongée.

Après avoir pris une douche et enfilé des vêtements confortables, je me blottis sur mon canapé et décidai de vérifier la page Instagram du groupe After Friday. J'y trouvai des photos des derniers concerts, y compris du soir où Holden venait de rentrer de Pennsylvanie. Il m'avait dit que celui-ci s'était particulièrement bien passé et que le producteur avait dit à leur manageuse qu'il la recontacterait.

Ils avaient dû charger quelqu'un de prendre ces clichés censés être spontanés, parce qu'ils étaient sublimes. Monroe faisant l'amour au micro, Dylan jouant de la basse les yeux fermés. J'aimais particulièrement les photos de Holden balançant ses baguettes sous les projecteurs. On pouvait lire tellement de passion dans son regard. Il me manquait encore plus. J'aurais tout donné pour qu'il soit dans l'appartement d'à-côté ce soir-là.

Presque au même moment, mon téléphone se mit à sonner. C'était un appel FaceTime de Holden. Aussi rapidement qu'il était possible de le faire, je décrochai.

— Hé ! Comment tu as su que je pensais à toi ?

— Tu es rentrée à New York ?

— Oui. Je me suis retrouvée dans des embouteillages monstrueux, alors je suis arrivée il n'y a pas très longtemps.

— Bon sang, il est presque vingt-trois heures. Ça craint. Mais je suis content que tu sois bien rentrée.

Holden m'avait dit que le groupe aurait un tour bus pour la dernière partie de leur voyage, et je pouvais voir qu'il était allongé dans un espace exigu. Ses cheveux partaient dans toutes les directions. J'aurais tellement aimé passer mes mains dedans.

— Tu fais quoi de beau ce soir ? demandai-je.

— On est en repos. Deux des garçons vont en boîte, mais je vais juste commander une pizza, traîner dans le bus et regarder des films.

— Pourquoi tu ne sors pas avec eux ?

— C'est juste que ça ne m'intéresse pas. Je suis épuisé, et tout ce dont j'ai envie, c'est de te parler.

— *Syphilis !*

Je penchai ma tête.

— Est-ce que quelqu'un vient de dire syphilis ?

— C'était Monroe. Ignore-le.

— *Chlamydia !*

— C'était qui ?

— Dylan.

— Pourquoi il a dit ça ?

— Les gars adorent plaisanter en disant que je ne veux pas faire la fête parce que j'ai une MST. Je leur ai expliqué pourquoi ça ne m'intéressait pas de coucher avec n'importe quelle femme du coin, mais ça les fait beaucoup trop rire de me taquiner. Ils déconnent encore plus en ce moment parce qu'ils voient que je suis au téléphone avec toi. Ignore-les, s'il te plaît.

Je me mis à rire.

— C'est dingue.

Il se leva brusquement et se dirigea vers l'arrière du bus.

— Attends, je vais dans la chambre pour avoir un peu d'intimité.

Holden s'allongea sur un lit.

— Ah, c'est mieux, déclara-t-il, avant de soulever un string en dentelle. Monroe s'est un peu trop amusé ici tout à l'heure.

— Beurk, plaisantai-je.

Je me souvins qu'il m'avait dit qu'ils occupaient la chambre principale à tour de rôle, et que les autres dormaient dans les couchettes.

— J'aimerais pouvoir être allongée dans ce lit avec toi.

— Pourquoi on ne ferait pas comme si c'était le cas, ma belle ?

Il retira son T-shirt, exposant son torse et ses tatouages magnifiques. Cet homme était une œuvre d'art.

Chaque terminaison nerveuse de mon corps s'éveilla. J'avais prévu de lui expliquer ce qui s'était passé avec Warren durant cet appel, mais tout oublier me semblait une bien meilleure idée.

— Est-ce que quelqu'un pourrait te surprendre dans la chambre ? demandai-je.

— Non, j'ai verrouillé la porte.

Sur cette information, je retirai à mon tour mon T-shirt.

Holden resta bouche bée. Il fallait croire qu'il ne s'attendait pas à ce que je fasse ça.

— Tu veux me tuer ?

— J'ai juste pensé que puisque je peux voir ta belle poitrine, tu aimerais peut-être voir la mienne.

— Tu sais que j'adore tes seins, mais c'est de la torture quand je ne peux pas les sucer. Cela dit, si tu veux faire ça, je suis partant, Lala.

Je me mis à dessiner des cercles autour de mes mamelons du bout des doigts.

— Oh... c'est parti, alors ?

Holden arbora un air espiègle lorsqu'il remua pour ajuster quelque chose.

— Tu vois ce que tu as fait ? demanda-t-il en baissant un instant le téléphone.

Il était en érection, son sexe magnifique parfaitement dressé.

— Je veux te regarder te caresser, murmurai-je, en me sentant de plus en plus excitée.

— Oh, quelle vilaine fille. J'adore quand tu me

parles comme ça, répondit-il avec un grand sourire. Et évidemment, je vais me toucher pour toi, mais seulement si tu fais la même chose pour moi.

Je levai le portable pour qu'il puisse me voir baisser mon short et commencer à caresser mon clitoris.

Holden rejeta la tête en arrière, tout en se masturbant et en gémissant.

— Garde le téléphone dans cette position pour que je puisse te regarder. C'est tellement excitant, Lala.

Je fermai les yeux et me perdis dans cette masturbation mutuelle.

— Je vais jouir, finit-il par gémir.

Je jetai un coup d'œil à l'écran pour voir le sperme jaillir de son gland.

Je basculai également, et je sentis les muscles de mon entrejambe se contracter lorsque je m'abandonnai à cette extase tellement méritée après ces dernières longues journées.

Je poussai un long soupir.

— C'était tellement bon.

— Il faut qu'on fasse ça plus souvent tant que je ne suis pas avec toi, haleta-t-il.

— Maintenant que je suis rentrée, c'est possible.

— C'est vrai. Ça n'aurait pas été malin de te faire jouir pour moi via FaceTime alors que ton père aurait pu entrer à n'importe quel moment quand tu étais en Pennsylvanie.

D'ailleurs, à ce sujet, je pouvais au moins lui raconter cette partie de l'histoire.

— En parlant de mon père...

— Il se passe quoi? demanda Holden en remontant son pantalon et en se redressant.

— Eh bien, il m'a vue dans tes bras à l'hôpital et il a fait le rapprochement.

Il ferma les yeux.

— Mince.

— Ce n'est rien. Je lui ai avoué qu'on sortait ensemble. Il l'a accepté.

— Est-ce que c'était vraiment si facile ou est-ce que tu me caches des choses ?

Je ne voulais pas lui mentir...

— Il s'inquiète à cause de ta réputation, mais je pense que c'est compréhensible puisque tu étais plutôt sauvage et que tu as toujours eu une fille différente à tes côtés à l'époque où il te côtoyait.

Holden tira ses cheveux et sembla réfléchir à quelque chose.

— À quoi tu penses ?

— Je me dis que j'aurais envie de me tuer si j'étais à sa place.

Je finis par lui raconter pour Warren et son poste en Californie, et je lui parlai aussi du fait que j'avais avoué notre relation à mon ex.

Nous restâmes encore un peu au téléphone, jusqu'à ce que je n'arrive plus à garder les yeux ouverts. Même si l'avenir restait incertain, je fermai les paupières, bercée par la voix de Holden, en sachant que pour l'instant, les moments comme celui que j'avais passé avec lui ce soir étaient tout ce dont j'avais besoin.

CHAPITRE 24

Lala

J'avais l'impression d'être nue.

En même temps, c'était un peu le cas vu que la plupart de ma peau était visible. Je jetai un dernier coup d'œil dans le miroir en prenant une grande inspiration. *Je suis belle… Non, je ne suis pas belle. Je suis sexy, sans vouloir me jeter des fleurs.* Après treize jours sans voir Holden, il allait enfin rentrer aujourd'hui. Pour fêter ça, j'étais passée dans une boutique de lingerie et j'avais acheté une tenue osée. Au départ, j'avais essayé une jolie nuisette blanche qui collait sûrement mieux à ma personnalité, mais ensuite, j'avais décidé de sortir de ma zone de confort et d'essayer quelque chose que Holden pourrait aimer. En fin de compte, j'avais acheté une nuisette rouge qui s'accrochait autour du cou, qui était fendue sur les côtés, avec un string dont l'avant était inexistant, et un soutien-gorge à balconnet d'où mes seins débordaient. Cette tenue était complétée d'un porte-jarretelles, de bas résille et de talons hauts en satin avec des pompons en fausse fourrure. J'avais hâte de voir la tête de Holden quand il allait entrer chez lui et qu'il allait me voir comme ça.

Par chance, je n'eus pas à attendre longtemps. Moins d'une demi-heure plus tard, j'entendis une clé ouvrir la porte d'entrée. Me sentant audacieuse dans cette tenue, je m'appuyai contre le comptoir de la cuisine de la manière la plus sexy possible en l'attendant. Mon cœur cogna dans ma poitrine lorsque la porte s'ouvrit et qu'il entra. Toutefois, il s'arrêta de battre quand je me rendis compte qu'*il n'était pas seul...*

— Merde, lâcha Holden.

Il se retourna et couvrit les yeux de son bassiste.

Je me précipitai aussitôt dans sa chambre, en étant reconnaissante qu'il ait fait ce geste, car j'étais tout aussi dénudée derrière que devant. Mortifiée, je récupérai mes vêtements sur la commode, enfilai mon T-shirt, puis mon jean. Ce dernier n'était qu'à la moitié de mes cuisses quand Holden ouvrit la porte de la pièce.

Je fermai les yeux.

— S'il te plaît, dis-moi qu'il existe un trou quelque part chez toi qui pourrait me faire disparaître.

— Retire ce pantalon, m'ordonna-t-il. Ton haut aussi.

Je secouai la tête sans ouvrir les paupières.

— Je crois que je n'ai plus envie. Je suis vraiment désolée. Je ne savais pas que tu ramenais quelqu'un chez toi.

— Il est parti. Maintenant, retire ces vêtements et laisse-moi te regarder dans cette tenue.

— J'ai trop honte, Holden.

— Il n'y a *aucune* honte à avoir, trésor. Mais tu as moins de cinq secondes pour te déshabiller, sinon c'est moi qui vais le faire pour toi.

Je finis par ouvrir les yeux. La façon dont Holden me reluquait m'aida à retrouver confiance en moi. Son regard était sombre, et il y avait quelque chose de dangereux dans sa manière de mordre sa lèvre inférieure.

— Je n'arrive pas à croire ce qui vient de se passer, insistai-je en secouant de nouveau la tête.

— Oublie tout le reste. Tu n'imagines même pas à quel point tu m'as manqué, déclara-t-il, avant de marquer une pause et d'incliner la tête. Est-ce que tu sais à quel point tu es magnifique, à m'attendre habillée comme ça ? Est-ce que tu sais à quel point tu es sexy ?

J'ignorais comment cet homme parvint à faire ça, mais je commençais à oublier ce qui venait de se passer à la cuisine et à croire à ce qu'il disait. La chaleur dans son regard me faisait aussi me sentir désirée, alors je lui obéis et je retirai les vêtements que j'avais enfilés pour me couvrir.

Holden passa une main dans ses cheveux, tout en faisant courir ses yeux sur mon corps.

— Bon sang. Je suis l'enfoiré le plus chanceux de cette planète, affirma-t-il en secouant la tête. Je ne te mérite vraiment pas, mais je suis bien trop égoïste pour m'en soucier.

L'air crépita quand il approcha. S'il me restait le moindre doute sur le fait qu'il essayait simplement de me remonter le moral, celui-ci disparut lorsque je remarquai la bosse dans son pantalon. On aurait dit que son désir essayait de s'échapper en arrachant sa braguette.

Holden posa une main sur mes fesses et me souleva contre lui. Mes jambes s'enroulèrent autour de son corps, alors qu'il m'embrassait d'une manière qui devint vite incontrôlable.

— Bordel, gémit-il. Je peux sentir à quel point tu es mouillée à travers le tissu de ta tenue et mes vêtements.

— Non, impossible, répliquai-je en tirant sur sa lèvre

inférieure avec mes dents. Parce que cette tenue n'a pas de tissu à l'avant.

— J'ai envie de t'attacher. Toutes les nuits de cette dernière semaine, j'ai rêvé de t'entraver les mains. Mais le faire quand tu es habillée comme ça ? Je n'aurais pas pu rêver mieux.

Il recula sa tête et croisa mon regard.

— Est-ce que ça te dit, trésor ?

Je déglutis.

— Oui.

Un sourire espiègle étira ses lèvres.

— Alors grimpe sur ce lit.

Holden me posa sur le matelas, puis il alla récupérer une ceinture dans sa commode. Il la plia en deux, puis il fit claquer le cuir, créant ainsi un bruit extrêmement érotique.

— Les bras au-dessus de ta tête. Colle tes mains.

Il secoua la tête tout en me fixant pendant que je lui obéissais.

— Je pourrais te regarder comme ça toute la journée, trésor.

Il se déshabilla sans me quitter des yeux. Je fus encore plus excitée en voyant sa belle peau hâlée, décorée de tous ses tatouages sexy. Ses abdos étaient sculptés, et une grosse veine remontait le long de chacun de ses bras musclés. Mais lorsqu'il baissa son pantalon et son boxer, ma bouche devint sèche en observant son érection imposante se dresser contre son ventre. Il posa un genou sur le lit et avança jusqu'à moi, puis il chevaucha ma taille et se pencha pour attacher la ceinture en cuir autour de mes poignets.

— Essaie de te libérer, ajouta-t-il après avoir fini.

Je tentai de le faire, mais c'était impossible.

Holden sourit.

— Ne tire pas trop fort. Le cuir pourrait irriter ta peau et laisser des marques. Il faut que je trouve quelque chose de plus doux pour la prochaine fois.

— D'accord.

Il installa un oreiller sous ma tête, puis regarda autour de lui avant de descendre du lit.

— Attends une minute.

Il détacha un grand miroir de la porte de sa penderie, puis il le posa en position horizontale sur la commode au pied du lit.

— Est-ce que tu arrives à te voir ? demanda-t-il.

— En partie, acquiesçai-je.

— Laquelle ?

— Le haut de mon corps.

Il modifia l'angle du miroir.

— Maintenant, qu'est-ce que tu vois ?

— De ma taille à mes pieds.

— Parfait, écarte tes jambes, m'intima-t-il en souriant. Je veux que tu puisses voir quand je te dévore.

— Euh, d'accord.

J'étais à peine cohérente lorsqu'il revint sur le lit et qu'il se plaça entre mes jambes. Holden souffla doucement contre mon sexe humide, et un frisson parcourut tout mon corps. Son regard s'enflamma quand il me regarda et qu'il me lécha sur toute ma longueur.

— Oh, bon sang, gémis-je.

Sa langue se posa sur mon clitoris, et il l'aspira fort. Sans réfléchir, je voulus poser mes mains sur lui, mais j'oubliai qu'elles étaient liées et le cuir mordit ma peau. La douleur se répercuta directement entre mes jambes.

Oh, waouh. J'ignorais que j'aimais ça. Il glissa sa langue en moi, et je tirai de nouveau sur mes poignets, un peu plus fort cette fois.

Je gémis.

— Holden...

Mon orgasme allait me faire basculer bien trop vite. Je le sentais déjà arriver.

— Ralentis... s'il te plaît...

Toutefois, ma demande l'encouragea seulement à aller plus vite. Holden suça, lécha, et ajouta deux doigts alors que j'approchais de la jouissance. Lorsque je l'atteignis, je criai si fort que j'étais presque sûre que les passants m'avaient entendue trois étages plus bas.

Après ça, Holden remonta le long de mon corps, alors que j'étais toujours haletante.

— Ma copine aime être attachée, observa-t-il, les yeux brillants.

— Je crois que c'est juste toi, soufflai-je.

Il repoussa les cheveux sur mon visage.

— C'est une bonne chose. Parce que pour moi aussi, c'est juste toi.

♥

— Comment va ta mère ?

Une heure plus tard, Holden et moi étions allongés sur le côté. C'était la première vraie conversation que nous avions depuis qu'il avait passé la porte.

Je glissai mes mains sous ma joue.

— Elle va très bien. Elle a eu un rendez-vous chez le médecin hier, et il a dit que sa plaie cicatrisait bien et que toutes ses constantes étaient stables. Elle n'a plus beaucoup de contrôles avant trois mois, mais elle doit continuer de prendre des anticoagulants, alors il faut qu'elle fasse attention de ne pas tomber, sinon on aurait du mal à arrêter le saignement.

— Waouh. Est-ce que le papier bulle est chez toi ?

Je fronçai les sourcils, ce qui le fit sourire.

— Je pensais que tu en avais commandé en grande quantité pour l'envelopper dedans au cas où elle se cognerait à quelque chose.

Je me mis à rire.

— Crois-moi, si je pouvais, je le ferais. Recevoir cet appel a été l'un des moments les plus terrifiants de ma vie. Je pense que je vais retourner la voir à Philadelphie dans deux semaines.

— Je t'accompagnerai. Pendant que tu passeras du temps avec ta mère, je pourrais apprendre à connaître ton père en tant qu'adulte. Maintenant que tu lui as dit qu'on était ensemble, je pense qu'il est important de lui montrer que je ne suis plus l'adolescent qu'il a connu.

L'intention était belle, mais...

— Je ne suis pas sûre que ce soit une bonne idée. Je ne pense pas que mon père soit prêt pour ça.

Holden fronça les sourcils.

— Pourquoi ça ?

— Je ne sais pas. J'ai juste l'impression que c'est trop rapide.

— Trop rapide après ta rupture avec Warren ? Ou trop rapide parce que tu ne sais pas encore si j'ai vraiment changé ?

Je m'en voulais de lui faire de la peine, mais il fallait que je sois honnête.

— Peut-être un peu des deux, avouai-je en mordillant ma lèvre.

Holden prit le temps de réfléchir à ma réponse.

— Est-ce que tu arrives à voir un avenir avec moi, Lala ? finit-il par demander. Je comprends qu'il soit trop tôt pour se lancer dans une relation sérieuse, mais est-ce que tu envisages autre chose que de l'amusement entre nous dans le futur ?

Je posai mes mains sur son torse.

— Holden…

— J'ai l'impression que tu as peur de répondre parce que tu ne veux pas me contrarier. Mais je préfère que tu sois honnête avec moi.

J'acquiesçai.

— Ce n'est pas que je ne veux pas voir d'avenir avec toi, mais je crois que j'ai du mal à imaginer à quoi il pourrait ressembler. Ton mode de vie est complètement différent du mien, et je t'ai toujours vu uniquement sous ce point de vue là. C'est difficile de t'imaginer être heureux dans une relation monogame à long terme.

Holden baissa les yeux et hocha la tête.

— Je déteste que tu ressentes ça, mais c'est légitime. Tu ne connais que la personne que je t'ai montrée. Et pour être honnête, je ne suis pas sûr que je savais *moi-même* que cette autre facette de moi existait jusqu'à récemment, avoua-t-il en levant les yeux vers moi. Il faut que je te prouve que je ne suis plus le même. Je sais que ça ne se fera pas en un jour, mais est-ce que tu veux bien me laisser une chance de le faire ? De garder l'esprit ouvert ?

Je connaissais Holden pratiquement depuis toujours, alors j'étais plutôt douée pour lire en lui. Je pouvais voir qu'il était sincère. Toutefois, je n'étais pas certaine qu'il ne changerait pas d'avis une fois qu'il aurait fini de s'amuser. Les relations de couple n'étaient pas faciles, surtout celles où l'un des deux partenaires voyageait aussi souvent que lui. Sans parler du fait qu'il était un batteur magnifique et que les femmes s'étaient toujours jetées à ses pieds. Je voulais plus que tout que ce doute disparaisse, mais mon mécanisme d'autoprotection avait peur. Holden Catalano était le seul homme qui pourrait m'avaler et m'anéantir s'il me recrachait. Je le savais au plus profond de moi.

Cependant, il me regardait et attendait une vraie réponse, alors je lui offris mon sourire le plus positif, même si j'hésitais.

— Bien sûr.

— Oh, mon Dieu, lançai-je en posant mes clés sur le comptoir de la cuisine le lendemain soir en rentrant du travail. J'ai eu peur quand j'ai ouvert la porte. Je ne me suis pas rendu compte que c'était toi et j'ai pensé que je m'étais trompée d'appartement.

Holden se trouvait dans la cuisine, où trois brûleurs étaient utilisés. Il portait un cardigan et un pantalon léger, et ses cheveux d'habitude en bataille étaient plaqués en arrière. Il portait aussi des lunettes à monture épaisse, alors que j'étais persuadée qu'il n'avait pas de problème de vision. Pour résumer, il était habillé comme Warren.

Il s'approcha de moi et posa mes pantoufles à mes pieds.

— Bonsoir, chérie.

Chérie ? Je plissai les yeux.

— Qu'est-ce que tu manigances, Catalano ? Est-ce que tu as cassé quelque chose par accident ou est-ce que tu as acheté de nouveaux sextoys que tu aimerais tester ?

Il déposa un baiser rapide sur mes lèvres.

— Je ne manigance rien du tout. Je voulais juste préparer un bon dîner à ma chère et tendre après sa longue journée de travail.

— *Mmmh mmmh.*

Holden posa sa main au creux de mes reins et me fit avancer jusque dans le salon.

— Le repas sera prêt dans vingt minutes environ. Est-ce que tu veux un verre de sauvignon blanc ?

— Avec plaisir.

Il disparut, puis revint une minute plus tard avec du vin. Il me le tendit, avant de me faire asseoir sur le canapé. Ensuite, il posa mes pieds sur la table basse et glissa un coussin dessous.

— Accorde-moi deux minutes et je me joins à toi. Il faut juste que j'aille jeter un coup d'œil aux cordons bleus et au riz safrané.

J'arquai un sourcil.

— Tu es sûr que tu ne voulais pas plutôt dire aux nuggets et aux frites ?

Holden retourna à la cuisine et tourna les boutons de la gazinière, avant de venir me retrouver. Il s'installa à l'autre bout du canapé en laissant un grand espace entre nous. Je voulais bien croire que son changement de look était un nouveau style et qu'il était secrètement devenu bon cuisinier, mais Holden Catalano ne laissait pas un mètre de distance entre nous quand nous ne nous étions pas vus de la journée.

— Alors, qu'est-ce que tu penses de la crise politique qui touche la Bosnie en ce moment ?

— Quoi ? demandai-je en riant.

— Tu sais, les menaces de sécession qui sont à l'origine d'une instabilité pour le peuple balkan.

Je sirotai mon vin.

— Non, je ne sais pas. Il faut croire que je ne suis pas à jour en ce qui concerne les nouvelles dans les Balkans.

— Ce n'est rien. Et la crise financière ? Un fonds d'investissement important vient de nous alerter que l'hyperinflation pourrait mener à un effondrement majeur de notre économie.

— Tu t'es cogné la tête, Holden ?

— Non, mais j'ai lu le *New York Times* du début à la fin aujourd'hui.

— Du début à la fin ? répétai-je en arquant un sourcil. Ça prend combien de temps ?

— Environ six heures.

— Mais pourquoi tu as passé six heures à lire ce journal ?

Holden haussa les épaules.

— Tu es intelligente. Je veux pouvoir discuter de certaines choses avec toi.

— Tu n'as pas besoin de faire ça. Je t'apprécie tel que tu es.

Il agita son doigt devant moi.

— Ah... mais ce n'est pas vrai. Il t'en faut plus de ma part pour que tu voies que je peux être un bon partenaire, et je veux te montrer que je peux te donner ce dont tu as besoin.

Avec un grand sourire, je posai mon vin et me déplaçai de son côté du canapé, avant de le chevaucher. Ensuite, je remontai sur ses cuisses pour m'asseoir sur son entrejambe.

— Tu me donnes déjà *exactement* ce dont j'ai besoin.

Bizarrement, Holden ne mordit pas à l'hameçon et il prit un air sérieux.

— Je ne plaisante pas, Lala. Je veux te faire à manger, sortir avec toi, avoir des conversations sérieuses... Je veux te montrer que je peux être plus qu'un bon coup.

Je secouai la tête.

— Ce n'est pas ce que je pense de toi.

Il baissa les yeux sur l'endroit de son corps où j'étais assise.

— Parfois, c'est l'impression que j'ai.

Je voulus partir, mais Holden m'en empêcha.

— Non, reste ici. Parlons.

— Je suis désolée, m'excusai-je en secouant la tête. Je ne me suis pas rendu compte que je te donnais l'impression d'être un morceau de viande. Je m'en veux.

— Ne t'en veux pas. Je comprends pourquoi notre relation pourrait tourner autour du sexe. Bon sang, tu ne me connais que comme ça. Mais j'étais sérieux hier soir quand je t'ai dit que je voulais être plus que ça. Je veux beaucoup plus, Lala.

— Pourquoi ?

— Parce que je...

Il s'arrêta et se racla la gorge.

— Parce que je tiens beaucoup à toi.

L'adrénaline se répandit en moi. Est-ce que Holden allait dire qu'il *m'aimait* ?

Il coinça une mèche de cheveux derrière mon oreille.

— Écoute, trésor. Peut-être que je suis allé trop loin en changeant autant aussi vite, mais j'aimerais vraiment essayer de tourner notre relation vers autre chose, pour te montrer que je peux être plus que ce que tu penses.

— Tu représentes plus pour moi que juste du sexe.

— Est-ce que tu peux me laisser te le prouver ? Tu veux bien faire quelque chose pour moi ?

— Bien sûr. Quoi donc ?

— Pas de sexe pendant les deux prochaines semaines.

J'écarquillai les yeux. J'ignorais si c'était parce que j'étais stupéfaite que Holden veuille s'abstenir si longtemps, ou parce que je n'étais pas sûre de tenir aussi longtemps moi-même. Cet homme était plus addictif que de la drogue.

— Vraiment ? demandai-je. Tu veux dire, pas de préliminaires, pas de... rien du tout ?

— Et si on se contentait de s'embrasser ?

Je lui avais déjà donné l'impression que je ne m'intéressais à lui que pour le sexe, donc je ne pouvais pas lui montrer la déception que je ressentais à l'idée de passer deux semaines sans rien faire. Alors je me forçai à sourire.

— D'accord. Comme tu veux.

Holden parut soulagé. Il se pencha pour déposer un baiser tendre et chaste sur mes lèvres.

— Merci.

Une minute plus tard, il se leva pour nous servir le dîner. Le plat qu'il avait préparé était délicieux, et après avoir fini, nous nous blottîmes dans les bras l'un de l'autre sur le canapé pour regarder un film incroyable qu'il avait choisi. Quand je bâillai, Holden déposa un baiser sur mon épaule.

— Je vais y aller. Tu devrais te reposer.

— Tu ne restes pas ?

Il s'assit.

— Je pense qu'il ne vaut mieux pas.

— D'accord, acceptai-je en faisant la moue.

Holden frotta son nez au mien.

— Tu es mignonne quand tu es chaste.

— Il se pourrait que je devienne méchante et affamée.

Il rit et se leva, puis il me tendit sa main.

— Viens. Raccompagne-moi pour que tu puisses verrouiller la porte.

Une fois que nous fûmes devant celle-ci, il déposa un petit baiser sur mes lèvres.

— Tu as dit qu'on pouvait s'embrasser. Est-ce que je peux au moins avoir un vrai baiser ?

Ses lèvres s'étirèrent, mais il posa une main sur ma nuque et m'attira à lui, avant de m'embrasser si passionnément que je dus cligner plusieurs fois des yeux lorsqu'il s'écarta.

— Bonne nuit, trésor, ajouta-t-il en souriant.

— Euh... Oui. Bonne nuit.

Après son départ, j'appuyai ma tête contre la porte fermée, toujours sous le choc de ce baiser. Ces deux semaines allaient être sacrément longues.

CHAPITRE 25

— Bon sang, s'abstenir… par choix ?

Owen mordit dans la pomme qu'il avait volée dans mon frigo après être passé en rentrant du travail, le lendemain soir.

Lala n'était pas encore rentrée, alors je passais le temps et je divertissais mes amis grâce à ma décision sûrement stupide.

— Je n'en reviens pas que ce soit *mon* idée, avouai-je en secouant la tête.

— Tu t'es tiré une balle dans le pied, plaisanta-t-il. Mais je connais quelqu'un qui doit s'en réjouir.

— Qui ça ?

— Ryan. Il serait ravi que tu ne la touches plus.

— Tu as probablement raison, soupirai-je.

Owen avait touché mon point faible. Il m'arrivait de rêver que Ryan revienne sur terre juste pour m'étrangler.

Un coup frappé à la porte me sortit de mes pensées.

Lorsque j'ouvris, Brayden se tenait là avec un sourire idiot.

— Quoi de neuf, mec ? demandai-je en lui faisant signe d'entrer.

— Ce n'est qu'une visite pour vérifier quelque chose. Owen m'a envoyé un message pour me dire de descendre. Il a dit qu'il pensait que tu étais devenu fou.

— Ce n'est pas le cas… enfin, *pas encore*, répondis-je en levant les yeux au ciel.

Brayden s'appuya contre le comptoir.

— Il se passe quoi ?

Owen prit l'initiative de répondre à sa question.

— Il veut prouver que la relation qu'il a avec Lala n'est pas purement sexuelle, alors notre ami ici présent a pris une décision. Il la prive de sexe pendant deux semaines.

Brayden écarquilla les yeux.

— Depuis quand Catalano a grandi ? Je crois qu'on a tous été trop occupés pour le remarquer, ajouta-t-il en ricanant. Mais sérieusement… l'abstinence ? Ça ne va pas être un peu… compliqué pour toi ?

— Crois-moi, rien qu'une journée, c'est déjà assez difficile… pour nous deux. Je pense que Lala le vit plus mal que moi.

— Ça doit être horrible d'être tant désiré pour son corps, hein ? se moqua Owen.

— Ça ne me posait aucun problème avant, crétin. Mais pas avec cette fille. Ça peut paraître niais, mais…

Je grimaçai en pensant aux mots que je m'apprêtais à prononcer.

— Je veux qu'elle m'apprécie pour ce que je suis.

— Qui êtes-vous et qu'avez-vous fait de Holden ? plaisanta Brayden.

— Lala ne manquait sûrement pas de conversations intelligentes avec son dernier petit ami, indiquai-je. Je veux stimuler son esprit autant que les autres parties de son corps.

— Et si c'était toi qui commençais à ressentir les choses différemment maintenant que le sexe ne fait plus partie de l'équation? m'interrogea Brayden.

Je secouai la tête.

— Impossible. Même quand Lala et moi ne couchions pas ensemble, j'avais envie d'être avec elle en permanence. J'adore simplement lui parler et passer du temps avec elle. C'est ce qu'on fait le mieux. Enfin, avant de se laisser distraire par le sexe incroyable.

— Est-ce que c'est là que je suis censé être désolé pour toi? me taquina Brayden.

Une autre personne se mit à frapper à ma porte. J'espérais vraiment que ce n'était pas Lala qui arrivait en plein milieu de cette conversation.

Heureusement, ce n'était que Colby.

— Salut.

— Salut, mec, répondis-je.

— Brayden vient de m'envoyer un message pour me dire de descendre. Il a dit qu'il se passait un truc bizarre avec toi.

— Tu plaisantes? lançai-je à Brayden.

Celui-ci haussa les épaules.

— Désolé, mais ce n'est pas faux.

Les garçons lui racontèrent mon histoire, et Colby posa une main sur mon front.

— Tu es sûr que tu vas bien, mon pote?

— J'ai peut-être perdu la tête, concédai-je.

— Non, je pense que notre ami est en train de mûrir, déclara Brayden en frappant mon épaule.

Colby se mit à rire.

— C'est comme si Owen se réveillait un jour et décidait qu'il y avait des choses plus importantes que le travail dans la vie. Je ne le reconnaîtrais pas.

Owen mordit dans sa pomme et reprit la parole en mâchant.

— Hé ! Ne me critique pas alors que je n'ai personne pour qui je pourrais négliger mon travail. Contrairement à vous, les deux cons amoureux. Et puis, j'ai décidé que je ne me marierai pas. La plupart des femmes veulent des enfants, et les deux morveux du 410 m'ont poussé à prendre la décision de ne jamais en avoir.

— Qu'est-ce qu'ils ont fait encore ? demandai-je.

— Je les ai croisés dans l'ascenseur ce matin. Ils m'ont demandé si j'avais de la monnaie sur un billet de vingt dollars. J'en avais alors je leur en ai donné. Quand je suis arrivé à la station de métro, je me suis rendu compte que mon portefeuille avait disparu. Ainsi que ma foutue montre. Ils ont ri quand je suis monté chez eux en étant énervé. Ils m'ont dit qu'ils avaient juste fait ça pour plaisanter, mais je n'ai pas trouvé ça amusant.

— Au moins, on ne mettra pas deux enfants à la rue quand on les expulsera un jour ou l'autre pour ne pas avoir payé le loyer, répliquai-je en riant. Ces deux-là iront directement en prison.

— Revenons-en à notre ami abstinent, proposa Brayden. Qu'est-ce qui se passera après ces deux semaines ? Disons que tu arrives à lui prouver que vous pouvez avoir une super relation sans sexe. Et ensuite ? Est-ce que ça résout tous vos problèmes ?

Je pris un moment pour y réfléchir.

— Je ne sais pas. Le plus grand défi pour moi sera de voir ce qui se passera si les choses commencent à décoller avec le groupe.

— En parlant de ça... commença Colby en décapsulant une bière qu'il avait trouvée dans le frigo. Tu ne nous as jamais vraiment raconté comment ça s'était passé sur la côte Ouest. Il y a eu des débouchés ?

— Plusieurs, oui. Ce séjour a été aussi couronné de succès qu'il aurait pu l'être.

— Tu n'as vraiment couché avec personne là-bas ? m'interrogea Brayden.

— Bien sûr que non, rétorquai-je, en me sentant un peu insulté. Je ne lui ferais pas ça.

— Bon point pour toi, me félicita-t-il.

— Ce n'était pas difficile. Je n'en avais pas envie. C'est aussi simple que ça.

— Alors, quelle est la prochaine étape ? m'interrompit Colby. Est-ce que quelqu'un doit vous recontacter ?

— Deux producteurs au moins ont été intéressés. On attend des nouvelles. Je suis un peu à cran à cause de ça.

— Eh bien, pour commencer, je suis fier de toi parce que tu n'as jamais baissé les bras, affirma Owen. On dirait que ça pourrait enfin payer.

— Sois prudent quand tu fais des vœux, plaisanta Brayden. Ils pourraient tous se réaliser en même temps.

J'acquiesçai.

— C'est exactement l'impression que j'ai. Tout se passe très bien dans ma vie personnelle et professionnelle, mais les deux essaient de s'annuler mutuellement.

Les gars restèrent pour se foutre de moi pendant encore environ une heure, avant de me laisser seul. Pouvoir me confier à eux m'avait fait du bien.

Après leur départ, je pris une douche et me masturbai avant d'aller chez Lala. Cette occupation allait être essentielle ces prochains jours, même si ça n'aidait pas beaucoup quand elle était juste devant moi.

En me rendant à côté, je dus contenir mon excitation. J'avais presque oublié le temps d'un instant que nous n'allions pas coucher ensemble. Au lieu de ça, j'allais lui offrir à nouveau une soirée agréable, mais platonique.

Lorsqu'elle ouvrit la porte, mes yeux se posèrent aussitôt sur sa poitrine. Ses tétons étaient visibles à travers le tissu fin de son T-shirt blanc.

— Salut, beau gosse. Tu m'as manqué.

Je serrai les dents en entrant.

— Lala, qu'est-ce que tu fais ?

— Comment ça ?

— Tes tétons me fixent comme si tu avais une seconde paire d'yeux. J'ai juste envie de les sucer, et ce n'est pas bien.

— Oh, j'ai dû oublier de mettre un soutien-gorge, répondit-elle en baissant les yeux.

Elle rougit lorsque je lui lançai un regard noir.

— Est-ce que c'est ça ou est-ce que tu essaies de me torturer ?

Elle arbora un sourire espiègle.

— C'est bien ce que je pensais.

Ses boucles blondes étaient particulièrement indisciplinées ce soir, juste comme je les aimais. J'imaginai lui faire une queue de cheval et tirer dessus pendant que je la prenais par-derrière. Et bon sang... j'avais été tellement concentré sur ses seins que j'avais failli passer à côté du fait qu'elle avait mis cette jolie jupe en cuir qu'elle avait portée à plusieurs de mes concerts.

Je salivais presque en l'attirant à moi.

— Bordel. Viens par ici.

Je glissai mes doigts dans ses cheveux en écrasant mes lèvres sur les siennes. Quand Lala gémit dans ma bouche, mon sexe se raidit. Je dus prendre sur moi pour ne pas l'asseoir sur le plan de travail et rompre mon « jeûne ». J'allais avoir des ennuis si je ne mettais pas fin à ça, alors je m'écartai.

— Qu'est-ce qui ne va pas ? demanda-t-elle. Je croyais qu'on avait le droit de s'embrasser.

— Avec toi, ce ne sont jamais de simples baisers, haletai-je. Je sais que j'ai dit qu'on pouvait s'embrasser… mais c'est très dur pour moi.

Elle baissa les yeux sur mon entrejambe.

— Je vois ça, soupira-t-elle. C'est plus difficile que je ne l'avais imaginé. Tout m'excite plus que d'habitude. Cet après-midi, tu m'as envoyé un message, et rien que voir ton nom sur mon téléphone a fait réagir mon corps. Qui est excité par un message qu'il n'a même pas encore lu ?

— Eh bien, c'est une raison de plus pour conditionner ton cerveau à ne pas m'associer au sexe.

Lala prit un air sérieux.

— C'est quoi le vrai problème ? Est-ce que tu t'inquiètes vraiment que je ne m'intéresse à toi que pour une seule chose ? Parce que si c'est le cas, je trouve ça un peu insultant après avoir passé des années ensemble sans qu'il y ait *une seule* seconde de sexe entre nous.

Putain.

— Évidemment, je sais que tu tiens à moi pour d'autres raisons que le sexe. Mais je pense sincèrement que cette partie de notre relation pourrait masquer des choses sur lesquelles tu pourrais fermer les yeux par inadvertance.

— Comme quoi ?

Mince. Qu'est-ce que je suis en train de faire ?

— Est-ce que tu essaies de me mettre en garde ? Je suis perdue, Holden.

Est-ce que c'est le cas ?

— Écoute… Cette histoire d'abstinence, c'est surtout pour créer un lien d'une autre manière, mais c'est aussi pour que tu voies à quoi la vie avec moi pourrait ressembler. Quand on s'envoie en l'air, il est difficile pour toi de tout voir clairement.

Est-ce que j'essayais de tout saboter ? Je ne pouvais pas m'en empêcher. Je tirai mes cheveux.

— J'ai l'impression que les choses commencent à bouger avec After Friday. Je sais que mon absence n'a pas été facile, mais il se pourrait que ce ne soit que le début, Lala. Ça va être difficile pour toi quand je ne serai pas là. Et si tu ne le supportais pas ?

— Tu me fais dire ce que je n'ai pas dit, Holden. Bien sûr que j'y ai pensé, mais tout ce que je sais, c'est que si je commence à réfléchir à demain ou à imaginer un quelconque scénario, je ne profiterai plus du moment présent avec toi. Alors peut-être que je bloque intentionnellement la réalité parce que je ne veux pas perdre ce temps avec toi.

Je secouai la tête en baissant les yeux.

— Je suis désolé d'avoir gâché l'ambiance.

— Ne t'excuse pas d'avoir été honnête. Tu admets ce qui t'inquiète. Et j'ai été honnête en admettant que je n'étais pas prête à gérer tout ça. Même si on n'aime pas toujours les réponses de l'autre, on devrait *toujours* parler de ce qui nous préoccupe, affirma-t-elle en tirant sur mon T-shirt. D'ailleurs, s'ouvrir l'un à l'autre comme ça est une bien meilleure façon d'utiliser cette période d'abstinence que de te déguiser en monsieur Rogers pour faire semblant d'être quelqu'un d'autre.

Je me penchai vers elle et brisai la promesse que je m'étais faite de ne pas l'embrasser.

— C'est juste que je ne veux pas te perdre, murmurai-je contre ses lèvres. Voilà pourquoi je fais ça.

— Je sais, murmura-t-elle.

Mes foutues émotions étaient exacerbées. Je posai ma bouche sur son cou et aspirai sa peau douce, alors que j'avais besoin d'être en elle comme de respirer.

— J'ai tellement envie d'être en toi.

Elle se mit à rire.

— Est-ce que quelqu'un a appuyé sur un bouton en toi, Catalano ?

— C'est ce qui se passe quand on...

Aime quelqu'un. Putain. Chaque fois que j'avais failli le dire, le moment n'était pas le bon. Et ce soir, j'avais déjà merdé.

— C'est ce qui se passe quand on désire énormément quelqu'un, comme c'est mon cas actuellement, trésor, répétai-je en me forçant à reculer. Mais je vais m'en tenir à ce qui est prévu.

— Je ne vais pas faire semblant d'être heureuse de cette décision, répondit-elle contre mon torse.

Je changeai de sujet avant de céder.

— J'ai quelque chose qui pourrait te faire penser à autre chose qu'au sexe...

— Quoi donc ?

— J'ai envie de parler de ton père.

— Oui, en effet, ça pourrait fonctionner, confirma-t-elle en s'écartant de moi. Mais pourquoi lui ?

— Je ne vais pas te mettre la pression pour passer du temps avec lui, mais j'espère secrètement que tu changeras d'avis à ce sujet.

— Pourquoi c'est si important pour toi ?

— Je pense qu'il y a deux raisons, déclarai-je, avant de marquer une pause. La première, c'est que Ryan n'est pas là pour me donner son approbation officielle. Je n'arrive toujours pas à savoir s'il serait heureux qu'on soit en couple ou s'il aurait envie de me tuer, et la plupart du temps, j'ai l'impression que ce serait plutôt la seconde proposition.

Je soupirai.

— Alors le fait que ton père m'apprécie serait une très bonne chose.

— Et l'autre raison ?

— Je ne vais pas te mentir... savoir à quel point ton père s'entendait bien avec Warren m'énerve. C'est parce qu'il lui fait confiance. Et ce qui est certain, c'est que ce n'est pas encore le cas avec moi.

— Il a aussi eu beaucoup plus de temps pour bâtir cette confiance avec Warren. Je n'ai pas envie que tu aies l'impression de devoir te précipiter. Ça viendra avec le temps. Il n'y a rien que tu puisses dire ou faire qui lui donnera envie de te faire confiance pour l'instant.

— Super, merci.

— Ce que je veux dire, c'est que si tu es patient et qu'il apprend à te connaître naturellement, il finira par te faire confiance. Ça ne pourra pas arriver en un jour.

— Je comprends, soupirai-je. OK, voilà ce que je propose. Ça fait longtemps que je n'ai pas passé du temps avec mes parents. Tu as dit que tu y retournerais dans deux semaines. Et si je nous y conduisais, mais que je restais avec ma famille ? Ça fait un moment que ma mère insiste pour que je passe les voir. Ensuite, on pourrait rentrer ensemble, et peut-être que je pourrais voler un peu de ton temps sur place aussi.

— Tu n'as aucun concert prévu ce week-end-là ?

— Je ferai savoir à mon groupe et ma manageuse que je ne serai pas disponible. C'est non négociable.

Je sortis mon téléphone pour lui montrer que je ne plaisantais pas.

— Regarde, je vais tout de suite envoyer un message à tout le monde pour les prévenir.

Lala sortit son agenda pour me confirmer les trois jours qu'elle prévoyait de passer chez elle, puis j'envoyai un message groupé à mes camarades et à ma manageuse en spécifiant les dates où je serai en Pennsylvanie.

Moins d'une minute plus tard, je reçus une réponse de ma manageuse.

Daisy : Je suis désolée, tu ne peux pas poser ces jours-là. On vient de nous prévenir que Seal Records veut que vous retourniez à L.A. pour enregistrer une démo. Les dates que tu m'as envoyées chevauchent celles où ils ont réservé le studio. Désolée !

L'adrénaline monta en moi en tapant ma réponse.

Holden : Les dates ne sont pas flexibles ?

Daisy : Non. Ce sont les seules disponibles, le studio est complet. Il ne faut pas faire n'importe quoi avec ces types en agissant d'emblée comme des divas. C'est non négociable.

Je restai figé sur place et je fixai mon portable, incrédule.

— Holden, qu'est-ce qui ne va pas ?

— Trésor... je suis vraiment désolé. Je n'en reviens pas de dire ça, mais je ne peux pas aller en Pennsylvanie.

J'avais mal au ventre.

— Il s'est passé quoi ? demanda-t-elle en clignant des paupières.

— Daisy vient de me dire que l'une des maisons de disques veut qu'on retourne en Californie pour enregistrer une démo. Ils ont réservé le studio aux mêmes dates que ton séjour en Pennsylvanie.

Elle bondit dans ma direction et enroula ses bras autour de mon cou.

— Oh, mon Dieu, c'est génial !

Oui, c'était une bonne nouvelle, mais ça ne me troublait même pas.

— Je suppose que tu ne peux pas y aller à un autre moment ? l'interrogeai-je en me raccrochant aux branches.

— Non. On ne travaille pas ce lundi. Il y a une sorte de jour de congé gouvernemental dont je n'ai jamais entendu parler, et c'est pour ça que je peux prendre ce long week-end. Puisque j'ai déjà du retard, je ne peux vraiment pas décaler.

Je serrai les dents.

— Je suis énervé maintenant.

— Ce n'est rien. Ne stresse pas, me rassura-t-elle en caressant mes bras.

J'avais tellement envie de lui prouver que je pouvais être là pour elle. Mais comment je pourrais laisser tomber mon groupe après avoir travaillé des années pour en arriver là ? C'était l'opportunité d'une vie.

Mon instinct me disait que si je pensais sérieusement pouvoir poursuivre ma carrière musicale *et* être le genre d'homme qui convenait à Lala, j'étais probablement en train de me voiler la face.

CHAPITRE 26

Lala

— Et notre prochain bilan avec les patients aura lieu dans soixante jours. Si vous regardez la dernière page de votre présentation, vous trouverez un planning de tous les différents contrôles, y compris les mesures des taux d'hormones, l'évaluation cognitive, et l'évaluation de santé générale.

Je marquai une pause et observai les cinq membres de l'équipe de conformité des subventions de l'Institut national de la santé. Je ne connaissais personne mis à part le docteur Reston, qui avait fait partie de l'équipe qui avait approuvé le financement de ma recherche.

— Est-ce qu'il y a des questions ?

Tout le monde secoua la tête en regardant les autres, et le docteur Reston sourit.

— Ça ne m'étonne pas. Normalement, quand j'écoute un projet, j'ai tout un tas de questions quand l'intervenant a fini. Je n'en ai eu aucune lorsque Laney nous a présenté son étude. Elle est incroyablement minutieuse, déclara-t-elle en fermant le classeur posé devant elle sur la table. Je vais me lancer le défi de trouver des questions auxquelles vous n'avez pas encore répondu la prochaine fois qu'on se verra.

Je souris.

— Je suis toujours disponible par e-mail ou par téléphone si vous en trouvez une.

Tout le monde se leva. Il était déjà plus de seize heures, alors un par un, chacun des membres de l'équipe me dit au revoir, sauf le docteur Reston. Elle m'aida à nettoyer les tasses de café et les documents éparpillés dans la salle de conférence. Après ça, elle désigna les chaises sur lesquelles nous étions assises un peu plus tôt.

— Vous avez une minute, Laney?

— Oui, bien sûr.

Nous nous installâmes l'une en face de l'autre.

— Est-ce que tout va bien? demanda-t-elle.

Et moi qui pensais que tout s'était bien passé.

— Oui, je suis désolée. Ma présentation n'était pas bonne? l'interrogeai-je en secouant la tête. Je savais que j'aurais dû inclure une meilleure introduction et que j'aurais dû parler de la recherche sur la noradrénaline qui a récemment été menée en Allemagne.

Le docteur Reston leva ses mains.

— Votre présentation était plus que suffisante. En réalité, j'aimerais que tous les bénéficiaires fournissent autant d'efforts que vous dans leurs comptes rendus. Des tas de scientifiques comprennent les sciences, mais PowerPoint leur fait plus sœur que la physique quantique.

Mes épaules se détendirent un peu.

— Oh, d'accord.

— Peut-être que j'aurais dû préciser que je ne parlais pas de votre travail, indiqua-t-elle en inclinant la tête. Je parlais d'un point de vue personnel. Vous avez l'air… je ne sais pas vraiment, mais vous semblez différente des autres fois où je vous ai vue. J'ai pensé qu'il se passait peut-être quelque chose, que ce soit ici dans ce service, ou quelque chose de plus personnel qui vous perturbe. Vous êtes un peu moins énergique que d'habitude, et on dirait que vous dormez moins. Je ne vous demande pas ça à titre officiel, mais de femme à femme. Nous, les femmes scientifiques, devons être là les unes pour les autres, et pas seulement en tant que collègues. Je sais que vous avez pris quelques jours de congé pour raisons personnelles il y a quelques semaines.

— Oh, c'est très gentil, docteur Reston.

— Je vous en prie, appelez-moi Barbara.

J'acquiesçai.

— C'est très gentil, Barbara. Je ne m'étais pas rendu compte qu'il était si facile de lire en moi. Mais vous avez raison, je n'ai pas très bien dormi. J'ai pris des jours de congé parce que ma mère a eu des soucis de santé. Elle a fait un infarctus et elle a dû subir une opération à cœur ouvert, ce qui a été effrayant. Je suis particulièrement proche de ma mère. On a perdu mon seul frère il y a huit ans, et on s'est soutenues toutes les deux.

— Je suis désolée de l'entendre. J'imagine que ça a créé un lien spécial entre vous. Est-ce qu'elle vit à New York?

— Non, elle est à Philadelphie avec mon père. C'est pour ça que j'ai pris quelques jours, pour être à l'hôpital.

Barbara hocha la tête.

— C'est difficile. Mes parents vivaient sur la côte Ouest quand mon père est tombé malade. On l'a perdu à cause d'un cancer il y a quelques années. C'était dur de ne pas être présente tout le temps alors qu'il subissait tous ces traitements. Mais j'espère que je ne vous ai pas offensée quand j'ai dit que votre manque de sommeil se voyait. Vous êtes toujours aussi belle. C'est juste que je ne vois pas l'étincelle qui est présente dans vos yeux en temps normal.

Elle ne connaissait pas la moitié de l'histoire, puisque je n'avais dit à personne ici que j'avais rompu mes fiançailles et que j'avais commencé à coucher avec un homme pour lequel je craquais depuis vingt ans, et qui n'était probablement pas fait pour moi. Sans parler du fait qu'il était impossible de dormir alors que Holden me quittait excitée tous les soirs à cause de sa décision d'abstinence.

— J'apprécie vraiment que vous preniez le temps de prendre de mes nouvelles, affirmai-je. Mais je vous promets que ma situation personnelle n'affectera pas mon projet de recherche.

Barbara sourit.

— Je ne m'en fais pas du tout pour ça, Laney. Mais vous avez mon numéro. Appelez-moi quand vous voulez si vous avez besoin de parler, que ce soit à propos du travail ou d'un sujet plus personnel. Nous, les scientifiques, on ne voit pas les choses de la même manière que les autres, alors ça fait du bien d'avoir une amie qui ne pense pas qu'on a perdu la tête quand on sort un diagramme de Venn pour surinterpréter la moindre petite chose.

— Merci, c'est gentil de votre part, répondis-je en riant.

— Vous savez, vous pourriez sûrement terminer votre recherche initiale à Philadelphie. Au moins tout ce qui concerne la collecte de données et l'analyse qui peut se faire hors site. Peut-être que vous pourriez juste revenir pour la prochaine série d'entretiens et de bilans médicaux avec les participants. Si vous voulez, je demanderai au comité des subventions d'approuver le changement de votre site principal pour que vous ne soyez pas obligée de venir ici tous les jours et que vous puissiez rentrer chez vous plus tôt. Vous êtes censée rester là encore quelques mois, c'est ça ?

Oh. Waouh. Je ne savais pas quoi dire. Évidemment, j'adorerais être plus près de ma mère et pouvoir l'aider pendant son rétablissement. Ça retirerait un peu de poids des épaules de mon père, qui travaillait toujours à plein temps et qui avait déjà pris plusieurs semaines de congé. Toutefois, ça voulait aussi dire quitter Holden. Mon cœur se serra rien qu'en y pensant.

— Est-ce que je peux y réfléchir et revenir vers vous ?

— Bien sûr. À vous de voir ce qui vous faciliterait les choses.

Plus tard ce soir-là, Holden et moi étions en train de dîner ensemble dans un restaurant chic. Il était tellement sexy en chemise et cravate. Mais un autre élément de sa tenue n'arrêtait pas de me distraire. Je levai le menu et ne le lus pas vraiment.

— Tu vas prendre quoi ? demandai-je.

Il leva les yeux vers moi.

— La même chose que toi. Pour être honnête, je n'arrive pas à réfléchir en te voyant dans cette robe.

J'avais mis la tenue la plus sexy que je possédais en espérant qu'on partagerait quelques verres pendant le repas, et qu'il baisserait peut-être un peu sa garde. Douze jours s'étaient écoulés sur les quatorze de cette période d'abstinence, et j'étais à deux doigts d'exploser. Je posai mon menu sur la table.

— *Tu* n'arrives pas à réfléchir? Tu sais ce que tu portes, n'est-ce pas?

Il baissa les yeux.

— Une tenue de clown?

— Non, répliquai-je en riant. Et je t'adore avec ta chemise et ta cravate. Mais ce n'est pas à ça que je faisais référence.

Je me penchai et baissai la voix.

— Tu portes la ceinture que tu as utilisée pour attacher mes mains il y a quelques semaines.

Holden gémit.

— *Putain*, ne parle même pas de ça. Mon sexe ne s'est pas encore remis de ta robe.

Je mordillai ma lèvre inférieure.

— Tu ne veux pas que je parle de cette fois où tu m'as attachée et que tu m'as forcée à te regarder me lécher?

Son regard s'assombrit. J'étais définitivement en train de le provoquer.

— Laney...

— Laney? Oh, bon sang. Tu as l'air sérieux. Tu sais à quel sujet *je* suis sérieuse? Quand je dis que j'ai envie que tu retires cette cravate pour pouvoir te supplier de m'attacher avec. Tu aimerais ça, Holden? Que je te supplie? Je peux le faire à genoux si tu veux...

Il y avait tellement de désir dans ses yeux que j'avais l'impression que mes provocations allaient payer cette fois-ci. Alors je me penchai plus près pour tenter de conclure l'affaire en lui décrivant ce que je pourrais lui faire en étant à genoux dans les toilettes des femmes de ce restaurant chic, mais mon téléphone m'en empêcha en vibrant sur la table. Depuis la frayeur que m'avait faite ma mère, je ne pouvais plus ignorer mes appels.

Mes yeux se posèrent sur l'écran. C'était un nom auquel je ne m'attendais pas. *Docteur Reston*. Barbara.

Holden aperçut mon changement d'expression, et son regard se posa à son tour sur mon portable.

— Mince. Ça concerne ta mère ?

Je secouai la tête.

— Non. Le docteur Reston est l'une des membres du comité de contrôle des subventions auquel j'ai présenté ma recherche aujourd'hui.

— Est-ce que tu dois décrocher ?

— Il vaudrait mieux, confirmai-je en levant mon téléphone. Ça ne lui ressemble pas de m'appeler après seulement quelques heures.

— Vas-y.

Je pris l'appel.

— Allô ?

— Bonsoir, Laney. C'est Barbara Reston.

— Bonsoir, Barbara. Est-ce que tout va bien ?

— Oui, je suis désolée de vous appeler si tard, mais je consultais mes e-mails et je voulais vous apprendre la bonne nouvelle.

— Quelle bonne nouvelle ?

— Je sais que vous vouliez réfléchir pour éventuellement vous déplacer et finir votre recherche initiale chez vous, mais j'ai quand même envoyé un petit mot au comité. Je ne m'attendais pas à une réponse si rapide, mais l'équipe a été unanime. Tout le monde est d'accord pour dire que vous faites du très bon travail et qu'il n'y a aucun souci pour une relocalisation.

— Oh... waouh.

— Le choix est le vôtre, évidemment, mais j'ai pensé que le fait de savoir que c'était possible faciliterait peut-être votre décision. Bref, je ne veux pas vous déranger si tard. Je voulais juste que vous sachiez que nous serons d'accord avec votre choix.

— C'est très généreux de votre part.

— Comme je vous l'ai dit, on s'entraide entre scientifiques. Si je peux faire autre chose pour vous faciliter les choses, faites-le-moi savoir.

— Merci beaucoup, Barbara.

Lorsque je raccrochai, Holden patientait avec un sourire.

— De là où je suis, ça avait l'air génial.

— Euh, oui. C'était une bonne nouvelle. Le comité est ravi de ma présentation, l'informai-je.

Ce n'était pas un mensonge, mais ce n'était pas non plus la raison de l'appel. Cependant, je n'étais pas prête à parler avec lui de ce qu'elle venait de me proposer. Il fallait déjà que je sache ce que je voulais faire.

— Le docteur Reston voulait me tenir au courant. Elle sait que je suis inquiète quand il s'agit de mes présentations.

— Bien sûr que tu as géré. Ma copine est un mélange de Lois Lane et de Superman. Intelligente, forte et canon.

Je souris, même si je m'en voulais de ne pas lui dire la vérité. Je fus distraite pendant tout le reste du repas par la nouvelle que m'avait annoncée Barbara. Mon cerveau voulait commencer à analyser les pour et les contre de ce qui venait de m'être proposé. J'allais peut-être même avoir besoin de faire un diagramme de Venn. Toutefois, à la fin de la soirée et après quelques verres de vin, j'étais parvenue à me sortir ça de la tête et à me concentrer sur mon rencard séduisant.

C'était une belle soirée dégagée, alors Holden et moi sortîmes du restaurant pour rentrer chez nous. Nous prîmes l'ascenseur jusqu'au troisième étage, et j'ouvris la porte de mon appartement. Cependant, il ne me suivit pas à l'intérieur.

Il resta sur le seuil et désigna son appartement.

— Je vais rentrer chez moi... et aller me coucher.

— Quoi? Pourquoi?

Ses yeux parcoururent mon corps de haut en bas.

— Parce que c'est trop difficile de te voir dans cette robe... ces talons.

Je posai mon sac à main et retournai à la porte, avant d'empoigner sa chemise.

— Ça fait douze jours. On peut dire que ça fait deux semaines, non?

Je me dressai sur la pointe des pieds et posai mes lèvres sur les siennes.

— Je ne porte pas de culotte, murmurai-je.

Holden gémit.

— Putain, Lala. Je meurs d'envie que ça se termine, mais on s'en sort bien, et la dernière chose dont j'ai envie, c'est de te montrer que je ne suis même pas capable de respecter un engagement que j'ai pris pendant deux semaines.

— Je sais que tu pourrais tenir deux jours de plus. Tu n'as pas besoin de me le prouver.

— Si. Je dois nous le prouver à tous les deux.

Je fis la moue.

— Mais on part bientôt. Je ne sais même pas si je pourrai te voir avant de partir rendre visite à mes parents à Philadelphie et avant que tu retournes en Californie pour enregistrer ta démo. Tu pars tôt vendredi, et je ne sais pas combien de temps tu vas t'absenter.

— Crois-moi, trésor. Tu me verras *et* tu vas aussi me sentir, affirma-t-il en passant son pouce sur ma lèvre inférieure. J'ai prévu de te faire rentrer chez toi tellement endolorie que tu n'auras pas d'autre choix que de te souvenir de moi quand tu voudras t'asseoir.

— D'accord, soupirai-je.

— Maintenant, donne-moi cette bouche, et ensuite, aide-moi un peu en verrouillant la porte et en gardant ma clé passe-partout ce soir.

♥

Holden : Fais une sieste. Je viens chez toi à minuit et tu ne vas pas beaucoup dormir.

C'était la troisième fois que je lisais ce message depuis qu'il était arrivé cet après-midi. Il me donnait le vertige à chaque fois. Puisque nous partions tous les deux demain matin, je passai ma soirée à préparer mes affaires, faire quelques courses, et finir quelques petites choses pour le travail. Je ne voulais pas perdre une seule seconde du temps qu'il me restait avec Holden à faire autre chose que de profiter de lui.

Il était désormais vingt-trois heures cinquante-cinq, et il ne me restait plus qu'une seule chose à faire : répondre à Barbara. Ce matin, elle m'avait envoyé un autre message pour me dire qu'elle avait contacté quelqu'un à l'université de Philadelphie, et que si je décidai de rentrer plus tôt, je pouvais utiliser leurs bureaux administratifs si j'en avais besoin, que ce soit pour imprimer des documents, faire des photocopies, ou même pour avoir un espace de travail. Ça ne me donnait vraiment aucune raison de refuser son offre. Enfin du moins, pas de raison relative au travail. Pourtant, je n'étais toujours pas prête à prendre une décision. Alors je répondis à son e-mail en lui disant que je reviendrais vers elle le lundi, en espérant que mon retour à la maison m'aide à savoir quoi faire. Tout de suite après l'avoir envoyé, je regardai l'heure sur mon ordinateur, et celle-ci passa de vingt-trois heures cinquante-neuf à minuit. Quelques secondes plus tard, quelqu'un frappa à ma porte. Holden avait dû attendre devant. Je souris en posant mon ordinateur sur le canapé, puis je courus pour aller lui ouvrir, en arrachant presque la porte au passage.

Il était appuyé nonchalamment contre le montant et était *incroyablement* canon avec son bonnet que j'aimais tant. Il tenait des menottes couvertes de fourrure dans une main, et une sorte de corde dans l'autre.

— Il est l'heure de jouer… chantonna-t-il.

Je me jetai dans ses bras, le faisant tituber en arrière.

— Bonjour à toi aussi, ma belle, me salua-t-il en riant.

J'enroulai mes bras autour de son cou et mes lèvres trouvèrent les siennes, alors qu'il me portait dans mon appartement. Je me rendis vaguement compte qu'il refermait la porte derrière nous.

Holden m'emmena directement dans ma chambre. Nous nous déshabillâmes sans perdre un instant, même si les choses ralentirent un peu lorsque je m'allongeai au milieu du lit et qu'il grimpa au-dessus de moi. Il entrelaça nos doigts, embrassa chacune de mes mains, puis les leva au-dessus de ma tête. Ensuite, il me regarda droit dans les yeux pendant un long moment.

— Tu m'as tellement manqué, murmura-t-il.

— Tu m'as manqué aussi.

— Je ne sais pas ce que les deux dernières semaines t'ont prouvé, mais personnellement, ce que j'en ai retenu, c'est que je ne veux plus jamais m'éloigner de toi aussi longtemps.

Je repoussai la pensée qui s'infiltrait dans mon esprit à propos de l'offre de Barbara, et je posai ma main sur sa joue.

— Même si le sexe m'a manqué, j'ai quand même adoré chaque seconde du temps passé avec toi ces deux dernières semaines, Holden.

Il ferma ses yeux un instant. Quand il les rouvrit, ils étaient brillants et remplis d'émotion. Il hocha la tête en déglutissant, avant de m'embrasser et de s'enfoncer en moi.

— Putain, jura-t-il en se mettant à bouger lentement. C'est... incroyable. C'est tellement bon d'être en toi.

Il m'embrassa de nouveau jusqu'à ce que je sois à bout de souffle, puis il s'écarta pour me regarder. Ses pupilles étaient noires et dilatées, pleines d'émotion. Tout le reste disparut lorsque nos corps se mirent à bouger à l'unisson.

J'aurais voulu que ce moment ne se termine jamais, mais je fus vite sur le point de basculer, et la mâchoire de Holden se contracta tellement il se retenait aussi. Ses coups de reins devinrent plus rapides et brusques, tandis que nos corps étaient trempés de sueur.

— Holden...

— C'est ça, jouis avec moi. En même temps...

Son ordre suffit à faire pulser mes muscles, et il le sentit.

— Putain. Prends tout mon sperme. Sens-le tout au fond de toi...

Je gémis en ayant le meilleur orgasme de ma vie. Holden continua ses va-et-vient jusqu'au dernier tremblement de mon corps.

Après ça, nous étions tous les deux épuisés. J'avais l'impression d'être toute molle.

— Waouh. C'était...

— Ce que j'attendais avec impatience, compléta-t-il en souriant.

Quelques minutes plus tard, il voulut se relever, mais je saisis son bras.

— Tu vas où ? demandai-je.

— Te chercher une serviette.

— Pas encore. Je veux te garder en moi.

Il sourit et déposa un baiser sur mes lèvres.

— Ça me va. Parce que toi, je t'ai déjà en moi.

Je me réveillai en panique et me redressai sur mes coudes dans l'obscurité.

— Oh, mon Dieu. On s'est endormis. Holden, réveille-toi. Il est quelle heure ? Ton vol...

Mais Holden était déjà réveillé à côté de moi. Il était habillé et fixait le plafond.

— Il est cinq heures trente. Il me reste encore quelques minutes.

Je couvris mon cœur de ma main.

— Oh, je suis soulagée. On n'a pas mis d'alarme hier soir. J'ai pensé qu'on avait raté le réveil.

— J'en ai mis une. Je me suis levé pour aller aux toilettes il y a quelques heures, et je me suis rendu compte que j'avais laissé mon téléphone à côté. Je ne trouvais pas le tien, alors j'ai mis une alarme sur ton ordinateur qui était dans le salon. Je n'ai pas réussi à redormir avant qu'elle sonne il y a un petit moment déjà.

Je me rallongeai dans le lit et me tournai pour lui faire face.

— Oh, bonne idée, mais je suis désolée que tu n'aies pas réussi à te rendormir.

— Ce n'est rien, répondit-il d'une voix sombre.

— Tu dois être fatigué.

— Pas vraiment.

— Quelque chose te tracasse ?

Il haussa les épaules, avant de secouer la tête.

— J'ai juste beaucoup de choses en tête.

— Tu veux en parler ?

— Non, je vais aller chez moi pour me faire un café et récupérer mon téléphone et ma valise.

— D'accord.

Pendant son absence, j'enfilai le T-shirt qu'il avait porté hier soir. Je le portai à mon nez pour le renifler. J'espérais vraiment qu'il n'allait pas l'emmener avec lui, car il sentait bon et j'avais prévu de le garder un moment. Il revint quelques minutes plus tard avec ses bagages et deux tasses. La sienne était déjà à moitié vide.

— Mon Uber sera là dans une minute, m'informa-t-il.

— Oh, d'accord. J'espérais avoir quelques minutes pour t'embrasser.

Holden avala le reste de son café, posa sa tasse dans l'évier et s'approcha de moi.

— On se voit bientôt, souffla-t-il en posant sa main sur ma joue avant de m'embrasser.

On aurait dit que quelque chose n'allait pas.

— Tu es sûr que tout va bien ? Est-ce que j'ai dit ou fait quelque chose qui t'a contrarié ?

— Je vais bien. Je t'appellerai dès que possible, d'accord ?

Quels au revoir déprimants. Je hochai la tête et tentai de me forcer à sourire, mais j'échouai lamentablement.

— D'accord. Bon voyage.

Je refermai la porte et mes épaules s'affaissèrent. Je ne savais pas à quoi je m'étais attendue, mais après l'intensité de ce que nous avions partagé hier soir, je pensais que nos adieux allaient être remplis d'émotion. Au lieu de ça, ça avait ressemblé à la façon dont Warren et moi nous disions au revoir. Sans enthousiasme. Ce qui m'allait. Vraiment. C'était juste que ça ne ressemblait pas du tout à Holden.

Bref. Il était sûrement aussi triste que moi à l'idée de cette séparation. J'envisageai brièvement de retourner au lit, mais puisque je m'étais levée tôt, je me dis qu'il valait mieux en profiter pour prendre la route tôt pour Philadelphie et éviter les bouchons. Alors je pris une douche rapide, me séchai les cheveux, et je finis de ranger mes affaires de toilettes dans mon sac. Je récupérai mon ordinateur sur la table de nuit de la chambre et le glissai dans sa housse, mais je le ressortis en me rappelant que je devais envoyer un e-mail à ma responsable.

L'écran de veille apparut lorsque je l'ouvris, mais quand il s'activa et que je m'apprêtai à taper ma réponse, je me figeai.

Oh non.

Holden avait dit qu'il avait réglé l'alarme sur mon ordinateur, alors il avait dû voir cet écran, celui avec l'e-mail de Barbara Reston dont la première ligne disait :

Bonne nouvelle ! Non seulement vous pouvez rentrer à Philadelphie dès la semaine prochaine, mais on peut vous trouver un endroit où travailler dans un bâtiment gouvernemental.

L'humeur de Holden lors de son départ était beaucoup plus compréhensible à présent...

CHAPITRE 27

Holden

Le trajet jusqu'à l'aéroport fut un peu flou. Mes pensées se bousculaient tellement que j'eus l'impression qu'il ne dura que deux minutes.

Nous étions en train d'attendre à la porte d'embarquement quand Monroe se laissa tomber sur le siège à côté de moi.

— Hé, mec, ça va ?

— Oui, marmonnai-je en fixant ce qui ressemblait à notre avion.

Il me tendit un petit beignet provenant du sac qu'il tenait à la main.

— Ce voyage est censé être une bonne chose, tu sais. Pourquoi tu as l'air si triste ?

— Ne le prends pas mal, mais tu ne comprendrais pas, répondis-je en mettant la nourriture dans ma bouche.

Depuis le temps que je connaissais Monroe, il n'avait jamais eu une relation sérieuse. Je doutais qu'il puisse faire quoi que ce soit mis à part me réprimander s'il apprenait ce qui me contrariait.

— Ce travail est bien plus facile sans petites amies. Tu le sais, n'est-ce pas ?

Il fallait croire qu'il n'ignorait pas tant que ça ce qui me travaillait. Je posai mes yeux sur lui.

— Merci pour cette information. Oui, j'en suis conscient.

— De nous tous, je pensais que tu serais le dernier à tomber dans ce piège.

— Ce n'est pas un piège si tu en as envie, rectifiai-je en m'affaissant dans mon siège et en croisant les bras.

— Ce n'est pas le meilleur timing pour toi, Catalano. Tout commence enfin à bouger pour nous. Ce serait formidable si tu pouvais gagner sur tous les tableaux, si tu vois ce que je veux dire. Mais ce que tu es en train de faire – essayer d'être fidèle à cette fille alors qu'on pourrait très bientôt reprendre la route –, ça ne va pas être durable. Tu vas finir par déraper avec une groupie, et ensuite, tu te sentiras mal. Il vaudrait mieux que tu mettes un terme à tout ça avant que ça arrive.

J'avais envie de l'insulter de faire ce genre de supposition, mais je me contentai d'énoncer une simple vérité.

— Je ne la tromperai jamais.

— Écoute, je l'ai déjà rencontrée, répliqua-t-il en mâchant. C'est une fille bien. Une fille intelligente. Ce n'est pas quelqu'un qui supportera ce mode de vie, de toute façon, alors abrège ses souffrances.

Son opinion très tranchée sur Lala m'agaça. Elle était bien plus que juste « intelligente » et « une fille bien ».

— Qu'est-ce qui s'est passé avec elle d'ailleurs ? demanda-t-il comme s'il s'en souciait vraiment, alors que je savais que ce n'était pas le cas.

Je n'allais pas gaspiller mon énergie à me confier à quelqu'un qui ne comprendrait jamais. Monroe était un ami, mais il n'était pas la bonne personne avec qui avoir cette conversation.

Notre discussion fut interrompue quand mon téléphone sonna.

Lala. Je me levai et m'éloignai de quelques mètres pour répondre.

— Allô ?

— Salut. Tu as déjà passé l'enregistrement ? m'interrogea-t-elle.

— Oui, j'attends à la porte d'embarquement. Quoi de neuf ? Tu es sur la route ?

— Non, j'allais partir, mais j'ai remarqué quelque chose et il fallait que je t'appelle, répondit-elle avant de marquer une pause. Est-ce que tu as lu un e-mail sur mon ordinateur qui parlait d'un retour à Philadelphie ?

Je me raclai la gorge.

— En effet.

— C'est ce que je craignais. Tu as agi bizarrement ce matin, et ensuite, je l'ai vu sur mon ordinateur après ton départ, soupira-t-elle. Holden, ce n'était pas mon idée. Le docteur Reston a remarqué que je n'étais pas très en forme ces derniers temps. Quand elle a appris pour les problèmes de santé de ma mère, elle a pris l'initiative de me proposer un transfert. Ce n'est pas moi qui l'ai demandé.

— Pourquoi tu ne m'en as pas parlé ? demandai-je en passant une main dans mes cheveux.

— J'y pensais à peine. Je ne savais pas que sa proposition allait se concrétiser.

— Je ne vais pas être l'égoïste qui essaie de te convaincre de rester à New York si ce dont tu as besoin est d'être plus près de ta mère pour l'instant, Laney.

Je l'avais encore appelée Laney. J'avais déjà fait ça au restaurant la dernière fois. Ça n'avait pas été intentionnel. Apparemment, ça sortait naturellement quand j'étais énervé.

— J'ai l'impression que tu penses encore que c'est moi qui ai demandé ça, répliqua-t-elle.

— Ce n'est pas ce que j'ai dit. Mais réfléchis-y. De toute façon, tu finiras bien par quitter New York, non ? Enfin, si tu n'étais pas toi-même au travail et que les gens le remarquaient... peut-être que tu as besoin d'un changement.

Peut-être qu'elle avait vraiment besoin de rentrer à Philadelphie maintenant pour savoir si ça pourrait fonctionner entre nous.

— Plus vite on saura à quoi pourrait ressembler un quotidien normal entre nous, mieux ce sera, je pense.

— Tu veux dire, moi seule à Philadelphie et toi sur la route ? me questionna-t-elle d'une voix brisée.

J'observai les gens qui passaient devant moi.

— Regarde où je suis, trésor. Dans un aéroport au lieu de t'accompagner chez toi. En train de faire passer le groupe et ma carrière dans la musique avant toi. C'est injuste de ma part de te demander de rester à New York alors que je pourrais très bien devoir repartir comme aujourd'hui.

Elle garda le silence.

— Je suis désolé de ne pas t'avoir avoué que j'avais vu l'e-mail avant de partir, finis-je par m'excuser. Effectivement, j'en ai tiré des conclusions hâtives. Mais en fin de compte, je voulais que ce soit toi qui m'en parles. Tout va bien maintenant.

— Tout va bien ? répéta-t-elle avec un rire nerveux. Pourquoi ce n'est pas l'impression que j'ai ?

Je fermai les yeux et poussai un soupir frustré. Tout ce dont j'avais envie, c'était de me tirer de cet aéroport pour aller la rejoindre.

— J'aurais pu gérer si tu m'en avais parlé, Lala. Tu n'avais pas besoin de me le cacher.

— Je ne l'ai pas caché intentionnellement.

— Peu importe ce que tu décides de faire, que ce soit rester à New York ou rentrer plus tôt à Philadelphie, ça ne changera rien à ce qui est censé se passer entre nous, trésor, expliquai-je.

— Mais on dirait que tu m'encourages à partir.

Peut-être que c'était ce que je faisais inconsciemment. Pas parce que je voulais la perdre, mais parce que plus vite elle partirait, plus vite je pourrais savoir si nous avions une chance sur le long terme. Quand elle était à New York, j'avais l'impression que nous vivions un rêve éphémère. Ce n'était pas notre réalité.

Je pouvais l'entendre respirer plus rapidement. Je ne voulais pas la mettre dans cet état alors qu'elle s'apprêtait à prendre la route. Et si elle avait un accident ? Je ne pourrais jamais me le pardonner.

— Écoute, Lala... Ne stresse pas, d'accord ? Tu trouveras la réponse en ce qui concerne le fait de rentrer plus tôt ou pas, peut-être selon l'état de ta maman quand tu la verras. Mais ne fais pas ce choix en pensant à moi... Ça n'impactera pas notre...

J'hésitai. *Notre relation ?* J'avais envie de croire que c'était ce que nous avions, plutôt qu'une aventure, mais seul le temps nous le dirait.

— Fais attention sur la route, poursuivis-je. Profite de ta visite chez tes parents et essaie de ne pas t'inquiéter pour le reste.

Je soupirai.

— Promets-moi de ne pas conduire si tu ne te sens pas bien, insistai-je.

— Est-ce que tu me crois quand je te dis que je ne te l'ai pas caché intentionnellement ?

— Oui, Lala. Ça va mieux ?

— Oui, murmura-t-elle à peine.

Je pouvais enfin respirer.

Depuis que nous avions atterri à L.A., nous étions restés enfermés dans ce studio sombre, à travailler sur la démo pendant toute la soirée. Je n'avais pas eu un instant pour réfléchir.

Toutefois, être occupé avait été une bonne chose, parce que ça m'empêchait de penser sans cesse à Lala. Je m'en voulais d'avoir agi comme ça hier quand elle m'avait appelé à l'aéroport. En fait, je n'avais quasiment pensé qu'à ça pendant la première moitié du vol pour venir ici, avant de me mettre à écrire des paroles de chansons pour éviter de me noyer dans mes pensées.

Je n'avais pas du tout envie que nous nous séparions plus tôt que prévu. Mais plutôt que de le lui avouer comme j'aurais dû le faire, j'avais agi comme si son départ n'avait aucune importance pour moi. Comme si *elle* ne comptait pas pour moi. À ce stade, je ne savais pas vraiment si j'essayais de la protéger elle ou moi.

Quoi qu'il en soit, ça faisait trop longtemps – plus de vingt-quatre heures – que je n'avais pas entendu sa voix. Il fallait y remédier tout de suite.

Le vent soufflait dans les palmiers lorsque je sortis de l'immeuble. J'avais l'impression de sortir d'un trou noir et de redécouvrir la lumière du jour. Je m'appuyai contre le mur du studio d'enregistrement, et je pus apercevoir le panneau Hollywood au loin en sortant mon téléphone de ma poche.

— Salut, tout se passe bien ? demanda-t-elle quand elle décrocha.

— On vient de finir. Je suis épuisé, mais on a bien travaillé.

— Je suis ravie pour toi, Holden.

Je pouvais entendre des bruits de couverts derrière elle. Je savais qu'il était bientôt l'heure du dîner sur la côte Est.

— Tu es en plein repas ? l'interrogeai-je en m'asseyant par terre.

— Oui, mais ce n'est rien. Je suis très contente que tout se soit bien passé pour toi.

— Je n'ai pas pu venir avec toi ce week-end, alors il valait mieux que ce séjour soit productif. J'ai bossé comme un dingue pour m'en assurer.

Je levai les yeux vers le soleil en soupirant.

— Tu me manques tellement. Je suis désolé de m'être comporté comme un con la dernière fois qu'on s'est parlé.

— Ce n'est rien. Tu étais contrarié. C'est moi qui suis désolée d'avoir provoqué ça.

— Lala, écoute. Je suis...

Je m'apprêtais à lui expliquer pourquoi je ne voulais *pas* qu'elle rentre plus tôt à Philadelphie quand j'entendis une voix familière derrière elle. Une voix d'homme. Et ce n'était pas son père.

Je plissai les yeux et mon cœur s'emballa.

— Qui est avec toi ?

— Attends, m'interrompit-elle.

J'entendis un bruit de déplacement, puis elle me reprit.

— Il fallait que je sorte de table, expliqua-t-elle.

— Pourquoi? lançai-je sèchement en tirant mes cheveux.

— C'est Warren que tu as entendu, murmura-t-elle. Je ne voulais pas parler de lui quand il était là.

— Qu'est-ce qu'il fait là? rétorquai-je en inspirant brusquement.

— Il est passé à la maison pour me dire au revoir avant de partir en Californie cette semaine. Il s'avère qu'ils ont besoin de lui plus tôt que prévu. Je ne voulais pas qu'il reste manger avec nous, mais mes parents ont insisté. Tu es en colère? s'enquit-elle quand je gardai le silence.

— Pourquoi je serais en colère? Ça ne te ferait rien si je dînais avec l'une de mes ex pendant que j'étais ici, pas vrai?

C'était un coup bas, mais je n'avais pas pu m'en empêcher.

— Tu marques un point. Je suis désolée si je te contrarie. On dirait que je suis douée pour ça ces derniers temps.

J'écoutai le bruit des voitures qui passaient sur Mulholland Drive, et je pris une longue et profonde inspiration pour me calmer.

— Non, trésor, la rassurai-je en frottant mes yeux fatigués. C'est moi qui suis désolé. C'était déjà compliqué de ne pas pouvoir venir avec toi ce week-end, alors savoir qu'*il* est là à ma place est une pilule difficile à avaler. Tu n'y peux rien s'il est passé sans prévenir.

— Je n'avais pas le cœur à lui dire de partir. C'est sûrement la dernière fois que je le vois. Peut-être pour toujours, si ça se trouve.

J'en doute.

— Il espérait surtout que tu essaierais de le faire changer d'avis à propos de son départ. C'est pour ça qu'il est venu, Lala.

Je m'empêchai d'ajouter autre chose à ce sujet. Je faisais tourner ça autour de Warren alors qu'au fond, ce n'était pas lui le problème. C'était *moi*. Il aurait été impossible de me sentir menacé par Warren si j'étais sûr de ma capacité à être l'homme qu'il fallait pour Lala. En ce moment, il était avec elle et sa famille, tandis que j'étais assis devant un studio d'enregistrement à Los Angeles, pendant qu'un de mes amis se faisait sucer par une inconnue dans une voiture de l'autre côté du parking.

Plus vite nous saurions si ça pouvait marcher entre nous, mieux ce serait.

— Je pense que tu devrais accepter leur proposition de travailler à Philadelphie, lâchai-je.

— Tu dis ça maintenant juste parce que tu es énervé que Warren soit là. Je comprends. Mais ne me donne pas de conseils quand tu es en colère.

— Même si je ne suis pas ravi qu'il soit là, ce n'est pas la raison de ce conseil. Si ça doit fonctionner entre nous, la distance entre Philadelphie et New York ne devrait pas avoir d'importance.

Je pus entendre la voix de sa mère derrière elle.

— Pourquoi tu es là, Laney ? Est-ce que tout va bien ? Je viens de servir le dessert.

— Oui, j'arrive, maman. Tout va bien.

Génial.

— Je dois y aller, m'apprit-elle.

— D'accord, répondis-je en mordant l'intérieur de ma joue.

— Tu m'appelles plus tard ?

— J'essaierai.

Lala raccrocha sans rien ajouter. Je ne pouvais pas lui en vouloir. *J'essaierai ?* J'avais encore agi comme un con, et je m'en voulus aussitôt.

Après avoir passé au moins cinq minutes à regarder au loin, je finis par me lever.

— Hé, Holden ! m'interpella quelqu'un.

Je me tournai et trouvai une blonde plantureuse s'approchant de moi en talons hauts. C'était l'une des femmes qui étaient restées dans le coin pendant la quasi-totalité de l'enregistrement. Je ne savais pas vraiment qui était qui puisque plusieurs personnes étaient apparues derrière la vitre pendant que nous enregistrions. Elle pouvait très bien travailler avec la maison de disques, ou alors c'était juste quelqu'un qui avait un lien avec le studio que nous louions.

— Salut, répondis-je.

Elle me reluqua.

— Mec, tu sais te servir de tes baguettes. Tu as été incroyable.

— Merci, c'est gentil.

— Vous jouez tous tellement bien ensemble. Belle éthique de travail aussi. Personne ne s'est plaint quand il a fallu faire plusieurs prises. Même quand c'était la faute du technicien. C'est rare.

— Eh bien, on n'a pas beaucoup de temps ici, alors on veut s'assurer que la démo soit aussi bonne que possible.

— Avec un peu de chance, ce n'est que le début. Quelque chose me dit que ce ne sera pas votre dernière visite.

J'avais envie de lui demander qui elle était, mais je ne voulais pas qu'elle le prenne mal au cas où elle était quelqu'un d'important.

— J'adorerais apprendre à mieux vous connaître pendant que vous êtes à L.A. Est-ce que le groupe a prévu quelque chose ce soir ?

J'étais sur le point de lui dire que je ne savais pas, quand Dylan apparut de nulle part.

Il vola presque jusqu'ici et se plaça juste devant moi.

— En fait, non. On est tout à toi.

Elle se mit à rire.

— Super. Carrie et moi vous enverrons une voiture à l'hôtel. Disons vingt heures ? proposa-t-elle en arquant un sourcil.

— Parfait, accepta Dylan d'un air rayonnant.

Elle se tourna vers moi en souriant.

— À plus tard, Holden.

J'attendis qu'elle s'éloigne avant de me tourner vers Dylan.

— C'était quoi ça ? Et elle, c'est qui ?

Il écarquilla les yeux.

— Tu ne sais pas qui c'est ?

— Je sais qu'elle nous a regardés pendant un moment, mais non, je ne sais pas qui elle est, admis-je en haussant les épaules.

— Elle ne t'a pas donné son nom parce que tu es censé déjà la connaître, abruti, rétorqua-t-il en me donnant un petit coup sur la tête. C'est Alana Styles. Elle est à la tête du service responsable de la découverte de nouveaux talents et de la signature des contrats chez Seal Records. Elle pourrait décider à elle seule si on obtient ce contrat.

Je restai bouche bée.

— Merde. D'accord. Je n'en savais rien.

— Tu ferais mieux de faire tout ce qu'elle veut ce soir, et je suis sérieux.

Je me figeai.

— Tu es en train de suggérer que je couche avec elle ?

— Fais tout ce qu'il faudra pour conclure l'affaire – sans mauvais jeu de mots.

— Dégage, lançai-je en le poussant.

Il tituba un peu et prit un air sérieux.

— Holden, écoute. Je l'ai entendue dire du bien de toi à cette autre femme, Carrie, qui travaille dans la communication. Alana n'arrêtait pas de dire à quel point tu avais du talent. On a besoin que tu fasses tout ce qu'elle voudra.

— Qui va avoir tout ce qu'elle voudra ? demanda Monroe.

Il était enfin sorti de la voiture où il était entré en compagnie d'une fille.

— Alana Styles, répondit Dylan. Et Holden ici présent sera celui qui s'en chargera.

— Suuuuuper, plaisanta Monroe. Je l'ai vue s'éloigner. Qu'est-ce qu'elle a dit ?

Apparemment, j'étais le seul à ne pas savoir qui elle était.

— Elle nous envoie une voiture à l'hôtel à vingt heures, annonça Dylan.

Monroe arbora un immense sourire en tapant dans la main de notre ami.

— C'est génial, putain.

— Est-ce que je peux faire semblant d'être malade et m'éclipser ? suggérai-je.

Ils tournèrent tous les deux la tête vers moi en même temps.

— Eh bien, tu pourrais, mais ensuite, je serai obligé d'agrafer tes couilles au matelas pendant que tu dormiras, me menaça Monroe.

Je baissai la tête.

— Mec, je ne pense pas vraiment que cette femme veuille de moi de cette manière. C'est quelqu'un d'important et elle s'est montrée très professionnelle. Et puis, même si c'était le cas, je ne coucherai pas avec elle. Mais par précaution, peut-être que je ne devrais pas y aller.

Dylan me fusilla du regard.

— L'ancien Holden aurait été là pour nous ce soir.

— Tu me fais peur, là. Je comprends que ce soit important, mais je ne vais pas me prostituer pour toi, crétin, répliquai-je.

Le plus triste, c'était qu'il avait raison. Si c'était arrivé avant Lala, je n'aurais pas hésité à coucher avec quelqu'un pour faire avancer ma carrière s'il le fallait. Pour *conclure* l'affaire. J'avais un peu honte de me l'admettre à moi-même.

— Écoutez, trouvez quelque chose à lui dire, mais à partir de maintenant, je suis officiellement malade.

Je m'éloignai avant qu'ils puissent ajouter quoi que ce soit.

Lorsque je me rendis compte que j'avais oublié ma veste dans le studio, je retournai à l'intérieur. L'un des techniciens était encore là.

— Vous fermez boutique ? demandai-je.

Il fit pivoter son fauteuil.

— Non, j'ai une autre réservation dans une heure. Je me détends en attendant.

Une idée me vint en tête.

— Ça vous dérange si je reste un peu ? J'aimerais essayer de chanter une chanson *a cappella*.

— Vous chantez ?

C'était une bonne question, puisqu'il m'avait seulement vu jouer de la batterie.

— De temps en temps. J'ai écrit quelques paroles dans l'avion en venant ici et j'ai une mélodie en tête pour l'accompagnement. Je suis curieux de voir à quoi ça pourrait ressembler.

Il appuya sur quelques boutons et pointa la cabine du doigt.

— Allez vous installer.

Je me plaçai devant le micro et sortis les paroles que j'avais rédigées sur mon téléphone.

Can you meet me tonight?
(Peux-tu me rejoindre ce soir?)
On the rooftop under the moonlight.
(Sur le toit au clair de lune.)
I have a secret and can only pray,
(J'ai un secret et il ne me reste qu'à prier,)
When I say it, you don't run away.
(Que tu ne t'enfuiras pas quand je te le dirai.)

I've tried so hard not to cross the line.
(J'ai vraiment essayé de ne pas franchir la limite.)
Tried not to wish you were mine.
(J'ai essayé de ne pas te désirer.)
But I'm telling you as a friend,
(Mais je te le dis en tant qu'ami,)
Loving me is a dead end.
(M'aimer est une voie sans issue.)

La... La... La... La...
(La... La... La... La...)
This is my warning.
(Je préfère t'avertir.)
Will you look at me the same in the morning?
(Ton regard sur moi changera-t-il après ça?)

La... La... La... La...
(La... La... La... La...)
Tell me you'll stay.
(Dis-moi que tu resteras.)
Even if I warn you to walk away.
(Même si je te dis de t'éloigner de moi.)

Now I'm going out on a limb,
(Je sais que je prends un risque,)
Admitting you'd be safer with him.
(En admettant que tu serais mieux avec lui.)

But even if that's true,
(Mais même si c'est vrai,)
He won't love you like I do.
(Il ne t'aimera pas comme je t'aime.)

I won't take offense.
(Je ne le prendrai pas mal.)
I know we don't make sense.
(Je sais qu'on ne devrait pas être ensemble.)
The truth cuts like a knife.
(La vérité est aussi tranchante qu'un couteau.)
But you'll still be the love of my life.
(Mais tu seras toujours l'amour de ma vie.)

La... La... La... La...
(La... La... La... La...)
This is my warning.
(Je préfère t'avertir.)
Will you look at me the same in the morning ?
(Ton regard sur moi changera-t-il après ça ?)

La... La... La... La...
(La... La... La... La...)
Tell me you'll stay.
(Dis-moi que tu resteras.)
Even if I warn you to walk away.
(Même si je te dis de t'éloigner de moi.)

La... La... La... La...
(La... La... La... La...)
I love you. I love you. I love you.
(Je t'aime. Je t'aime. Je t'aime.)

CHAPITRE 28

Lala

Presqu'une semaine plus tard, j'étais dans ma chambre en train de chercher le ruban adhésif pour fermer un autre carton. Ce bazar me faisait penser au jour où j'avais emménagé, quand le fond de toutes mes boîtes avait lâché parce que j'avais utilisé un rouleau qui avait plus de dix ans. Holden avait pris ça en riant et ne s'était pas énervé comme l'aurait fait Warren ou mon père. C'était l'une des choses que j'aimais chez lui. Il ne se préoccupait pas des détails insignifiants. Sa voiture tombait en panne au milieu de nulle part ? C'était une aventure, pas une raison de se plaindre. Le chanteur oubliait les paroles en plein milieu de la chanson ? Autant transformer ça en solo de batterie en offrant un sourire irrésistible au public. Il avait une incroyable capacité à se laisser porter, et il pensait qu'en faisant ça, on finissait tous par atterrir là où on était censés être.

Cette pensée me rendait triste. Parce qu'il semblait appliquer cette même logique fataliste à notre couple. Mais est-ce que les relations devaient aussi être vues de cette façon ? Nous n'étions pas censés nous battre pour les choses qui comptaient le plus pour nous ? J'avais toujours pensé que c'était comme ça que ça fonctionnait. Mais si j'avais raison, ça voulait dire que je ne comptais pas assez pour Holden.

Une larme roula sur mon visage lorsque je ramassai un autre pull pour le plier et le ranger dans un carton. Je n'aimais pas faire ça. Je n'étais pas encore prête à quitter New York. Toutefois, Holden avait été très distant depuis notre appel de la semaine dernière, quand il m'avait dit que je devrais retourner à Philadelphie, alors je n'allais pas rester s'il ne voulait pas de moi ici.

Après avoir rangé le reste de mes vêtements, je décidai de faire une pause et de m'accorder un verre de vin. Alors que j'étais en train de me servir, quelqu'un frappa à ma porte. Je me dis que c'était l'un des garçons qui venait prendre de mes nouvelles, puisque j'avais prévenu Owen que je partais dimanche. Cependant, lorsque j'ouvris la porte, mon cœur s'arrêta en voyant l'homme magnifique qui se tenait devant moi.

— Holden ? Qu'est-ce que tu fais là ? Je pensais que tu ne revenais que demain soir.

— On a fini un peu plus tôt que prévu, alors j'ai pu prendre un vol juste après avoir terminé hier soir.

Il jeta un coup d'œil par-dessus mon épaule, et son sourire s'évanouit.

— Qu'est-ce que tu fais ?

— J'ai commencé à faire mes cartons, répondis-je en me tournant pour regarder derrière moi.

Il sembla surpris, même si je ne savais pas vraiment pourquoi puisque c'était lui qui m'avait dit de rentrer chez moi.

— Entre, l'invitai-je en ouvrant davantage la porte, avant de m'écarter.

Il glissa ses mains dans ses poches et baissa la tête.

— Il faut que je prenne une douche et que je range mes affaires. Je voulais juste te prévenir que j'étais rentré.

— Oh... d'accord.

Il leva les yeux, mais il ne croisa pas mon regard.

— On se croisera plus tard ? ajouta-t-il.

— Oui, bien sûr.

J'avais l'impression qu'un bulldozer m'avait roulé dessus.

Pas de bisou. Pas de câlin. Rien du tout.

Quelques semaines plus tôt, nous nous serions tous les deux retrouvés nus dix secondes après son arrivée.

Les larmes me montèrent aux yeux lorsque je fermai la porte. J'avais secrètement espéré qu'en me voyant faire mes cartons, Holden prenne peur et passe en mode combattif. Malheureusement, ce n'était pas le cas. Il avait fui aussi vite que possible.

Bizarrement, je parvins à ne pas éclater en sanglots. Pendant les deux heures qui suivirent, je n'eus aucune nouvelle de Holden. J'hésitais sur la façon de gérer la situation. Je me demandais si je devais prendre mes affaires et partir sans un au revoir, ou si je devais aller le voir pour lui dire que mes sentiments avaient évolué et que j'avais besoin qu'il se batte pour que je reste. En fin de compte, je finis par faire quelque chose dont je n'étais pas fière, quelque chose qui me ferait sûrement me sentir encore plus mal si ça ne fonctionnait pas. J'eus recours au sexe.

Toc-toc-toc.

Holden ouvrit la porte et ses yeux se posèrent directement sur mon décolleté. Il n'aurait pas pu le manquer avec mon soutien-gorge push up et le débardeur très échancré que j'avais mis.

Aux grands maux, les grands remèdes.

— Salut. Tu penses que tu pourrais m'aider avec quelques cartons ? demandai-je en enroulant une mèche de cheveux autour de mon doigt. Certains sont un peu trop lourds et j'aimerais les empiler près de la porte. J'ai peur que le fond lâche si je ne les porte pas correctement.

— Bien sûr.

Il jeta un dernier coup d'œil à mon décolleté, avant de fermer sa porte et de me suivre chez moi.

— Tu veux empiler lesquels ? m'interrogea-t-il en regardant autour de lui dans le salon, les mains posées sur les hanches.

— Ceux dans la chambre.

— Oh.

Il déglutit et fronça les sourcils.

Cette réponse morose me fit mal au cœur, mais je fis de mon mieux pour faire comme si mon amour-propre n'en avait pas pris un coup. Je me rendis dans ma chambre en exagérant le balancement de mes hanches, en sachant que Holden avait un faible pour mon legging moulant. Une fois dans la pièce, je fis mine de fouiller dans un carton posé par terre sans plier mes genoux. Il était impossible de ne pas voir mes fesses. Je le surpris en train de jeter plusieurs coups d'œil, mais il avait plutôt l'air triste qu'excité. Quand je ne trouvai plus rien à inventer pour qu'il m'aide, je refusai encore d'abandonner.

— Merci pour ton aide. Je t'offre un verre de vin ? proposai-je.

Holden avait l'air hésitant, alors je sortis l'artillerie lourde pour être sûre qu'il ne puisse pas refuser.

— Je pourrais te donner des nouvelles de la santé de ma mère, et j'ai envie que tu me racontes comment s'est passé l'enregistrement en Californie.

Il hocha la tête, mais ne parut pas ravi.

— D'accord.

Durant l'heure qui suivit, nous partageâmes une discussion agréable et nous rattrapâmes le temps perdu, mais j'avais l'impression de parler à Owen ou Colby. Holden était assis sur le fauteuil à l'opposé du canapé, et il ne tenta pas de me toucher. Jamais je n'avais ressenti si peu de connexion physique en étant près de lui. L'étincelle entre nous était plus présente quand nous avions quinze ans et que nous étions assis sur le toit de chez mes parents, alors que mon frère dormait à quelques mètres de là. Et j'avais l'impression qu'il avait hâte de rentrer chez lui. Alors je fis une ultime tentative pour provoquer quelque chose en levant les bras pour faire semblant de m'étirer. Holden posa les yeux sur la partie exposée de mon ventre, puis il fronça les sourcils et frotta ses mains sur son jean.

— Il est tard. Je ferais mieux d'y aller.

Bon, cette tentative s'est retournée contre moi.

Après son départ, j'avais une boule dans la gorge. Le point positif, c'était qu'elle empêchait mes larmes de couler. Sa façon d'agir me laissa triste et désespérée, et à deux heures du matin, j'étais encore en train de fixer le plafond dans l'obscurité, à la recherche de réponses que je n'avais pas. Alors je repoussai la couverture et m'assis, avant de récupérer mon téléphone. Il n'y avait qu'un moyen d'avoir des réponses, et c'était en les demandant à la personne concernée. Sans me laisser le temps de changer d'avis, j'envoyai un message à Holden, même si nous étions au beau milieu de la nuit.

Lala : Hé, tu dors ?

Il répondit rapidement.

Holden : Non. Je pense que le décalage horaire et les vols de nuit m'ont déréglé. Et toi, quelle est ton excuse ?

Lala : Tu veux bien me retrouver sur l'escalier de secours dans quelques minutes ?

Les points de suspension s'agitèrent, avant de s'arrêter, puis de reprendre à nouveau.

Holden : Bien sûr.

Je pris une bouteille de vin et deux verres, avant d'ouvrir la fenêtre et de sortir. Holden était déjà assis sur l'escalier voisin.

— Salut, murmurai-je.

— Tu devrais être en train de dormir, répondit-il.

— J'ai trop de choses en tête, et il faut que je te parle, Holden.

Nos regards se croisèrent et il acquiesça.

J'avais envie de dire beaucoup de choses, mais tout s'emmêlait dans ma tête. Alors je pris quelques minutes pour recouvrer mes esprits, tout en nous servant chacun un verre de vin et en lui passant le sien à travers les barreaux.

— Merci.

Je hochai la tête et pris une grande inspiration.

— Pourquoi tu ne m'as pas embrassée ce soir ? Ça fait une semaine qu'on ne s'est pas vus.

— Je ne voulais pas te bousculer. Tu as beaucoup de choses à gérer en ce moment, répondit-il en baissant les yeux.

— Mais j'en avais *envie*. Je pense que je te l'ai bien fait comprendre.

Ses yeux croisèrent les miens un instant, et je vis la lueur familière dans son regard avant qu'il le détourne.

— Le sexe rendra seulement les choses plus difficiles. Je ne veux pas que tu sois triste ou que tu t'en veuilles en quittant New York. Mon bonheur passe après le tien.

Il marqua une pause pendant quelques secondes.

— Cette semaine, j'ai beaucoup réfléchi à propos de Ryan. Je lui ai promis que je veillerai toujours sur toi, et c'est ce que j'essaie de faire. Je ne veux pas dire ou faire quelque chose qui rendrait les choses plus compliquées pour toi. C'est l'une des raisons pour lesquelles j'ai eu tant de mal à te parler tout à l'heure. Je ne veux pas merder.

— Sois juste toi-même, Holden. Tu ne peux pas merder si tes intentions sont bonnes.

Il ricana.

— Tu n'as jamais entendu le dicton « l'enfer est pavé de bonnes intentions » ? C'est moi, Lala. C'est moi l'enfer.

Nous restâmes de nouveau silencieux, et il finit par avaler la totalité de son verre.

— Qu'est-ce que tu as ressenti quand tu as revu Warren ?

Je fronçai les sourcils.

— C'était triste. Il a pleuré et il m'a dit qu'il m'aimait encore. Et avant de partir, il m'a donné un billet d'avion sans date définie pour que je puisse venir le voir en Californie si j'en avais envie. C'est dur de voir souffrir quelqu'un à qui on tient.

Holden hocha la tête.

— Est-ce que tu penses qu'on a fait une erreur en se mettant ensemble ? Je me suis pratiquement faufilé entre vous, ce qui a mis fin à votre relation.

— Ce n'est pas du tout ça, réfutai-je en secouant la tête. J'avais envie de cette relation autant que toi, peut-être même plus. J'aimerai toujours Warren d'une certaine manière. Il était très gentil avec moi et il a fait partie de ma vie pendant longtemps, mais être avec toi m'a fait prendre conscience qu'il me manquait quelque chose d'important.

Ce moment était devenu très triste et pesant, alors je tentai de détendre l'atmosphère.

— Pour commencer, du sexe phénoménal.

— Au moins, je sers à quelque chose, acquiesça-t-il.

— Je te taquine, Holden. Oui, ça se passe très bien au lit avec toi, mais c'était plus que ça.

— Je vois...

Cette fois-ci, ce fut à mon tour d'avaler le reste de mon verre. J'avais tourné autour du pot avec des petites questions parce que j'avais peur de poser la plus importante. Mais il fallait que je sache.

— Il se passera quoi entre nous une fois que je serai rentrée à Philadelphie ?

— Je ne sais pas, avoua-t-il en secouant la tête. Et si on se contentait d'improviser ?

Mon ventre se noua, mais je me forçai à sourire.

— D'accord. Ça me va.

Une minute plus tard, Holden désigna son appartement d'un geste du pouce.

— Le voyage m'a épuisé. Je devrais aller dormir un peu.

— Oh. Oui, bien sûr.

Je ne voulais pas que cette conversation se termine, pourtant, je me levai en même temps que lui et j'ouvris ma fenêtre.

— Bonne nuit. J'espère que tu arriveras à te reposer.

— Bonne nuit à toi aussi, trésor.

Alors que j'étais en train de passer par ma fenêtre, je paniquai et me figeai.

— Attends ! Holden !

Il s'arrêta, une jambe déjà à l'intérieur.

— Oui?

— Je pars dimanche. Tu penses qu'on peut passer la soirée de demain ensemble, étant donné que ce sera ma dernière nuit ici?

— Ça me ferait plaisir.

— Moi aussi.

Miraculeusement, je parvins à tenir le coup en rentrant chez moi et en me brossant les dents. Toutefois, lorsque je me glissai sous ma couverture, toutes mes émotions me submergèrent. Et je me mis à pleurer.

Et pleurer.

Et pleurer.

CHAPITRE 29

— Salut, bel inconnu, lança Billie en souriant.

— Comment ça va, madame Lennon ?

Je jetai un coup d'œil à Deek, le tatoueur dont le fauteuil était de l'autre côté de la pièce, et lui adressai un signe de tête.

— Quoi de neuf, mec ?

Il était en train de travailler sur un tatouage de tête de mort pour un type qui aurait été terrifiant *sans* que sa tête soit couverte de tatouages.

— Et toi, la rock star ? répondit-il en levant la tête.

— Tu étais passé où ? demanda Billie. Oh, attends. Je sais *exactement* où tu étais. Tu faisais des cochonneries avec la gentille petite Lala.

Elle jeta un coup d'œil dans ma direction, puis elle éteignit sa machine et reposa son aiguille sur son support.

— Oh non. Qu'est-ce qui s'est passé ? m'interrogea-t-elle.

— Rien, répondis-je en haussant les épaules. Je suis juste passé pour te demander une recommandation de restaurant.

Elle plissa les yeux.

— Pour quelle occasion ?

— La dernière soirée de Lala en ville. Elle a décidé de rentrer plus tôt à Philadelphie pour être près de sa mère. Elle part demain.

— Mince.

Billie prit un chiffon et essuya l'excès d'encre sur le bras du type qu'elle était en train de tatouer.

— J'aurai fini dans cinq minutes. Tu veux qu'on aille manger une glace ? Je meurs d'envie d'en manger une aux éclats de beurre de cacahuètes depuis que j'ai ouvert les yeux.

— Bien sûr.

Ce n'était pas comme si j'avais mieux à faire.

Quinze minutes plus tard, nous étions en bas de la rue, chez un glacier traditionnel. Billie lécha ses lèvres quand le gamin derrière le comptoir plaça deux énormes boules au goût qu'elle avait commandé sur un cornet. Elle frotta son ventre de femme enceinte en patientant.

— Comment tu te sens ? lui demandai-je.

— Plutôt bien quand on prend en considération le fait que je n'ai pas fait une nuit complète depuis un mois, répondit-elle en tapotant son ventre. Cette petite personne a élu domicile sur ma vessie. Je ne mange plus et je ne bois plus trois heures avant de me coucher, pourtant je me lève quand même au moins deux fois dans la nuit pour aller aux toilettes. Hier soir, Colby ronflait et ça m'a énervé, alors je l'ai frappé et je l'ai réveillé *sans le faire exprès*.

— *Sans le faire exprès* ? répétai-je en arquant un sourcil.

— Oui. Je voulais seulement le secouer un peu. Pas le réveiller.

Je me mis à rire.

— Je dois t'avouer que j'adore qu'une femme d'un mètre cinquante lui rende la monnaie de sa pièce pour tout ce qu'il m'a fait quand on était petits. Il a un an de plus que moi, alors il s'en prenait à moi pour s'amuser quand on avait six et sept ans.

— Et si on allait s'asseoir? proposa-t-elle en désignant l'une des tables. J'ai une demi-heure avant mon prochain client.

— D'accord.

Je récupérai mon milkshake à la fraise et m'installai face à elle, alors qu'elle attaquait sa glace.

— Alors, parle-moi. Il se passe quoi avec Lala? demanda-t-elle entre deux coups de langue. Je pensais que vous vous amusiez bien.

— C'était le cas. Mais c'est tout ce que c'était pour elle, un amusement, déclarai-je en secouant la tête. Il faut croire que je goûte à ce que j'ai fait aux autres, après avoir enchaîné les filles ces dix dernières années.

— Mais tu as des sentiments pour elle, non?

Je passai ma main dans mes cheveux.

— Je suis amoureux d'elle. Je pense que je le suis depuis toujours.

— Oh, mon Dieu, ne dis pas des choses comme ça, répliqua Billie en posant sa main sur son cœur. En plus d'être une machine à pipi, je suis aussi très sensible. Je crois que je vais pleurer.

— Eh bien, on risque d'être deux à pleurer, soupirai-je. Bon sang, ça craint vraiment d'être utilisé pour le sexe.

— Je ne pense pas qu'elle t'ait utilisé pour le sexe. Vous vous amusiez beaucoup tous les deux, non? Enfin, en dehors de la chambre, je veux dire.

Je haussai les épaules.

— Oui, mais ce n'est pas suffisant.

— Est-ce que tu lui as dit ce que tu ressens ?

Je secouai la tête.

— Je ne veux pas rendre les choses plus difficiles pour elle.

— Alors comment tu sais que Lala ne ressent pas la même chose que toi ?

— Elle me l'a en quelque sorte laissé entendre à plusieurs occasions. Hier soir, je lui ai demandé si elle regrettait d'avoir rompu avec Warren, et elle m'a dit non, parce qu'être avec moi lui a fait prendre conscience qu'il lui manquait quelque chose dans cette relation : du sexe phénoménal.

— On dirait plus un exemple de ce qui lui manquait plutôt que la liste complète.

Je haussai de nouveau les épaules.

— Ce n'est pas la première fois qu'elle me laisse entendre clairement ce que nous sommes. Et puis, sa mère est malade et elle vient juste de mettre un terme à une longue relation. Je l'ai pratiquement poussée à coucher avec moi dans la foulée. Je suis juste un prix de consolation.

— Tu fais beaucoup de suppositions, Holden.

— Je ne suppose rien du tout. J'entends très bien ce qu'elle ressent à travers ses actes. Lala n'était même pas censée quitter New York avant deux mois. Elle a eu l'opportunité de rentrer plus tôt et elle l'a saisie sans hésiter. Je ne m'y connais pas vraiment en relations de couple, mais je suis presque sûr que lorsqu'on aime une personne, on se précipite vers elle, on ne la fuit pas.

Billie lécha sa glace et secoua la tête.

— Je pense que tu fais une grosse erreur en laissant tant de non-dits entre vous.

— Si on est censés être ensemble, elle retrouvera son chemin vers moi.

Elle pinça ses lèvres.

— Tu connais ce vieux dicton qui dit que c'est des conneries de laisser partir quelqu'un qu'on aime pour voir s'il revient, n'est-ce pas ? Quand on aime quelqu'un, on se bat pour cette personne. On l'attache pour la retenir si besoin est.

J'aurais aimé que ce soit vrai, mais tout ce que voulait Lala, c'était que je l'attache à la tête de lit quand on couchait ensemble.

Ce soir-là, Lala et moi étions en chemin pour aller manger à One if by Land, Two if by Sea, et fêter sa dernière soirée à New York. Mais était-ce vraiment une fête ? Ça ressemblait plus à la fin de quelque chose.

J'avais appelé une voiture pour faire le trajet.

L'ambiance était morose quand Lala posa sa tête sur mon épaule. Nous observâmes tous les deux les lumières de la ville sur la banquette arrière. Mon nez était enfoui dans ses boucles douces. Je n'avais pas encore complètement percuté qu'elle ne serait plus là demain. Je me sentais comme engourdi.

Puis mon téléphone vibra. Quand j'y jetai un coup d'œil, j'aperçus que c'était un message groupé de la part de ma manageuse, et que le premier mot était : URGENT !

Je cliquai dessus.

Daisy : URGENT ! Les gars, j'ai besoin que vous vous rendiez tout de suite au Palace. Le groupe qui était censé jouer là-bas ce soir a dû se désister. Ils m'ont appelée pour savoir si vous étiez disponibles. Évidemment, je leur ai dit oui. Le show commence dans une heure. Si vous n'avez pas le temps d'apporter vos instruments, ils ont ce qu'il faut sur place.

— Merde, marmonnai-je.

— C'est qui ? demanda Lala en relevant sa tête.

Je ne voulais pas lui expliquer ce qui se passait, car je comptais refuser d'y aller, mais je devais lui en parler.

— Ma manageuse. Elle veut qu'on aille jouer au Palace ce soir.

— Au Palace ? répéta-t-elle en écarquillant les yeux. Même *moi* j'ai déjà entendu parler de cet endroit. C'est énorme. Il faut que tu y ailles.

Même si mon téléphone croulait désormais sous les messages de mes camarades ravis, je continuai à insister sur le fait que je ne pouvais pas encore l'abandonner comme je l'avais fait quand j'étais allé en Californie plutôt que de l'accompagner chez elle pour le week-end.

— Non, je m'en fous. C'est ta dernière soirée ici. Je vais lui dire que je ne peux pas.

Mes doigts se trouvaient sur le clavier lorsque Lala posa sa main sur la mienne pour m'arrêter.

— Tu ne peux pas faire ça. Si tu ne joues pas, personne ne joue.

— Non, insistai-je. Ils peuvent trouver un autre batteur pour me remplacer ce soir. Des tas de gars dans ce milieu attendent impatiemment ce genre d'opportunité.

Elle secoua la tête.

— Non, Holden. Il faut que ce soit *toi*, soupira-t-elle. Tu n'as pas fait tout ça pour refuser des opportunités énormes comme jouer au Palace. Et puis qui te dit que je préférerais aller au restaurant plutôt que de te voir jouer encore une fois avant mon départ ? On sera quand même ensemble. Et j'adore vraiment te regarder sur scène. Ça me rend heureuse.

Mon cœur se serra. Deux choses dans ce monde me rendaient heureux. La musique et *elle*.

Avant que je puisse ajouter autre chose, Lala se tourna vers le chauffeur.

— Est-ce que vous pouvez nous emmener au Palace, s'il vous plaît? Je sais que c'est à l'opposé, et je m'en excuse. On a eu un changement de plan.

L'homme hocha la tête et tourna à l'intersection suivante.

Quand nous arrivâmes sur place, j'eus à peine le temps de réfléchir. Monroe arriva peu de temps après moi, suivi de Dylan et de Kevin, notre guitariste. Lala nous regarda nous installer, et moins de trente minutes après, nous étions en train de jouer sur scène.

Ce concert fut particulièrement puissant, non seulement à cause de mon état émotionnel, mais aussi parce que je pouvais clairement voir Lala dans le public. J'aimais surtout observer sa réaction pendant mon solo. Je me demandai si c'était la dernière fois qu'elle venait me voir, mais je tentai de repousser cette pensée.

Chanson après chanson, je me donnai à fond sur ma batterie pour laisser sortir ma frustration. Et le groupa assura. Le public se déchaînait après chaque chanson, et je soupçonnais que nous serions invités de nouveau, mais grâce à notre propre mérite, cette fois-ci.

Quand notre set prit fin, je quittai aussitôt la scène. J'abandonnai mes baguettes et rejoignis précipitamment Lala dans la foule.

— Tu es incroyable, Holden, me félicita-t-elle en posant ses mains sur mes joues. Est-ce que tu sais à quel point tu es beau à regarder?

Je la soulevai et la fis tourner, avant de l'embrasser longuement et passionnément.

— Tout ce que j'ai fait là-bas, c'était pour toi. Tout ce qui m'importait, c'était que tu me regardes.

— Tu plaisantes ? répliqua-t-elle en passant ses doigts dans mes cheveux. Je n'arrivais pas à te quitter des yeux.

— Partons d'ici, proposai-je en la reposant par terre.

J'enroulai mon bras autour d'elle quand nous nous dirigeâmes vers la sortie, sans même prendre la peine de dire au revoir aux autres.

— Je n'ai pas vraiment faim, m'informa-t-elle. J'ai juste envie de rentrer à la maison avec toi, parce que c'est la dernière fois que je peux dire ça.

Elle avait lu dans mes pensées. Tout ce que je voulais, c'était la ramener chez elle et lui faire l'amour toute la nuit, la laisser rentrer à Philadelphie de la meilleure manière possible.

Alors je ne fis que ça.

Le lendemain matin, je me levai le premier afin de faire du café pour Lala, étant donné qu'elle allait prendre la route tôt. Pendant qu'il coulait, je décidai aussi de... bouger certaines choses dans son appartement.

Elle écarquilla les yeux en sortant de la chambre, lorsqu'elle remarqua ce que j'avais fait.

— Pourquoi toutes les chaises de la cuisine sont contre la porte ?

Je haussai les épaules en arborant un sourire en coin.

— Je me suis dit que si tu ne pouvais pas sortir d'ici, tu ne partirais pas.

Elle secoua la tête et se mit à rire en venant enrouler ses bras autour de moi.

— Je ne vais pas bien, Lala, avouai-je en la soulevant. Je devais être fou quand je t'ai encouragé à partir plus tôt.

En l'embrassant, je décidai que j'avais besoin d'elle une dernière fois avant qu'elle parte. Je baissai mon pantalon de quelques centimètres, avant de repousser sa culotte sur le côté. Après avoir appuyé ses fesses contre le comptoir, j'écartai lentement ses jambes et m'enfonçai en elle.

— Tu veux que j'arrête? demandai-je d'une voix rauque.

— Non, haleta-t-elle en passant ses mains dans mes cheveux. Je t'en supplie... Ne t'arrête surtout pas.

Lala souleva ses hanches pour me rendre mes coups de reins, qui se faisaient de plus en plus intenses.

— C'est ça. Donne-moi cette jolie chatte, gémis-je.

Nous étions très doués pour ça. Pour esquiver la réalité grâce au sexe.

— Putain, je ne veux pas que tu partes, marmonnai-je dans son cou en m'enfonçant plus profondément en elle.

Lorsque je sentis ses muscles se contracter autour de moi, je poussai un son guttural, tandis que l'orgasme de Lala résonnait dans la cuisine. Je jouis si fort que je faillis voir des étoiles.

— Je devrais simplement rester en toi. Ce serait une autre façon de te faire rester ici, déclarai-je alors que nous étions tous les deux en train de redescendre.

Elle posa ses mains sur mes joues.

— Pourquoi ce discours pour essayer de me faire rester tout à coup? Je pensais que selon toi, mon retour à Philadelphie était la meilleure chose à faire.

Je ne pouvais pas lui en vouloir d'être perdue.

— Je sais que je t'ai encouragée à partir pour qu'on puisse voir si ça pouvait vraiment fonctionner entre nous. Mais maintenant que ce jour est arrivé, j'ai juste envie de remonter le temps.

— J'ai vécu les meilleurs moments de ma vie, Holden. Mais je comprends. Cette situation a toujours été temporaire.

— Ce n'est pas la fin, Lala. Il faut juste qu'on trouve une autre normalité, lui assurai-je en déposant un baiser sur son nez et en me forçant à me retirer.

Lala retourna dans sa chambre pour s'habiller, pendant que je nous préparais des bagels.

Le petit déjeuner se déroula dans le silence. Par la fenêtre, je pouvais voir qu'il commençait à pleuvoir. Le temps correspondait parfaitement à l'ambiance morose.

Après avoir mangé, je rangeai toutes ses affaires dans sa voiture. Nous nous attardâmes sur le trottoir, aucun de nous ne voulant être le premier à dire au revoir.

— J'aurais dû débrancher la batterie de ta voiture, déclarai-je en grattant mon menton. Là, tu n'aurais vraiment pas pu partir.

Je tirai sur sa veste pour l'attirer à moi, et je déposai un dernier baiser sur ses lèvres.

— Appelle-moi dès que tu arrives. Sois prudente sur la route.

— Promis.

Le soleil fit enfin son apparition, même s'il pleuvait toujours, comme le symbole parfait de la personne paumée que j'étais devenue dernièrement.

Je la serrai fort contre moi, puis je finis par la laisser partir.

CHAPITRE 30

Lala

Pourquoi je suis rentrée déjà ?

Tant de choses avaient changé depuis la dernière fois que j'avais vécu ici. Mon frigo était vide. Il faisait terriblement froid dans l'appartement. La chaleur de celui de New York me manquait. Mais par-dessus tout, Holden n'était pas juste à côté. C'était vraiment ce qu'il y avait de pire.

Être de retour en Pennsylvanie était tout aussi doux-amer que ce que j'avais imaginé. Enfin, pour être honnête, plus amer que doux. La seule bonne chose qui s'était passée depuis mon retour, c'était que j'avais pu voir ma mère la veille au soir. J'avais eu l'impression qu'elle avait plus d'énergie que la dernière fois que j'étais venue, et je me sentais chanceuse que sa santé s'améliore.

J'avais passé la plupart de la journée à ranger mes affaires et à rendre mon appartement habitable. Malgré tous mes efforts, il me paraissait toujours froid et stérile. Je passai aussi du temps à retirer les photos de Warren et moi. J'espérais que Holden viendrait me rendre visite bientôt, et je ne voulais absolument pas qu'il les voie. Mon cœur se serra en repensant à Warren et au mal que je lui avais fait. Peut-être que je méritais de me sentir mal aujourd'hui.

Avant de quitter New York, j'avais rangé tout ce que j'avais à grignoter dans un sac. Au moment où je le vidai, je trouvai une petite surprise à l'intérieur. Holden y avait glissé l'une de ses vestes à capuche noire avec un petit mot posé dessus.

Au cas où je te manque, porte ça ce soir. (Ce n'est que justice puisque je t'ai volé une culotte.)

Je portai la veste à mon nez en souriant, et j'inspirai son odeur douloureusement agréable. Ensuite, je l'enfilai et remontai la fermeture. C'était comme un câlin tout chaud de Holden. Cette veste n'allait pas me quitter de la soirée.

Je récupérai mon téléphone et je faillis lui envoyer un message, mais je me souvins qu'il avait un concert ce soir. Je ne voulais pas le déranger.

Au lieu de ça, je relus le message qu'il m'avait envoyé plus tôt dans la journée.

Holden : Je viens juste de mettre ton appartement en location, et maintenant j'ai envie de vomir. Tu me manques déjà énormément. Et dire que tu es seulement partie depuis moins de vingt-quatre heures…

Je m'étais fait la même réflexion.

J'avais besoin de me changer les idées, alors je décidai de me rendre chez mes parents. L'heure du dîner était déjà passée, alors nous allions sûrement nous installer devant la télévision ou discuter.

Mes parents étaient en train de se détendre ensemble dans le salon lorsque j'entrai en me servant de ma clé.

Me mère se redressa.

— Laney! Je ne savais pas que tu allais passer. Je t'aurais préparé une assiette. J'ai déjà tout rangé.

— Je n'ai pas faim, maman. En fait, je suis un peu barbouillée ce soir. Je suis juste passée pour avoir un peu de compagnie.

— Tu es malade? demanda-t-elle en plissant les yeux.

— Honnêtement, je pense que je suis juste… déprimée. Je n'ai pas d'appétit et je me sens un peu nauséeuse.

— C'est le stress, intervint mon père.

— Tu sais qu'on est heureux que tu sois rentrée plus tôt que prévu, mais à quoi ça sert si *toi* tu n'es pas heureuse? renchérit ma mère en fronçant les sourcils.

Mon père baissa le volume de la télévision.

— J'ai senti que quelque chose n'allait pas dès que tu es arrivée hier soir, Laney. Je suppose que ça concerne Holden.

Je m'assis sur le canapé et posai mes pieds sur la table basse.

— On ne sait pas trop où on en est tous les deux. Sa carrière est en train de décoller et je viens juste de déménager, alors on essaie de savoir où tout ça va nous mener.

Ma mère m'adressa un sourire bienveillant.

— Tu tiens vraiment à lui, hein?

Tenir à lui n'était pas un sentiment assez fort.

— Je l'aime, avouai-je sans réfléchir, parce que c'était la vérité.

— Waouh.

Ma mère était bouche bée.

— D'accord, soupira mon père.

— Est-ce qu'il sait ce que tu ressens? demanda ma mère.

— Je ne lui ai pas dit que je l'aimais, principalement parce que j'ai besoin qu'il me le dise en premier. Je ne veux pas non plus lui faire peur ou qu'il se sente obligé de me le dire en retour. S'il ressent la même chose, je veux que ça vienne de lui, sans que je lui mette la pression.

— Tu n'es pas sûre qu'il éprouve la même chose ? m'interrogea mon père.

— Je sais qu'il tient à moi, mais il s'est toujours retenu de prononcer ces mots. Mais plusieurs fois, j'aurais pu jurer qu'il était sur le point de les dire. Il a peut-être peur. Ou alors... il ne ressent pas la même chose, soupirai-je. Mais sur le plan logistique, je ne suis pas sûre que ça puisse marcher entre nous, peu importe la force de nos sentiments.

Ma mère plissa les yeux.

— Qu'est-ce que ça veut dire... *sur le plan logistique* ? Est-ce qu'il existe une formule qui détermine si quelque chose entre parfaitement dans une case ? Qui établit ces règles ?

Je marquai une pause en entendant son commentaire. *Qui* établissait ces règles ?

— Tu te fais une certaine image de ce à quoi doit ressembler ta vie, ajouta-t-elle en me regardant droit dans les yeux. Mais si on oublie ça, qu'est-ce que tu veux, Laney ?

Je clignai des paupières en réfléchissant un moment à sa question.

— Rien d'autre ne me fait plus envie que d'être avec lui. Mais ça ne tient pas qu'à moi. Il faudrait qu'il décide s'il veut de la pression d'une relation au beau milieu de sa carrière qui décolle.

Ma mère ajusta son plaid et me posa une autre question.

— À ton avis, comment tu décrirais ton avenir avec Holden ?

Fou.

Sexy.

Génial.

Imprévisible.

— Il serait constamment sur la route. Je me suis souvent retrouvée seule, avouai-je en détournant le regard. Je ne sais pas comment je pourrais avoir une famille avec quelqu'un qui est souvent absent.

— Les familles de militaires le font, me fit-elle remarquer.

— Holden veut des enfants ? demanda mon père.

— Je ne pense pas qu'il ait déjà envisagé d'en avoir.

Elle haussa les épaules.

— Les envies et les besoins des gens changent quand ils mûrissent.

— C'est vrai, confirmai-je. Même si je ne suis pas pressée de me marier et de fonder une famille.

— Alors j'ai l'impression que c'est la peur qui vous sépare, déclara-t-elle. Est-ce que je peux te donner un conseil ?

— Bien sûr, maman.

— J'ai beaucoup appris sur moi-même et sur la vie avec la frayeur que je viens de vivre. Ça a changé ma façon de voir certaines choses.

Je hochai la tête.

— Je pense que parfois, on réfléchit trop alors qu'on devrait juste suivre notre cœur et profiter de chaque instant.

— Tu penses que je réfléchis trop ?

Elle sourit.

— Lala, je ne t'ai jamais vue si captivée par quelqu'un, pas même Warren à l'apogée de votre relation, et pas même après qu'il t'a demandée en mariage. Ça en dit long.

Tu peux dire ce que tu veux à propos de Holden, mais il te fait ressentir des choses, et ce n'est pas courant dans cette famille depuis la mort de Ryan.

Son sourire s'évanouit.

— On a tous été plus ou moins engourdis pendant des années. Même si ça ne fonctionne pas avec Holden, je pense que tu devrais profiter de cette expérience pour ce qu'elle est : un chapitre important de ta vie. Les chapitres ne durent pas éternellement, mais parfois, ils mènent à d'autres chapitres, qui nous font vivre une fin heureuse.

— Ma vie est un livre ? C'est ce que tu es en train de dire, maman ? l'interrogeai-je en riant.

Elle se mit à rire.

— Les personnes qui entrent dans nos vies le font pour une raison. On ne sait juste pas encore si Holden est un personnage secondaire ou le rôle principal sur le long terme.

— Je vais te dire une chose, intervint mon père. Si tu m'avais dit il y a quelques années que tu finirais avec Holden Catalano, je n'y aurais pas cru. Je n'en reviens toujours pas vraiment qu'on ait cette conversation.

Il soupira.

— Mais comme je te l'ai déjà dit, je te fais confiance, Laney, ajouta-t-il.

— Si elle l'aime… reprit ma mère. Il va juste falloir qu'elle ajuste ses attentes en ce qui concerne l'avenir.

Elle se tourna vers moi.

— Quand tu étais avec Warren, tu imaginais une vie où tu passais la plupart de ton temps à la maison, peut-être en travaillant à temps partiel, avec un mari qui rentrait du travail chaque soir à la même heure. Mais peut-être que l'avenir avec Holden est différent. Peut-être que ce n'est pas aussi prévisible, mais peut-être que c'est tout aussi épanouissant. Tu devras sûrement prendre un peu plus de responsabilités à la maison. Au bout du compte, s'il est celui qui est fait pour toi, c'est peut-être quelque chose que tu voudras faire.

Elle avait raison. Et j'avais beaucoup réfléchi à l'avenir qui pourrait m'attendre avec Holden, aux sacrifices que je serais prête à faire pour qu'il puisse réaliser ses rêves. Mais évidemment, rien de tout ça n'aurait d'importance s'il ne ressentait pas la même chose, s'il ne *voulait* pas que je fasse ces sacrifices. Holden avait toujours eu l'air de penser qu'il n'était pas fait pour moi. Mais est-ce que je n'avais pas mon mot à dire à ce sujet ?

— J'apprécie ton point de vue, maman. J'ai toujours pensé que tu serais contre l'idée que je sois en couple avec lui, mais ça fait plaisir de savoir que tu me soutiendrais si je décidais de faire les choses un peu différemment pour pouvoir être avec lui.

Elle sourit.

— Je devrais aussi souligner que j'ai croisé sa mère la dernière fois au supermarché.

— Ah oui ?

— Oui, c'était très intéressant. D'abord, on s'est regardées un peu bizarrement, comme si on ne savait pas ce que l'autre pensait, mais aucune de nous ne savait ce qu'on avait l'autorisation de dire.

— Gênant, n'est-ce pas ? plaisantai-je.

Ma mère hocha la tête.

— Puis elle a fini par se lancer. Elle m'a demandé si je t'avais parlé récemment, alors j'ai voulu savoir pourquoi elle posait cette question. Elle m'a dit qu'elle se demandait si tu avais parlé de son fils. J'ai avoué que je savais qu'il se passait quelque chose entre vous, mais que je ne savais pas vraiment quoi puisque tu revenais ici. Elle a dit qu'elle avait presque perdu espoir que son fils finisse avec une fille bien, et qu'elle hésitait à se réjouir trop vite du fait qu'il sorte avec toi. Mais elle voulait que je sache que Holden aurait beaucoup de chance de finir avec ma fille, et elle espérait qu'il changerait un jour de comportement et qu'il finirait par se poser.

Évidemment, Holden me manqua encore plus après ça. Ça voulait dire qu'il avait parlé de moi à sa mère, et je savais que c'était énorme.

Je laissai mes parents dans le salon, et je me rendis dans la pièce où j'allais souvent quand j'avais besoin de réfléchir : l'ancienne chambre de Ryan. Je jetai un coup d'œil à son panneau d'affichage avec toutes les photos de lui et de ses amis.

— Oh, Ry. Je donnerais tout pour savoir ce que tu penses de tout ça. Je me demande souvent si Holden et moi aurions eu le courage de nous lancer si tu avais été là. On aurait peut-être eu trop peur de te faire du mal. Mais j'aime à croire que tu ne nous en veux pas.

Les larmes me montèrent aux yeux.

— J'aurais vraiment aimé pouvoir te parler. J'aurais aimé beaucoup de choses te concernant, grand frère.

J'observai la photo où Ryan avait enroulé son bras autour de Holden. Ils avaient le regard voilé, comme s'ils avaient bu.

Je sortis mon téléphone pour envoyer un message à Holden, sans savoir si son concert était terminé.

Lala : Tu ne m'as jamais dit que tu avais parlé de nous à ta mère.

Il répondit aussitôt.

Holden : Pourquoi ? Elle a dit quelque chose ?

Lala : Elle a croisé ma mère au supermarché, et elles

ont en quelque sorte parlé en langage codé, jusqu'à ce qu'elles se rendent compte qu'elles savaient toutes les deux qu'on sortait ensemble.

Holden : Je ne me confie pas beaucoup à ma mère. Seulement pour les choses les plus importantes.

Mon cœur s'emballa. Je tapai ma réponse d'un air rayonnant.

Lala : J'ai compris.

Les points de suspension s'agitèrent un moment, avant qu'il m'envoie un autre message.

Holden : Lala… Je ne sais pas si je peux faire ça.

Mon cœur se serra, et je ressentis une grosse bouffée de chaleur. *Faire quoi ? Est-ce qu'il est en train de rompre avec moi ?*

Holden : Je ne peux pas rester si longtemps sans te voir.

Je pris une grande inspiration. Si la crise cardiaque que j'avais failli avoir n'était pas une indication de mes vrais sentiments, je ne savais pas ce que c'était.

CHAPITRE 31

Holden

Owen m'observa de la tête aux pieds quand il ouvrit la porte.

— Nuit compliquée ?

— *Seizième* nuit compliquée.

Je n'en revenais pas que ça fasse aussi longtemps que je n'avais pas vu Lala.

La table était installée au milieu du salon pour notre partie de poker mensuelle. Colby prit une bière dans le carton qu'il était en train de ranger dans le mini frigo, et il me la lança.

— Tu as une tête de couille, mon pote.

— Merci, répondis-je en fronçant les sourcils.

Il haussa les épaules.

— En fait, c'est même pire que ça. Mes testicules sont plutôt pas mal en ce moment. Billie m'a dit que j'avais besoin d'un petit rafraîchissement à ce niveau. Puisque je ne m'en suis pas occupé assez vite à son goût, elle m'a dit qu'elle voulait de la glace, puis elle m'a forcé à entrer chez l'esthéticienne juste à côté du glacier pour qu'on s'occupe de moi pendant qu'elle mangeait sa glace. Elle m'a pris rendez-vous pour une épilation du maillot.

— Une épilation du maillot ? répéta Owen en couvrant son entrejambe. Du genre, quelqu'un a versé de la cire chaude sur tes couilles pour tout arracher ?

— En fait, ce n'était pas si horrible que ça. J'ai plutôt aimé la partie avec la cire. C'était chaud et agréable, comme si deux mains douces les tenaient. En revanche, j'aurais pu me passer de la partie arrachage.

Je secouai la tête.

— Comment cette conversation a pu dévier si vite ?

Colby se leva et ouvrit une bière, avant de me désigner avec sa canette.

— Tu as moins bonne mine que mes testicules.

Brayden revint de la cuisine. Il regarda Colby, puis moi, et il leva les mains.

— Je te crois sur parole.

Je me mis à rire. C'était la première fois que ça m'arrivait depuis plus de deux semaines. Il fallait croire que j'en avais besoin. Mes amis s'installèrent à leurs places habituelles autour de la table, et Brayden distribua les jetons en échange de monnaie.

Quand il arriva à moi, il releva la tête.

— Pourquoi les couilles de Colby ont meilleure mine que toi ? Est-ce que je veux le savoir au moins ?

— Je ne veux pas en parler, soupirai-je.

Il haussa les épaules.

— Ça me va. Maintenant, donne-moi ton billet de cinquante pour que je puisse commencer à miser.

Je sortis mon portefeuille de ma poche arrière et jetai l'argent sur la table. Brayden l'ajouta à la boîte de café dans laquelle nous gardions les jetons, puis il distribua la première main. Je suivis le mouvement en lançant un jeton au centre de la table et en ramassant mes cartes. Toutefois, j'aurais été incapable de dire quelles combinaisons j'avais entre les mains. Visiblement, je dus aussi me perdre dans mes pensées pendant que les gars plaçaient des mises et recevaient des cartes, parce que je reçus soudain un jeton en plein visage.

— C'est quoi ce bordel ? lançai-je en frottant mon nez.

— Tu veux des cartes ou non, beau gosse ? demanda Brayden.

— Oui.

Je regardai la main que j'avais, mais je n'arrivais pas à me concentrer assez pour prendre une décision.

— En fait, non. Ça ira.

Owen était assis à ma gauche. Il fit basculer sa chaise en arrière et jeta un coup d'œil à mon jeu.

— Tu n'as rien du tout, abruti. Prends des cartes, me conseilla-t-il.

J'étudiai de nouveau mon jeu et j'acquiesçai. Cependant, je ne parvins toujours pas à prendre une décision, alors j'abandonnai et je secouai la tête.

— Je suis amoureux de Lala. Je pense que j'ai merdé.

Brayden lança ses cartes en l'air et gémit.

— Oh, putain.

— Qu'est-ce que tu as fait ? demanda Owen en fronçant les sourcils.

Colby poussa un grand soupir.

— Je ne vais pas aimer devoir abîmer ton joli visage. Tu l'as trompée ?

Je levai les mains.

— Non, ce n'est pas ça. Je voulais dire que j'ai merdé en l'encourageant à partir. Je n'aurais jamais dû faire ça.

— Attends, laisse-moi résumer, reprit Brayden. Ce n'était pas la décision de Lala de rentrer à Philadelphie ? Tu l'as *poussée* à partir plus tôt ?

— *Poussée* est un terme un peu fort, mais je lui ai dit que je pensais qu'elle devrait le faire. Et je n'ai rien fait pour l'empêcher de partir.

— Pourquoi tu ferais ça si tu l'aimes ?

Je frottai ma nuque.

— Parce que je suis bête ?

— Ça, on le savait, répliqua Owen. Mais sérieusement, mec, pourquoi lui dire de partir si tu as envie qu'elle reste ?

Je poussai un grand soupir en secouant la tête.

— Je pensais que c'était la bonne chose à faire. Du moins, c'était ce que je me disais. Mais peut-être que j'étais trop lâche pour lui dire ce que je ressentais vraiment et lui demander de rester avec moi. Au fond de moi, j'ai l'impression de ne pas la mériter. Elle est si intelligente, belle et... pure. Une partie de moi pense qu'elle devrait être avec Warren.

— Bon sang. J'ai cru que ce jour n'arriverait jamais, confia Colby.

— Le jour où je tomberais amoureux ?

— Non. Le jour où quelqu'un réussirait à mettre un coup à ta confiance. Quand tu avais dix-huit ans, tu pensais avoir une chance avec notre prof d'anglais super sexy qui avait trente ans.

Je souris sans enthousiasme.

— Mademoiselle Renzo avait posé sa main sur ma cuisse. Elle avait envie de moi.

— Tu vois ? insista Colby. Pas une seule fois tu as douté de toi avec une femme. Tu crois que j'ai l'impression d'être assez bien pour Billie ? Bien sûr que non. Mais il faut que tu surmontes ces conneries. Quand on est amoureux de quelqu'un, on ne repousse pas cette personne parce qu'on n'en vaut pas la peine. On passe le reste de notre vie à essayer de devenir l'homme qui mérite d'être à ses côtés.

J'avais envie de croire que je pouvais être digne de Lala. Cependant, je n'étais pas sûr que ce soit vrai.

— Et si je fous tout en l'air ?

— Alors on te bottera le cul, affirma Brayden en désignant les deux autres et lui-même. On devra le faire pour Ryan.

Owen croisa mon regard.

— Si tu fais du mal à Lala, on te règlera ton compte. Mais je vais prendre le risque de dire quelque chose que je n'aurais jamais pensé dire... Je pense que si Ryan était là à écouter ce que tu ressens pour sa petite sœur, il te donnerait sa bénédiction. Alors tu as la mienne.

— La mienne aussi, acquiesça Colby.

Brayden haussa les épaules.

— Pareil pour moi, alors arrête de faire ta mauviette et dis à cette femme ce que tu ressens. Et peut-être qu'on pourrait aussi arrêter de parler de sentiments et d'épilation masculine pour jouer aux cartes ?

— Oui, faisons ça, répondis-je en souriant.

Je ne savais pas vraiment si j'avais résolu quoi que ce soit, mais c'était bon de savoir que mes amis pensaient que les choses pourraient fonctionner avec Lala. Maintenant, je n'avais plus qu'à me convaincre moi-même...

Le lendemain matin, j'étais allongé dans mon lit en réfléchissant à l'idée de me rendre à Philadelphie ce week-end pour ouvrir mon cœur à Lala, quand mon téléphone vibra sur la table de nuit. C'était notre manageuse, Daisy. Je lus la partie du message qui apparaissait et fronçai les sourcils.

**Daisy : J'espère que vous n'avez rien prévu ce week-
end…**

Ces derniers temps, son timing craignait vraiment.

Mais si ce n'était pas le destin qui me disait de ne pas déclarer mon amour à Lala, je ne savais pas ce que c'était. Je soupirai et m'apprêtai à taper une réponse, mais lorsque je déverrouillai mon portable et que je lus la totalité du message, je me rendis compte que ça ne s'arrêtait pas là.

**Daisy : J'espère que vous n'avez rien prévu ce week-end.
Il y a un nouveau club géré par un groupe de célébrités
où il est impossible d'obtenir une date. La fille d'un des
propriétaires vous a vus jouer récemment, et elle a dit à
son père qu'il devait vous faire monter sur scène.**

Avant que je puisse envoyer quoi que ce soit, mes amis répondirent.

Dylan : Je suis partant. On va où ?

Monroe : Même si c'est sur Pluton, ça me va.

Notre manageuse répondit à son tour.

**Daisy : C'est un peu plus accessible que Pluton. C'est à
Philadelphie.**

Je m'assis en sentant l'adrénaline se répandre dans mes veines. Après tout, peut-être que le destin avait d'autres plans…

Holden : Carrément partant.

Après avoir reçu l'accord de tout le monde, Daisy nous envoya les détails du concert de samedi soir. Je me sentais encore euphorique après cette coïncidence, alors je ne pus attendre plus longtemps pour envoyer un message à Lala.

**Holden : Salut. On vient juste d'accepter un concert
samedi soir à Philadelphie. Je suis ravi de jouer à la
maison, mais encore plus de pouvoir te voir. On joue en**

première partie, alors on devrait commencer à vingt-et-une heures et terminer vers vingt-deux heures ou vingt-deux heures trente. Viens nous voir, comme ça on pourra vite partir ensemble.

Je ne pus même pas poser mon téléphone en attendant sa réponse.

Lala : Oh, c'est génial. J'essaierai de venir.

J'essaierai ?

J'avais l'impression que j'étais en train d'écouter le générique de *Rocky*, prêt à monter les escaliers en courant pour récupérer ma copine en haut, et que soudain, la musique s'était arrêtée brusquement.

Holden : Tu as déjà prévu quelque chose ?

J'observai les points de suspension s'agiter, puis s'arrêter une minute ou deux, avant de réapparaître.

Lala : Juste du travail à rattraper.

À vingt-et-une heures un samedi soir, dans quatre jours ? Elle ne pouvait même pas trouver un moyen de se libérer quelques heures en étant prévenue aussi tôt ? Le peu d'optimisme qu'il me restait me retomba sur l'estomac.

Ça y est. C'est le début de la fin.

Elle aurait tout aussi bien pu me dire qu'elle devait laver ses cheveux. Toutefois, quelque chose en moi craignait de le lui faire remarquer, par peur qu'elle se contente de répondre en mettant fin à notre relation. Il fallait au moins que je la voie une dernière fois si ça devait arriver. Alors je pris sur moi.

Holden : D'accord. Bonne journée.

Elle me répondit par un emoji souriant. *Un foutu emoji.*

Les jours suivants, je passai un nombre ridicule

d'heures à me demander comment je devrais gérer la situation. J'hésitais sans cesse entre lui déclarer mon amour inconditionnel et lui faciliter la vie en étant celui qui lui rendait sa liberté. C'était le bordel. La seule chose dont j'étais certain, c'était que je voulais faire ce qui était le mieux pour Lala et ne pas rendre les choses plus compliquées pour elle.

En fin de compte, je décidai que j'avais besoin de la voir en personne pour savoir quoi faire. Alors j'arrivai la veille sans lui en parler, en espérant que la prendre au dépourvu allait m'aider à prendre une décision. Je voulais voir sa réaction en ouvrant la porte après avoir passé trois semaines sans me voir.

Mon cœur se mit à battre fort quand j'arrivai devant son appartement le vendredi soir. Des gouttes de sueur se formèrent sur mon front et ma lèvre supérieure lorsque je remontai l'allée, alors qu'il ne faisait pas du tout chaud dehors. Une fois devant sa porte, j'essuyai mes mains sur mon pantalon et pris une grande inspiration.

Toc-toc-toc.

Mais ce ne fut pas Lala qui ouvrit la porte.

C'était... *sa mère.*

Je tentai de cacher ma déception et d'être poli.

— Oh, bonjour, madame E.

— Holden ? Laney ne m'a pas dit que tu devais venir.

Je glissai mes mains dans mes poches.

— C'est sûrement parce qu'elle n'est pas au courant. J'ai voulu lui faire la surprise.

— Oh. Eh bien, elle n'est pas là pour le moment. J'attends une livraison qui était censée arriver plus tôt cet après-midi, mais le livreur a un pneu à plat et a dit qu'il aurait quelques heures de retard.

— Lala est encore au travail ?

Elle secoua la tête.

— Elle a eu rendez-vous chez le médecin, et ensuite elle devait faire quelques courses.

— Oh, d'accord, répondis-je en me forçant à sourire. Tant pis pour la surprise. Mais je suis content de vous voir, madame E. Vous avez l'air en forme.

— Est-ce que... tu veux venir boire une tasse de thé ? Laney ne reviendra sûrement pas avant quelques heures, mais peut-être qu'on pourrait discuter pendant quelques minutes.

— Oui, bien sûr.

J'avais quasiment vécu chez les Ellison quand j'étais petit. Pourtant, je me sentis soudain mal à l'aise. Ça devait être lié au fait que j'étais sûr qu'elle m'avait dit d'entrer pour pouvoir me demander de rester loin de sa fille.

Nous discutâmes tranquillement pendant qu'elle remplissait la théière et préparait le reste, et je fis de mon mieux pour ne pas laisser des auréoles de sueur se former au niveau des aisselles de mon T-shirt.

— Voilà...

Madame E posa deux tasses sur la table de la cuisine et s'assit en face de moi en me souriant chaleureusement.

— Mon mari a dit qu'il passerait pour me tenir compagnie, alors on ne sera peut-être pas seuls très longtemps. J'espère que tu ne m'en voudras pas si je te parle franchement et que je ne tourne pas autour du pot.

Putain. C'est parti.

Je déglutis en hochant la tête.

— Pas de souci. On se connaît depuis longtemps, madame E. Dites ce que vous avez en tête.

— Merci, Holden, répondit-elle en se raclant la gorge. En temps normal, je ne suis pas du genre à me mêler de ce qui ne me regarde pas, mais je sais que tu as des sentiments pour ma fille. Et je sais aussi à quel point tu étais proche de mon fils.

Je baissai la tête, gêné.

— Je suis vraiment désolé, madame E. Je sais que Ryan aurait envie de me tuer s'il était là. Et je sais aussi que des parents ne m'auraient pas choisi comme gendre idéal, ajoutai-je en secouant la tête. Je n'avais pas l'intention que ça se produise. Je vous le jure.

Madame E tapota ma main.

— Je vais te raconter une histoire. Je ne sais pas si tu t'en souviens, mais environ une semaine avant la mort de Ryan, il a commencé à dormir sur le canapé du salon. Il était trop faible pour monter dans sa chambre.

— Je m'en souviens, acquiesçai-je, le cœur lourd.

— Eh bien, ce jour-là, tu étais à la maison et Ryan s'était endormi sur le canapé. Laney était dehors en train de ramasser les feuilles dans le jardin, et tu es allé l'aider. Enfin, c'est ce que tu as dit que tu allais faire, précisa-t-elle en souriant avec nostalgie. Mais quand tu es sorti, tu as ramassé un gros tas de feuilles et tu les as jetées sur elle. Vous avez fait une bataille de feuilles sur la pelouse. Vous vous êtes couru après pendant presque une heure, à rire sans arrêt comme des écoliers.

Je souris.

— Je me souviens de cette journée.

— Ce que tu ne dois sûrement pas te rappeler, c'est que Ryan s'est réveillé en plein milieu de votre bataille de feuilles. Il avait soif et il est allé dans la cuisine. J'étais en train de plier du linge dans l'autre pièce, et je l'ai surpris en train de vous observer par la fenêtre.

Elle se tourna pour regarder par la fenêtre de la cuisine de Laney, et elle posa sa main sur son cœur.

— Son sourire était aussi grand que le vôtre. Et tu sais ce qu'il a dit ?

— Quoi donc ?

Elle se retourna pour me faire face.

— Il a dit que vous craquiez l'un pour l'autre depuis des années.

— Il savait ? demandai-je, bouche bée.

Elle acquiesça.

— Il m'a dit que tu n'étais pas fait pour sa sœur.

Je fronçai les sourcils.

— Mais ensuite, il a dit qu'il espérait qu'un jour, tu trouverais la fille qui te ferait changer, et qu'il espérait que cette fille, ce serait Laney.

J'eus les larmes aux yeux.

— Vraiment ?

— Vraiment, m'assura-t-elle, avant de lever un doigt en riant. Enfin, pour être tout à fait transparente, après avoir dit ça, il a ajouté que si tu ne changeais *pas* et que tu tournais autour de sa sœur, il fallait que je dise à mon mari de te botter les fesses.

— Ça, ça ressemble plus à Ryan, remarquai-je en souriant.

Madame E serra ma main.

— Tu es le seul à savoir si tu es devenu l'homme dont nous savons tous les deux que Laney a besoin. Mais je trouvais que c'était important que tu saches que Ryan pensait que tu en étais capable. Et moi aussi, Holden, ajouta-t-elle.

— Vraiment ?

Mes yeux croisèrent les siens.

— Vraiment, acquiesça-t-elle.

Le peu d'espoir qu'il me restait après avoir discuté avec madame Ellison s'était évanoui le soir même. Lala m'avait envoyé un message quand elle était rentrée chez elle hier soir. Sa mère l'avait prévenue que j'étais là et que j'étais passé, mais elle avait dit qu'elle était trop fatiguée pour que je passe la voir. Et ce matin, elle m'avait expliqué qu'elle devait aller au travail. Elle était censée m'écrire après avoir fini, mais regarder mon téléphone pour la centième fois ne fit pas arriver son message. Toutefois, je m'accrochais toujours à l'espoir qu'elle ait vraiment été simplement occupée et qu'elle viendrait à notre concert. Mais ce ne fut pas le cas.

Quand arriva la fin de notre représentation, j'étais dans un sale état et je ne voulais rien d'autre que rentrer chez moi. Alors quand Monroe annonça à tout le monde que nous allions chanter une nouvelle chanson – celle que j'avais écrite pour Lala –, je secouai la tête, car je n'étais pas d'humeur à la chanter.

— Pas ce soir, mon pote.

Il me fit quand même signe d'avancer sur la scène, tout en parlant dans le micro.

— Je crois que notre batteur est étrangement timide et a besoin d'encouragements. Qu'est-ce que vous en pensez ? Est-ce que vous pouvez faire du bruit si vous voulez entendre une *nouvelle chanson* encore jamais jouée devant un public ? Et si vous voulez que notre beau gosse de batteur vienne vous la chanter ?

La foule applaudit et se mit à crier, alors que de mon côté, j'avais envie de mettre un coup de poing à Monroe. Toutefois, il n'était pas le leader d'After Friday pour rien. C'était un frimeur infatigable qui ne cessait d'encourager les gens à continuer pour que j'obéisse. Quand il parvint à tous les faire scander mon prénom, je compris que je n'avais pas d'autre choix que de me lever de mon siège. J'avais voulu que Lala soit la première personne à m'entendre chanter cette chanson après le groupe, mais de toute façon, j'avais l'impression que ça n'arriverait jamais. Alors quand la musique commença, je fermai les yeux et mis tout mon cœur dans chacun des mots que j'avais écrits. Je ne me rendis compte que les larmes coulaient sur mon visage qu'après avoir fini, au moment d'ouvrir mes paupières – lorsque j'aperçus Lala qui se tenait près de la porte de derrière, en train de pleurer elle aussi. Je clignai plusieurs fois des yeux pour m'assurer que je n'imaginais rien, mais non, elle était bien là.

Je tendis le micro au bassiste, sans prêter attention au public qui m'offrait une standing ovation, et je descendis précipitamment de la scène.

— Faites une pause. Je reviens.

Je me ruai vers elle. Je me frayai un chemin parmi la foule en ignorant les gens qui me félicitaient et me couvraient de compliments. Rien d'autre que Lala n'avait d'importance.

Quand je finis par l'atteindre, je posai mes mains sur ses joues.

— Je croyais que tu n'étais pas là.

Elle renifla.

— J'ai failli ne pas venir. Je suis désolée, Holden. Je suis vraiment désolée.

Je déglutis. Ça faisait terriblement mal, mais le plus important pour moi, c'était qu'elle ne soit pas dans cet état. Alors j'essuyai ses joues avec mes pouces.

— Ce n'est rien. Je comprends. On peut être amis, trésor. On peut garder contact. Ne pleure pas. Ne sois pas triste.

— Je ne veux pas qu'on garde contact, Holden.

Je contractai ma mâchoire. À ce stade, je savais qu'il fallait que je m'en aille. J'étais ému après avoir ouvert mon cœur sur scène. Je ne voulais pas dire quelque chose que je pourrais regretter.

— D'accord. Comme tu veux. Prends soin de toi, Lala.

Je fis brusquement demi-tour et avançai de deux pas, mais Lala saisit mon bras.

— Holden, attends !

— Pourquoi ? Qu'est-ce qu'il reste à dire ? Que je t'aime tellement que c'en est douloureux ? Que je n'arrive plus à manger ? Que je n'arrive plus à réfléchir ? Que je ne veux même pas sortir de mon lit si tu n'es pas avec moi ? lançai-je en haussant le ton. Dis-le-moi, Lala. C'est ce que tu veux m'entendre dire ?

— Non, répondit-elle en secouant la tête.

— Alors qu'est-ce qu'il reste à dire ?

Lala prit une grande inspiration.

— Je suis enceinte, Holden. J'attends ton enfant.

CHAPITRE 32

Holden

Je sentis le monde tourner autour de moi. Le son et les lumières du club disparurent au loin alors que je tentais de comprendre ce qu'elle venait de déclarer.

Est-ce que Lala venait de dire ce que je pensais qu'elle avait dit ?

Elle est enceinte ?

Mon cœur s'emballa lorsque je pris sa main et que je la fis sortir de la salle. Il fallait que je l'entende encore sans aucune distraction.

Nous nous rendîmes au coin du bâtiment en briques pour être seuls, mis à part quelques voitures qui passaient.

Mes mains tremblèrent lorsque je les posai sur son visage.

— Lala... redis-le. Ce que tu viens de me dire. Juste pour savoir que je ne suis pas en train d'halluciner.

— Je suis enceinte, Holden.

— Tu es sûre ?

— J'ai fait plusieurs tests, et ça a été confirmé par le médecin. C'est là que j'étais quand tu es passé et que tu as parlé à ma mère.

Cette nouvelle ne devrait pas être surprenante. Nous ne nous étions pas protégés à chaque fois, un risque que je n'avais jamais pris avec personne d'autre. Je m'étais laissé emporter.

— Tu le sais depuis combien de temps ? demandai-je, sonné.

— Il y a deux semaines, je me suis rendu compte que les nausées que j'avais depuis mon départ de New York ne partaient pas. Au départ, je pensais que c'était le stress, mais ensuite, j'ai commencé à me dire que ça pourrait être autre chose.

J'acquiesçai quand tout commença à prendre sens.

— C'est pour ça que tu ne m'as plus parlé ?

— Oui.

— Pourquoi tu ne m'as pas dit ce qui se passait, Lala ? J'aurais pu être là pour toi.

Elle secoua la tête.

— Il fallait que j'en sois certaine avant de t'apprendre la nouvelle.

Je fermai les yeux en digérant tout ça.

Lala... portait mon enfant.

Notre bébé.

Je vais être papa.

Quoi ?

Bordel.

Bordel.

Bordel.

Elle interrompit mes pensées.

— Holden, il faut que je te dise que j'ai décidé de le garder. Je sais que le timing est très mal choisi et que tu n'es pas du tout prêt à...

— Oh là, oh là, oh là, l'interrompis-je en m'écartant brusquement. Est-ce que tu penses *sincèrement* que j'envisagerais de ne pas garder notre bébé ?

Mon cœur cognait dans ma poitrine.

— Je ne suis peut-être pas prêt à être père, mais Lala... Regarde-moi, lui ordonnai-je en relevant sa tête. Regarde-moi dans les yeux. Je veux que tu comprennes quelque chose.

Elle hocha la tête et se remit à pleurer en me fixant.

— Cette nouvelle, c'est la meilleure chose qui me soit jamais arrivé. Le fait que mon bébé soit en train de grandir en toi est plus important que la musique. Plus important que *tout*. C'est...

Je marquai une pause pour réfléchir à ce que ça représentait.

— C'est tout ce que j'ignorais désirer.

— Ça te rend heureux ? demanda-t-elle en écarquillant les yeux.

Je posai ma main tremblante sur son ventre.

— Je suis très heureux, trésor. Tellement heureux.

— Et moi tellement soulagée, avoua-t-elle en posant sa main sur la mienne. J'avais peur que tu sois pris au dépourvu. J'étais prête à l'élever toute seule s'il le fallait.

— Si pour une quelconque raison, tu n'avais pas voulu poursuivre cette grossesse, ça aurait été ton choix. Mais ça m'aurait tué, Lala. Parce que ça ne fait que quelques minutes que je suis au courant de son existence, mais j'aime ce bébé, affirmai-je, avant de marquer une pause pour la regarder droit dans les yeux. Et je t'aime tellement. Je ne savais pas comment te le dire. Évidemment, j'ai essayé de le faire grâce à cette chanson, mais il était temps que je te le dise en face.

Je finis par retirer ma main de son ventre pour la placer sur sa joue.

— Je t'aime, Lala. Et je te promets que je ferai tout ce qui sera nécessaire pour que ça fonctionne, pour te donner la vie dont tu as toujours rêvé.

Ses yeux brillaient.

— La vie dont je rêvais avant toi n'existe plus, Holden. C'est toi mon rêve, déclara-t-elle en essuyant ses yeux. Quand j'ai entendu la chanson que tu as chantée ce soir, ça m'a donné la force de te dire enfin ce qui se passait. Je n'aurais jamais voulu que tu me dises que tu m'aimes pour les mauvaises raisons. Savoir que tu m'aimais avant de découvrir ma grossesse... c'était parfait.

Je caressai sa joue avec mon pouce.

— Je t'aime depuis longtemps, trésor. Je ne voulais simplement pas te faire peur.

Elle recula légèrement...

— Il faut que je te dise quelque chose...

— D'accord...

— Je ne veux pas que tu changes quoi que ce soit à cause de cette nouvelle. Je ne pourrais pas me regarder en face si tu abandonnais la carrière pour laquelle tu as tant travaillé parce que tu te sens obligé de rester sur place. Je te veux avec nous, bien sûr, mais même avant de savoir que j'étais enceinte, je réfléchissais beaucoup à revoir mes attentes pour que notre relation fonctionne. Si je veux que tu fasses partie de ma vie, je dois accepter le fait que tu ne seras pas toujours présent physiquement.

Je clignai des yeux.

— Je n'arrive même pas à penser à la musique pour l'instant. Ça me paraît tellement... insignifiant comparé à ça, lui confiai-je en secouant la tête. Je peux te dire une chose. Je ne vais pas avoir envie d'être loin de notre enfant ou de toi, même pour une courte durée. Alors même s'il faut que je réfléchisse à ce que ça va signifier par rapport au groupe, je ne le ferai pas ce soir. Pour l'instant, j'ai juste envie de profiter de tout ça, parce que Lala... on va avoir un bébé.

J'arborai un grand sourire.

— Il n'y a rien de plus grand que ça, ajoutai-je. Je suis terrifié... mais tellement heureux.

Elle rayonnait.

— Moi aussi, je suis heureuse et j'ai peur. Mais je sais que tu vas être un papa génial pour notre enfant, même si on est tous les deux perdus.

Notre enfant.

Ça paraissait surréaliste de la meilleure manière qui soit.

Un homme débraillé s'approcha de nous.

— Vous auriez de la monnaie ?

— Mon pote, je viens d'apprendre que je vais être papa, indiquai-je en levant les bras en l'air. Je vais être papa !

— C'est super, mec, répondit-il en m'offrant un sourire sans dents.

Je sortis une liasse de billets de ma poche et la lui tendis.

— C'est la meilleure soirée de ma vie, et avec un peu de chance, ceci améliorera la tienne.

L'homme observa l'argent dans sa main et se mit à pleurer.

— Tu ne sais pas ce que ça représente pour moi.

Je lui donnai une tape sur l'épaule.

— Prends soin de toi.

— Toi aussi. Et félicitations ! ajouta-t-il avant de s'éloigner en boitant.

Après son départ, le choc commença à se dissiper et à n'être remplacé par rien d'autre que de l'excitation.

— Je vais être papa ! m'écriai-je dans la rue.

— *Va te faire foutre !* hurla quelqu'un en retour depuis l'un des appartements de l'autre côté de la rue.

Lala essuya ses larmes de rire.

J'enroulai mes bras autour d'elle et déposai un baiser sur son front.

— Rentrons à la maison.

Ce soir-là, dans le lit de Lala, je posai doucement ma tête sur son ventre. J'avais été tellement sous le choc tout à l'heure que j'avais oublié de lui demander depuis combien de temps elle était enceinte, et d'après ce qu'elle m'avait dit, ça faisait six semaines. L'idée que son ventre allait grossir de semaine en semaine m'apportait plus de joie que personne ne pourrait l'imaginer. Ce qui était fou, c'était que dans mes rêves les plus dingues, j'avais imaginé Lala enceinte de mon bébé, mais je n'avais jamais osé penser que ça se réaliserait.

— Qui d'autre est au courant ? murmurai-je contre son nombril. Enfin, à part la moitié de Philadelphie parce que j'ai hurlé la nouvelle hier soir.

Son ventre remua lorsqu'elle se mit à rire.

— Mes parents. C'est tout.

Une montée d'adrénaline me submergea en imaginant que son père avait sûrement envie de me tuer.

— Comment l'a pris ton père ? demandai-je en grimaçant.

— Il était choqué, comme moi. Mais je pense qu'il ira mieux quand il saura comment tu as réagi. Il sait que je t'aime.

Je me tournai vers elle.

— Ah bon ?

— Oui, je lui ai dit. On a beaucoup parlé de toi ces dernières semaines, même avant de savoir que j'étais enceinte, révéla-t-elle en passant ses doigts dans mes cheveux. Il sait à quel point j'étais mal en étant loin de toi. Je ne pouvais le cacher à personne.

Savoir qu'elle avait avoué à son père qu'elle m'aimait me rendait fier. C'était indéniable.

— On devrait sûrement attendre le stade des douze semaines avant de le dire aux autres, déclara-t-elle.

Je hochai la tête.

— D'accord… alors tu penses que c'est trop tôt pour en parler aux garçons et à Billie ?

Garder ça pour moi pendant six semaines allait me tuer. Je n'étais pas le plus doué pour garder les secrets. Au contraire.

Elle soupira en ayant l'air tiraillée.

— Eh bien, ils m'ont dit d'attendre environ douze semaines parce qu'on ne sait pas ce qui peut se passer avant, m'apprit-elle, avant de me voir faire la moue. Bon, d'accord… juste les garçons et Billie. Et tes parents. Mais personne d'autre.

— Ça me va, acceptai-je en souriant.

Elle caressa son ventre.

— Il fait la taille d'un haricot.

Mon cœur se serra sous l'effet de la peur. *C'est sacrément petit.* Tellement fragile. L'idée qu'il puisse arriver quoi que ce soit à notre bébé me terrifiait. Je me promis de ne pas me concentrer là-dessus et d'essayer de croire que tout se passerait bien.

— Tu me donnes envie de t'enrouler dans du papier bulle, Lala.

— Mais tu ne pourrais plus avoir accès à moi non plus, répliqua-t-elle en me faisant un clin d'œil.

— C'est vrai. À quoi je pensais ? Oublie ça. D'ailleurs, il faut que je te dise quelque chose…

— D'accord…

— Même si tu ne m'avais pas dit que tu étais enceinte, j'avais prévu de venir te voir avant de quitter Philadelphie pour te proposer de faire tout ce qu'il fallait pour que ça fonctionne entre nous. Parce que ces dernières semaines ont été insupportables. On n'a peut-être pas de vrai plan logistique, mais on est une équipe. Et à présent… on est une *famille*. Je ferai absolument tout ce qu'il faut pour que ça fonctionne.

— Merci, souffla Lala en me souriant.

— Merci à toi.

Je reportai mon attention sur son ventre et parlai à voix basse contre sa peau.

— Salut, petit haricot. C'est ton papa. Je ne pense pas que tu puisses déjà m'entendre, mais je veux que tu saches que je suis là pour toi. Je vais commencer à prier très fort pour que tu continues à grandir comme il le faut. Je ne veux pas perturber ta paix si tôt, mais je veux aussi que tu sois prêt à entendre de la musique ces prochains mois. Parce que je vais te chanter des chansons, que tu le veuilles ou non. Tu vas aussi sortir en faisant de la batterie avec tes petits poings.

Lala se mit à rire.

— Et je m'excuse d'avance pour mon manque de préparation à ton arrivée, ajoutai-je. Je suis sûrement le dernier homme que tu aurais choisi pour être ton père. J'ai déjà failli tuer un cochon d'Inde avec un Hot Cheetos. Mais je te promets que je t'aimerai assez pour rattraper le fait que je ne suis pas parfait.

Le lendemain, il me restait quelques heures avant de devoir rentrer à New York à contrecœur. Puisque Lala était d'accord pour qu'on en parle à mes parents, je leur avais rendu visite ce matin pour leur expliquer que j'étais non seulement amoureux de Lala Ellison, mais aussi que nous allions avoir un enfant. Ma mère avait failli tomber dans les pommes, tandis que mon père avait ri, totalement incrédule. Malgré leur manière bizarre de le montrer, ils étaient tous les deux fous de joie – surtout étant donné que j'étais fils unique.

J'avais déjà prévu de revenir à Philadelphie le week-end prochain pour revoir Lala, mais avant de quitter la Pennsylvanie, j'avais encore un arrêt important à faire. Je ne pouvais plus attendre. Et il fallait que j'y aille seul.

Le ciel était couvert lorsque j'arrivai au cimetière. Dès que je revenais chez moi, je passais rendre visite à Ryan. Mais cette fois-ci, c'était peut-être la visite la plus importante de toutes.

Je m'agenouillai et posai un cornet de glace devant sa pierre tombale. La plupart des gens apportaient des fleurs quand ils venaient au cimetière, mais j'avais toujours apporté à Ryan sa glace *cookies and cream* préférée de chez Mickey.

Je pris une grande inspiration et levai les yeux vers le ciel.

— Bon, je vais parler très franchement, annonçai-je en regardant de nouveau sa tombe, avant de soupirer. J'ai mis ta sœur enceinte, Ry.

Je marquai une pause en imaginant sa vive réaction au paradis – les injures et peut-être même un : « *Comment tu as pu me faire ça ?* »

— Tu as déjà rêvé que je dirais ça ? continuai-je. Ou peut-être que tu en as déjà rêvé et que c'était ton pire cauchemar.

Je secouai la tête.

— Quoi qu'il en soit, je n'aurais jamais imaginé t'annoncer ça un jour.

Puis je me souvins de ma conversation avec la mère de Lala. Peut-être que la réaction de Ryan que j'imaginais était exagérée.

— J'ai envie de croire ce que ta mère m'a dit sur toi, que tu aurais approuvé cette situation à condition que j'aie changé. Mais il est difficile de savoir si tu penses que j'ai *suffisamment* changé.

J'arrachai quelques brins d'herbe.

— Je suis venu pour te dire que je pense que c'est le cas. Je ne pense pas qu'une autre personne que Lala aurait pu me donner *envie* de changer, Ryan. Mais je suppose que c'est ce que fait l'amour. Toutes ces fois où tu as vu ma façon de la regarder, ce n'était jamais le bon moment. Je n'étais pas l'homme qu'il lui fallait à l'époque.

Un avion passa dans le ciel.

— Le truc, c'est que... je ne sais pas si j'arriverai à être un jour l'homme qu'elle mérite. Mais ce que je sais, c'est que je vais l'aimer et aimer notre bébé plus que tout au monde. J'ai besoin que tu le saches. Et j'ai besoin que tu me fasses confiance. Je m'occupe d'elle, mon frère. Promis. Je ne te décevrai pas.

Je me mis à rire.

— Oh ! Et si pour une raison quelconque, tu as quelque chose à voir avec le fait que cet intello de Warren ait obtenu le poste en Californie, merci.

Je m'étais promis de ne pas pleurer, mais les larmes me montèrent aux yeux en pensant à quel point la vie était injuste.

— Ça aurait dû être toi, Ryan. C'est toi qui as toujours su que tu désirais fonder une famille un jour. Ça me tue constamment de me dire que tu ne pourras pas vivre ça.

Rien que pour toi, je suis obligé de ne pas tout foutre en l'air, parce que tu n'auras jamais la chance d'être père. Mon enfant est ton neveu ou ta nièce, ce qui est sacrément cool selon moi. Et si cet enfant ressemble à Lala, ça voudra dire qu'il te ressemble aussi.

Je secouai la tête.

— OK, c'est bizarre de me rendre compte seulement maintenant que je suis amoureux de quelqu'un qui te ressemble. Ne réfléchis pas trop à ça, d'accord ?

J'essuyai mes yeux.

— Bref, j'espère que tu ne me détestes pas. Enfin, regardons les choses en face, si tu es capable de voir tout ce qui se passe ici, ça doit faire un moment que je suis sur la sellette. Je t'aime, mec, ajoutai-je en tapotant la pierre tombale. Je t'aimerai toujours. Et mon enfant saura toujours à quel point son oncle est génial. J'ai hâte de lui raconter toutes les histoires de notre enfance. Je te promets de ne pas m'arrêter à tout ce qu'on a perdu, mais plutôt à tout ce qu'on avait quand tu étais là. Parce que, Ryan, tu ne te résumais pas à ta maladie. Et je m'assurerai qu'on ne se souvienne pas de toi pour ça. Tu étais le lien qui nous unissait tous les quatre, et on aurait tous pu échanger nos places contre la tienne si ça signifiait te garder en vie. On t'aime tellement.

Et voilà que mes larmes coulaient de nouveau. *Bon sang, heureusement que je suis venu seul.*

Je me levai.

— Bon, prends soin de toi, mon pote. Je reviens bientôt, je te le promets.

Alors que je retournais à ma voiture, une rafale de vent emporta la casquette des Eagles que je portais. Elle vola si loin que j'aurais dû courir un sprint pour la récupérer. Au lieu de ça, je souris et choisis de la laisser s'éloigner. C'était la casquette préférée de Ryan. Il essayait toujours de me la voler.

Apparemment, il avait enfin réussi son coup.

CHAPITRE 33

Lala

Je léchai mes lèvres.

Tellement. Sexy.

Holden finit d'essuyer la sueur sur son front et laissa retomber le bord de son T-shirt. Il jeta un coup d'œil à l'endroit où j'étais assise, tout en reprenant la masse. Mais ensuite, il aperçut mon visage et la reposa.

— Encore ?

Je mordillai ma lèvre en haussant les épaules.

— Je n'y peux rien. C'est les hormones de grossesse. Et tes muscles sont saillants, tes abdos luisent à cause de la transpiration, et tu es en pleine nidification. C'est sacrément sexy.

— Nidification ? répéta-t-il en arquant un sourcil.

— Tu fais des efforts physiques pour préparer l'arrivée de ton enfant, c'est tellement séduisant. Est-ce que ce serait bizarre si je te demandais de retirer ton T-shirt et de frapper sur ta poitrine en disant « Moi, Tarzan. Toi, Jane » ?

Holden retira ses gants.

— Et si on faisait un autre genre d'efforts physiques ?

Je ris. J'étais insatiable ces derniers temps. Je n'en avais jamais assez de cet homme, surtout depuis qu'il avait commencé à abattre le mur entre son appartement et celui qui avait été le mien la semaine dernière, après mon retour définitif à New York. C'était si excitant de le regarder se servir d'une masse et de scier le mur pour faire de la place à notre famille qui s'agrandissait. Qui l'aurait cru ?

Il s'approcha de moi et enroula ses bras autour de ma taille.

— Tu es consciente que je vais devoir te garder enceinte puisque tu es une petite nymphomane quand tu es dans cet état.

— Ce n'est pas grave. J'ai envie d'avoir des tas d'enfants avec toi.

— Il va falloir qu'on fasse ça rapidement cette fois-ci. Il faut que je prenne une douche avant de te toucher, et ensuite on a notre rendez-vous des douze semaines chez la gynécologue dans une heure.

— Prendre une douche avant de me toucher ? Hors de question. Je te veux tout transpirant.

Holden se mit à rire, puis il se pencha et me souleva dans ses bras.

— Tes désirs sont des ordres, trésor.

Dans la chambre, nous nous déshabillâmes et nous laissâmes tomber sur le lit, emportés par notre baiser. Nous avions commencé cette journée en faisant l'amour lentement et tendrement ce matin, mais à présent, j'avais envie que ce soit brusque et rapide. Alors je me dégageai de sous son corps pour me mettre à quatre pattes. Holden n'eut pas besoin que j'insiste plus. Il s'agenouilla derrière moi et passa la main entre mes jambes pour vérifier si j'étais prête.

— J'aime que tu sois si mouillée avant même que je te touche, gémit-il.

J'avais beau être trempée et prête, Holden était toujours aussi imposant. Il enfonça son gland en moi, et mes muscles enserrèrent chaque centimètre de lui lorsqu'il me pénétra. Quand son bassin se retrouva contre mes fesses, son corps se mit à trembler. Il se retira à moitié en gémissant de nouveau.

— J'adore voir ton visage quand je suis en toi, mais je dois avouer que cette vue n'est pas mal non plus.

Il recula encore de quelques centimètres, avant de revenir en moi d'une manière douloureusement lente.

— Bon sang, je pourrais passer ma vie à regarder ça.

Il trouva le rythme de ses va-et-vient, puis il accéléra en me prenant plus fort et plus profondément. Il recouvrit ensuite mon corps du sien et vint caresser mon clitoris.

— Jouis pour moi, trésor, pour que je puisse remplir cette jolie chatte.

Ce mélange de mots doux et d'obscénités déclencha l'orgasme qui était en train de monter en moi, et je me laissai submerger en gémissant sans cesse. Après ça, je me sentis toute molle, et j'eus du mal à rester stable quand ce fut au tour de Holden de jouir. Ses doigts s'enfoncèrent dans mes épaules et ses hanches se collèrent à moi tout au long de son orgasme. Je sentis mes muscles continuer à se contracter autour de lui encore longtemps après la fin de sa jouissance. Alors que nous étions tous les deux épuisés, il se tourna pour que nous puissions nous allonger sur le côté plutôt que sur le ventre. Je souris toute seule en sachant qu'il le faisait pour protéger le bébé.

Il embrassa mon épaule.

— J'ai une question bête dont je devrais sûrement connaître la réponse.

— Laquelle ?

— Pendant combien de temps mes petits nageurs peuvent vivre en toi ?

Je me tournai pour lui faire face.

— Les spermatozoïdes peuvent survivre jusqu'à cinq jours dans l'appareil reproducteur féminin. Pourquoi tu veux savoir ça ?

— Tu sais combien de fois je t'ai remplie ces cinq derniers jours ? demanda-t-il avec un grand sourire. Je me demande si la personne qui te fera l'échographie va penser qu'elle est en train de regarder un aquarium bondé pendant l'examen.

— Tes petits nageurs ont peut-être prouvé leur puissance, cela dit, je suis presque sûre qu'ils sont toujours microscopiques, répliquai-je en riant. Mais en parlant d'échographie, tu ferais mieux de filer à la douche pour qu'on ne soit pas en retard. J'irai juste après toi.

— Pourquoi on ne gagnerait pas du temps en la prenant ensemble ?

— Parce qu'on ne quitterait pas cet appartement.

— Je sais me tenir. Enfin, on a déjà fait l'amour trois fois aujourd'hui. Je peux garder mes mains pour moi pendant une heure ou deux.

Je le poussai hors du lit.

— Ce n'était pas pour toi que je m'inquiétais.

Quarante minutes plus tard, nous nous trouvions dans le cabinet de la gynécologue. Le docteur Resnick me fit un examen rapide, puis une technicienne arriva en apportant une machine avec elle. Je fus soudain aussi nerveuse qu'excitée. Elle installa tout ce qu'il fallait, puis elle prépara la sonde et appliqua du gel sur mon ventre.

Holden se tenait à mes côtés et me serrait fort la main. Il avait l'air tout aussi stressé que moi.

La technicienne déplaça la sonde sur mon ventre, et les battements d'un cœur résonnèrent bruyamment dans la pièce.

— Bon rythme cardiaque. Cent quarante-huit battements par minute, annonça-t-elle en manipulant certains boutons.

— Est-ce que tout va bien ? demanda Holden en serrant davantage ma main.

— Je vais juste prendre quelques mesures, et ensuite, je vous montrerai un peu son anatomie. Mais pour l'instant, tout a l'air parfait.

— Merci beaucoup de dire ça, parce qu'il se pourrait que je n'aie plus de circulation sanguine au niveau des doigts, répondis-je.

Je jetai un coup d'œil à Holden, à qui il fallut une minute pour comprendre ce que je venais de dire. Quand il comprit enfin, il me relâcha.

— Mince, désolé.

J'échangeai un sourire avec la technicienne.

Elle passa quelques minutes supplémentaires à examiner le bébé, puis elle appuya un peu plus fort sur mon ventre, tout en désignant l'écran avec son autre main.

— Les yeux, le nez, la bouche. Son petit menton.

Je me penchai un peu, émerveillée de pouvoir voir tout ça aussi bien.

— Waouh, on dirait une vraie personne.

Elle bougea de nouveau la sonde, et une main avec cinq doigts apparut très clairement à l'écran.

— Je crois qu'il fait coucou.

— Il ? répéta Holden. C'est un garçon ?

— Non, désolée, répondit la femme en secouant la tête. Je parlais du bébé. En fait, je ne saurais vous dire si c'est un garçon ou une fille. En général, on ne peut pas voir le sexe à douze semaines.

Elle nous montra la colonne vertébrale, les genoux et les pieds. C'était vraiment génial. Je savais que j'étais enceinte, évidemment, mais voir un vrai petit humain en moi à l'écran était fascinant.

Soudain, la technicienne haleta et retira la sonde de mon ventre.

— Il y a un problème ? demandai-je.

Elle secoua la tête.

— Oh, non, pas du tout. Je suis désolée, je ne voulais pas vous faire peur. Je vérifiais les organes reproducteurs. Comme je vous l'ai dit, en général, je ne peux pas voir le sexe à douze semaines. Mais ce n'est pas du tout le cas avec ce bébé.

— Vraiment ? l'interrogeai-je en écarquillant les yeux.

Elle se mit à rire.

— Je crois que ce petit être pourrait être le plus grand exhibitionniste de ma carrière. Les jambes étaient grand ouvertes et exposaient parfaitement ses organes génitaux.

Holden croisa mon regard.

— C'est *sans aucun doute* ton enfant, plaisantai-je.

— *Le* plus grand ? Est-ce que ça veut dire que c'est un garçon ?

— Encore une fois, je parlais pour *le* bébé. Mais est-ce que vous voulez la réponse ? nous questionna-t-elle en nous regardant tour à tour.

Je répondis *non* au moment même où Holden disait *oui*.

La femme sourit.

— Je peux le dire à seulement l'un d'entre vous, si vous voulez.

Je secouai la tête.

— Hors de question. Lui dire à lui serait comme me le dire à moi. Ce futur papa ne sait absolument pas garder un secret. Il y a six semaines, on s'est mis d'accord pour annoncer la grossesse seulement à un petit groupe d'amis et attendre le deuxième trimestre pour l'annoncer aux autres. Tous les jours, des inconnus habitant dans le même immeuble que nous viennent me féliciter.

Holden haussa les épaules.

— Tu veux que je dise quoi? Je suis heureux. J'ai envie que le monde entier soit au courant que tu attends mon enfant.

Je savais qu'il le pensait vraiment, ce qui expliquait que je ne pouvais pas lui en vouloir d'en parler partout. La technicienne finit son examen, puis elle reposa la sonde et me tendit de l'essuie-tout pour retirer le gel de mon ventre. La machine imprima une rangée de photos, et la femme me les tendit.

— Aucune de ces images ne montre le sexe. Je vais vous laisser discuter tous les deux pendant quelques minutes. Si vous décidez de le découvrir, dites à la personne de l'accueil de m'appeler.

— Merci.

J'observai les clichés pendant qu'elle terminait de remballer sa machine. Je souris en regardant chacun d'eux. C'était surréaliste de tenir les premières photos de notre enfant. Chaque image était un carré noir avec une fine bordure blanche. En bas, des petites lettres et des numéros étaient inscrits sur les bords blancs. Je crus pouvoir les déchiffrer, mais je devais me tromper, ça devait être mon imagination. Alors je les approchai de mon visage pour les inspecter de plus près.

Ça ne peut pas être ça.

La technicienne avait déjà presque passé la porte.

— Attendez! m'écriai-je.

Elle s'arrêta, et je tournai les images vers elle en pointant du doigt le bas des photos.

— Ces lettres en bas, c'est votre nom ?

Elle se pencha en avant en plissant les yeux.

— Oh, non. C'est l'abréviation du nom du cabinet.

— Vraiment ? demandai-je en clignant plusieurs fois des yeux.

— Oui, pourquoi ?

— Je crois que je ne l'ai jamais vu abrégé de cette manière. Merci.

— Aucun problème.

Une fois la porte fermée, je me tournai vers Holden.

— Tu ne vas jamais y croire...

— Quoi ?

Je lui tendis les photos.

— Regarde toi-même.

Il écarquilla les yeux quand il lut la même chose que moi.

— C'est quoi le nom du cabinet, déjà ?

— Resnick, Yanez and Nussbaum.

RYAN était imprimé en bas de chaque cliché.

— Bon sang, lâcha Holden. Il faut croire qu'il est d'accord avec ça, en fin de compte.

Mes yeux s'emplirent de larmes.

— Et il faut croire qu'on a trouvé le prénom de notre bébé si c'est un garçon.

ÉPILOGUE

L'odeur stérile de la salle d'attente de l'hôpital me monta au nez. Je venais juste de sortir de la chambre de Lala quand j'aperçus Colby en train d'approcher. Il portait un porte-bébé et il était suivi par toute sa famille.

— Salut, les Lennon. Ça va ? demandai-je en levant la main.

Je savais que Colby et les garçons avaient prévu de nous rendre visite ce soir, mais j'étais surpris de voir Billie, Saylor, ainsi que le bébé.

Billie me prit dans ses bras.

— On n'avait pas de baby-sitter, mais on voulait quand même venir.

— Je suis content de vous voir, répondis-je en l'embrassant sur la joue.

— Comment va Lala ? s'enquit Colby.

— Elle va bien, mais tout le monde dort, l'informai-je en regardant derrière moi en direction de sa chambre.

— Oh, non. On a choisi le mauvais moment ?

Le sourire de Billie s'évanouit.

— Je suis sûr qu'elle se réveillera bientôt si ça ne vous dérange pas de patienter un peu.

— On peut attendre ! affirma Saylor en sautant sur place avec impatience. Je veux voir le bébé !

— Super. Et dire que c'était toi le bébé hier encore, ajoutai-je en ébouriffant ses cheveux.

Nous nous installâmes tous dans la salle, et je leur racontai le long travail de Lala, qui avait duré plus de vingt-quatre heures, avant de donner naissance à notre enfant ce matin.

Brayden arriva quelques instants plus tard.

— Salut, l'accueillis-je en me tournant vers lui.

Il tapa dans ma main.

— Comment va tout le monde ? demanda-t-il.

— Bien, mais Lala et le bébé dorment.

Je n'avais pas beaucoup dormi non plus ces derniers jours, mais ça n'avait pas d'importance. J'étais sur un petit nuage et je ne voulais pas rater un seul instant de ma vie en ce moment.

— Et si j'allais chercher du café ? proposa Brayden en me donnant une tape sur l'épaule. On dirait que tu en aurais bien besoin.

— Merci, mec. Ça me dirait bien en effet.

Après son départ, Owen sortit de l'ascenseur et se dirigea vers moi.

— Félicitations, papa ! s'exclama-t-il en souriant. Pourquoi tout le monde est assis ici ?

— Lala et le bébé dorment. Je vais aller jeter un coup d'œil pour voir si tout le monde est réveillé.

Owen hocha la tête et soupira. Sa cravate était défaite et ses cheveux décoiffés. Il avait l'air un peu épuisé. Je me demandais si ça avait un lien avec l'immeuble. Quand le travail de Lala avait commencé, je n'avais eu d'autre choix que de lui demander de me remplacer.

— Merci pour le coup de main, d'ailleurs, ajoutai-je.

— Tu as oublié de me parler de la fille canon du 410.

— Fille canon ? répétai-je en riant. La femme qui doit avoir la quarantaine et dont les gamins terribles te rendent dingue ?

Il secoua la tête.

— Non, la femme qui a ouvert la porte doit avoir la vingtaine.

Je grattai mon menton, confus. Nous avions eu plusieurs accrochages avec les adolescents que nous avions surnommés Tic et Tac. J'avais prévu de monter chez eux pour leur donner un avertissement après une nouvelle série de nuisances et un autre mois de loyer impayé, juste avant que Lala commence à avoir des contractions. Owen avait proposé de s'en charger pour moi pendant que nous allions à l'hôpital.

— Personne de cet âge n'habite ici, Owen. Il n'y a que Maureen et ses enfants. Tu es sûr que tu ne t'es pas trompé d'appartement ?

— Non, parce que Tic et Tac étaient là, soupira-t-il. Elle est magnifique et elle n'a pas non plus sa langue dans sa poche. Une vraie battante. Je n'arrête pas de penser à elle. Surtout depuis qu'elle m'a claqué la porte au nez.

Il se mit à rire.

— Waouh. Alors elle a fait forte impression. Je ne t'ai pas vu réagir de cette manière à une femme depuis... Je ne m'en souviens même pas.

Il secoua la tête.

— Tu ne comprends pas. Je ne pensais pas la revoir un jour.

— La revoir ? demandai-je en plissant les yeux.

Owen jeta un coup d'œil derrière lui et baissa la voix.

— Il y a quelques jours, j'ai eu une journée difficile au travail. Je n'arrivais pas à me détendre, alors je suis allé au bar en bas de la rue. Je l'ai rencontrée là-bas. On a tous les deux trop bu. Ça faisait longtemps que je n'avais pas autant désiré une femme. Elle ne voulait pas me dire son prénom, ce que j'ai trouvé un peu bizarre, mais j'ai fait avec. On a fini à l'hôtel juste à côté et...

Il soupira.

— Meilleure partie de jambes en l'air de ma vie. Mais elle est partie en douce avant que je puisse la convaincre de me donner son nom et son numéro.

— Sérieusement ? lâchai-je, bouche bée.

— Alors tu imagines à quel point j'étais choqué quand elle a ouvert la porte du 410 aujourd'hui, me confia-t-il en poussant un soupir. Enfin, elle m'a claqué la porte au nez avant que j'aie pu découvrir qui elle était et pourquoi elle vit ici.

— Vous chuchotez à propos de quoi ?

Brayden apparut en tenant deux cafés.

Owen me fusilla du regard, alors je supposai que ça voulait dire que notre ami n'était pas au courant de cette histoire, et qu'il n'était pas d'humeur à se faire charrier pour l'instant.

— Le mystère de la femme du 410, répondis-je simplement.

Il me tendit un gobelet.

— Oh... la fille canon ?

— Tu la connais ? demanda Owen en écarquillant les yeux.

— Non, mais je l'ai vue.

Owen se pencha, vivement intéressé.

— Mais qui est-elle ?

— Je ne sais pas si elle rend visite à quelqu'un ou si c'est autre chose, avoua-t-il en décollant le coin du couvercle en plastique. Ou peut-être que c'est leur baby-sitter. Mais je l'ai vue entrer et sortir de l'immeuble plusieurs fois.

— Ces gamins ne sont pas trop vieux pour avoir une baby-sitter ? l'interrogeai-je.

— Crois-moi, ils ont besoin de plus d'une personne pour les surveiller. Ce sont de vrais tyrans, affirma Owen.

— Je suis sûr qu'ils ne sont pas pires que nous quand on avait leur âge, plaisantai-je.

— Bref, je l'ai vu rapporter des courses la dernière fois, expliqua Brayden. J'ai proposé de l'aider, mais elle a refusé.

Owen arqua un sourcil.

— Tu m'étonnes que tu as proposé ton aide.

— Est-ce que tu peux m'en vouloir ? répliqua Brayden en haussant les épaules.

Je les regardai tour à tour.

— Je ne vais pas devoir vous séparer pour une bagarre à cause de cette nouvelle fille, n'est-ce pas ?

— Monsieur Catalano ? m'interpella une infirmière.

Je me retournai.

— Oui ?

— Je viens d'aller vérifier les constantes de votre femme. Elle est réveillée et elle vous cherche.

Ma femme. Sauf que nous n'étions pas mariés. Pas encore.

— Merci. Je reviens, annonçai-je à tout le monde avant de m'éloigner.

— Salut, m'accueillit Lala d'une voix endormie lorsque j'entrai dans la chambre.

Elle tenait le bébé contre son sein. Ses cheveux bouclés étaient décoiffés, mais elle n'avait jamais été aussi belle qu'en étant là, à allaiter notre enfant.

— Tout le monde est là pour te voir, lui révélai-je en posant mon café sur la table.

— Ah oui ? Dis-leur d'entrer, répondit-elle en se redressant.

— Tu viens de te réveiller. Je me suis dit que j'allais te laisser quelques minutes.

Ma fille magnifique était accrochée au sein de Lala et tétait. Elle avait rapidement pris la main. Je passai mon pouce sur le duvet fin de sa petite joue toute douce.

— Elle est si adorable, murmurai-je.

— Elle adore manger. J'avais tellement peur que ça se passe mal.

Elle serra son poing minuscule sur la poitrine de Lala. Je glissai doucement mes doigts sur son bracelet d'hôpital, et je souris en lisant le nom écrit dessus : *Hope Ryann Catalano*. Nous avions décidé de garder Ryan comme prénom si jamais nous avions un garçon un jour.

— Au fait, l'infirmière t'a appelée ma femme. Il faut qu'on arrange ça, confiai-je à Lala.

Elle sourit.

— Je sais. Je me sens exclue. Mes deux personnes préférées de ce monde sont des Catalano. Je veux en être une aussi.

Lala et moi avions décidé d'organiser un grand mariage dans un avenir proche, et nous allions commencer à tout préparer dès que tout serait plus calme et que nous nous serions habitués à notre nouvelle vie de parents. Tout était en suspens de la meilleure manière qui soit. Lala allait faire une pause entre deux projets de recherche pour pouvoir rester à la maison avec Hope, et elle n'était pas vraiment certaine de ce qu'elle allait faire dans quelques mois. Quant à moi ? Ma carrière musicale était aussi en suspens.

Le groupe n'avait reçu aucune proposition en Californie, ce qui me laissait un petit sursis sans avoir à m'inquiéter de décevoir les garçons. Toutefois, dès la naissance de ma fille, j'avais su que je serais incapable de rater une seule seconde de son évolution. Ce qui signifiait que si le groupe finissait par prendre la route, ils allaient devoir trouver un autre batteur, parce que j'allais très sûrement démissionner. Personnellement, je ne voyais pas ça comme un échec. Ce serait mon choix. Je savais que Lala ne me demanderait jamais de m'éloigner du groupe, mais ça n'avait aucune importance. Il n'y avait qu'un seul endroit où j'avais *envie* d'être, et c'était avec ma famille. La musique ferait toujours partie de ma vie, mais ça ne représenterait plus *toute* ma vie.

— Fais-moi savoir quand tu seras prête à affronter la tornade de visites.

— Je suis prête, m'assura-t-elle en couvrant un peu son sein.

Une minute plus tard, je sortis dans le couloir pour leur donner le feu vert.

Colby avait sorti son fils du porte-bébé. Le petit Maverick avait une grosse quantité de cheveux noirs pour un bébé de seulement quelques mois. On aurait dit qu'il portait une perruque.

— Regardez-moi ces cheveux ! m'exclamai-je en riant.

— Tu as vu ça ? répondit Billie en les ébouriffant. Je me demande d'où ils viennent.

Toute la troupe entra dans la chambre et passa les minutes qui suivirent à s'extasier devant bébé Hope. C'était fou de se rendre compte qu'il y avait désormais trois enfants parmi nous.

Je regardai ma fille, puis je pointai du doigt le fils de Colby.

— Tu sais, ces deux-là vont grandir ensemble. Il ferait mieux de ne pas se faire des idées.

— En fait, je crois que Ryan trouverait ça drôle, plaisanta Brayden.

Owen acquiesça.

— Oui, il s'éclaterait en voyant Holden être obligé de protéger sa fille du fils de Colby, puisqu'il n'a pas pu protéger Lala de toi. Ce serait une douce vengeance.

Lala leva les yeux vers nous.

— Eh bien, heureusement qu'on a un peu de temps avant de devoir s'inquiéter de cette histoire d'amour.

— Mais tu sais ce qui arrivera avant ça ? demanda Colby.

— Quoi donc ? l'interrogeai-je en arquant un sourcil.

— Dès que Hope pourra identifier les rongeurs, tu peux être certain que son oncle Colby lui en offrira un. Peut-être même deux ou trois.

— Oh, bien joué, intervint Billie.

— C'est de bonne guerre, concédai-je.

Nos amis ne restèrent pas longtemps. Ils pouvaient sûrement voir à quel point Lala et moi étions fatigués. J'avais hâte de rentrer à la maison le lendemain. Ma mère et celle de Lala séjournaient toutes les deux dans l'un des appartements libres de l'immeuble, et elles y resteraient un moment pour nous aider. Nous ne manquions absolument pas d'amour et de soutien.

Lala alluma la télévision pour regarder *Jeopardy!* alors que Hope dormait dans ses bras. J'étais assis à côté du lit et j'observais tour à tour l'écran et le joli petit visage de ma fille. Elle ressemblait tellement à Lala. Je me demandais si elle aurait les mêmes boucles folles. Je pensais aimer Lala plus que tout le reste, mais Hope était arrivée. Si je pouvais l'enrouler dans du papier bulle pour la protéger éternellement, je le ferais. J'avais prévu de rouler à vingt kilomètres-heure en sortant d'ici.

— C'est le plus beau jour de ma vie, confiai-je à Lala.

— Moi aussi, répondit-elle en se tournant vers moi. Est-ce que tu sais quel est le deuxième ?

— Eh bien, tu m'as dit une fois que le plus beau jour de ta vie, c'était quand je t'ai demandée en mariage sur le toit de tes parents.

— Bingo.

Elle me fit un clin d'œil.

Un week-end, nous étions allés rendre visite à nos parents en Pennsylvanie. Lala était partie faire des courses, et j'étais monté sur le toit des Ellison pour qu'au moment où elle remonterait l'allée, elle puisse me voir debout ici, tenant un énorme panneau « Veux-tu m'épouser ? ».

— Tu sais... repris-je. Je voulais que tu sois avec moi sur ce toit pour te poser la question, mais j'avais trop peur que tu glisses, que tu tombes et que ça fasse mal au bébé.

— Si tu m'avais demandé de monter là-haut, j'aurais soupçonné quelque chose, alors c'était parfait comme ça. Je ne m'y attendais pas.

— Certaines des meilleures choses dans la vie sont celles qu'on ne voit pas arriver, hein ? ajoutai-je en souriant à Hope. Oui, je parle de toi, ma petite. La surprise de ma vie.

Notre fille gazouilla et me regarda.

— Elle a les yeux de Ryan, observai-je.

— Je sais. La génétique est formidable, hein ?

Je fronçai les sourcils.

— J'ai vraiment ressenti son absence quand tout le monde était là aujourd'hui.

— Moi aussi, murmura Lala.

Nous nous concentrâmes sur le jeu télévisé. Quelques minutes après le début, l'une des catégories était « émissions télévisées ».

La question était : quel feuilleton prenait place dans le quartier de Washington Heights ?

L'un des participants appuya sur le buzzer pour répondre.

— *Ryan's Hope* ?
Lala croisa mon regard.
Il s'assurait toujours de nous faire savoir qu'il était là.

**Vous avez aimé faire la connaissance
des amis de Holden?
Retrouvez l'histoire de Owen dans
*L'art de séduire mon coup d'un soir***
https://vikeeland.com/international-books/lart-
de-seduire-mon-coup-dun-soir/.

DE VI KEELAND & PENELOPE WARD

L'art de séduire
Nos Lettres Enflammées
Bien à Vous

DE VI KEELAND

Bientôt disponible
Disponible dès maintenant

DE PENELOPE WARD

Disponible dès maintenant
Entre amis et amants
Hors d'atteinte
Step Brother
The Boy Next Door
Room Hate
Mack Daddy
Hors d'atteinte
Mon Voisin Idéal... Ou Pas
Love Online
The Crush

PLUS DE VI KEELAND & PENELOPE WARD

Cocky Bastard
Avec Toi Malgré Moi
Playboy Pilot
My Little Lie

REMERCIEMENTS

Merci à tous les blogueurs, bookstagrammeurs et booktokeurs géniaux qui nous ont aidées à promouvoir ce livre. Votre enthousiasme nous donne envie de continuer, et nous serons toujours reconnaissantes de tout votre soutien.

À nos piliers : Julie, Luna et Cheri. Merci pour votre amitié et d'être toujours là pour nous.

À Jessica. Merci de t'être assurée que Lala et Holden étaient prêts à être rendus publics. Nous avons de la chance de t'avoir comme éditrice.

À Elaine. Une éditrice, correctrice, maquettiste et amie. Nous apprécions énormément tout ce que tu fais.

À Julia. Merci pour ton œil de lynx et de t'assurer que nos manuscrits soient impeccables.

À notre super agent, Kimberly Brower. Merci de nous aider à mettre nos livres dans les mains des lecteurs partout dans le monde. Nous avons hâte de voir où vont atterrir Holden et Lala.

À Kylie et Jo de *Give Me Books Promotions*. Nos sorties seraient tout simplement impossibles sans votre dur labeur et votre dévouement à nous aider à les promouvoir.

À Sommer. Merci d'avoir donné vie à Holden sur la couverture. Nous le disons souvent, mais il se pourrait que cette couverture soit notre préférée.

À Brooke. Merci d'avoir organisé cette sortie et de nous avoir aidées à venir à bout de nos listes de choses à faire quotidiennes.

Enfin et surtout, merci à nos lecteurs. Nous continuons d'écrire grâce à votre soif de lire nos romans. Nous sommes très excitées à l'idée de vous présenter cette histoire ! Merci comme toujours pour votre enthousiasme, votre amour et votre fidélité. Nous vous aimons !

Avec toute notre affection,
Penelope et Vi

À PROPOS DE L'AUTEURE

Vi Keeland est une auteure de best-sellers n° 1 au classement du *New York Times*, n° 1 au classement du *Wall Street Journal* et figurant au classement de *USA Today*. Avec des millions d'exemplaires vendus, ses titres sont mentionnés dans plus d'une centaine de listes de best-sellers et sont actuellement traduits en vingt-cinq langues. Avec son mari et ses trois enfants, elle habite à New York où elle vit son propre conte de fées avec le garçon qu'elle a rencontré à l'âge de six ans.

À PROPOS DE L'AUTEURE

Penelope Ward est auteure de best-sellers au classement du *New York Times*, *USA Today* et *Wall Street Journal*.

Elle a grandi à Boston avec cinq grands frères et a été présentatrice de journaux télévisés quand elle avait une vingtaine d'années. Aujourd'hui, Penelope vit à Rhode Island avec son mari, leur fils et leur jolie fille atteinte d'autisme.

Auteure de plus de vingt-cinq romans, elle a vendu plus de deux millions de livres et a fait partie de la liste de best-sellers du *New York Times* vingt et une fois. Ses livres ont été traduits dans plus d'une douzaine de langues et sont disponibles dans les librairies du monde entier.

www.ingramcontent.com/pod-product-compliance
Lightning Source LLC
Chambersburg PA
CBHW061332310726
48974CB00001B/16